시론

정끝별 지음

시론

문학동네

서문

    호르헤 루이스 보르헤스의 '알레프(Aleph)'는 모든 각도에서 본 지구의 모든 지점을 포괄하는 작은 구슬 형태의 공간이다. 누구나 그 안에 살고 있으나 아무나 볼 수 있는 것은 아닌, 어떤 '세계'로 존재하는 지점이다. 알레프를 발견하는 자에게는 시를 쓸 수 있는 특권이 주어지는데 이때 알레프는 '시인에게서 결코 빼앗아갈 수 없'고 '양도될 수도 없'는 시인만의 시선이다. '손바닥만한 우주'로 존재하는 이 알레프는 딜레마와 모순을 그대로 품고 있는 심연이기에 시로만 쓰일 수 있다. 보르헤스는 이렇게 쓴다. "나는 어떤 지점에서나 어떤 각도에서도 알레프를 보았다. 그리고 알레프 안에서 나는 지구를 보았고 지구 안에서 알레프를……"(「알레프」)

    보르헤스는 다른 작품에서 알레프의 현현(顯現)과도 같은 '한 편의 시'에 대한 우화를 전한다. 황제는 세상 모든 것을 다 갖춘 가장 완벽한 자신의 궁전을 시인에게 보여준다. 시인은 형용할 수 없을 정도로 경이롭고 아름다운 궁전 한가운데서 길을 잃고 망나니가 사는 섬에 이른다. 시인은 자신이 보았던 궁전의 모든 광경을 한 편의 시에 담아 낭송한다. 시를 들은 사람들이 모두 입을 다물었고, 황제는 "네가 내 궁전을 훔쳤도다!"(「궁전에 관한 우화」)라고 탄식하며 망나니의 쇠칼로 시인의 목을 베도록 명령했다. 그 시는 궁전의 모든 것과 함께 인간의 행복과 불행과 운명이 담긴 한 단어 혹은 한 행으로 되었다고만 전해질 뿐, 시 자체는 전해지지 않는다.

이 알레프는 윌리엄 블레이크의 시 "한 알의 모래 속에서 세계를 보며/한 송이 들꽃에서 천국을 본다/그대 손바닥 안에 무한을 쥐고/한순간 속에 영원을 보라!"(「순수의 전조(前兆)」)나, 스테판 말라르메의 아포리즘 "세계는 하나의 책에 도달하기 위해 만들어졌다"(쥘 위레와의 대담)와도 맥을 같이한다. 더 거슬러 가면 존 던의 "모든 인류는 한 저자가 쓴 한 권의 책이라 할 수 있다. 한 인간이 죽으면, 하나의 장(章)이 책에서 찢겨나가는 것이 아니라, 그의 장이 더 나은 언어로 번역되는 것이다"(『인간은 섬이 아니다─병의 단계마다 드리는 기도』, 17장)라는 묵상으로 소급되며, 궁극적으로는 성경(특히 창세기)에 가닿게 된다.

오랜 시차를 두고 읽었던 이 단편(斷片)들에 왜 나는 열광했을까. 왜 이것들을 하나로 엮고 있는 걸까. 이것들은 내게 한결같은 시의 불가능성에 대한 은유이자 알레고리이자 상징으로 다가왔다. 나는 '나의 알레프'를 발견하고 싶었고, 알레프를 통해 본 세계를 '한 편의 시'에 담아내고 싶었다. 그런 시는 마치 섬광과도 같이 시의 안팎을 동시에 내리치거나 때로는 목숨과도 맞바꿔야 하는 강력한 불꽃의 언어일 것만 같다. 그것이 비단 나만의 꿈은 아닐 것이다. 자신의 생과 이 세계 전부를 언어 구조물로 담아내려는 모든 시인의 궁극일 것이다.

그러나 이 알레프를 보기 위해서는 필수 요건들이 있다. 이를테면 먼저 등을 구부려야 하고, 어둠에 익숙해져야 하고, 되도록 몸을 움직이지

6

않아야 하고, 시력을 조절해야 하고, 판판한 돌이 깔린 바닥에 누워 문제의 '열아홉번째 계단'에 눈을 고정해야 한다. 이러한 조건들은 내게 한 편의 시를 조망하기 위한 시적 시선에 대한 비유로 다가왔다. 내게 보르헤스의 '알레프'와 '한 편의 시(책)에 대한 우화'는, 메피스토펠레스에게 영혼을 팔고서라도 얻고 싶은 매혹의 대상이었고, 시를 향한 나침반의 바늘이었다. 그러니까, 나는 이 시론이, 그런 '한 편의 시'들을 쓸 수 있고 읽어낼 수 있는 '알레프'를 찾기 위한 소로이기를 희망한다.

시가 무엇인지 막막할 때, 시를 어떻게 써야 하는지 답답할 때, 어떤 시를 좋은 시라고 해야 하는지 갑갑할 때 시론을 뒤적여보곤 했다. 어떤 시를 다른 시와 다르게 하는 것은 무엇인가? 어떤 시는 왜 다른 시보다 더 좋은가? 어떤 시는 왜 계속해서 읽게 하고 다시 찾아 읽게 하는가? 살아남은 시와 사라져버린 시의 차이는 무엇인가? 내가 시론을 뒤적일 때의 물음이었다. 언뜻언뜻 답을 찾는 사이, 많은 시론서와 시작법서가 나왔다. 새로 나온 책들을 볼 때마다 늦어지는 작업에 대한 열패감과 낭패감으로 초조했지만, 흔들리지 않고 애초의 계획대로 마무리할 수 있었다. 지금 다시 시론을 계획한다면 변화가 있었을까? 목차를 비롯해 큰 틀은 변하지 않을 것 같다. 시를 쓰고 시를 공부할 때 알아야만 할 기본적인 시적 장치들로 이 책이 구성되었다고 믿기 때문이다. 20세기야말로 시의 시대였고, 그런 세기에 태어나 시인이 되었고 시 연구자가 되었다는 것은 얼마나 큰 행운이었는지! 그 행운에 빚진 이 가까스로의 시론서가, 21세기에도 시를 쓰고 시를 공부하는 후배들에게 반딧불 같은 작은 빛이 되었으면 하는 바람이다.

모든 시는 어떻게 읽혀야 하는지를 스스로 암시한다. 시를 읽다보면 시인이 즐겨 쓰는 어휘나 시적 표현, 호흡과 리듬, 목소리와 구문의 패턴 등이 들어오고, 읽고 또 읽다보면 누구의 시인지, 어느 시기의 작품인지도 알게 된다. 이러한 읽기의 축적이 시론의 밑돌이고, 축적된 시에 관한 규칙과 창의성의 총합이 시론이다. 시론은 시 장르의 규칙과 기본에서 시작해 발명과 개선으로 완성되고, 시인의 방법적 선택에서 시작해 독자의 해석적 선택으로 완성된다. 그리하여 시론은 시인 개인의 심미적 특질을 나타낼 수 있고, 특정 기간 내에 출현하는 시대적 표현방식은 물론 어떤 집단이나 지역 전체에서 공유되는 미학적 특질 또한 드러낼 수 있다.

그럼에도 불구하고 시는 늘 시론 너머에서 탄생한다. 시론을 잘 안다고 해서 시를 잘 쓰거나 시를 잘 읽는 것이 아니듯, 시인에게 시는 의식의 너머에서 작동하는 그 무엇이다. 시인 자신이 쓰고자 했던 것이 무엇인지는 알지만 실제로 자신이 쓴 것이 무엇인지는 모르는 지점에서 시는 완성되기 때문이다. 오히려 시가 지나치게 시론을 의식할수록 오히려 시의 본연에서 멀어진다는 것도 시의 역설적 진실이다. 그런 의미에서라면 시론서에 언급되지 않은 시들이야말로 시 본연에 가까운 시의 미래일지도 모른다. 지금-여기의 시는 늘 당대의 시론을 비웃으며 스쳐가고, 미래의 시는 당대의 시론에 이루 잡히지 않기 때문이다.

시의 발아점인 '고백'부터 인증점인 '표절'에 이르는 열두 계단을 펼쳐놓는다.

그리하여 시를 향해
리듬은 말을 걸고, 비유들은 손가락을 걸고, 이미지는 마술을 건다.
그러니 시는 세상에 말을 걸고 그 말에 손가락을 걸고 그 손가락에 마술을 건다.

화자는 시인을 걸고, 아이러니는 딴지를 걸고, 패러디는 수작을 건다.

그러니 시는 세상에 다른 나를 걸어놓고 다른 나를 향해 딴지를 걸고 그 딴지에 수작을 건다.

이렇게 걸고 걸며, 시를 쓰고 시를 읽는 사람들에게 밑그림을 그려주는 책이었으면 한다.

2021년 여름에
정끝별

차례

1장
내적경험과 성찰로서의 고백

시는 고백으로부터 출발한다

좋은 시란 어떤 시일까. 좋은 시의 요건은 무엇일까. 이런 물음에 감동과 위안을 먼저 꼽는 사람들이 많다. 그런 사람들은 시의 본질을 시인의 '내적경험의 순간적 통일성', 그 강렬한 감정이나 정서에서 찾곤 한다. 이런 특성은 시의 화자가 주로 일인칭인 이유이자 서정시가 고백 형식을 띠는 데서 연유한다. 시인 특유의 내적체험이 보편적 정서와 연계됨으로써 독자들은 주관적이고 사적인 시인의 내면을 공감하고 공유하게 된다. 시인의 고백이 독자의 공감으로 공유되었을 때 감동과 위안을 주는 좋은 시의 요건을 충족한다. 이는 시쓰기가 왜 고백으로부터 출발하고, 시인은 왜 고백하느냐는 물음과 연관된 문제들이기도 하다.

정직한 고백은 아프다. 고백은 정직을 목표로 하고, 정직이 죄와 기짓과 비밀로부터 발설되기 때문이다. 그래서 고백의 끝은 누추할 때가 많다. 고백할 수 없는 것을 고백해야 하는 역설 앞에서 시인은 자신이 통과

해온 시간의 퇴적물, 이를테면 체험이나 기억들과 마주해야 한다. 그로 인해 고백은 밑바닥의 시간 혹은 상처의 시간을 들춰내야 하는 고통을 수반할 수밖에 없다. 그 들춰냄이 고통스러운 또다른 이유는, 감추면서 드러내야 하는 고백의 역설을 정직한 시선과 미적인 언어형식으로 표현해야 한다는 데 있다. 이 지점에서 시인은 무엇을 고백하는가, 어떻게 고백하는가를 자문해야 할 것이다.

이러한 고백은 인식으로서의 발견에 이르렀을 때 완성된다. 자신의 결핍과 부재로부터 자신을 재발견하고 재구성하기 위해, 시인은 고백한다. 결핍과 부재로부터의 자유로운 해방뿐 아니라 타자와 소통하는 내면의 발견은 시인이 꿈꾸는 고백의 윤리다. 자기비판에서 자기반성으로, 자기정화에서 자기 고양으로 나아가도록 이끄는 한 단어, 한 구절, 한 문장의 발견이야말로 시인이 꿈꾸는 진정한 고백의 양식이다. 존재론적 변화를 끌어내는 그러한 고백은, 분출하는 에너지와 에피파니(epiphany)를 획득한다. 즉 시쓰기에 대한 성찰적 사유로 확대되는 것이다. 따라서 시인과 화자가 일치하는, 일인칭 시적 주체의 체험적 무게에 초점을 맞춘 '자기드러냄'을 기본조건으로 할 때 고백은 시인의 자기반성과 현실 변혁의 에너지를 동반한 현실 인식으로 전화(轉化)한다.

왜 고백하는가

고백하는 자는 고백함으로써 결핍과 부재 너머로 나아가려는 자이자 너머로 나아가기 위해서 그 한가운데로 먼저 들어가는 자다. 불특정 다수의 타인을 향해 자신을 드러낸다는 것, 다름 아닌 자신의 치부와 상처를 흰 종이에 문장화한다는 것은 자신의 존재이유와 본성을 해명하기 위한 시인의 자의식적 시도다. 시인이란 원래 자기 자신을 노획물 삼아 자기 자신에게 귀환하는 자들이 아니던가. 이 비극적 역설이야말로 시인의 운명이다. 이 같은 고백의 이면에는 자기를 정당화하고 타인을 유혹하려는 욕망이 자리한다. 자기반성 혹은 자기검열에 의해 부끄러운 자기를 고백하는 순간, 고백하는 자의 자기 정당성은 확보되고 윤리적으로 우월한 자리에 서게 된다. 시인은 진실한 고백으로 타자 혹은 세계의 관심을 끌어내고, 그 고백의 진실성에 미학적인 형태를 부여해 타인의 공감을 끌어낸다. 이것은 치부와 상처, 부재와 상실의 한가운데서 그로 인한 부끄러움을 고백함으로써 시적 정체성을 찾아가고 시인으로서의 존재론적 자각에 눈을 뜨는 것이다. 이때 추문으로서의 고백은 윤리적으로 정화되고 미적으로 승화된다.

시인은 왜 고백하는가라는 물음 앞에서 가장 먼저 떠오르는 시인은 윤동주다. 그의 시편들에서 고백은 시쓰기의 본질과 맞닿아 있다.

산모퉁이를 돌아 논가 외딴 우물을 홀로 찾아가선 가만히 들여다봅니다.

우물 속에는 달이 밝고 구름이 흐르고 하늘이 펼치고 파아란 바람이 불고 가을이 있습니다.

그리고 한 사나이가 있습니다.
어쩐지 그 사나이가 미워져 돌아갑니다.

돌아가다 생각하니 그 사나이가 가엾어집니다.
도로 가 들여다보니 사나이는 그대로 있습니다.

다시 그 사나이가 미워져 돌아갑니다.

돌아가다 생각하니 그 사나이가 그리워집니다.

우물 속에는 달이 밝고 구름이 흐르고 하늘이 펼치고 파아란 바람이
불고 가을이 있고 추억처럼 사나이가 있습니다.

———윤동주,「자화상」전문

고백의 시적 의미는 시의 화자를 시인과 동일시하거나 시인의 또다른
페르소나로 받아들이는 태도에서 비롯한다. 시적 자서전에 해당하는 '자
화상'류의 시들은 고백의 가장 일반적인 형식이다. 윤동주의 「자화상」은
자신을 들여다보는 행위, 이른바 자기성찰에 따른 고백의 정수를 보여주
는 시다. 과거와 현재를 '들여다보'면서 나의 현존재를 새롭게 확인하는
것은 고백의 정석이다. 이때 '들여다보다'라는 행위는, 시인이 자신의 내
면을 고백의 대상으로 삼겠다는 의지적 표현이다. 또한 세계와 대면하기
위한 시인의 내면을 구축하는 시적 장치이자, 파탄 난 세계에 대응하기
위한 시쓰기의 출발점이다.

현실로부터 동떨어진 '외딴 우물'은 자연에 가까운 자아의 세계다. 윤
동주는 좁고 깊은 '우물 속'을 들여다보며 자신의 존재를 응시한다. 자
신의 내면이 고백의 대상이 될 때, 그 내면을 응시하는 주체는 타자화된
자아의 시선이다. 타자화된 시선 속에서 스스로 '미워'지기도 하고 '그
리워'지기도 하는데, 이때의 우물은 자신을 되비쳐주는 '거울'의 기능을
한다. 이 '가을' '우물 속'을 들여다보며 스스로에 대한 미움/그리움, 들
여다보다/돌아가다, 자기혐오/자기 연민이 교차한다. 현실적인 나와 이
상적인 나에 대한 애증의 교차다. 현실의 결핍과 부재로 인해 고통을 겪

는 시인은 평온하게 고여 있는 자아를 그리워하면서도 미워한다. 이처럼 이미 지나가버린 '추억 속'의 자신을 다시 현재로 소급하는 것은, '밉고' '가엾은' 현재의 결핍된 자신을 뛰어넘어 '그리운' 미래의 자신이 되고자 하는 열망의 소산이다. 그러므로 우물 안의 자기가 미워져서 돌아간다는 것은, 현재의 불완전한 자신으로부터 더 나은 상태로 발전해 나아가고자 하는 자기성찰의 과정에 해당한다. 이뿐 아니라 추억 속의 자신을 자연 속의 일부로 인식하면서 비로소 '그리워'하는 자기긍정에 이르는 과정이 기도 하다. 따라서 그의 '들여다보는' 행위는 곧 자아의 실존이나 실체를 파악하고자 하는 행위라 할 수 있다.

"죽는 날까지 하늘을 우러러/한 점 부끄럼이 없기를" 소망하고, "잎 새에 이는 바람에도""괴로워"(「서시」)하는 윤동주에게 과거와 현재는 부끄러움 그 자체다. 잎새에 이는 미세한 바람에도 괴로워하는 이 민감한 영혼의 소유자에게 '하늘'이 윤리적 부끄러움을 일깨운다면 '바람'은 실존적 괴로움을 일깨운다. 부끄러움과 괴로움은 한 몸을 이루는 동전의 양면과도 같다. 부끄러움과 마주한다는 것은 곧 덮고 싶은, 잊고 싶은, 그리하여 지워버리고 싶은 순간을 호명하여 그 순간과 겨루어야 하는 자신과의 싸움이고 시간과의 싸움이기 때문이다. 그 고통스러운 싸움을 통해 시인은 자신을 드러내는 동시에 수치심과 죄의식을 덜어내고 비로소 자기 정화에 도달하게 된다. 약점투성이의 '저지른 자아'에서 정직하게 '고백하는 자아'로 나아가 스스로는 물론 타자까지 용서하고 소통하는 존재론적 전이를 성취한다. 이러한 고백은 고통의 가해자이기도 했던 타자들의 반성을 끌어낼 뿐만 아니라, 자신과 타인을 올바르게 규정할 수 있도록 하며 타인과 소통의 장을 열어주기도 한다. 부끄러움이 없이는 실상 어떠한 고백도 불가능하며 부끄러움이야말로 고백의 출발점이자 현장검증인 셈이다.

이렇듯 모든 고백은 들여다봄으로부터 출발한다. 타자화된 시선을 거쳐 자신에게 되돌아오는 내면화된 시선 속에서 고백은 부끄러움을 동반하는데, 부끄러운 자신을 고백함으로써 역설적으로 자기 삶의 균형을 회복하고자 한다. 한마디로 먼저 고백하는 자, 그러니까 먼저 부끄러워하고 먼저 용서하고 먼저 소통하려는 자가 바로 시인이다. 시인은 부끄러움을 고백함으로써 시인으로서의 운명을 수락한다. 이 말은 시쓰기란 다가갈 수 없는 것에 다가가는 출발이자, 경험했던 것을 다르게 보는 시선임을 의미한다. 또한 감춰진 것을 드러내는 분출이자, 지나간 것에 다시 생명을 불어넣는 소생과 다르지 않다. 이로써 시는 깊이와 진정성과 새로움을 획득하고, 과거의 파토스(pathos)의 시간을 시적인 순간으로 받아들인다.

무엇을 고백할까

고백은 결핍과 부재로부터 출발한다. 자신에게 부족한 것, 자신에게 없는 것, 자신이 가질 수 없는 것, 그로 인해 저지른 죄의 목록들이 고백의 내용이다. 구체적으로는 가문의 몰락, 가족의 붕괴, 친지들의 폭력과 이상행동, 가난과 무능, 사랑과 애증, 이별과 파탄, 성적(性的) 소외나 과잉, 정신질환이나 질병, 변절과 범법 행위 등이 시에 자주 등장한다. 자신의 부끄러움과 상처를 숙주 삼아, 드러낼 수 없는 것들을 드러낼 때 고백의 내용은 무한해진다. 자아의 혼돈과 분열, 개인 혹은 집단의 붕괴, 실패나 고립의 극단적인 좌절, 육체적 한계와 죽음의 공포, 절박하고 고통스러운 불행, 격렬한 심리적·정신적 체험에 대한 기록 들이 이에 해당한다. 수치스러운 사적인 삶을 핍진성 있게 드러내는 고백은 솔직하고 용기 있는 행위다. 한 개인이 겪은 상처의 흔적과 기억의 파편을 드러내는 사적 체험으로서의 고백은 사회적이고 역사적인 문맥을 획득하기도 한다. 고백은 지극히 사적인 영역에서 이루어지는 행위이기도 하지만 시대적 문맥에 따라 역사를 재구성하고 새로운 주체들을 생성해내는 중요한 동인이 되기 때문이다. 고백이 지닌 사실주의적 특성이다.

무엇을 고백하는가라는 물음의 답을 찾고자 할 때 먼저 떠오르는 시인은 함민복이다. 가난으로 인한 욕망으로부터의 소외는 그의 주된 시적 주제이자 소재다.

박수소리. 나는 박수소리에 등 떠밀려 조회단 앞에 선다. 운동화 발로 차며 나온 시선, 눈이 많아 어지러운 잠자리 머리. 나를 옭아매는 박수의 낙하산 그물, 그 탄력을, 튕, 끊어버리고 싶지만, 아랫배에서 악식으로 부글거리는 어머니. 오오 전투 같은, 늘 새마을기와 동향으로 나부끼던 국기마저 미동도 않는, 등 뒤에 아이들의 눈동자가, 검은 교복에 돋보기처럼 열을 가한다. 천여 개의 돋보기 조명. 불개미떼가 스물스물 빈혈의 육체를 버리고 피난한다. 몸에서 팽그르 파르란 연기가 피어난다. 팽이, 내려서고 싶어요. 둥그런 현기증이, 사람멀미가, 전교생 대표가, 절도 있게 불우이웃에게로, 다가와, 쌀푸대를 배경으로, 라면박스를, 나는, 라면 박스를, 그 가난의 징표를, 햇살을 등지고 사진 찍는 선생님에게, 노출된, 나는, 비지처럼, 푸석푸석, 어지러워요 햇볕, 햇볕의 설사, 박수소리가, 늘어지며, 라면 박스를 껴안은 채, 슬로우비디오로, 쓰러진, 오, 나의 유년!! 그 구겨진 정신에 유리 조각으로 박혀 빛나던 박수소리, 박수소리.

—함민복, 「박수소리·1」 전문

함민복만큼 자신의 시와 삶의 거리가 가까운 시인이 또 있을까. 그는 시를 용매 삼아, 세계라는 용액에, 자신의 삶이라는 용질을 고스란히 녹인다. 자신의 가족사와 후기 자본주의의 일상적 체험에 관한 고백적 기록은, 유쾌한 우울과 날 선 냉소와 적막한 비애의 옷을 입고 있다. 그는 기능사 2급 자격증을 따고 공업고등학교를 졸업해(「박수소리 · 2」) 울산 근처 원자력발전소에서 일하다(「나는 여대생의 가방과 카섹스를 즐겨보려 한 적이 있다」), 서울로 올라와 한국전력 부속병원 정신과에서 치료받은 적(「우울씨의 일일 · 1」)이 있다. 그리고 형님이 대준 등록금으로 만학을 하면서(「그날 나는 슬픔도 배불렀다」) 지방신문에도 당선되지 못한 습작 시를 불태우기도 했고(「붉은 겨울」), 카페에서 일한 적도(「우울씨의 일일 · 1」) 있고, 사백여 마리의 돼지를 키워본 적(「기록, 어설픈 하나님」)도 있다. 그가 직접 경험한 삶의 기록이라는 확신이 들 만큼 시 속에 그의 삶이 고스란히 담겨 있다.

그가 시쓰기에서 즐겨 고백의 내용으로 삼는 것은 유년의 묘사이자 가난의 서사다. 인용 시는 전교생이 모인 조회 시간에 "전교생 대표가, 절도 있게 불우이웃에게로, 다가와, 쌀푸대를 배경으로, 라면 박스를" 전달하는 폭력적인 순간을 위태롭게 그러나 속도감 있게 묘사한다. 그 폭력은 쏟아지는 전교생들의 '박수소리'로 집약된다. 여기에 불우이웃을 '대표'하는 화자에게 쏟아지는 검은 교복을 입은 전교생의 눈빛들에, 수혜의 장면을 찍으려는 카메라 렌즈와 환하디환한 햇볕이 가세하고 있다. 장면화된 압축적인 서사와 선명하게 이미지화된 묘사, 그리고 줄글 형식에 쉼표를 활용한 단속적인 호흡으로 사춘기 시절의 예민했던 기억을 절묘하게 복원해낸다. 이러한 고백은 체험의 진정성과 감동을 전달해줄 뿐만 아니라 한 개인이 겪은 삶의 과정을 들여다보는 듯한 현장성을 제공한다.

보통 사람들에게 과거는 미화되기 마련이다. 어렸을 적에는 꽤 살았던 것 같고, 옛사랑은 꽤 멋있었던 것 같고, 옛날에는 꽤 순수했던 것 같다. 이는 시간의 망각 혹은 치유의 결과일 것이고 보편적인 인간의 자기 위장 혹은 자기 합리화의 결과일 것이다. 가난이든 파탄이든, 거짓이든 위반이든, 자신의 결핍과 부재를 독대해 그것들을 낱낱이 파헤치는 일이란 자신과의 힘든 싸움이다. 무엇을 고백할 것인가라는 물음 앞에서 놓치지 말아야 할 중요한 부분이다. 「박수소리·1」은 그러한 망각이나 자기 위장과 거리가 멀다. 이 시의 미덕은 고백의 절묘한 순간포착과, 고백의 구체성과 사실성과 정직성에 있다. 체험한 자만이, 예민한 감각의 소유자만이, 오래 들여다본 자만이 의미 있는 고백의 내용을 포착하곤 한다.

　　성기는 족보 쓰는 신성한 필기구다
　　낙서하지 말자, 다시는

　　　　　　　　　　　　　　　　　—함민복, 「자위」 전문

　고백의 한 꼭짓점은 금기시된 성(性)에 대한 발설이 차지한다. 남성의 성기가 펜으로 비유되는 것은 새삼스러울 것 없다. 인용 시의 첫 행은 이러한 일반적인 비유에 의지해 '족보'라는 의미를 새롭게 끌어들인 후, 글쓰기의 행위와 종족보존을 위한 성행위를 겹쳐놓는다. 시의 의미는 끝 행의 '낙서'와 제목의 '자위'를 연결했을 때 분명해진다. 타인과 관계를 맺고자 하는 욕망에서 비롯되는 것이 성행위인데, 그것이 자위에 그칠 때 그 관계 맺기의 소통 회로는 차단되고 자아는 고립된다. 욕망으로부터 소외되는 것이다. 시인은 이 왜곡된 관계를 일상의 영역에서 일어나는 자위 행위로 비유함으로써 위악적인 조소와 익살을 제조한다. 자신의 성적 소외를 폭로하면서 빚어내는, 쓸쓸한 웃음을 유발하는 고백이다.

고백은 분명 내용의 사실성과 정직성이 중요하다. 그러나 주의할 점은 '무엇을' 고백할 것인가에 지나치게 몰두할 경우 자칫 고백의 선정성에 휘말릴 위험이 있다는 것이다. '나만의 고백'에 집착할 경우 고백은 변태화되고 폭력화되기 십상이다. 선정적 고백을 일삼는 '노출증 환자'나 '자해 공갈단'이라는 냉소적 지적을 면하기 위해 시인은 자신의 삶 속에 깃든 수많은 실패와 상처의 흔적을 직시하고, 그것을 토로해내는 데 그칠 것이 아니라 자신의 과거를 내보임으로써 현재의 자아를 점검하고 미래의 실존적 의미를 물어야 한다. 웅숭깊은 존재 탐구를 겸비한, 시적 성찰로서의 고백은 그렇게 탄생한다. 이 지점에서 우리는 어떻게 고백해야 하는가라는 미학적 문제와 맞닥뜨리게 된다.

어떻게 고백할까

성찰을 동반한 고백은 세계에 대한 자동화된 인식에서 벗어나 세계를 새롭게 바라보게 해준다. 시인은 자기 폭로라는 극단적인 방법을 통해 시인 자신과 세계에 대한 환상을 깨고, 독자 또한 그 시를 통해 독자 자신과 세계에 대한 환상을 깬다. 거짓과 위선, 변절과 배반으로 점철된 환상을 깨기 위해 자신의 추악하고 고통스러운 모습을 보여주는 것이다. 그야말로 있는 그대로의 자기를 폭로하는 적나라한 고백이다. 이때 자신의 경험을 사실적이고 정직하게 기록할 수 있는 언어와 시적 장치들이 필요하다. 이를테면 복잡한 형식과 난해한 상징을 피하고 구어와 일상어 위주의 산문체 형식을 사용하거나, 추상적이고 관념적인 진술을 피하고 체험의 구체적인 세부를 강조하는 방법들은 흔한 고백의 장치다. 물론 역발상에 의한 이 반대도 가능하다.

현대시의 경우 다양한 화자와 가면의 익명성을 활용해 고백할 수 있다. 체험의 허구화라고나 할까. 시인＝화자라는 단면성에서 벗어나 시인 ≠화자라는 다면성 혹은 복합성으로 나아갈 때 고백의 양상과 방법은 다양해진다. 극화(劇化)된 일인칭 화자에 의한 고백의 형식도 있을 것이고, 허구화된 고백의 형식도 가능할 것이다. 서정시의 일인칭 화자가 표현할 수 없는 다양한 양태의 죄의식과 초월의 의지를 표현할 수 있는 극적 고백의 형식도 마찬가지다. 특히 시인과 다른 혹은 인칭을 달리하여 시의 화자를 내세울 때 그 고백은 허구의 성격은 물론이고 은폐된 고백의 유희적 성격이 강화될 것이다. 이때 고백의 진정성이나 고백을 통한 세계 변혁의 의지는 약화될 수밖에 없다. 그러나 다른 한편으로는 시인이 허구라는 상상의 울타리를 활용해 현실을 향한 부정과 비판의 공격성을 더할 수 있다. 화자라는 가면을 씀으로써 고백할 수 없는 것을 더욱 쉽게 고백할 수 있으며, 독자들도 간접화된 목소리를 통해 더욱 객관적으로 고백을 감상할 수 있다.

그날 마구 비틀거리는 겨울이었네
그때 우리는 섞여 있었네
모든 것이 나의 잘못이었지만
너무도 가까운 거리가 나를 안심시켰네
나 그 술집 잊으려네
기억이 오면 도망치려네
사내들은 있는 힘 다해 취했네
나의 눈빛 지푸라기처럼 쏟아졌네
어떤 고함 소리도 내 마음 치지 못했네
이 세상에 같은 사람은 없네

모든 추억은 쉴 곳을 잃었네

나 그 술집에서 흐느꼈네

그날 마구 취한 겨울이었네

그때 우리는 섞여 있었네

사내들은 남은 힘 붙들고 비틀거렸네

나 못생긴 입술 가졌네

모든 것이 나의 잘못이었지만

벗어둔 외투 곁에서 나 흐느꼈네

어떤 조롱도 무거운 마음 일으키지 못했네

나 그 술집 잊으려네

이 세상에 같은 사람은 없네

그토록 좁은 곳에서 나 내 사랑 잃었네

　　　　　　　　　　　　—기형도, 「그집 앞」 전문

　기형도의 시에는 자아성찰적이며 자기반성적인 고백시들이 많다. 특히 극화된 일인칭 화자를 내세우는 경우가 많은데, 시인은 화자 내면을 직접 고백하기보다는 화자 외부에서 이루어지는 서사나 묘사를 중심으로 극화시켜 고백하기를 즐긴다. 이는 삼인칭 관찰자적 시선을 취하는 일인칭 고백의 형식이라 할 수 있다. 인용 시에서 시인은 무엇을 고백할 것인가보다는, 어떻게 고백할 것인가를 더 고심한 듯하다. 겨울의 술집이었고, 나를 비롯한 많은 사람이 취했고, 시인은 하지 말아야 할 말을 내뱉었고, 흐느꼈고, 그로 인해 소중한 내 사랑을 잃었다는 것이 고백의 전모다. 누군가는 기형도의 전기적 기록을 끌어들여, 짝사랑하던 여대생과 동석한 대학로 술자리에서 술에 취한 시인이 그 여대생에게 입맞춤하는 추태를 범하게 되고 이로 인해 친구들에게 모욕을 받고 짝사랑의 대상까지 잃어버리게 된 일을 고백하는 시라고 설명하기도 한다. 이러한 설명이 시인의 전기적인 사실과 얼마나 부합하는지는 알 수 없으나 고백적 특성을 증폭시키는 것은 분명하다.

그러나 이 시가 가진 감동의 본질은 고백의 전기적 요소에 있지 않다. 은유적 서사와 일인칭 화자의 극적인 어조가 거느린 막막한 실존적 비애, 그와 같은 고백의 비극적 정조에 감동의 본질이 있다. 예컨대 "이 세상에 같은 사람은 없네" "사람들은 모두 쉴 곳을 잃었네"라는 구절은 현대인의 절대적 고독이나 인간소외의 일면을 암시하고 있으며, "내 사랑 잃었네"라는 마지막 구절은 존재론적인 상실과 후회와 절망을 드러내고 있다. 겨울, 술집, 술, 취함, 비틀거림 등도 비전을 상실한 현대인의 일상적인 모습에 대한 은유를 내포한다. 이와 같은 극적인 고백에는 허구적 요소가 강화되기 마련이다. 때문에 자아의 어긋남이나 억눌린 상처를 고백할 때 어떠한 시적화자와 어떠한 어조를 선택하느냐 하는 문제는 중요하다. 이처럼 고백한다는 것은 자신의 현재 상황에 대한 결핍과 부재의 토로이고, 자신의 현존재에 대한 불만과 부정이다. 나아가 현존재에 대한 반성과 자아 회복을 위한 의지적 발현이기도 하다. 따라서 화자와 어조는 고백하는 행위에 영향을 미치며 그 고백의 성격을 규정짓는 결정적인 요소로 작용한다.

자신을 창조하고 승인하는 과정으로서의 고백

그럼에도 불구하고 시인의 고백은 자신의 정체성에 대한 질문에서 비롯된다. 말 그대로 고백은 '내가 누구인지'에 대한 인식론적 탐구의 발현이자, 자신의 정체성을 언어적으로 구축하는 스스로에 대한 존재론적 해석이다. 그러므로 기억의 현재화를 통해서 자신의 정체성을 확인하는 작업이 바로 고백으로서의 시쓰기다. 이는 고백이 시적 성찰과 맞닿아 있음을 간접적으로 증명한다. 이때 성찰이란 타자화된 의식 속에서 자신을 대상화해 다시 바라보는 시선을 얻는다는 것을 의미한다. 그러므로 시적 성찰로서의 고백은 자신을 창조하고 창조된 자기를 승인하는 과정이자 나-나, 나-너, 나-우리, 나-시간, 나-세계의 연대를 생성하는 과정이기도 하다. '나'라는 한 개인의 정체성이 거듭나는 것을 의미하는 동시에 개인이 관계하는 우리의 정체성 역시 새롭게 형성됨을 의미하는 것이다.

백석의 「남신의주 유동 박시봉방」은 시적 성찰로서 고백이 닿아야 할 지향점을 보여주는 좋은 본보기다. '~에게'라는 뜻을 함의하는 '~방(方)'이라는 단어에 주목해볼 때 이 시는 편지 형식으로 보낸 고백시다. '나'라는 맨얼굴의 일인칭 화자를 내세운 이 시는 '~이며' '~해서' '~인데'와 같은 연결어미나, '~하는 것이었다'와 같은 단호한 종결어미의 반복이 어우러진 산문적 진술과 나직한 말 건넴의 어조가 특징적이다. 특히 아내도 집도 없고 부모 동생들과 멀리 떨어져 바람 센 객지를 헤매는 시인의 구체적인 일상이 담백한 감각과 비유의 옷을 입은 채 고백의 진정성을 보여준다. 이러한 진정성은 '이' 습내 나는 춥고 누긋한 방에서 '그' 드물다는 굳고 정한 갈매나무와 일치되기까지의 시적 주체의 의연한 회복 과정이 유장한 리듬과 어우러져, 운명과 독대하는 한 편의 인생 고백 서사를 떠올리게 한다.

어느 사이에 나는 아내도 없고, 또,
아내와 같이 살던 집도 없어지고,
그리고 살뜰한 부모며 동생들과도 멀리 떨어져서,
그 어느 바람 세인 쓸쓸한 거리 끝에 헤매이었다.

바로 날도 저물어서,

바람은 더욱 세게 불고, 추위는 점점 더해 오는데,

나는 어느 목수(木手)네 집 헌 삿을 깐,

한 방에 들어서 쥔을 붙이었다.

이리하여 나는 이 습내 나는 춥고, 누긋한 방에서,

낮이나 밤이나 나는 나 혼자도 너무 많은 것 같이 생각하며,

딜옹배기에 북덕불이라도 담겨 오면,

이것을 안고 손을 쬐며 재 우에 뜻없이 글자를 쓰기도 하며,

또 문밖에 나가디두 않구 자리에 누어서,

머리에 손깍지벼개를 하고 굴기도 하면서,

나는 내 슬픔이며 어리석음이며를 소처럼 연하여 쌔김질하는 것이
었다.

내 가슴이 꽉 메어 올 적이며,

내 눈에 뜨거운 것이 핑 괴일 적이며,

또 내 스스로 화끈 낯이 붉도록 부끄러울 적이며,

나는 내 슬픔과 어리석음에 눌리어 죽을 수밖에 없는 것을 느끼는
것이었다.

그러나 잠시 뒤에 나는 고개를 들어,

허연 문창을 바라보든가 또 눈을 떠서 높은 턴정을 쳐다보는 것인데,

이때 나는 내 뜻이며 힘으로, 나를 이끌어 가는 것이 힘든 일인 것을
생각하고,

이것들보다 더 크고, 높은 것이 있어서, 나를 마음대로 굴려 가는 것
을 생각하는 것인데,

이렇게 하여 여러 날이 지나는 동안에,

내 어지러운 마음에는 슬픔이며, 한탄이며, 가라앉을 것은 차츰 앙

금이 되어 가라앉고,

　　외로운 생각만이 드는 때쯤 해서는,

　　더러 나줏손에 쌀랑쌀랑 싸락눈이 와서 문창을 치기도 하는 때도 있는데,

　　나는 이런 저녁에는 화로를 더욱 다가 끼며, 무릎을 꿇어 보며,

　　어니 먼 산 뒷옆에 바우섶에 따로 외로이 서서,

　　어두어 오는데 하이야니 눈을 맞을, 그 마른 잎새에는,

　　쌀랑쌀랑 소리도 나며 눈을 맞을,

　　그 드물다는 굳고 정한 갈매나무라는 나무를 생각하는 것이었다.
　　　　　　　　　　　　　　　　　　　—백석, 「남신의주 유동 박시봉방」 전문

2장
창조적 화자와 다성의 목소리

목소리의 주체는 누구인가

전통 서정시는 과거에 대한 회감(回感, erinnerung)과 일인칭의 고백에 의해 자기동일성을 확보한 시인의 목소리로 가정되었다. 이처럼 시를 시인의 내적경험으로서의 자기 고백이나, 감정의 자연스러운 유로(流路)로 정의할 때 시에서 말하는 주체는 시인과 동일시되었다. 그러나 시의 장르적 규범상 '가정'되었을 뿐, '실제 시인'과 '시를 발화하는 주체'가 반드시 일치하는 것은 아니다. 시에 구현된 '나'는, 시적 대상에 투사되어 독자를 끌어들이는, 그리하여 '나'-대상-독자를 동일화하고 시인과 독자를 연결해주는 시의 매개적 장치다. 우리말의 어법상 '나'라는 주어는 생략할 수 있으므로 텍스트에 '나'로 기표화되지 않은 채 숨겨진 '(나)'도 마찬가지다. 시에 직접 표출된 '나' 혹은 생략된 '(나)'로 표상된 시적 주체, 그러니까 시를 효과적으로 전달하기 위해 시에 도입된 '말하는 사람' 혹은 시를 발화하는 사람을 화자(persona, 퍼소나·페르소나)라

한다. 가면이나 탈(mask), 발화자(speaker), 서술자(narrator)라고도 한다. 퍼소나란 원래 고전극의 '가면'을 가리키는 라틴어에서 유래한 말인데, 카를 융이 사회화된 인간의 다양한 역할을 설명하면서 심리학적 용어로 재조명되었다. 자신의 무의식이 만들어낸 가면, 세상을 향해 쓰고 있는 탈, 스스로가 되고 싶은 자기 얼굴 등을 지칭한다. 그런 의미에서 화자는 세계와 교섭하고 세계에 적응하는 자아의 기능이자 개인의 체계이자 인간의 태도로서, 역할 모방의 충동과 소통의 욕망을 담고 있다. 언어적 관점에서는 각기 다른 음성을 실현하는 발화자로, 서사적 관점에서는 이야기를 이끌어가는 서술자로 이해할 수 있다.

시인은 시의 메시지에 적합한 화자를 선택해, 아니 발명해, 그 화자의 눈과 입을 통해 세계를 다채롭게 형상화한다. 현대시에서 시인과 구별되는 화자의 발견은 20세기 시론의 혁명이었다. 화자가 시에서 발화를 이끄는 주체, 시적 메시지를 언어화하는 전략적 주체가 된 것이다. 그리하여 화자는 시에 적합한 성별과 개성, 상황과 태도, 시선과 입장에 어울리는 목소리로 전면화되며 이 같은 목소리는 시에 대한 독자의 태도에까지 영향을 미친다. 독자는 '화자가 되어' 시를 읽거나, 화자의 목소리에 부합하는 '청자가 되어' 시를 읽기 때문이다. 또한 화자는 시의 정서와 의식에 관여할 뿐만 아니라 어조, 문체, 리듬, 비유, 소리 이미지에도 영향을 미친다. 화자를 통해 시인이 아닌 '나(가시화된 일인칭)/(나)(비가시화 일인칭)' '누구 혹은 무엇'이 될 수 있다는 것은, 자신의 또다른 퍼소나를 선택한 시인뿐 아니라 청자의 역할을 하는 독자에게도 시적 상상력을 발현할 수 있는 핵심 장치가 되는 셈이다. 따라서 화자에 대한 이해는 시의 의미는 물론 창작 의도와 시적 효과를 이해하는 첫걸음이다.

화자를 둘러싼 언어 발화체에 대한 명칭은 난맥상을 이루고 있다. 어조(tone), 태도(attitude), 목소리(voice)의 혼용이 대표적이다. 연구자에 따라 "어조란 화자가 시작품 속의 주제나 청자 때로는 화자 자신에 대해 취하는 태도"라면서 '태도'와 '어조'를 동일시하기도 하고,[1] 시인과 화자를 동일시하면서 목소리를 전면화시키기도 한다.[2] 목소리를 '주체'라 부르며 화자 대신 주체를 사용하기도 한다.[3] 하지만 시적 태도에서 목소리가 파생되고, 목소리의 구성요소 중 하나를 어조로 보는 것이 타당하다. 그러므로 주목해야 할 것은 목소리다. 시에서 목소리는 화자의 개성 및 세계관의 육화 그 자체다. 모든 화자는 그 시에 어울리는 목소리로 발화되며, 심지어 시 속에 등장하는 사람(화자 이외의 등장인물과 청자) 혹은 의인화된 대상(사물이나 동식물)조차도 그들의 역할에 맞는 대사화된 또다른 목소리로 발화된다. 전자가 주체화된 목소리라면 후자는 대상화된 목소리다. 주체화된 화자의 목소리에 대상화된 목소리들은 종속된다. 같은 맥락에서 시를 이끌어가는 화자와, 시 속에 등장하는 대상화된 화자는 구별된다.

따라서 시는 목소리들이 집결되는 기관이자 목소리들이 거주하는 거처다. 이런 목소리는 성별, 성격, 인격 등을 비롯해 어조, 리듬, 장단, 심지어 이미지나 비유에도 영향을 미쳐 개성적인 성색(聲色)을 빚어낸다. 그런 의미에서 시의 화자를 파악하는 일이란 곧 목소리를 이해하는 일이

---

1) I. A. 리처즈에 따르면 어조란, 화자가 시작품 속의 주제나 청자 때로는 화자 자신에 대해 취하는 태도, 그러니까 "전달된 기분이며 시의 구조의 기초"이자 "작품에 대한 시인의 태도와 독자에 전달된 메시지인, 창조된 분위기 둘 다를 의미하는 표현되어진 전면적인 태도"다. 이러한 어조는 다분히 청자/주제/독자와의 관계 속에서 생성되는 화자의 문장 형태나 문체에 영향을 받으며, 특히 시의 음향 구조와 긴밀하다(김준오, 『시론』, 문장, 1984).
2) 어조 대신 목소리에 주목한 이는 T. S. 엘리엇이었다. 그는 시의 화자란 시인 자신임을 전제하면서 회지의 목소리를 ① 지기 지신에게 말하는 시인의 목소리, ② 청중에게 말하는 시인의 목소리, ③ 극중인물이 시로써 말하게 하려는 시인의 목소리 등으로 구분한 바 있다(T. S. 엘리엇, 『엘리어트 문학론』, 최창호 옮김, 서문당, 1972).
3) 권혁웅, 『시론』, 문학동네, 2010.

다. 시의 화자를 선택하고 그에 어울리는 목소리를 빚어내는 일은 시가 시작되는 지점이며, 개성적인 목소리들의 출현과 더불어 창조적인 화자의 기능에 관한 관심은 새로운 시의 깊이와 넓이를 가늠하기 위한 첫걸음이다.

화자는 어떤 기능을 하는가

화자는 시인이 선택한 의도적 창작물이라는 점에서 시인과 분리되지만, 화자의 선택 과정을 들여다보면 이 둘은 무관할 수 없다. 화자는 시인이 세계와 맺고 있는 타자 의식의 소산이다. 드러내거나 드러내고 싶지 않거나, 덧붙이거나 생략된, 시인 내면 의식의 투사라는 점에서 그렇다. 단지 자전적 동일시가 아니라 일종의 '되기'와 같은 상상적 동일시여야 한다. 화자와 독자와의 관계도 마찬가지다. 시인이 설정한 화자의 상황은 독자가 가치 있는 자족적 세계로 다시 경험하고 해석되면서 다음과 같은 시적 기능을 한다.

화자의 첫번째 시적 기능은 허구성과 비유성이다. 화자에 대한 이해는 화자의 목소리가 시인의 육성이 아니라 허구적 발화임을 전제하는 데서부터 출발한다. 시인은 실제 경험하지 않은 상황을 경험한 듯 표현할 수 있다. 시인이 직접 겪지 않은/못한 경험을 자신의 목소리로 형상화한다는 것은 시의 허구화에 대한 요청이다. 타자의 목소리를 모방할 수 있고, 자신의 목소리를 분열적으로 증식시킬 수도 있다. 허구적 화자의 설정은 시인의 경험적 한계로부터 시를 자유롭게 하고 서정시에 허구적 요소를 더해줌으로써 그 창조적 가능성을 열어주는 주요한 계기를 마련해준다. 소설은 물론 다른 산문과의 경계를 넘나드는 최근 시의 흐름에서 픽션화된 화자, 이야기하거나 서술하는 화자는 시의 외연을 넓히는 중요한 기능을 담당하기 때문이다. 고백하는 화자에서 '되기'의 화자로, 그리고 이야기하고 전달하고 보고하고 구성하는 화자로 그 역할이 확대된 것이다.

무엇보다 허구적으로 설계된 화자가 자신의 시적 상황을 조망하는 여러 관점 중 하나를 자유롭게 선택할 수 있다는 것은, 시적 메시지 혹은 상황이 얼마나 다양한 목소리로 발현될 수 있는가를 짐작할 수 있도록 한다. 시는 메시지에 적합한 시적 상황과 그 상황에 적합한 목소리를 필요로 하는데, 이때 화자는 이 시적 상황과 목소리가 메시지를 간접적으로 전달하는 시적 비유에 해당한다. 시의 비유적 상황을 체화한 화자가 그에 적합한 목소리로 말하는 것이다. 화자의 비유적 기능에 해당한다. 이를테면 시인의 메시지를 원관념에 비유하고 화자를 보조관념에 비유한다면, 시인은 보조관념으로서의 화자를 함축적이고 상징적으로 사용하는 것이다. 시 자체가 하나의 양식화된 추상이고 비유적 발화이기 때문이다. 그러므로 독자 또한 시적화자의 내면을 다시 내면화하여 또다른 존재가 되어야 한다. 시의 화자가 시인의 경험적 자아와 다르듯이, 독자 역시 독자의 실제 인격과는 다른 존재가 되어 시를 체험해야 한다. 화자의 발화행위가 시적 대상에 대한 시인의 내면화를 통해 이루어지듯, 독자 역시 화자의 비유적 상황에 내면화함으로써 시에 대한 해석에 동참하는 것이다. 화자와 목소리는 시인의 의도적 선택이기에 그 의도를 파악함으로써 독자는 시인과 공감대를 형성하게 된다.

둘째, 화자가 지닌 다성성, 유기적 통일성, 미적 객관성의 기능도 중요하다. 특히 최근 시의 화자는 다른 가치판단이 담긴 여러 목소리를 나열(병치)하기도 하고, 주체화된 화자의 목소리가 대상화된 화자의 목소리로 분열되기도 하고, 화자의 목소리와 시 속의 대상(사람·사물·사건)화된 목소리들이 혼재되기도 한다. 이때 주의해야 할 것은 화자와 목소리의 구별이다. 화자는 유기적 통일성을 지니되, 그 목소리는 복잡하게 분열되거나 다양하게 변화할 수 있다. 따라서 여러 목소리를 낼 때도 그 목소리들은 결국 단일한 시적화자에 의해 제어되면서 방임된다. 한 편의 시에서 화자는 모든 발화의 수렴체이므로, 시에서 '여러 목소리'라는 말은 가능해도 '여러 화자'라는 말은 불가능하다. 시의 화자는 하나이며, 분열되거나 다성화된 여러 목소리들이 존재할 수 있는 것이다. 화자의 유기적 통일성은 이렇게 형성된다.

이 같은 화자의 유기적 통일성은 언뜻 다성성과 반대 지점에 있는 것처럼 보인다. 그러나 시인이 자신의 시적 의도에 적절한 관점의 화자를 선택하는 순간, 시는 선택된 화자의 관점에 근거해 통일성과 일관성을 유지할 수 있다. 시 속 대상화된 다른 목소리들을 제어하는 것이(물론 방임함으로써 통일성과 일관성을 해체하는 것까지도), 즉 시의 안팎을 조절하고 대상화하고 객관화하는 것이 화자의 역할이기 때문이다. 마찬가지로 독자도 시적화자의 개성을 파악한 후 그 화자의 관점에서 텍스트를 유기적으로 해석해야 한다.

뿐만 아니라 시인의 메시지나 시인의 감정은 허구화나 비유화를 통해 심미적 거리를 유지할 수 있다. 감정의 직접적 토로조차도 격렬한 내면을 전하고자 선택되고 의도된 화자의 목소리인 것이다. 시인에 의해 설계되고 계획된 화자의 시적 상황과 목소리는, 메시지에 부합하는 시적 형상화에 일조하며 독자의 기억과 경험을 통해 다시 걸러지고 재구성된다. 이렇듯 화자는 시의 구심점으로서 유기성과 통합성을 갖게 하고 미적 객관성을 유지하여 시적 완성도를 높여준다.

화자의 선택과 목소리의 활용

시인이 어떤 화자를 선택했고 그 화자의 목소리에 부합하는 어떤 시적 장치(리듬, 이미지, 음향, 은유, 비유, 상징, 풍자)를 구사했는지 파악하는 것은 시의 이해에 한 걸음 다가가는 일이다.

> 향단아 그넷줄을 밀어라
> 머언 바다로
> 배를 내어 밀듯이,
> 향단아
>
> 이 다소곳이 흔들리는 수양버들 나무와
> 베갯모에 뇌이듯한 풀꽃더미로부터,
> 자잘한 나비 새끼 꾀꼬리들로부터
> 아조 내어 밀듯이, 향단아
>
> ─서정주, 「추천사─춘향의 말 1」 부분

이 시는 춘향이 추천(鞦韆, 그네뛰기)을 하며 향단에게 건넸던 말 "향단아 밀어라"를 바탕으로 서정주가 재구성한 추천사, 즉 '그네 타며 하는 말'이다. 1950년대를 살던 사십대의 남성 시인 서정주가, 조선시대를 사는 방년(芳年) 십육 세의 춘향이라는 여성화자를 선택하고 있다. "향단아 밀어라"는 이도령을 만나기 직전 그네를 뛰며 몸종 향단에게 건네는 말인데, 그 목소리에는 사춘기의 막연한 갈망과도 같은 울렁임이 담겨 있다. 방년이라는 이팔청춘의 낭만과 열정과 동경과 모험, 그리고 거기서 비롯되는 설렘과 초조와 흥분과 기대 등이 바로 그 울렁임의 실체일 것이다. 이 울렁임이야말로 춘향이 혼례 절차나 결혼이라는 제도에 얽매이지 않은 채, 이도령과의 기약 없는 사랑을 선택하고 그 사랑에 자신의 삶 전부를 걸 수 있었던 정열의 근원이기도 할 것이다. 그러므로 춘향에게 '그네를 내어 민다'는 것은 곧 다가올 이도령을 향해 '사랑을 내어 민다'는 것과 같다. 지금-여기에서 저기-너머를 향해 경계와도 같은 한계를 넘어가려는 춘향의 절박함과 단호함이 "향단아"라는 호격과, "밀어라"라는 명령과 "아조 내어 밀듯이"라는 강조를 통해 반복되고 있다. 시인 서정주의 '춘향 되기'를 통해, 춘향이라는 능동적인 여성화자와 격정적인 목소리가 탄생한 셈이다.

① 그후로
그를 꿈에서 만났다.
턱이 긴 얼굴이 나를 돌아보고
형님!
불렀다.
오오냐, 나는 전신으로 대답했다.
그래도 그는 못 들었으리라.

—박목월, 「하관」 부분

② 뭐락카노 뭐락카노 뭐락카노
니 흰 옷자라기만 펄럭거리고……

오냐, 오냐, 오냐.
이승 아니믄 저승에서라도……

이승 아니믄 저승에서라도
인연은 갈밭을 건너는 바람

뭐락카노 저편 강기슭에서
니 음성은 바람에 불려서

오냐, 오냐, 오냐,
나의 목소리도 바람에 날려서.

—박목월, 「이별가」 부분

　두 시 모두 시인이 동생을 잃고 쓴 연작 같은 시로, 화자는 모두 가시
적으로 드러난 '나'다. 화자는 동일한데 두 시가 다르게 느껴지는 건 화
자의 서술 태도와 어조, 즉 목소리가 다르기 때문이다. ①의 화자 '나'는
전능한 서술 태도를 유지한다. "형님!"이라는 '그'의 목소리와 "오오냐"
라는 '나'의 목소리도 그대로 인용하면서 마치 소설처럼, 대사도 인용하
고 묘사도 하고 전후 맥락을 설명도 하는 '나'는 전지전능하다. 현대시에
서 흔한, 가시적(드러난) 일인칭의 화자에 해당한다.
　반면 ②의 화자는 제한적이다. 입말(구어체) 그대로의 목소리로만 존
재하면서 '니'에게 말을 건네는 '나'다. 이처럼 목소리의 기능이 극대화
된·화자는, 생생한 현장감을 부여해 청자와의 관계는 물론 청자에 대
한 화자의 속마음을 날것 그대로 전하고자 하는, 일종의 시적 전략이다.
'니'는 "저 편 강기슭" "이승 아니믄 저승으로 떠나는 뱃머리에서" '나'
에게 무슨 말을 하는 듯하지만, '니' 목소리는 바람에 불려서 '나'에게 오
지 못한다. 물론 '나'의 목소리도 바람에 날려서 '니'에게 닿지 못한다.
그 애타고 절박한 심정을 '나'의 목소리만으로 언어화하고 있다. 왁살스

러운 경상도 사투리 "뭐락카노, 뭐락카노, 뭐락카노"가 다 펼치지 못한 정(情)을 향한 애타는 물음이라면, "오냐, 오냐, 오냐"는 이승의 인연을 저승의 인연으로 잇대려는 간절한 응답이고 다짐이다. '나'는 '뭐락카노'와 '오냐'의 사이를 오가면서, "갈밭을 건너는 바람"처럼 인연은 윤회로든 업으로든 자연스럽고 계속되는 것임을, 삶과 죽음은 '처음부터 끝까지 하나'고 '자연의 한 조각'임을 깨닫는다. 그러니 '하직(下直)'을 고하지 말자고 한다.

　다음의 두 시는 같은 시인이 같은 화제(話題)를 가지고 전혀 다른 화자를 선택해서 쓴 작품들이다.

　　① 외할먼네 마당에 올라온 해일엔요.
　　　예순 살 나이에 스물한 살 얼굴을 한
　　　그러고 천 살에도 이젠 안 죽기로 한
　　　신랑이 돌아오는 풀밭길이 있어요.

　　　생솔가지 울타리, 옥수수밭 사이를
　　　올라오는 해일 속 신랑을 마중나와
　　　하늘 안 천 길 깊이 묻었던 델 파내서
　　　새각시 때 연지를 바르고, 할머니는

　　　다시 또 파, 무더기 웃는 청사초롱에
　　　불 밝혀선 노래하는 나무나무 잎잎에
　　　주절히 주절히 매여달고, 할머니는

　　　갑술년이라던가 바다에 나갔다가

해일에 넘쳐오는 할아버지 혼신(魂身) 앞

열아홉 살 첫사랑 쩍 얼굴을 하시고

　　　　　　　—서정주, 「외할머니네 마당에 올라온 해일

　　　　　　　—쏘네트 시작(試作)」 전문

　② 바닷물이 넘쳐서 개울을 타고 올라와서 삼대 울타리 틈으로 새어 옥수수밭 속을 지나서 마당에 흥건히 고이는 날이 우리 외할머니네 집에는 있었습니다. 이런 날 나는 망둥이 새우 새끼를 거기서 찾노라고 이빨 속까지 너무나 기쁜 종달새 새끼 소리가 다 되어 앞발로 껄껄거리며 쫓아다녔습니다만, 항시 누에가 실을 뽑듯이 나만 보면 옛날이야기만 무진장 하시던 외할머니는, 이때에는 웬일인지 한 마디도 말을 않고 벌써 많이 늙은 얼굴이 엷은 노을빛처럼 불그레해져 바다쪽만 멍하니 넘어다보고 서 있었습니다.

　그때에는 왜 그러시는지 나는 아직 미처 몰랐습니다만, 그분이 돌아가신 인제는 그 이유를 간신히 알긴 알 것 같습니다. 우리 외할아버지는 배를 타고 먼바다로 고기잡이 다니시던 어부로, 내가 생겨나기 전 어느 해 겨울의 모진 바람에 어느 바다에선지 휘말려 빠져버리곤 영영 돌아오지 못한 채로 있는 것이라 하니, 아마 외할머니는 그 남편의 바닷물이 자기집 마당에 몰려들어오는 것을 보고 그렇게 말도 못하고 얼굴만 불거져 있었던 것이겠지요.

　　　　　　　　　　　　　　　—서정주, 「해일」 전문

　①이 1963년에, ②가 1972년에 발표되었다는 것을 고려해보면 ②는 ①을 재형상화하려는 의도에서 창작되었다고 볼 수 있다. 재창작의 가장 큰 동인은 다른 화자에 의한 다른 목소리의 창조에서 찾을 수 있다. 먼바

다에 나갔다 돌아오지 못하는 할아버지는 '바닷물'을 통해 안마당에 돌아온다. (먼)바다와 (안)마당은 각각 죽음과 삶, 외할아버지와 외할머니의 공간을 상징한다. 그러므로 안마당으로 넘쳐온 바닷물은 할아버지의 '혼신'이 담긴 상징적 상관물이다. 부제 '쏘네트 시작(試作)'에서 강조하듯이 ①은 4행-4행-3행-3행의 기승전결 구조에 부합하는 (이탈리아식) 소네트 형식으로 쓴 작품이다. 현재시제 '~해요'체로 친근한 느낌을 주면서, 반복과 연결어미를 활용해 종결을 지연시켜 시적 여운을 살리고 있다. 화자는 괄호에 숨어 비가시화된 '(나)'로, 외할머니의 손자 정도의 정보로 한정되어 있다. 그런 '(나)'는 외할머니의 내면을 투시하는 외할머니화된 화자다. 사랑을 고백하는 정형화된 시 형식에 걸맞게 외할아버지(신랑)에 대한 외할머니(신부)의 감정 상태를 강조하고 있으며 이를 비유적으로 묘사한다. 제목에서부터 '외할머니네'가 강조된 까닭이다.

②는 2행으로 된 줄글의 산문시다. 적극적인 이야기꾼의 목소리를 지닌 가시화된 화자 '나'는 '~습니다'체의 과거시제로 묘사와 설명의 방식을 적극적으로 활용하면서, '나'와의 관계 속에서 외할머니와 외할아버지의 이야기를 전달한다. "나만 보면 옛날이야기만 무진장 하시던 외할머니는"에서처럼 외할머니와 '나'와 관계를 직접 노출하기도 하고, "나는 아직 미처 몰랐습니다만" "이젠 그 이유를 알 것 같다" "얼굴만 붉어져 있었던 것이겠지요"라며 '나'의 생각을 적극적으로 서술하면서 '나'를 부각한다. 특히 1행의 "이런 날 나는 (……) 다녔습니다만"처럼 '나'의 행동에 대한 묘사적 서술을 추가함으로써 '나'의 캐릭터와 개성을 강하게 드러낸다. '나'의 주관적 시선과 판단을 적극적으로 개입시켜 입담 좋은 목소리로 발현되고 있다. 더욱이 '우리'라는 친근한 인칭대명사는 물론 '이런, 이때에는 그, 그렇게'의 지시어, '벌써 많이, 아직 미처, 아마'라는 부사, '~습니다만, ~하니, ~이겠지요'와 같은 어미를 적극적으로

활용하는 등 가시화된 일인칭 주관적 시점으로 구어적 현장성을 특화시키고 있다.

이와 달리 한 편의 시에 여러 목소리가 교차하거나 혼재하는 작품들도 있다. 화자는 한 편의 시에서 자신의 역할과 시점을 극대화하고 여러 목소리를 자유자재로 활용한다.

1
아버지
아버지 아버지
아버지 아버지 아버지

아아

아버지 돈 좀 주세요 머라꼬
돈 좀 주 니 집에 와서 슨 돈이 벌쎄 얼맨 줄 아나
8마넌 돈이다 8마넌 돈 돈 좋아요
저도 78년도부텀은 자립하겠음다
자립 니 좋을 대로 이젠 우리도
힘없다 없다 머 팔께 있어야제
자립 78년부텀 흥 니 좋을 대로
근데 아버님 당장 만 원은
필요한데요 아버님 78년도부터

당장 자립하그라

(……)

3
어젯밤에도 또 아버지 꿈을 꾸었다 아버지는
찬물에 밥을 뚜욱뚝 말아 드시면서 시커멓고 야윈
잔기침을 쿨럭쿨럭 하시면서 마디마디 닳고 망가진
아버지도 젊었을 적에는 굉장한 난봉꾼이셨다는데

　　　　　　　　　　　　—박남철, 「아버지」 부분

　　인용 시의 화자는 인용 부분의 하략된 마지막 행에 가서야 "나는 전에
그런 광경을 결코 본 적이 없었다"를 통해 가시적인 '나'로 드러난다. 그
러므로 화자인 '나'의 목소리, 아버지와 대화하는 '나'의 목소리, '아버지'
의 목소리, 그리고 '나'의 서술하는 목소리가 혼재해 있다. '1'의 1, 2연은
화자인 '나'의 목소리로 읽힌다. 그러나 3연을 읽고 다시 보면 시 속 등장
인물로서의 '나'의 목소리로도 읽힌다. 이 시의 재미는 화자이자 등장인
물인 '나'와, 등장인물인 '아버지'의 목소리가 겹치는 3연에 있다. "돈 좀
주세요∨머라꼬" "돈 좀 주∨니 집에 와서~" "8마년 돈∨(돈) 좋아요"
"자립하겠음다∨(자립) 니 좋을대로" "머 팔께 있어야제∨'자립 78년부
텀'∨흥 니 좋을 대로" "아버님 78년도부터∨당장 자립하그라"에서처럼,
∨부분을 경계로 '나'와 '아버지'의 목소리가 서로를 끊고 침입하면서 불
협화음의 연속적 의미를 생성해내면서 극적인 현장성을 강화한다.
　　(　)로 재표기한 부분은 '나'의 목소리일 수도 있고 '아버지'의 목소리
일 수 있다. 주인공들의 생생한 목소리가 부딪치는 지점에서 현실적인 절
박함과 유머가 발생한다. 대학 공부까지 하고도 아버지에게 기생하는 백
수 아들과 아들을 공부시키느라 논까지 팔고 이제는 용돈까지 대줘야 하

는 가난한 '아버지', 그 둘 사이에 오가는 대화는 우리 사회의 구조적 문제를 적나라하게 보여준다. 반면 '3' 부분은 서정시의 일반적인 발화 형태를 취한다. 가시화된 화자 '나'가, 자신의 꿈에 등장한 아버지의 모습을 묘사하고 서술한다. 인용 시에서 '나'라는 화자는 하나지만, '나'의 목소리는 독백하는 목소리, 등장인물로서의 목소리, 서술자로서의 목소리로 분열되고 있다. 화자의 통일성을 유지하면서 목소리의 변화를 주기 위해 숫자를 붙여 편(篇) 혹은 장(章)의 개념으로 구분하고 있다.

화자를 구분하는 최소 기준: 시점과 목소리

현대시 화자 연구는 김준오에 이르러 이론적 틀을 갖추게 된다. 그는 시모어 채트먼의 서사 전달 양식, 소설의 시점(point of view), 로만 야콥슨의 언어 전달체계 등을 원용해 화자의 유형을 분류한다.[4] 화자가 직접 시의 표면에 나타나느냐, 나타날 때면 시인과 얼마나 일치하느냐, 그리고 화자가 누구를 향해 어떤 목소리로 말하는가 등이 화자 유형을 분류하는 중요한 기준이었다. 이와 같은 화자 유형론은 지금까지도 화자 연구의 유효한 틀을 제공한다.

---

4) 김준오는 1984년 『시론』에서 시모어 채트먼의 '서사 전달 양식을 응용해 청자와의 관계'에 따라 ① 표면에 나타난 화자와 청자, ② 현상적 화자, ③ 현상적 청자, ④ 나타나지 않는 화자와 청자 유형으로 분류했다. 이후 1996년 개정판 『시론』에서는 '진술 대상과 시점'에 따라 ① 화자가 체험을 겪으면서/겪고 난 뒤 자신의 목소리로 말하는 유형(일인칭의 체험시), ② 서정적 표현이 시인이 아닌, 어떤 특정한 인물의 입을 통해서 이루어지는 유형(일인칭 주인공의 배역시), ③ 화자의 체험이 아닌 타인의 체험을 시 밖에서 진술하는 유형(삼인칭의 논증시)으로, 또한 로만 야콥슨의 언어 전달체계를 응용해 '언어적 기능'에 따라 ① 화자 지향의 정감적 기능이 우세한 유형, ② 청자 지향의 대화적 기능이 우세한 유형, ③ 맥락 지향의 지시적 기능이 우세한 유형, ④ 텍스트 지향의 시적 기능이 우세한 유형으로 분류하였다.

그러나 실제 작품을 대상으로 화자를 유형화할 때 유형에 속하지 않거나 각각의 유형을 넘나드는 경우가 많다. 시인과의 일치 여부나 체험 여부도 시인에 대해 알고 있어야만 부분적으로 가능하다. 게다가 매 편의 시는 각각 다르게 발화되므로 매 편의 시마다 다른 화자가 생성된다고 해도 과언이 아니다. 무엇보다 최근 시의 경우 단일한 화자로 모이지 않는 발화, 인용과 발언이 구분되지 않는 발화, 다성적(복수적) 발화, 사물화된 발화가 일반화되고 있다. 쉽사리 '나' 혹은 '(나)'로 응집되거나 동일화되지 않고, 화자 또한 타자화된 다수의 목소리로 분열하면서 서정적 동일성에 저항한다. 분열되고 뒤섞인 복수의 목소리로 존재하거나 다른 목소리들이 서로의 목소리를 부정함으로써, 목소리의 주체가 부재한 결과를 초래하기도 한다. 이는 기존의 화자 개념이나 유형으로 설명하기 어려운 다른 목소리들이므로, 발화 자체의 다층적 양상을 설명하기 위해서는 발화 자체의 성격에 따라 목소리를 나누거나 묶어야 한다.

따라서 필자는 화자와 목소리를 구분하는 최소의 기준으로 열린 유형화를 제시하고자 한다. '어떤 시점(인칭과 위치)에서 발화하는가'와 '어떤 목소리로 발화하는가'를 중심으로 나눌 수 있는데, 전자가 화자의 시점의 문제라면, 후자는 화자의 다양한 목소리에 관한 문제다. 시인이 화자를 설정한다는 것은 시점과 목소리를 선택한다는 것을 의미하는데, 시점에 준거하여 시적 대상과 상황이 목소리로 제시되기 때문이다. 결국 화자는 발화자가 취하는 시점이자 목소리이며, 한 인간이 다른 인간과 소통하려는 역할을 담당하는 허구적 실체다.

1) 시점으로서의 인칭과 위치

서정시의 서사적 요청은 어제오늘의 일이 아니다. 화자의 허구화가 지닌 시적 가능성은 앞서 언급한 바 있다. 시인에 의해 선택된 화자는 자신을 포함한 등장인물들의 캐릭터와 그들이 놓인 시적 상황을 관장하는 서술자 역할을 담당한다. 따라서 시적 대상을 어떤 시선에서 배치하고 선택하는가 하는 화자의 시점 선택은 시의 근본원리, 즉 시 전체의 의미 구조를 형식화하는 문제다. 시점은 인칭과 위치로 구분된다.

먼저 인칭을 보자. 시에서 인칭은 일반적으로 일인칭과 비인칭으로 구분된다. 일반적으로 서정시의 화자는 일인칭 시점이다. 시에서 가장 보편적으로 혹은 가장 관습적으로 선택되는 시점이다. 시 속에서 '나'나 '우리'가 가시적으로 등장하느냐, '(나)/(우리)'로 은폐되느냐는 중요하지 않다. 우리말에서 '나'가 생략될 수 있듯이, 시에서 '나'는 특별한 시적 의미나 효과에 이바지하지 않는 한, 생략하는 것이 관례이기도 하다. 이렇게 생략된 주어로서의 '나'는, '(나)'로 배경화된다. '나'의 복수형 '우리' 또한 일인칭에 포함된다. 화자 자신을 향하든 대상/타자를 향하든 일인칭 화자는 시의 장르적 속성에 가장 부합하는 화자로서 대부분의 시가 이 시점을 취한다. 단지 아우를 잃은 형(박목월, 「하관」)이나 대학을 졸업하고도 아버지에게 용돈을 얻어 쓰는 백수(박남철, 「아버지」)처럼 특정화하거나, 구체적으로 특정화되지 않는 '나'/'(나)'로 발화된다. 물론 '춘향'(서정주, 「추천사」)처럼 허구화된 '나'/'(나)'로 발화되기도 한다.

일인칭 화자는 '나/(나)'가 보고 느끼고 이해하고 생각하는 것을 발화하기 때문에 발화 내용에 대해 신뢰성과 진정성을 부여할 수 있다. 발화하는 '나/(나)'가 대상화된 '나/(나)'에 대해 얘기할 때 고백적 요소가 강화되고, 발화하는 '나/(나)'가 타자화된 대상에 관해 얘기할 때 서사적 거리가 확보된다. 자신의 이야기는 물론 타자의 이야기도 일인칭 시점에서 발화할 수 있다. 이때 "딸기는/그는/너는 땀을 흘리고 있었다"처럼, 화자가 비가시화된 채 관찰자 혹은 목격자인 '(나)'의 관점에서 발화할 경우 언뜻 비인칭이나, 삼인칭, 이인칭 화자로 혼동할 수도 있다. 그러나 전후 문맥상 '(나)'가 그렇게 관찰하고 보고 있다고 해석될 때는 일인칭에 속한다. 직접적이든 간접적이든, 화자 자신이 작품 속 시적 대상과 접촉하고 관여하는 맥락이 드러날 때 일인칭 화자라 할 수 있다.

반면 화자의 인격성이 극단적으로 제거된 화자가 비인칭 화자다. 인격성이 거세되어 있을 뿐만 아니라 자신의 존재를 드러내지 않고 그 흔적을 남기지 않는다. 달리 보자면 카메라의 시선처럼 객관적으로 보여주고만 있다는 점에서 무인칭일 수도 있겠으나, 시점이 없을 수는 없고 비인간적인 시선이 존재할 수 있으므로 무인칭보다는 비인칭이 적합하다. 비인칭 시점은 '나/(나)'를 제외한 그 밖의 '그것(그것)' '그/(그)'의 시점으로 발화되는 경우가 많다. 시적 대상이나 상황에 대해 '그것(그것)'이 보고 듣고 생각하는 것들을 발화함으로써 인칭적 존재성이 개입되지 않는 사물화된 시점에 해당한다. 특히 일인칭적 요소를 최소화하거나 적극적으로 배제할 때 가능한 시점이다. 대상에 대한 인격적 시선, 입장, 관점 등의 폭이 극소화되는 것이 특징이다. 일인칭 시점이 안고 있는 인격적 동일화나 주관적 입장을 배제함으로써, 발화에 화자의 감정이나 가치평가가 개입하지 않도록 최대한 절제하여 표현한다.

다음으로 위치를 보자. 화자가 어떤 위치에서 발화하는가를 기준으로 관찰적/전지적 위치로 구분된다. 이는 시적 대상을 향한 화자의 시선이 시적 상황 안에 존재하는가 밖에 존재하는가, 객관적인가 주관적인가, 기록적인가 대화적인가 등으로도 구분할 수 있다. 대표적인 관찰적/전지적 위치만을 살펴보자.

관찰적 위치의 화자는 시적 대상을 제한적으로 보고 느끼고 생각한다. 관찰을 토대로 묘사하는 '보여주기(showing)'에 의존하는 경우가 많다. 이때 화자는 대상의 내면을 직접 읽어낼 수 없기에 대상의 외적 특징들을 통해 내면을 넌지시 알려주거나 짐작함으로써, 독자가 현장에서 보는 듯한 구체성과 직접성을 전달할 수 있다. 관찰자적 위치는 화자의 정서적 표출보다는 시적 대상에 대한 묘사가 중요하고, 대체로 이미지 시, 즉 물시 혹은 사물시 등에 주로 활용된다. 일인칭 관찰자적 위치는 제한적이기는 하나 주관적 관찰이 가능하고, 비인칭 관찰자적 위치는 제한적이면서 철저히 객관적인 시선으로 바라본다.

이에 비해 전지적 위치의 화자는, 화자 자신이 시적 대상을 전적으로 관장한다. 시의 안팎과 시 속 등장인물의 안팎을 넘나들며 시 전체를 조정하고 지배하는 능동적 발화자로 기능한다. 이러한 화자는 과거와 미래에서부터 대상의 안팎까지 모든 것을 알고 있다. 그러므로 화자의 시선은 어디든 편재하고 시적 대상의 심리상태에까지 개입할 수 있다. 그 모든 것들에 대해 진술하는 '말하기(telling)'를 적극적으로 활용한다. 전지적 위치에서는 시적 상황의 안팎을 장악하는, 이를테면 신격화된 시선 또한 가능하다. 이는 시적 대상의 내면 심리나 시적 상황의 인과관계를 깊이 있게 전달하기 쉽다. 소설적 요소가 극대화되는 위치다. 일인칭 전지적 화자는 발화자의 주관성과 인격성이 극대화되며, 비인칭 전지적 화자는 시적 대상이나 상황만 있고 발화자의 인격이나 인칭이 없다는 느낌을 받게 된다. 전자의 경우 독자는 화자와 쉽게 동일시하게 되고, 후자의 경우 독자는 시적 대상(인물·상황·사건·서사 등)의 안팎을 조망하거나 개입하고 있다는 느낌을 받는다. 말 그대로 총체적 전지자로서 상황과 인물을 종합적으로 조정하고 통제한다. 그 전지성 덕분에 독자에게 믿음을 주는 동시에 독자를 수동적으로 만들기도 한다.

결과적으로 관찰적 위치에서 삶의 단면을 제한적으로 형상화하는 일인칭 혹은 비인칭 시점이 있는가 하면, 전지적 위치에서 시적 상황과 대상을 총체적으로 응시하는 일인칭 혹은 비인칭 시점도 있다. 또한 한 편의 시 안에서 시점이 이동하거나 변화할 수 있으며, 두 시점 이상을 가진 화자가 번갈아 나타날 수도 있다. 즉 단일한 화자의 서로 다른 인칭이나 위치에 의한 다성적 발화가 가능하다는 것이다. 이를 통해 시의 의미를 증폭시킬 수 있으며 시적 발화의 역동성과 리듬 또한 다양하게 구사할 수 있다.

2) 시적 태도 및 어조로서의 목소리

목소리는 화자의 개성이자 세계관의 육화다. 시의 목소리라는 게, 시적 대상에 대해 시인이 선택한 화자의 인칭과 위치에서 비롯되는 언어적 발화체이기 때문이다. 이 목소리는 각각의 화자가 자신의 메시지, 시적 대상, 청자에 대해 어떠한 태도를 보이느냐에 따라 결정된다. 태도 역시 인칭이나 위치는 물론 시선, 입장, 관점과도 긴밀하게 연관된다. 목소리를 결정하는 요소는 많을뿐더러 그 양상도 다양하여 이 역시 유형화하기란 쉽지 않다.

먼저 화자가 대상을 발화하는 발화 태도에 따라 묘사적 목소리, 진술적 목소리, 서사적 목소리로 나누어볼 수 있다. 묘사적 목소리는 감각적 인상이나 상상적 체험에 근거해 대상을 구체적인 감각과 지각의 형태로 그려냄으로써 생생한 구체성을 부여한다. 구체적인 대상의 이미지화는 물론 추상적인 내면 혹은 심리도 묘사 대상이 될 수 있다. 이때 대상 그 자체의 정보나 실체에 근거한 객관적 시각에서 대상을 관찰하여 형상화하는 설명적 묘사와, 대상에 대한 주관적 인상이나 느낌을 생생하게 이미지화하는 암시적 묘사가 가능하다. 이에 비해 진술적 목소리는 시인의 관념을 직접 제시하는 형태를 말한다. 화자의 의도를 간접적으로 전달하는 묘사적 목소리와 비교하면, 진술적 목소리는 화자의 생각, 깨달음, 의도 등을 좀더 분명하게 토로한다. 진술적 목소리를 세분해보자면 화자 스스로가 시적 대상이 되어 회고하고 반성하고 기원하는 독백의 진술,

화자 자신의 주장에 대해 불특정 개인 또는 다수에게 적극적인 동조를 요청하는 권유의 진술, 일정한 시적 대상에 대한 시인 나름의 해석과 비판이 개입된 해석의 진술로 나눌 수 있다.[5] 그리고 서사적 목소리는 인물, 사건, 배경 등의 서사적 요소를 중심으로 서술되는 인과적 발화에 해당한다. 특히 대상에 대한 서사적 발화가 극단화된 경우, 화자의 존재 자체가 배경화되고 서사화된 시적 대상만을 전면화함으로써 발화의 초점을 시 속 등장인물에 집중시키는 경향을 보인다.

또한 T. S. 엘리엇은 시인이 누구를 향해 발화하는가에 따라 자기 자신에게 말하는 목소리, 청중에게 말하는 목소리, 극중인물이 시로써 말하게 하려는 목소리로 구분했는데 이를 응용해본다면, 일인칭 혹은 비인칭의 시점에서 화자 자신에게, 청자에게, 등장인물에게 발화할 수 있다. 선택한 화자의 시점이나 가정한 청자에 따라, 화자의 목소리는 다르게 발현될 수 있는 것이다. 이때 청자란 화자의 목소리를 듣는다고 가정되는 특정 혹은 불특정의 대상으로서, 화자가 시인과 일치하지 않듯, 청자 역시 독자와 일치하지 않고 청자의 가시화 역시 중요하지 않다. 또한 발신자가 수신자에게 메시지를 전달하는 의사소통 구조 속에서 언어적 기능을 체계화했던 야콥슨의 이론[6]을 응용해본다면, 발신자의 감탄이나 정감적인 목소리가 두드러지는 화자 지향의 목소리, 수신자를 향한 명령·요청·권고·애원·질문이 우세한 청자 지향의 목소리로 구분해볼 수 있다.

---

5) 묘사적 목소리와 진술적 목소리에 대한 이론적 근거로는 오규원의 「묘사의 구조와 시점」 「시적 진술」(『현대시작법』, 문학과지성사, 1991)을 참조.

6) 로만 야콥슨은 발신자(시인)와 수신자(독자)의 소통구조 속 언어적 기능에 따라 ① 발신자 지향의 감정 표시적(표현적) 기능, ② 수신자 지향의 능동적 기능, ③ 관련 상황 지향의 지시적 기능, ④ 메시지 지향의 시적 기능, ⑤ 접촉 지향의 친교적 기능, ⑥ 약호 체계 지향의 메타언어적 기능 등으로 구분했다. 로만 야콥슨, 「언어학과 시학」, 『문학 속의 언어학』, 김만수 옮김, 문학과지성사, 1989, 54~62쪽 참조.

이 외에도 직접 말을 건네는 단일한 목소리도 있고, 대화나 패러디 등을 활용해 인용하고 전달하고 논평하는 다성의 목소리도 있고, 대상에 대한 폄하나 과장을 위한 아이러니나 풍자의 목소리도 있다. 또한 시어, 행과 연의 구분, 이미지나 비유, 음성적 효과 및 리듬, 시의 구조화된 형태 등도 목소리를 결정하는 요소가 된다. 한 편의 시에서 화자의 시점이 변화하듯 목소리 또한 변할 수 있다. 이렇게 변화하거나 교직되는 이중 혹은 복수의 목소리를 화자와 착각해 이중 혹은 다중의 화자라 칭하기도 하지만, 한 편의 시에서는 하나의 화자에 의한, 복수의 시점이나 위치나 목소리의 변주라 칭해야 마땅하다. 같은 메시지 혹은 상황이라도 어떤 화자가 어떤 관점에서 바라보느냐에 따라 시의 목소리는 전혀 다르게 발화될 수 있기 때문이다. 극단적으로 말하자면 이 세상에 같은 목소리란 존재할 수 없다. 따라서 목소리는 유형화하기 어려우며 형용사 형태로 다양하게 존재한다.

화자와 목소리는 어떻게 실현되는가

모든 시에는 화자가 존재한다. 시가 전개되는 순간 화자가 형성되기 때문이다. 어떤 인물의 어떤 목소리를 취하든, 화자는 본래 시인에 의해 창조된(상상된) 존재이고 시인의 기획으로 구현된 시적 장치다. 온갖 것들을 상상하고 꿈꾸고 망각하는 내가 나이듯, 허구적인 '나/(나)' 또한 또다른 나다. 마찬가지로 허구적이고 상상적인 기억과 체험을 고백하는 것 또한 고백이다. 인칭과 위치를 중심으로 우리 시의 다양한 화자의 시점과, 그에 부합하는 목소리의 실제를 살펴보자.

1) 일인칭 화자의 목소리들

> 비가 오려 할 때
> 그녀가 손등으로 눈을 꾹 눌러 닦아 울려고 할 때
> 바람의 살들이 청보리밭을 술렁이게 할 때
> 소심한 공증인처럼 굴던 까만 염소가 멀리서 이끌려 돌아올 때
> 절름발이 학수형님이 비료를 지고 열무밭으로 나갈 때
> 먼저 온 빗방울들이 개울물 위에 둥근 우산을 펼 때
>
> ─문태준, 「비가 오려 할 때」 전문

　인용 시의 화자는 언뜻 비인칭으로 보이지만 생략된 '(나)'가 발화하는 일인칭 관찰자 시점을 취하고 있다. 비가 오기 직전의 풍경 혹은 정서를 묘사적 이미지로 발화하는데, 일련의 이미지 안에는 생략된 일인칭 주어의 주관적이고 개별적인 경험이 녹아들어 있다. 바람에 술렁이는 청보리밭, 주인에게 이끌려 귀가하는 까만 염소, 열무밭에 비료를 치러 나가는 절름발이 학수 형, 그리고 개울물에 떨어지는 빗방울의 둥근 파문 등은 봄비가 오기 직전에서부터 봄비가 떨어진 직후의 현실적 풍경들이다. 아름답게 절제된 풍경들이라는 점에서 마음의 동요, 근원을 알 수 없는 존재론적인 슬픔이 느껴진다. "손등으로 눈을 꾹 눌러 닦"는 울음이 터지기 직전의 '그녀'의 눈이 함축하는 의미이기도 하다.
　이 시가 일인칭의 시점임에도 비인칭처럼 느껴지는 것은, 화자의 내면적 감정과 정서를 거의 드러내지 않은 채 발화자의 통제와 간섭의 권한을 최소화하고 있기 때문이다. 바람을 바람의 '살'이라고 표현하면서 청보리밭을 "술렁이"게 한다고 표현한 점, 염소가 귀가하는 모습을 "소심한 공증인"에 비유한 점, 무엇보다 '그녀'나 '학수형님'처럼 화자와의 관

계를 나타내는 호칭을 쓴 점 등에서 일인칭 화자의 인격적이고 주관적인 인식과 감각을 근거로 이미지화한 시라고 할 수 있다. 전통적인 일인칭 화자가 자신의 이야기를 풀어가는 것과는 달리, 이 시의 화자는 "비가 오려 할 때"의 풍경(상황)을 관찰하고 묘사함으로써 시적 대상과의 거리를 적절히 유지한다. 일인칭 관찰자 시점으로 장면을 미학적으로 절제해 보여주는 강점을 지닌 시다.

　20세기 현대시의 화자는 서정적으로 고백하는 화자나 서경적으로 묘사하는 화자가 주조를 이루었다. 한국 현대시의 경우 고백하는 김소월, 한용운의 시가 전자를 대표한다면, 묘사하는 청록파나 김춘수의 시가 후자를 대표한다. 이에 비해 최근 시는 분열되고 착종되는 화자들이 주류를 이룬다. 일인칭 화자에 의한 시점이나 위치의 변화, 다중의 목소리 활용이 특히 주목된다. 기존 서정시의 단선적인 구조에서 벗어나 구문과 인칭의 활용 등으로 '나'의 내면에서 떠오르는 복합적인 시적 상황이나 서사 및 심리 등을 입체적으로 그려낼 수 있기 때문이다. 그 징후를 기형도 시의 화자에서 찾아볼 수 있다.

　　김은 블라인드를 내린다, 무엇인가
　　생각해야 한다, 나는 침묵이 두렵다
　　침묵은 그러나 얼마나 믿음직한 수표인가
　　내 나이를 지나간 사람들이 내게 그걸 가르쳤다
　　김은 주저앉는다, 어쩔 수 없이 이곳에
　　한 번 꽂히면 어떤 건물도 도시를 빠져나가지 못했다

　　(……)

김은 약간 몸을 부스럭거린다, 이봐, 우린 언제나

서류뭉치처럼 속에 나란히 붙어 있네, 김은 어깨를 으쓱해 보인다

아주 얌전히 명함이나 타이프 용지처럼

햇빛 한 장이 들어온다, 김은 블라인드 쪽으로 다가간다

그러나 가볍게 건드려도 모두 무너진다, 더 이상 무너지지 않으려면
모든 것을 포기해야 하네

김은 그를 바라본다, 그는 김 쪽을 향해 가볍게 손가락을

튕긴다, 무너질 것이 남아 있다는 것은 얼마나 즐거운가

김은 중얼거린다, 누군가 나를 망가뜨렸으면 좋겠네, 그는 중얼거린다

나는 어디론가 나가게 될 것이다, 이 도시 어디서든

나는 당황하지 않을 것이다, 그래서 나는 당황할 것이다

—기형도, 「오후 4시의 희망」 부분

이 시는 '나'라는 일인칭 전지적 시점에서 고백적으로 발화하는 듯도 하고, '나'라는 일인칭 관찰적 시점에서 '김'에 대해 발화하는 듯도 하다. 또한 일인칭 전지적 시점에서 '나'와 '김'과 '그'에 대한 이야기를 하는 듯도 하다. 생각 혹은 중얼거림의 주인공이 '나'인지 '김'인지 '그'인지 모호한데, '나'와 '김'과 '그'의 고백과 서사가 뒤엉켜 있기 때문이다. 뿐만 아니라 '나'를 주어로 내세운 문장들을 '김'의 생각 혹은 중얼거림으로 해석한다면 비인칭 시점의 화자로도 읽을 수 있다.

객관적 서술에 해당하는 첫 행 "김은 블라인드를 내린다"로는 화자의 시점을 짐작하기 어렵다. 다음 문장 "무엇인가/생각해야 한다"에 이르면 더욱 복잡해진다. 행간걸침(enjambement)에 의해 "무엇인가"가 앞 문장의 "블라인드를 내"리는 행위와, 다음 행의 "생각해야" 하는 행위와 동시적으로 연관되기 때문이다. 특히 후자로 읽으면 "무엇인가 생각

해야 한다"가 '김'의 생각 혹은 중얼거림을 드러내는 듯도 하지만, 그 뒷 문장 "나는 침묵이 두렵다"와 연결하면 '나'의 생각 혹은 중얼거림을 드러내는 듯도 하다. 이어지는 "침묵은 그러나 얼마나 믿음직한 수표인가"와 "내 나이를 지나간 사람들이 내게 그걸 가르쳤다"의 발화 주체 또한 의문스럽다. 일인칭 고백적 시점의 화자 '나'의 발화인가? 일인칭 관찰자 혹은 전지적 시점에 의한 시 속 등장인물 '김'의 발화인가? 비인칭 시점에 의한 '김'의 생각 혹은 중얼거림인가?

중략된 이후에 등장하는 직접적인 대사 "이봐, 우린 언제나/서류뭉치처럼 속에 나란히 붙어 있네" 또한 문제적이다. 직접인용된 이 대사는 또 누구의 발화인가? 고백적 시점의 '나'가 '김'에게 건네는 발화인가? 관찰적 혹은 전지적 시점 속 '김'이 '나'에게 건네는 발화인가, 아니면 제3의 등장인물에게 건네는 발화인가? 다른 누군가를 떠올리는 이유는 뒷 문장으로 이어진 "김은 그를 바라본다"에서 제3의 등장인물 '그'가 등장하기 때문이다. 이후의 행들 역시 '나'와 '김'과 '그'의 생각과 중얼거림이 물고 물린 채 모호하게 혼재해 있다. 따라서 해석에 따라 시의 목소리 역시 화자 지향적인 동시에 청자 지향적이며, 등장인물 지향적이라고도 할 수 있다. 묘사와 진술, 이미지와 서사가 혼재한 목소리기도 하다. 이런 시의 화자를 어떻게 정의할 것인가? 이런 화자를 어떻게 유형화할 것인가? 화자의 시점은 단일하지 않고 여러 시점이 서로 갈등하거나, 심지어 여러 시점 사이의 투쟁을 극대화하고 있다. "오후 4시" 도심의 사무실에서 벌어지는 환각 같은 순간을 화자의 인칭과 위치, 화자와 등장인물의 목소리를 교묘하게 덧대어 배치해 시인의 내면적 상처와 불행한 기억들을 극적으로 객관화시켜놓고 있을 뿐이다. 21세기 현대시 화자의 착종과 착란의 모든 징후를 내포하고 있는 시다.

2) 비인칭 화자의 목소리들

화자로 기능하든 등장인물로 기능하든, 현대시의 복수적 시점과 목소리는 정체성의 혼란을 초래하는 현대사회의 단면과 현대인의 복잡한 내면 심리를 표상할 뿐만 아니라 현대시의 장르 통합적 면모를 확인하게 해준다. 현대시 화자의 또다른 극점에 위치한 비인칭 시점의 화자를 보자.

　대방동 조흥은행과 주택은행 사이에는 양념통닭집이 다섯, 호프집이 넷, 왕족발집이 셋, 개소주집이 둘, 레스토랑이 셋, 카페가 넷, 자동판매기가 넷, 복권 판매소가 한 군데 있습니다. 마땅히 보신탕집이 둘 있습니다. 비가 오면 모두 비에 젖습니다. 산부인과가 둘, 치과가 셋, 이발소가 넷, 미장이 여섯, 모두 선팅을 해 비가 와도 반짝입니다.

　(……)

　대방동 조흥은행과 주택은행 사이에는 한 줄에 아홉 개씩 마름모꼴로 놓인 보도블럭이 구천오백네 개, 그 가운데 깨어진 것이 하나, 둘…… 여섯…… 열다섯…… 스물아홉…… 마흔둘……
　　　　　　　　　　　　　　　　　—오규원, 「대방동 조흥은행과 주택은행 사이」 부분

　'～습니다'체로 인해 일인칭 관찰자 시점의 화자처럼 읽히기도 하지만, 실제로는 화자의 인격적 시선이나 태도가 전혀 개입되지 않은 비인칭의 객관적 관찰자 시점으로 이루어져 있다. 제목에서도 암시하듯 '대방동 조흥은행과 주택은행 사이'의 공간에서 볼 수 있는 객관적 대상들, 특히 업종별로 상호의 수까지 세면서 카메라의 시선으로 묘사한다. 현상 그대로의 사실적 묘사로 이루어진 위와 같은 시는, 인격화된 화자의 역할과 기능을 최대한으로 축소해 객관적 사실들만을 투사하는 비인칭 화자의 시점에 해당하는 대표적인 시에 해당한다.

인용 시에서 쉼표의 활용은 주목이 필요하다. 사물과 사물, 사물과 인간의 관계 단절을 위한 시적 형식화이기 때문이다. 또한 고정관념처럼 인과적으로 맺고 있던 기존의 관계를 쉼표에 의해 단절시킴으로써, '보는' 주체 중심의 일방적 관계를 해체하는 동시에 '보이는' 타자 중심의 수평적 관계를 지향한다. 화자 중심으로 구축되었던 인간화된 관념은 소멸하고, 사실 혹은 사물들이 능동적인 주체로 전환되고 있는 셈이다. 양념통닭집 다섯, 호프집 넷, 왕족발집 셋, 개소주집 둘, 레스토랑 셋, 카페 넷, 자동판매기 넷, 복권 판매소 하나…… 이런 나열만으로도 독자는 '대방동 조흥은행과 주택은행 사이'가, 먹고 마시고 벌고 쓰는 자본이 거래되는 장소임을 감지할 수 있다. 그것들이 '대방동'이라는 부와 빈곤이 혼재하는 동네의, 가장 큰 두 은행 사이에 있다는 것도 같은 맥락을 이룬다. 이렇듯 인용 시는 기록하는 자 혹은 보고하는 자에 가까운 화자를 등장시켜 객관적 사실들만을 발화하고 있다. 정서적 개입이나 인격적 시선을 철저하게 차단한 채, 대상과의 거리를 유지하면서 객관적인 사실성을 획득하기 쉬운 화자다.

숲에서는 눈썹이 사라진 엄마가 검은 꽃을 양손에 쥐고 걸어나온다. 그날 아침 사키는 장롱 속에서 이상한 걸 만졌고 그건 꼭 얼굴이 사람처럼 보였다. 쥣과(科) 동물처럼 태양은 다락방에 몸을 숨기고 달그락거리는 소리로만 모두를 향해 조용히 걷는다. 어쩌면 이렇게 뜨겁고 신비한 벌레가 다 있을까. 좀 슨 나무 기둥을 지나 한쪽은 여름으로, 또 한쪽은 겨울로 된 계단을 아이들이 오른다. 너의 귀는 천천히 시계를 뒤쫓았고 네 귀로 오는 소리들은 시계 반 바퀴만 가진 나무숲 같았다.

근조등 아래 모인 벌레들은 그게 자신들의 첫 번째 여행인 줄 알지 못했다. 부인과 정든 시동들을 데리고 사키는 미끄러운 발로 이별의 산을 오른다. 자기로부터 가장 멀리 떠나는 요일을 잔 속의 붉은 물은 분명히 기억했다. 분라쿠 인형과 함께 똥을 누면서 사키는 죽었다. 한 발자국과 다음 발자국 사이에 생긴 숲은 사람들의 눈엔 오래된 항아리처럼 보였다.

—조연호, 「사키네 가(家)의 근조등」 부분

인용 시는 비인칭 전지적 시점의 숨겨진 화자가 '사키네 가(家)'의 서사를 들려준다. 화자와 등장인물과의 관계, 화자의 생각·느낌·정서 등이 거세되어 있다는 점에서 비인칭 시점이다. 인용된 부분에서 상략(上略)한 1연에서 화자는 폐경기인 '사키네 며느리'의 행동과 내면을 전지적인 위치에서 묘사하고 설명한다. 그러나 인용 시의 첫 연(원시로는 2연)은 애매하다. 등장인물들, 즉 '엄마'와 '사키'와 '아이들'과 '너'의 관계가 모호하기 때문이다. '엄마'는 누구의 엄마인가, '부인'과 동일인인가? 물론 첫 연의 '엄마'는 사키의 (유년 속) 엄마이고, 사키는 죽고 사키의 장례식이 배경인 다음 연에서 '부인'은 사키의 아내일 가능성이 크다. 그럴 경우 '엄마'는 '부인'의 시어머니일 것이고, '아이들'은 사키의 아이들일 것이다.

뿐만 아니라 인용 시에서 1연의 두번째 문장 "사키는 장롱 속에서 이상한 걸 만졌고 그건 꼭 얼굴이 사람처럼 보였다"라는 구절은 무슨 의미인가? 제목의 '근조등'과 2연의 "분라쿠 인형과 함께 똥을 누면서 사키는 죽었다"를 참조해보면, 사키가 장롱에 목을 매달았다고 해석할 수 있다. 그렇다면 '엄마'는 사키가 목을 매달기 직전에 떠올렸던 유년의 엄마이고, '아이들'은 사키가 목을 매단 후 계단을 올라오는 사키의 아이들인 가? 문제는 아직 남아 있다. "너의 귀는 천천히 시계를 뒤쫓았고~"로 시작하는 1연의 마지막 문장에 등장하는 '너'의 실체 때문이다. '너'는 사키를 지시하는 것일 수 있고, 사키 혹은 사키네 아이들을 지시할 수도 있고, 화자가 설정한 구체적인 청자로서의 독자일 수도 있다. '너'라는 지시어 때문에 이 시의 화자를 일인칭 전지적 시점으로 볼 수 있으나, '너'가 특화되지 않는다는 점에서 여전히 시 전체를 비인칭 전지적 시점으로 보는 것이 더 타당하다. 특히 2연에서 사키의 죽음과 죽음 이후의 장례식 장면을 비인칭 전지적 시점에서 서술하고 있기 때문이다.

　게다가 왜 '사키'라는 일본식 이름과 일본의 전통 인형극 분라쿠를 끌어들였을까? 시적 대상과 시적 상황을 이국적·몽환적으로 형상화하여, 등장인물은 물론 사건과 맺는 화자의 인격적 관계를 차단함으로써 화자의 인칭적 의미를 제거하고자 했던 것은 아닐까. 이렇게 비인칭화된 화자 덕분에 시적 대상인 '사키네 가'의 관계나 심리적 거리는 감지되지 않는다. 그뿐 아니라 일본 소설이나 만화에서 빌려온 듯한 캐릭터로 하여금 현실적인 맥락을 최소화하여 허구적 서사를 구축하려는 의도 또한 있었을 것이다. 사키의 과거를 현재화할 때도 화자의 인칭과 위치, 목소리 등을 수시로 바꿔가면서 혼란스러운 이미지와 서사를 이끌어가는 비인칭화된 화자는, 서정적 공감의 주체로서 기능했던 일인칭 화자와 달리 소설적·만화적 상상력을 무한대로 자극한다. 이러한 화자의 활용은 시의 표현 영역을 확장할 뿐 아니라 이전과 전혀 다른 시의 형식을 창조하게 한다.

3장
반복과 병렬로 생성되는 리듬

리듬은 어떻게 지각되는가

"이 시 어떤가?"

"이상해요."

"이상하다니, 무슨 뜻이야? 무서운 비평가로군."

"아뇨, 시가 아니라요. 말씀하시는 목소리가 이상하다고요."

"느낌이 어땠는데?"

"모르겠어요. 단어가 왔다갔다하는 것 같아요."

"바다처럼 말이지?"

"맞아요. 바다처럼요."

"그건 운율이라는 거야."

"멀미까지 느꼈어요."

"멀미?"

"마치 배가 단어들로 이리저리 퉁겨지는 느낌이었어요."

—〈일 포스티노〉(마이클 래드포드, 1994)에서

리듬이 무엇인지를 설명하기 이전에 리듬이 어떻게 지각되는가를 설명하기 위한 인용문이다. 영화 〈일 포스티노〉 속, 시인 파블로 네루다와 우편배달부 마리오와의 대화에서 리듬은 운율로 번역되고 있다. 아직 시가 무엇인지, 그러니 리듬 혹은 운율이 무엇인지 모르는 마리오에게 운율은 규칙적으로 반복되는 바다(소리)로 지각되고, '멀미'와 같은 율동적인 느낌을 자아내게 하는 그 무엇이다. 이러한 운율이야말로 시를 노래에 근접하게 하고 시를 시답게 하는, 시의 근본원리이자 힘이다. 특히 운율을 "바다처럼 단어가 왔다갔다하는 것"으로 지각하는 대목은, 리듬을 "파도의 모양과 크기와 속도만큼이나 무한히 다양한 흐름"[1]으로 비유했던 고전적 정의를 떠올리게 한다. 파도를 형성하는 요인들과 파도로부터 탄생하는 결과들을 고려하지 않고는 파도를 안다고 할 수 없다. 파도의 원인과 결과는 복잡하고 변화무쌍하다. 모든 파도는 매번 다른 시공간에 불규칙하게 배치된 다른 파도들이지만 모든 파도에는 반복되는 형태와 배열들 즉, 리듬이 존재한다.

로버트 프로스트는 "심장의 박동은 시를 쓰는 가장 기본이 되는 것이다"라고 했다. 시에서 리듬은 온몸에서 터져나오는 시인의 호흡 혹은 숨결이다. 생래적이고 생리적인 것이다. 그런 의미에서 리듬은 언어형식에 의존하지만 언어가 지닌 물질성을 뛰어넘어 언어 너머의 세계를 소환한다. 시의 언어가 '부족 방언'으로서의 모국어에 기반을 둔다는 것은 잘 알려진 사실이다. 그 모국어를 사용하는 사람들의 심장박동이나 호흡의 역할을 하는 것이 리듬이고 그러한 리듬 의식은 모국어의 발성법과 목소

---

1) 박철희, 『문학개론』, 형설출판사, 1975, 132~133쪽 참조.

리를 규정한다. 모든 시가 유년에 들었던 말과 노래에 뿌리를 두는 이유다. 그러므로 시적 리듬은 유년의 기억부터 시의 형식을 경험하기까지, 마법처럼 지속해온 몸의 감각이기도 하다. 때문에 시란 무엇인가를 얘기할 때 가장 먼저 언급되어야 하는 것이 리듬이다. 그러나 리듬감은 언어마다 다르고 각자의 목소리처럼 타고나는 부분이 있기에 리듬을 객관적으로 이론화하기 어려운 지점이 있다.

시에서 리듬은 압운(rhyme, 押韻)과 율격(meter, 律格)을 포괄하는 운율(韻律)로 호명되었으며 리듬 연구 또한 운율론을 중심으로 이루어져왔다.[2] 운(韻)은 소리의 규칙성이 공간적 질서에 따라 나타나는 '위치의 반복'으로, 율(律)은 소리의 시간적 질서에 기초한 '길이의 반복'으로 형식화한 것이다. 소리로서의 언어들이 시간적 연쇄 속에 차례로 배열되고, 그것들의 위치와 상대적 길이에 의한 반복적 어울림이 운율을 형성한다. 두운(頭韻)·요운(腰韻)·각운(脚韻)으로 대표되는 압운 중 끝소리를 맞추는 각운이 압운을 대표하기는 했으나, 체언이나 용언 뒤에 붙는 조사나 어미가 다양하지 않은 우리말의 특성상 우리 시의 각운 또한 다채롭지 못하다고 평가되어왔다.

그에 비하면 율격은 현대시 연구 초기, 특히 고전시가 연구에서 주목을 받았다. 과거의 율격론은 시의 행(行)을 기준 단위로 이루어졌다. 한 행 안에서 규칙적으로 반복되는 율격의 단위, 즉 휴지(休止)를 사이에 두

---

2) 그러나 리듬과 운율, 특히 율격을 구분하는 논자들도 있다. 김대행은 리듬을 "상이한 요소들이 재현하는 흐름이나 운동", 율격을 "리듬에 어떤 규칙성이 가해져서 모형화한 것"이라고 정의하면서 리듬과 율격을 구분하였다. 그 차이로 다음 두 가지를 든다. "첫째, 율격은 산문과 운문을 가려주는 변별적 자질이므로 산문의 리듬이라고는 하되 산문의 율격이라고는 할 수 없다. (……) 둘째, 율격은 언어 체계 안에서 규칙적이고 체계적이어서 불변성을 갖지만 리듬은 형상화되는 언어 현상에 따라 가변성을 갖는다." 김대행, 『운율』, 문학과지성사, 1984, 12쪽.

고 동일한 시간적 길이가 반복되는 '시간의 등장성(等長性)'에 의한 분할을 찾는 데 주력했다. 그 결과 음수(音數, 글자 수)의 규칙성에서 음보(音譜, foot, 마디나 박자와 유사)의 규칙성으로 변모하였다. 음수율이 음절의 수로 파악했다면, 음보율은 가장 짧은 휴지의 한 주기로 파악했다. 예를 들어 시조의 경우는 같은 길이의 네 마디(┠┼┼┨)로 구성되어 4음보라 하고, 초장을 3·4·3·4로 표기한다면 그 숫자가 음절 수를 의미한다. 민요를 2음보라 하고 고려가요를 3음보라고 한다면 음보율을 기준으로 한 것이고, 가사를 4·4조라고 하고 소월의 시를 7·5조라 한다면 그건 음수율을 기준으로 한 것이다. 우리 시에서 1음보는 3~4글자로 구성되는 게 일반적인데, 우리말에는 2~3음절의 단어가 가장 많고 거기에 조사가 붙으면 3~4음절이 되기 때문이다. 물론 1음절을 길게 발음해서 1음보를 구성할 수도 있고, 빠르게 붙여서 발음하면 5음절까지 1음보로 구성할 수 있다. 이렇게 읽는 사람에 따라 붙여 읽기도 하고 끊어 읽기도 하고, 길게 읽기도 하고 짧게 읽기도 하는, 낭독의 자의성 때문에 율격의 바탕이 음수율에서 음보율로 바뀌게 되었다.

운(押韻, rhyme): 소리의 공간적 질서에 따라 나타나는 '위치의 반복'
　　　　　　두운·요운·각운
율(律格, meter): 소리의 시간적 질서에 기초한 '길이의 반복'
　　　　　　음수율(3·4·3·4, 4·4조, 7·5조) → 음보율(2음보, 3음보, 4음보)

　그러나 마디 개념과 흡사한 음보만으로는 리듬의 시적 가능성을 설명하기엔 미흡한 실정이다. 게다가 음보를 제외한 율격적 기저 자질(고저, 장단, 강세 등)이 다양하지 못한 우리말의 특성상 현대시의 율격론은 답보 상태에 머무르게 되었다. 영어의 경우 강세가, 중국어의 경우 고저장단이 의미를 구분하는 변별적 자질이 되는 것과 비교하면 쉽게 알 수 있다. 무엇보다도 음수나 음보의 규칙성을 벗어나려는 파격적인 자유시의 등장과 함께 현대시가 출발했다는 사실은, 현대시의 리듬을 음수율이나 음보율로 해명할 수 없음에 대한 방증이기도 하다. 그러므로 도식화되었던 기존의 압운론과 율격론으로는 현대시의 다양한 '리듬' 현상과 그 미적 구조를 포괄하지 못할 뿐 아니라 21세기 시의 새로운 리듬 생성의 동인을 파악하지 못한다. 이때 병렬과 반복은, 운율로만 설명할 수 없는 시학적 리듬을 해명할 수 있는 유용한 시적 장치가 된다. 따라서 운율, 즉 위치와 길이를 근간으로 반복되고 병렬되는 다채로운 현상으로서의 시학적 리듬으로 나아가야 할 것이다. 이를 위해 현대시 리듬의 생성 자질로 병렬과 반복이 강조되어야 한다.

리듬을 생성하는 기본 자질: 병렬과 반복

리듬은 광의의 '율동'(주기적 운동, 어떤 규율에 따라 움직이는 현상)과 협의의 '운율'(시의 음성적 형식)로 정의된다. "리듬이란 소리나 운동이 반복적으로 패턴화된 흐름이다"(C. 브룩스 & R. P. 워런)라는 견해는 율동에 가까우며, "언어의 소리 측면이 반복적으로 패턴화된 시간적 흐름"(이승훈) 혹은 "음악적 효과를 위한 소리의 모형화"(김준오)라는 견해는 운율에 가깝다. 그러므로 율동과 운율을 포괄한 리듬은, 소리의 모형화 차원의 운율을 넘어서 '의미를 수식하고 변형'하기 위해 텍스트 속에 구조화되는 모든 반복적 패턴으로 정의할 수 있다. 이러한 리듬은 시행-운율-리듬-시의 관계를 통해 총체적으로 이해되며, 언어 배열에 따라 다르게 형상화되는 가변성을 전제로 한다. 이를테면 음절 수, 음절의 지속과 휴지(음보), 성조, 강세를 중심으로 구축되는 소리 반복, 동일한 형태소(단어, 어절, 통사)의 반복, 이미지와 표현형식의 반복, 나아가 행·연 갈이, 구두점의 종류와 유무, 심지어 한글이나 한자나 영어를 포함한 외국어의 시각적 효과 및 음성 상징성 등 모든 언어학적 구성요소들이 '반복'되고 '병렬'되면서 '의미'를 생성해내는 역동적인 체계라 할 수 있다.

병렬은 일반적으로 시에 있어서 한 쌍(pair)의 서로 다른 언어적 요소들이 대응하는 상태라고 정의된다. 음성·문법·의미적 요소에 의해 나란히 짝을 이루는 대구(對句)와 유사한 개념으로 사용되지만, 대구는 병렬 가운데 특히 대조의 성격이 강한 것을 말한다. 병렬은 때로 동일한 요소의 나열 혹은 연속이라는 점에서 반복과 혼동되기도 하는데, 반복이 '동일한 것의 연속' 또는 '동일한 요소가 계속 나열되는 것'이라면, 병렬은 동일한 요소의 나열 또는 연속 속에서 시적 의미나 구조가 '비교 또는 대조를 형성하는 것'이다. 반복 중에서 '한 쌍의 서로 다른 구절, 행, 운문들이 대응하는 상태'가 병렬이기에, 대구는 병렬에 포함되고 병렬은 반복에 포함된다.

현대시에서 병렬은 쌍으로서의 대응 구조를 변형하고 심지어 해체하는 넓은 개념의 반복적 양상으로 확대되고 있다. 이때 쌍을 이루는 위상은 유동적이고 불확정적인데, 이는 반복에 의한 병렬의 양상이 가변적인 변수(變數)를 지닌다는 말이기도 하다. 그런 의미에서 병렬은 발견되는 것이다. 병렬하고 반복함으로써 끊임없이 사이와 차이와 변이들을 만들어내는 리듬은 반복이 아닌 반복의 차이에서 발생한다. 다른 것을 같게 하고 같은 것을 다르게 하는 반복과 병렬은 차이를 생성하는 차이로서의 체계를 구축하는 것이다. 의미를 중첩하거나 감춰진 정서의 두께를 찾아내기도 하고 의미를 거부하거나 의미에 눌어붙은 묵은 때를 씻어내기도 하고, 시를 새로운 리듬으로 갱신할 수 있는 간격이나 빈틈의 역할을 하고, 의미의 부정 혹은 전복은 물론 청각적이고도 정서적인 기능에서 주술적 기능으로 확대될 수 있다. 이러한 반복과 병렬은 가장 기본적이고 강력한 시적 요소다.

리듬은 어떻게 실현되는가

리듬 분석에서는, 두 번 이상 반복 출현하는 형식적 요소들이 다양한 규칙성에 의해서 의미의 차이를 생성해가는 동적 구조의 발견이 중요하다. 동일성을 비껴가는 병렬, 눈에 띄지 않는 그러나 분명히 존재하는 탈메커니즘적 병렬이 현대시의 특징이기 때문이다. 리듬의 시각화 혹은 시각적 리듬화는 이러한 맥락에서 중요하다. 리듬은 소리로 구현되기 전 시각적으로 먼저 감지된다.

> 대낮, 골방에 처박혀 시를 쓰다가
> 문 밖 확성기 소리를 듣는다
> 계란…(짧은 침묵)
> 계란 한 판…(긴 침묵)
> 계란 한 판이, 삼처너언계란…(침묵)…계란 한 판
> 이게 전부인데,
> 여백의 미가 장난이 아니다
> 계란, 한 번 치고
> 침묵하는 동안 듣는 이에게
> 쫑긋, 귀를 세우게 한다

다시 계란 한 판, 또 침묵

아주 무뚝뚝하게 계란 한 판이 삼천 원

이라 말하자마자 동시에

계란, 하고 친다

듣고 있으니 내공이 만만치 않다

귀를 잡아당긴다

저 소리, 마르고 닳도록 외친다

인이 박여 생긴 생계의 운율

계란 한 판의 리듬

쓰던 시를 내려놓고

덜컥, 삼천 원을 들고 나선다

—고영민, 「계란 한 판」 전문

적절한 길이의 행과, 그 행들의 들고 남, 2음절이 두드러지는 매 행의 시작, 규칙성이 느껴지는 쉼표 사용 등은 인용 시의 리듬을 예상하게 한다. 그 예상에 맞춰 소리 내서 읽어보자면 끊어졌다가 이어지고, 세졌다가 부드러워지고, 올라갔다가 내려가기를 반복하는 게 그야말로 "바다처럼 단어가 왔다갔다하는" 리듬이 전해진다. 특히 계란 장수의 "문 밖 확성기 소리"를 옮겨온 3~5행을 어떻게 읽느냐가 리듬 생성의 핵심이다. 그 때문에 현실에서 계란 장수의 '확성기 소리'를 들어본 사람(미루어 짐작할 수 있는 사람)과 전혀 들어보지 못한 사람(특히 외국인)이 느끼는 이 시의 리듬감은 뚜렷하게 다를 것이다. 3~5행의 호객 소리를 8·11·12·14행에서 거듭 재구현하면서 "계란 한 판의 리듬"에 담긴 "여백의 미"와 "내공"을 형상화한다.

3~5행에 해당하는 호객 소리는 리듬의 핵심을 이룬다. "계란…(짧은

침묵)/계란 한 판⋯(긴 침묵)/계란 한 판이, 삼처너언계란⋯(침묵)⋯계란 한 판"은, '형님-형님-사촌-형님'처럼 우리에게 익숙한 민요의 a-a-b-a의 율격 구조를 변주하면서 각 행을 1음보, 2음보, 4음보로 확장한다. 각 행을 '계란'으로 시작함으로써 두운을 주고 4, 5행을 '한 판'으로 마무리함으로써 각운을 맞추고 있다. "⋯"은 음절 사이의 휴지를 부호화한 것이다. 그러므로 실제 낭독에서는 괄호 속 지시대로 "짧은" 혹은 "긴" 휴지를 둔 채 침묵해야 하는 부분이다. 특히 '계란'한 판''삼처너언' 등에서 ㄴ의 종성(받침)에 의한 각운을 이루는데, '계란'이 중약(‑ ‑)의 부드러운 장음을 형성하는 반면 '한 판'은 강강(´ ´)의 강한 스타카토가 주어지면서 둘 사이의 긴장감을 조성한다. ㅍ의 거센소리에 ㄴ의 혀끝소리 받침을 동반하는 '(한) 판'은 시인의 표현을 빌려 말하자면 "무뚝뚝한" 느낌을 강화하는 단음절들이다. 이어 "계란 한 판이"에서 '이'라는 조사를 붙여 무뚝뚝함과 낭창함을 자연스럽게 연결하고, "삼처너언계란"에서는 연음으로 표기하며 '계란'으로 마무리함으로써 장단과 강약의 억양으로 변화를 주고 있다.

그리하여 각 어절이 발화될 때마다 귀를 "쫑긋" 세우게 하고(10행, 감각과 관심의 환기), 귀를 잡아당기다가(16행, 정보와 의미의 강조), 급기야 "덜컥" 계란을 사게 만드는(21행, 행동과 가치의 촉구) 일련의 시적 의미와 기능을 유도한다. 시행을 구성하는 율격의 단위를 음보(⊢⊣)라 하는데, 이 시는 기본 4음보를 근간으로 행갈이를 통해 1, 2, 3음보를 리드미컬하게 변주하고 있다. 이런 4음보는 일반적으로 절제와 여유를 근간으로 하는 유장한 율동 속에 차분한 생각과 안정된 정서를 표출하기에 적합하다고 평가되어왔다.[3] 이처럼 4박자에 a´-a-b-a 율격 구조를 지닌

---

3) 성기옥, 『한국시가율격의 이론』, 새문사, 1986, 202~229쪽 참조.

이 계란장수 호객 소리를 시인은 "생계의 운율"이자 "계란 한 판의 리듬"이라고 명명하고 있다. 기본 리듬과 변형 리듬, 그에 따른 의미와 기능을 정리하면 다음과 같다.

<리듬의 모형>　　　　　　　　<리듬의 의미>　　　　<리듬의 기능>

```
계 란 …
 -- ∨ ∨
├──────┤                      → '쫑긋, 귀를 세우게 한다'  → 감각/관심의 환기
계란 한 판    …
 -- ′ ′ ∨∨∨∨
├─────┼────┤                 → '귀를 잡아당긴다'       → 정보/의미의 강조
계란 한 판이,삼천너언계란 …… 계란 한 판
 -- ′ ′(~)′ ′(~)-- ∨∨∨∨ -- ′ ′
├────┼────┼────┼──┤          → '덜컥, 삼천 원을 들고 나선다' → 행동/가치의 촉구
```

이 "계란 한 판의 리듬"을 7행부터 다시 병렬하고 반복함으로써 시 전체의 리듬을 구축한다. "계란"에서 부드럽게 이어주고 "한 판"에서 세게 끊어주는 이 리듬은 시 전체의 리듬 구조와 유사하다. 쉼표를 동반한 2음절 단어(1 · 8 · 10 · 14 · 21행의 대낮, 계란, 쫑긋, 계란, 덜컥)와 2음절 변주(11 · 17행의 다시 계란 한 판, 저 소리)를 각 행의 맨 앞에 위치시킴으로써 스타카토처럼 한 행에서의 단절감을 부여하는가 하면, 어미를 변형시킨 '듣는다'의 변주(듣는다, 듣는, 듣고 있으니)를 통해 연속성을 부여한다. 또한 연결형 어미(~하다가, ~인데, ~하고, ~하자마자 등)와 종결형 어미(~다)의 반복적 변주로도 이어주고 끊어준다. 그리하여 명사형 어미로 끝맺음으로써 끊김을 유도하는 3~5행, 11~12행, 18~19행을 경계로 다음과 같이 네 부분으로 나뉜다.

　　1~2행('~을 쓰다가 ~를 듣는다'): 상황의 제시
　　6~10행('~인데, ~이 아니다/~하고 ~한다'): 외침에 관한 관심의 환기

13~17행('~하자마자 ~한다/~하지 않다/~을 잡아당긴다/~ 외친다'):
인식 혹은 깨달음

20~21행('~하고 ~한다'): 외침에의 동화와 실천

또한 음소 차원에서 이루어지는 병렬 관계도 음성학적 리듬 형성에 이바지한다. "계란"과 "삼처너언"으로 대표되었던 'ㄱ'음(어금닛소리·여린입천장소리)과 'ㅊ'음(잇소리·센입천장소리)의 병렬적 반복은 시 전편을 통해 주된 음성상징으로 변주된다. 특히 계란, 골방, 귀 등에서 낮고 부드러운 'ㄱ'음의 반복과, 삼처어너언·삼천원, 처박혀, 치고·친다, 침묵 등에서 반복되는 높고 센 'ㅊ'음의 반복적 강조는 시 전체의 고저·강약의 리듬을 형성한다. 이처럼 된소리(ㄲ, ㄸ, ㅃ, ㅆ, ㅉ), 거센소리(ㅋ, ㅌ, ㅍ, ㅊ)는 강세가 없는 우리말에서 강세의 역할을 대신한다. 단어의 선택과 배열을 어떻게 하느냐에 따라 발음 진동이 다른 소리가 서로에게 영향을 미치며 주기적으로 세지는 비트 효과를 낼 수 있다. 또한 의미론적 층위에서도 병렬적 서술을 찾아볼 수 있다. "골방에 박혀 시를 쓰다가"(1행)와 "쓰던 시를 내려놓고 나선다"(20~21행)가 의미상 대조적 병렬을 이룬다면, "귀를 세우게 한다"(10행)와 "귀를 잡아당긴다"(16행)가, "여백의 미가 장난이 아니다"(7행)와 "내공이 만만치 않다"(15행)가, "계란, 한 번 치고"(8행)와 "계란이, 하고 친다"(14행) 등이 병렬을 이룬다.

병렬에 의한 반복 유형

시간으로서의 길이와 공간으로서의 위치가 반복되면서 발생하는 시작과 회귀의 운동성이 없다면 리듬도 없다. 동일성을 유지하는 절대적인

반복이란 존재하지 않는다. 반복에는 새로운 것이 끼어들기 마련이어서, 반복이 차이를 생산한다. 이러한 반복을 근간으로 한 편의 시에서 구조적으로 작동하는 병렬 유형을 살펴보자.

1) 단순 병렬적 반복

한 쌍 이상의 통사 차원의 반복, 즉 문장 단위의 반복을 거느리는 이 유형은 외관상으로 병렬보다 반복적 요소가 두드러진다. 그러나 자세히 살펴보면 반복 안에 병렬을 구축하고 있다. 단순해 보이는 이 같은 병렬적 반복이 불러일으키는 시적 의미나 기능은 다양하다. 시의 의미를 응집시키면서 서정적 정서화를 강조하기도 하지만, 반복이 가장 큰 위반이라는 말도 있듯이 반복이 극단적으로 추구될 때 시의 의미는 파괴되고 서정적 정서화가 부정되기도 한다.

> 늦은 저녁때 오는 눈발은 말집 호롱불 밑에 붐비다
>
> 늦은 저녁때 오는 눈발은 조랑말 발굽 밑에 붐비다
>
> 늦은 저녁때 오는 눈발은 여물 써는 소리에 붐비다
>
> 늦은 저녁때 오는 눈발은 변두리 빈터만 다니며 붐비다.
>
> ——박용래, 「저녁 눈」 전문

인용 시는 한 행이 한 연을 이루는데, 반복되는 연들 사이에는 차이로서의 병렬 관계들이 존재한다. '늦은 저녁때 오는 눈발은 ~에 붐비다'라는 동일한 통사 구문이 3연까지 반복되다가, 4연에서는 술부만 변용된다. 살아 있는 모든 것들이 자신의 공간으로 돌아간 것을 확인하듯 저녁 눈은 차례차례 '변두리 빈터'에 '붐비며' 내린다. '붐비다'라는 동사는, '붐비다(동사 원형)'와 '붐비다가(연결어미)'라는 이중적 의미로 해석됨으로써 시의 여백을 넓혀준다. 게다가 현재도 과거도 아닌 부정 시제를 반복하고 있어서, 숨겨진 화자의 관찰자적인 태도가 강조될 뿐 아니라 눈이 계속해서 내릴 것만 같은 현재의 지속성을 강화한다. 각 연에 장소처럼 등장하는 "말집 호롱불 밑" "조랑말 발굽 밑" "여물 써는 소리"는 모두 미미한 존재들이고 그 차이 또한 크지 않다. 이 사소하고 잊히기 쉬운 존재들이 만들어내는 움직임과 소리는 그렇기에 더욱 그 자체로 소중하고 애틋한 삶의 국면들을 상징한다.

또한 1~3연까지는 장소를 나타내는 조사 '~에'를 중심으로 집안에 있는 동물 공간의 내밀함을 강조하는 데 반해, 4연에서만 한정조사 '만'을 강조해 집밖에 있는 무생명 공간의 소외감을 강조하고 있다는 점에서도 1·2·3연/4연이 병렬된다. 여기에 더해, 다른 연들이 모두 시각적 이미지를 구사하고 있는 데 반해 3연만 청각적 이미지를 구사하고 있다는 점에서 1·2·4연/3연도 병렬된다. 소리 없이 내리는 눈발의 침묵은 여물 써는 소리와 대비되고, 외진 빈터의 고요는 붐비는 눈발의 동적인 움직임과 대비된다. 정중동(靜中動), 동중정(動中靜)의 대비를 통해 붐비는 것들보다는 비어 있는 것들의, 가득찬 것보다는 비운 것들의, 드러난 것들보다는 가려진 것들의 의미를 일깨워준다. 그리하여 이 시의 반복적 병렬구조는 계속해서 내리는 저녁눈의 시각적 형식을 형상화할 뿐만 아니라 '붐비다'의 진술적 의미와 모순되는 적막함과 쓸쓸함의 정서를 자아낸다. 따라서 계속되는 반복임에도 지루하다거나 답답하지 않다.

위의 시가 시의 의미를 응집시켜주는 단순 병렬적 반복구조였다면, 다음 시는 시의 의미를 파괴하고 해체하는 단순 병렬적 반복구조에 해당한다.

13인의아해가도로로질주하오.
(길은막다른골목이적당하오.)

제1의아해가무섭다고그리오.
제2의아해도무섭다고그리오.
제3의아해도무섭다고그리오.
제4의아해도무섭다고그리오.
제5의아해도무섭다고그리오.
제6의아해도무섭다고그리오.
제7의아해도무섭다고그리오.
제8의아해도무섭다고그리오.
제9의아해도무섭다고그리오.
제10의아해도무섭다고그리오.

제11의아해가무섭다고그리오.
제12의아해도무섭다고그리오.
제13의아해도무섭다고그리오.
13인의아해는무서운아해와무서워하는아해와그렇게뿐이모였소.
(다른사정은없는것이차라리나았소)

그중에1인의아해가무서운아해라도좋소.
그중에2인의아해가무서운아해라도좋소.
그중에2인의아해가무서워하는아해라도좋소.

그중에1인의아해가무서워하는아해라도좋소.

(길은뚫린골목이라도적당하오.)

13인의아해가도로로질주하지아니하여도좋소.

—이상,「오감도—시제1호」전문

인용 시는 열세 번에 해당하는 통사 구문의 반복과, 조사와 술어에 의
한 병렬을 중심으로 전무후무한 시의 리듬을 창조하고 있다. 반복하면 할
수록 앞선 진술을 스스로 위반하고 배반하고 부정하는 결과를 초래해, 시
차성이 무너지고 진술한 의미를 와해시킨다. 이러한 극단적인 반복과 병
렬은 전통적인 서정시의 의미 구축 방식에 도전함으로써 의미 자체를 거
부하는 리듬의 한 양상을 보여준다. 인용 시에 등장하는 '도로'는 근대화
의 대표적 상징물이다. 이런 도로는 필연적으로 질주와 속도를 동반한다.
반면 '아해'는, 1930년대의 '소년'이나 '어린이'처럼 근대를 명랑하게 나
아가지 못한다. 그런 '아해'들이 '도로'를 질주하는 것은 위태롭고 불안하
기 짝이 없는 일이다. 그 '아해'들을 서수(序數)로 나열함으로써 익명성과
대량성과 획일성을 강조하고 있으며, 그러한 특성은 "다른사정은없는것
이차라리나았소"에서 암시적 드러난다.

13인의 아이들이 도로를 질주하는 동기는 표면화되지 않는다. 다만, '무
서움'의 감정만이 그들의 의식을 지배하고 있음을 토로할 뿐이다. 13인의
아이들이 느끼는 공포는, 각각 분리된 개인 공포의 총합처럼 증폭된다. 또
한 '막다른골목'이든 '뚫린골목'이든, 아이들의 내면은 오로지 '무서움'에
감금되어 있는데, 이 13인의 아이들이 갖는 무서움은 완전한 반복과 대칭
적 병렬구조를 통해 거울처럼 증폭된다.

13인의아해가도로로질주하오(1행) ←→ (길은막다른골목이적당하오)(2행)

(길은뚫린골목이라도적당하오)(22행) ←→ 13인의아해가도로로질주하지아니하여도좋소(23행)

그중에1인의아해가무서운아해라도좋소(18행) ←→ 그중에2인의아해가무서운아해라도좋소(19행)

그중에2인의아해가무서워하는아해라도좋소(20행) ←→ 그중에1인의아해가무서워하는아해라도좋소(21행)

첫 연(1~2행)과 끝 연(22~23행) 또한 의미상으로 상반된 진술을 한다. 거울처럼 서로를 대칭적으로 되비추면서 반복하고 있는 셈이다. 1행(도로)/2행(골목), 22행(골목)/23행(도로)이, 그리고 1행(질주하다)/23행(질주하지 않는다), 2행(막다른)/22행(뚫린)이 병렬된다. 또한 4연에서도 다양한 병렬 18행(1인의)/19행(2인의), 20행(2인의)/21행(1인의)이, 그리고 18행(무서운)/21행(무서워하는), 19행(무서운)/20행(무서워하는)도 병렬을 이룬다. 이러한 병렬은 대립하는 듯 보이지만 거듭되는 반복으로 대립을 무효화시키는 기능을 한다.

이 외에도 2연과 3연의 첫 행끼리도 병렬을 이루는데 십진법에 따라 제1~10의 아이와 제11~13의 아이를 연 갈이로 구분하고 있다. 그래서 3연의 '제13인의아해' 다음에도 무수한 '아해'들이 반복될 수 있다는 암시를 준다. 각 연의 첫 행에 배치한 제1의 아이와 제11의 아이 다음에는 조사 '가'를 쓰고 있고 나머지 아이에는 '도'를 쓰고 있다. 또한 4연에서는 의미상으로 13인의 아이들이 '무서운아해'와 '무서워하는아해'로 병렬된다. 그러나, 누가, 왜, 어떻게, 무서운 아이이고 무서워하는 아이인지에 대한 구분은 없다. 그러므로 13인의 아이들 가운데 누구라도 '무서운아해'나 '무서워하는아해'가 될 수 있다. 4, 5연의 '~라도'라는 조사와 함께 오는 '좋소'라는 술어가 이를 증명한다. 게다가 13번의 반복으로 복제를 거듭하며 '아해'들 사이의 개별적인 경계와 차이를 무너뜨리면서, 익명성과 대량성 속에서 서로가 서로를 소외시킨다. 반복함으로써 진술한 의미를 위반하고 부정하는 이러한 시 형식은 근대인, 특히 일제에 의해 강제로 점령당한 근대 지식인의 고뇌와 방황, 절망적 현실에 대한 불안과 공포를 시각적으로 보여준다.

2) 확산 병렬적 반복

확산 병렬적 반복은, 변주와 변형의 병렬을 통해 시의 의미를 구조화하는 역동적인 생성 원리로서의 반복 기능에 충실한 유형이다. 연결 고리를 매개로 자유자재로 반복하는 확산적 병렬은 우리 시의 가장 일반적인 유형이고, 일반적인 만큼 그 양상은 다양하다.

다음 시의 '물'은 솟아오르면서 사라지기를, 고이면서 떨어지기를, 뭉치면서 넘치기를, 스며들면서 번지기를 반복하면서 흐른다. 변주하면서 변형하길 거듭하는 확산 병렬적 반복의 속성을 닮았다.

우리가 물이 되어 만난다면①
가문 어느 집에선들 좋아하지 않으랴.
우리가 키 큰 나무와 함께 서서
우르르 우르르 비 오는 소리로 흐른다면.②

흐르고 흘러서 저물녘엔
저 혼자 깊어지는 강물에 누워
죽은 나무뿌리를 적시기도 한다면.③
아아, 아직 처녀(處女)인
부끄러운 바다에 닿는다면.④

그러나 지금 우리는

불로 만나려 한다.
벌써 숯이 된 뼈 하나가
세상에 불타는 것들을 쓰다듬고 있나니

만 리(萬里) 밖에서 기다리는 그대여
저 불 지난 뒤에
흐르는 물로 만나자.
푸시시 푸시시 불 꺼지는 소리로 말하면서
올 때는 인적(人跡) 그친
넓고 깨끗한 하늘로 오라.
　　　　—강은교, 「우리가 물이 되어」 전문(밑줄과 번호는 필자)

　인용 시가 1·2연에서 '물'의 상상력으로 연대하고자 하는 열망을 노래한다면, 3연에서는 물처럼 연대하기 위해 '불'의 상상력으로 모순과 부조리를 태운다. 그리고 4연에서 변증법적으로 물과 불이 만나는 '하늘'의 상상력으로 만나자고 노래한다. 이러한 물(정)→ 불(반)→ 하늘(합)의 변증법적 상상력의 전개 자체가 확산적 구조와 연동되고 있다. 1·2연에서는 '~한다면'이라는 가정적 조건문을 네 번에 걸쳐 병렬적으로 반복하는데, 문장의 길이와 함께 물의 이미지와 운동성도 점층적으로 심화, 확대된다. 정리하면 다음과 같다.

　① 우리가 물이 되어 만난다면
　② 우리가 키 큰 나무와 함께 서서/우르르 우르르 비 오는 소리로 흐른다면
　③ 흐르고 흘러서 저물녘엔/저 혼자 깊어지는 강물에 누워/죽은 나무뿌리를 적시기도 한다면

④ 아아, 아직 처녀인/부끄러운 바다에 닿는다면

①의 가정문과 호응을 이루는 결과문 "가문 어느 집에선들 좋아하지 않으랴"가, ②, ③, ④의 가정문 뒤에서는 생략되어 있다는 점에서 ①/②·③·④는 병렬을 이룬다. ④에서 "아아"라는 감탄사를 끌어와 정서적 심화를 유도한다는 점에서 ①·②·③/④가 병렬을 이룬다. 또한 ②에서 물이 "비 오는 소리"로 청각화된 반면 ③에서는 "적시다"로 촉각화된다는 점에서 ②/③도, 그리고 동적인 동사와 감각화된 동사로 대비를 이룬다는 점에서 ①·④/②·③도 병렬을 이룬다.

1, 2연이 물의 상상력으로 시작해, 3연에서 '그러나'라는 전환의 접속사를 앞세우면서 대비적인 불의 상상력으로 비약한다. 그런 점에서 1·2연/3·4연이 병렬을 이룬다. 3연에서는 "숯이 된 뼈 하나"라는 은유를 내세워, 파괴와 소멸로 귀결되는 불의 정화 이미지를 압축시켜놓고 있다. 그러고는 물의 물질성을 끌어와 다시 불의 물질성을 변성시키는데 4연의 "불 지난 뒤에/흐르는 물"이 그것이다. 물과 불의 상상력이 변증법적으로 만나는 것이다. '하늘' 또한 불을 품은 물이다. 이 하늘은 구름과 비를 통해, 새로운 물을 만들어내는 우주적 공간이다. "불로 만나려 한다"와 "물로 만나자"가 대응하면서 3연/4연이 병렬을 이룬다.

특히 "만 리 밖에서 기다리는 그대"를 호격으로 호명함으로써, '그대'의 상징성을 열어두고 있다. 때문에 '그대'는 연인으로만 한정되지 않는다. 키 큰 나무, 비, 저물녘 강물, 죽은 나무뿌리, 바다, 숯이나 뼈, 하늘은 말할 것도 없고, 자유, 민주, 통일, 민중에 이르기까지, 보잘것없어 소중한 모든 이름이 시인의 '그대'로 확대된다. 가정문의 확산적 병렬구조를 통해 시 전체에 통일된 리듬감을 부여하면서, '그대'를 향한 간절한 그리움의 정서를 '물'과 '불' 그리고 '하늘'에 이르는 변증법적 상상력으로 고조시킨다. 게다가 '만나자' '오라'라는 미래 청유형으로 끝을 열어둠으로 써 확산적 구조를 강화한다. 탄생과 소멸을 완성하며 그 자체로 거듭 소생하는 물의 생명성은, 확산 병렬적 반복구조에서 비롯되는 리듬의 힘에 빚지고 있다.

> 쓸개 빠진 녀석의 쓸개 빠진 사랑을① 보았나,
> 녀석도 참
> 나중에는② 제 불알을 따서
> 새끼들을 먹였지,
> 애비의 불알 먹는 새끼들을 보았나,
> 그래서 녀석의 새끼들은
> 간(肝)이 곪았지,③
>   불알 먹었다. 불알 먹었다.
>   불쌍한 울아부지 불알 먹었다.
> 그래서 녀석의 새끼들은
> 뿔이 돋쳤지,③′
> 눈두덩에 뿔이 돋친 귀신(鬼神)이 됐지,
> 쓸개 빠진 녀석의 쓸개 빠진 사랑①′을 보았나,
> 녀석도 참
> 나중에는②′ 오뉴월 구름으로 흐르다가
> 입춘(立春) 가까운 눈발로도 쓸리다가
> 히히 히히 히
> 쓸개 빠진 녀석은 쓸개 빠진 웃음을①″
> 웃을 뿐이지,
>   —김춘수, 「타령조(打令調) 5」 전문(밑줄과 번호는 필자)

인용 시는 규칙적 반복이나 대구적 병렬은 아니지만, 유사한 소리(단어/어구)의 반복 때문에 텍스트 전체가 유기적인 병렬성을 획득한다. 들여 쓴 8·9행은 이 시를 전반부와 후반부로 나누는 중요한 역할을 한다. "불알 먹었다. 불알 먹었다/불쌍한 울아부지 불알 먹었다"(a-a-b-a)라고 단문으로 다급하게 반복되는 이 극적인 목소리는, 아버지의 불알을 먹은 새끼들의 목소리처럼 들린다. "그래서 녀석의 새끼들은/뿔이 돋쳤지"로 시작하는 후반부는 "그래서 녀석의 새끼들은/간(肝)이 곪았지"로 끝나는 전반부를 이어받아 반복하면서 확산한다. "간이 곪았지"에서 "뿔이 돋쳤지"로 변주하고 있다는 점에서 6·7행/10·11행이 병렬을 이룬다. "녀석도 참/나중에는"을 중심으로 2~3행/14~15행도 마찬가지다.

시의 전반부가 "쓸개 빠진 녀석의 쓸개 빠진 사랑"(①)으로 시작해 쓸개, 녀석, 새끼, 불알 등을 반복하면서 신체를 떼어내 새끼들을 먹이는 아버지의 헌신을 노래하고 있다면, 후반부는 "쓸개 빠진 녀석의 쓸개 빠진 사랑"(①′)을 다시 받아 "쓸개 빠진 녀석의 쓸개 빠진 웃음"(①″)으로 끝을 맺으며 아버지의 허무 혹은 초탈을 노래한다. 그리하여 1행/13행/18행(이 안에서도 '사랑'과 '웃음'이라는 의미론적 대응으로 1·13행/18행이 병렬됨)이 병렬을 이룬다. 이렇게 세 번에 걸쳐 의미적 변주를 거듭하는 '쓸개 빠진' 사랑은 아버지의 무한 사랑을 상징하며 그 복합적 의미가 "히히 히히 히"라는 의성(의태)어로 압축되고 있다. ②에서 ②′로, ③에서 ③′로의 변주 또한 확산적 병렬의 근간을 이룬다.

이 외에도 '보았나'라는 종결어를 중심으로 1행/5행/13행이, '~했지'라는 종결어를 중심으로 4행(먹었지)/7행(곪았지)/11행(돋쳤지)/12행(귀신이 됐지)/14행(웃을 뿐이지)이 병렬된다. "뿔이 돋친"이라는 어구를 중심으로 11행/12행이, '~하다가'라는 연결어미를 중심으로 "오뉴월 구름"/"입춘 가까운 눈발"에 의해 15행/16행이, "불알 먹었다"는 술어를 중심으로 8행/9행이 병렬 관계를 이룬다. 어느 행 하나도 쌍으로서의 병렬을 거느리지 않는 행이 없을 정도로 복합적인 병렬이 흩어져 있는 셈이다. 병렬이 꼬리에 꼬리를 물면서 변형되고 변주되는 확산적 병렬의 대표적인 예시에 해당한다.

3) 해체 병렬적 반복

반복과 병렬이 가진 시적 가능성은 그것들이 지닌 규칙성과 규범성을 파괴하고 해체할 때 새롭게 생성되고 증폭된다. 주로 산문이나 줄글 형태를 띠고 있어서 리듬은커녕 반복이나 병렬적 요소도 없어 보이지만, 구조적으로 들여다보면 산문적 리듬에 얹은 정교한 반복과 병렬을 발견할 수 있는 시들이 있다. 이런 유형을 숨겨진 혹은 내재하는 해체 병렬적 반복구조라 한다. 병렬의 부정과 무화(無化)를 통해 다른 병렬을 재구축하는 유형이다.

> 그 날 아버지는 일곱 시 기차를 타고 금촌으로 떠났고
> 여동생은 아홉 시에 학교로 갔다 그 날 어머니의 낡은
> 다리는 퉁퉁 부어올랐고 나는 신문사로 가서 하루 종일
> 노닥거렸다 전방은 무사했고 세상은 완벽했다 없는 것이
> 없었다 그 날 역전에는 대낮부터 창녀들이 서성거렸고
> 몇 년 후에 창녀가 될 애들은 집일을 도우거나 어린
> 동생을 돌보았다 그 날 아버지는 미수금 회수 관계로
> 사장과 다투었고 여동생은 애인과 함께 음악회에 갔다
> 그 날 퇴근길에 나는 부츠 신은 멋진 여자를 보았고
> 사람이 사람을 사랑하면 죽일 수도 있을 거라고 생각했다

그 날 태연한 나무들 위로 날아 오르는 것은 다 새가
아니었다 나는 보았다 잔디밭 잡초 뽑는 여인들이 자기
삶까지 솎아내는 것을, 집 허무는 사내들이 자기 하늘까지
무너뜨리는 것을 나는 보았다 새점 치는 노인과 변통(便桶)의
다정함을 그 날 몇 건의 교통사고로 몇 사람이
죽었고 그 날 시내 술집과 여관은 여전히 붐볐지만
아무도 그 날의 신음 소리를 듣지 못했다
모두 병들었는데 아무도 아프지 않았다
　　　　　　　　　　　　　　　　—이성복,「그 날」전문

'그 날 ~은(는) ~했다'라는 통사 구문의 반복에 기대어 병든 일상의
모습을 아이러니하게 진술하고 있다. 나를 비롯해 아버지, 어머니, 창녀
들, 나무들, 술집과 여관 들을 주어로 내세워 그들의 일상적 모습을 진술
하는데 그 모든 일상은 '신음 소리'로 귀결된다. 병든 몸들이 내지르는
그러나 아무도 듣지 못하는 이 '신음 소리'를 드러내기 위해서, 아이러니
하게 아무 일 없는 (것이 아닌) 그 많은 주어들이 동원된 것이다. 눈에 띄
는 병렬의 구절을 간추려보면 다음과 같다.

　　① 그 날 아버지는 일곱 시 기차를 타고 금촌으로 떠났고 여동생은 아홉 시에
학교로 갔다(1·2행)
　　　　그 날 아버지는 미수금 회수 관계로 사장과 다투었고 여동생은 애인과 함
께 음악회에 갔다(7·8행)

　　② 전방은 무사했고 세상은 완벽했다 없는 것이 없었다(4·5행)
　　　모두 병들었는데 아무도 아프지 않았다(18행)

③ 나는 보았다 잔디밭 잡초 뽑는 여인들이 자기 삶까지 솎아내는 것을, 집 허무는 사내들이 자기 하늘까지 무너뜨리는 것을(12 · 13 · 14행)

　　나는 보았다 새점 치는 노인과 변통(便桶)의 다정함을(14 · 15행)

　'그 날'이 9회에 걸쳐 반복되는데 그 '그 날'을 구성하는 온갖 주어들은 타락한 현실을 살아가는 피폐한 군상들이다. 아버지에서 출발한 '그 날'의 일상은 여동생과 어머니에 이어, '나'에게 이른다. 아버지와 어머니의 고단한 삶과 대조해 한가롭게 노닥거리는 젊은 '나'의 일상은 전방의 무사함을 증명하는 듯하다. '~했고 ~했다'로 반복되는 진술체 문장은 그러한 증명의 욕구를 더욱 강화한다. 그리하여 "전방"으로 암시된 불안한 휴전 상태가 삶의 조건이 되어버린 현실에서도 전방이 무사하기만 하면 세상은 완벽하다는 아이러니를 유발한다. "모두 병들었는데 아무도 아프지 않았다"라는 마지막 시행 역시 화자 자신을 포함한 모든 사람들이 병든 삶을 아프지도 않은 채 살아가는 부조리한 역설을 강조한다.

　이와 같은 문장 차원뿐만 아니라 압운과 율격 차원, 어휘(단어)나 음절(조사나 어미)이나 음운(자모음 및 음성상징) 차원에서 이루어지는 반복과 병렬의 양상은 풍성하다. 1~2행의 "아버지는 일곱 시 기차를 타고 금촌으로 떠났고/여동생은 아홉 시에 학교로 떠났다"라는 구절을 한 예로 든다면, '떠났고/다'라는 동사를 중심으로 '아버지는 일곱 시/여동생은 아홉 시'처럼 초성의 압운을 이루면서 '~는/은'이나 '~으로/로'와 같은 조사로 병렬적 반복을 이룬다. 율격 또한 5음보에서 4음보로 시의 호흡을 변주한다. 산문시 형식을 취하고 있어서 언뜻 보면 리듬을 찾기 어려워 보이지만 무수한 병렬과 반복으로 실제로는 리드미컬한 음성적 구현을 실현하고 있다.

이렇듯 리듬은 들숨과 날숨처럼 반복되고 병렬된다. 반복과 병렬을 바탕으로 하는 다채로운 변형과 변주로 리듬은 늘 새롭게 생성되고 자유롭게 살아 있다. '바다처럼 왔다갔다하는' 일정한 규칙성과 주기성, 그것들로부터의 위반과 해체 사이에서 쉼 없는 전쟁이기에, 한 편의 시에서 병렬과 반복은 항상 생성중인 것이다. 따라서 리듬은 미완의 것으로, 새로운 것을 향한 끊임없는 움직임으로 파악해야 한다. 이것이 바로 시의 내면성, 역동성, 무한성을 향한 리듬 시학의 전략적 특성이면서 동시에 한계이기도 할 것이다.

리듬 혁신을 꿈꾸는 리듬 형식들

1) 행과 연, 음절의 배치

시의 리듬을 자유롭게 구조화할 수 있는 다양한 리듬 감각을 살펴보자. 다음의 시는 김소월의 「가는 길」이다. 연과 행 구분에 따른 휴지, 끊어 읽기, 속도감, 음소와 음절의 높낮이와 장단, 그 흐름과 강세 등에 의해 리듬감은 증폭된다.

그립다/
말을 할까/
하니 그리워//

그냥 갈까/
그래도/
다시 더 한번……//

저 산에도/까마귀,/들에 까마귀,//

서산에는/해 진다고/

지저귑니다.//

앞 강물,/뒷 강물,/

흐르는 물은//

어서 따라/오라고/따라가자고//

흘러도/연달아/흐릅디다려.//

—김소월, 「가는 길」 전문(/ 표시는 필자)

　인용 시는 고백할까 말까 망설이는 화자의 내면을 우리에게 익숙한
7·5조(음수율) 혹은 3음보(음보율)에 담고 있다. 그러나 과감한 생략
과 행갈이, 접속어와 종결어의 다양한 변주, 조사와 부사의 비약적 활용
을 통해 새로운 리듬을 창조한다. 1·2연은 가는 길 위에 서 있는 화자
의 심리 세계를, 3·4연은 화자가 서 있는 길의 풍경을 환기한다. '그리
움'(1연)→'망설임'(2연)→'(까마귀의) 재촉과 시간의 경과'(3연)→'(강
물의) 재촉과 결단의 암시'(4연)로 이어지는 화자의 마음을, '말하다'
'지저귀다' '흐르다'라는 술어 의미와 '~하다' '~할까' '~해' '~합니
다' '~합디다려'와 같은 술어 형식으로 반복하고 병렬한다. 그 조심스
러운 그러나 간절한 마음을 3음보(1·2연)→3음보×2(3연)→3음보×
3(4연)으로 점점 더 길고 빠른 호흡으로 변주한다. 특히 4연에서는 "강
물" "흐르는 물" "연달아" "흐릅디다려" 등의 유음, 비음, 모음을 활용
해 흘러가는 듯한 부드러운 소리를 자아낸다.
　이러한 리듬 효과는 숨겨진 병렬 관계를 통해 더욱 망설임과 애매성

을 증폭시킨다. 1연의 "그립다/말을 할까"는, 2연에 나오는 "그냥 갈까"
와 대응한다. 3연의 정황은 (임이 있을) 집을 지향하는 반면, 4연은 (화자
가 가야만 하는) 길을 지향한다. 뿐만 아니라 각 연을 구성하는 시행들의
관계나 단어들도 병렬 관계를 이룬다. 1연 1·2행의 "그립다/말을 할까"
와 3행의 "하니 그리워" 사이에는 의미론적 비약이 크다. '하니'가 '그러
하니'의 뜻을 지닌 접속사인지, '하고 나니'의 뜻을 지닌 술어인지 애매
하다. 어느 것으로 해석하든, 의미론적 모호성으로 인해 논리화할 수 있
는 망설임의 강도는 증폭된다. 2연의 시행들도 대립한다. "그냥 갈까"는
행동을 촉구하지만, "그래도/다시 더 한번"은 이런 촉구를 부정한다. 3
연에서는 "해 진다"라는 까마귀의 지저귐을 듣고, 4연에서는 "어서 따라
오라고 따라가자"라고 서두르는 강물 소리를 듣는다. 저무는 저녁 해 속
까마귀의 지저귐이 고백의 결단을 재촉한다면, 강물은 화자가 선택해야
할 떠남을 암시하면서 촉구한다. 음성적 차원에서도 다양한 청각적 병
렬과 반복을 찾을 수 있다. 크게는 그립다, 그리워, 그냥, 그래도와 같은
'ㄱ'음의 반복과, 할까, 하니, 한번, 해 진다고, 흐르는, 흘러도, 흐릅디다
려와 같은 'ㅎ'음의 반복이 병렬을 이룬다. 그리고 할까/말까, 산에도 까
마귀/들에 까마귀, 저 산/서산, 앞 강물/뒷 강물, 따라오라고/따라가자고
등의 병렬적 배치 등도 오락가락하는 망설임의 심리를 리듬으로 형상화
하고 있다.

2) 불협화음의 형식화

그, 글쎄, 저기, 저 찢,
어진 욕, 망의 틈, 사이, 로, 보, 여,
나, 난, 사, 사실 두, 려워, 그, 글쎄, 무, 무엇이, 나,

나로 하, 여금, 저 구, 멍을 드, 들여다보, 보게 하,

하는, 지, 어 어둡고도, 화, 황홀한, 저, 들의 화,

황금빛, 유 육체가 날, 눈, 멀게 해, 그 글쎄, 보,

보란, 말야, 아, 아, 저, 저, 저기 저, 지금,

두, 두려움을 너, 넘어서, 숨, 헉, 숨가쁘, 게, 하,

질, 질주하고 있, 는 저 비, 비약의, 모, 몸짓, 들, 하,

나, 난, 사, 사실, 오, 저, 끄 끝없는, 모, 몰락과, 사, 헉,

상승의, 시, 간들이, 무 무섭도록 피, 필요해, 그 글쎄,

지금, 저들은, 시, 시간을, 넘어, 시, 시, ……하,

시를 쓰, 쓰고 있는 거야

— 박정대, 「틈 사이로 엿보다」 부분

  인용 시는 어법과 쉼표, 불연속적인 행갈이와 행간걸침 등을 활용해
끊어짐과 이어짐을 반복하면서 말더듬증의 단속적 리듬을 구축한다. '구
멍'에 대한 사유를 시간 혹은 시와 연결하면서 그것들에 대한 두려움, 황
홀함, 숨가쁨을 개성적인 리듬의 형식으로 구현한다. 인간의 정서나 내
면을 어떻게 리듬화할 수 있는지에 대한 모색의 결과라 할 수 있다. "욕,
망의 틈"으로 상징되는 "저 구, 멍"에 대한 '나'의 감정은, '두려움'과 '무
서움'으로 언표화된다. 욕망에의 질주로 인한 육체적인 숨가쁨, 헐떡임
을 리듬으로 시청각화한 불규칙한 말더듬증의 호흡은, 더듬거릴 때마다
반복하는 첫 음절을 "그 글쎄" "저기 저" "나, 난, 사, 사실" "(저), 지금,
(저)"처럼 반복함으로써 일정한 규칙성을 지각할 수 있도록 한다. 정서
나 심리적 징후로 나타나는 신경증의 리듬화도 가능하다는 것을 보여주
는 예시다. 이러한 시도는, 리듬이란 부단히 새롭게 생성중이라는 사실
에 대한 확인이자 새로운 리듬의 가능성을 열어두려는 목적이기도 할 것

이다. 리듬의 현대화 혹은 리듬의 혁신을 통해 리듬이 여전히 살아 있는 시적 장치임을 분명하게 보여주고 있다.

3) 라임과 애너그램

21세기 시의 리듬은 라임의 가능성에서 찾을 수 있다. 라임을 우리말로 번역하자면 압운에 해당한다. 라임은 한 단어가 다른 단어에게 주는 소리의 메아리로서 같은 점과 다른 점을 동시에 알린다. 유사성이 없다면 라임이 없으나 유사성이 넘치면 지루해진다. 익숙함과 낯섦의 균형이 바로 라임의 기본이므로 라임을 잘 만든다는 것은 동질감과 이질감 사이의 균형을 찾아내는 것이다.

> ① 내 숨은
> 쉼이나 빔에 머뭅니다
> 섬과 둠에 낸 한 짬의 보름이고
> 가끔과 어쩜에 낸 한 짬의 그믐입니다
>
> 그래야 봄이고 첨이고 덤입니다
>
> (······)
>
> 그러니까 내 말은
> 두 입술이 맞부딪쳐 머금는 숨이
> 땀이고 힘이고 침이고
>
> 춤만 같은 삶의

몸부림이나 안간힘이라는 겁니다
                    ―정끝별, 「봄이고 첨이고 덤입니다」 부분

② 그래도 그대로
   정말의 절망을

   뚜뚜랄라 따따룰루
   명랑한 열망을

   굿 나잇― 굿 인사!

   차밍한 아침을
   성탄의 탄성처럼

   해피 뉴 이어? 너 해피 이유!
                    ―정끝별, 「파란 나팔―애너그램을 위한 변주」 부분

   라임은 새로운 언어가 아니다. 새로운 배치와 조어로 익숙한 언어를 발음하는 새로운 방식이다. 때문에 단어들이 이루어내는 관계성에 리듬의 모든 것이 달려 있다. '별개지만 연관 있는' 소리들에서 어떤 의미론적 관계성을 발견하는지가 라임의 성패를 좌우한다. 그리고 이런 관계성은 단지 어휘나 구문이나 구조만이 아닌 언어를 향한 시인의 현존을 담아내야 한다.
   인용 시 ①은 라임의 가능성을 문장이나 어구, 단어나 글자 차원에서 한 걸음 더 들어가 종성의 음소 차원에서 모색하고 있다. 숨, 쉼, 빔, 섬,

둠, 짬, 봄, 첨, 덤, 땀, 힘, 참, 춤, 삶과 같은 한 글자의 순우리말이면서 'ㅁ'을 종성으로 가진 단어들이 라임을 만들면서 의미의 변주를 이어간다. 보름, 가끔, 어쩜, 그믐이나 몸부림, 안간힘처럼 음절을 늘이면서 변주한다. "두 입술이 맞부딪쳐 머금는"은 발음 구조상 가장 먼저 발음하는 날숨의 입술소리 'ㅁ'에 대한 설명이기도 하지만, 관계 혹은 사랑의 은유적 표현이기도 하다. 탄생의 첫울음에서부터 죽음의 마지막 호흡까지 인간이 살아 있다는 증거이자 조건은 '숨'이다. 그러한 숨은 잠시의 '쉼'과 부재의 '빔'에 머물면서 한 호흡을 이룬다. 멈춰 '섬'과 놓아 '둠' 그리고 잠시의 '보름'이 들숨이라면, '가끔'과 '어쩜'에 낸 잠시의 '그믐'은 날숨이 될 것이다. 그 반대일지도 모른다. 들숨과 날숨, 보름과 그믐처럼 쉬거나 비고, 서거나 둘 수 있을 때 봄(春, 視)이고 첨(尖, 初, 始)이고 덤(添, 苴)이 될 수 있다는 것이다. 이 봄, 첨, 덤은 시작이자 끝, 꽃이자 거름, 꼭대기이자 바닥, 모서리이자 남음의 의미를 아우른다. 또한 땀과 힘과 참, 혹은 몸부림이나 안간힘으로 이루어진 이 일련의 삶의 과정이 춤이라는 메시지를 담고 있다. 입술소리로 끝나는 유사한 발음의 순우리말을 연속적으로 발화하면서 새롭게 음소 차원의 라임을 구현한다. 특히 한글의 글자 하나 혹은 음소 하나가 가진 색깔과 무늬와 결을 강조하고 있다.

인용 시 ②는 라임의 가능성을 애너그램(anagram, 철자 바꾸기)을 통해 실험하는 시다. 애너그램이란 철자의 위치를 바꾸어 새 어구를 만드는 어구 전철(轉綴, 철자 바꾸기)을 일컫는다. 'time(시간)'이 'emit(방출하다)' 'mite(잔돈)'가 되는 원리다. 우리말의 경우, 문장을 끝내는 종결 어미가 한정적이기에 라임의 운용법이 다양하지 않고, 교착어인데다 받침은 물론 이중자음과 복모음들이 있어서 애너그램 자체가 불가능하다고 알려져왔다. 그러나 이 시는 우리말에서도 애너그램이 가능하다는 걸 보여준다. 이러한 애너그램 역시 익숙한 단어에서 새로운 단어를 찾아내는 라임의 하나다. 단어, 어구, 문장 차원에서 이루어지는 애너그램은 일상의 언어를 낯설게 한다. 제목의 '파란'과 '나팔'은 'ㄴㄹㅍㅏㅏ'라는 음소를 다르게 배열한 단어들이다. '파란'이라는 단어 속에 '나팔'이라는 단어가 겹쳐 있다. '그래도'와 '그대로'가, '정말'과 '절망'이, '뚜뚜랄라'와 '따따룰루'가, '굿 나잇'과 '굿 인사'가, 나아가 '해피 뉴 이어'와 '너 해피 이유'도 애너그램을 이룬다. 이런 시어들은, 해체하고 다시 잇대는 언어의 건축술처럼, 제목 '파란 나팔'에서 연상되는 푸르고 싱그러운 이미지들을 구축하면서 서로에게 건네는 경쾌한 희망의 메시지를 전하고 있다.

시는 언어, 특히 모국어의 질감과 뉘앙스를 질료 삼아 리듬으로 자신을 표현한다. 시인은 음소와 음절의 균형을 맞추고 시를 전체적으로 조율하는 특정 리듬 패턴을 선택한다. 이 과정을 통해 시의 리듬은 호흡처럼 발산된다. 특히 대중문화 속 랩의 활성화에 발맞춰 21세기 시들은 우리말이 가진 라임의 가능성에 새롭게 눈을 뜨고 있다. 새로운 라임을 통해 새로운 시적 발견을 이루어내는 중이다. 좋은 라임은 귀뿐만 아니라 뇌에서도 작용한다. 의미를 희생시키지 않으면서 정확히 의도한 표현으로 완성한 라임, 그런 라임이 강력한 표현을 만들어내는 것이다. 이때 라임은 리듬과 이미지, 스토리텔링, 그리고 무엇보다 새로운 의미 구축에 기여한다.

4장
이미지의 운동성과 영상화된 이미지

이미지는 어떻게 정의되는가

우리는 이미지 시대, 이미지 과잉의 시대를 살고 있다. 이때 이미지는 주로 시각 이미지를 지칭하지만 그렇다고 이미지를 시각 포함의 감각에만 한정해서는 안 된다. 오늘날 이미지란 감각이자 경험이고, 물질이자 상상이다. 기억이자 사유고, 정동이자 정치다. 또한 그림이나 사진처럼 순간적으로 정지된 것이면서, 영상이나 홀로그램처럼 지속해서 움직이는 것이기도 하다. 이미지에 관한 연구 또한 감각적인 것과 사유적인 것, 매체적인 것과 정치적인 것들 사이에서 실현되는 인간의 모든 표현으로 확대되고 있다. 그러므로 현대시의 이미지 역시 재현과 표현, 신체와 물질, 감각과 상상, 기억과 자유, 순간과 지속, 정지와 운동, 공간과 시간 사이에서 발생하는 언어적 실현체로 정의되어야 할 것이다.

1970년대부터 김춘수를 필두로 개진되었던 이미지 시론의 논점을 그 갈래를 중심으로 정리하면 다음과 같다.

김춘수: 비유적 · 서술적 심상

이승훈: 정신적 · 비유적 · 상징적 이미저리

김준오: 정신적 · 비유적 · 상징적 심상, 절대적 · 상대적 심상

오규원: 정신적 · 비유적 · 상징적 이미지, 서술적 · 비유적 이미지[1]

이러한 흐름은 한국 현대시론사에서 이미지 개념이 어떻게 변화해왔으며, 시 속에서 이미지가 어떻게 작동하고 있는가를 한눈에 보여준다. 김준오, 이승훈, 오규원은 프린스턴대학의 『시학사전』의 개념을 원용한다. 그들은 이미지를 "신체적 지각에 일어난 감각이 마음속에 재생된 것"이라 정의하면서, 대상에 대한 감각적 · 지각적 특질로서의 '정신적(mental) 이미지', 원관념을 보조관념으로 비유하는 '비유적(figurative) 이미지', 다수의 원관념을 하나의 보조관념으로 상징하는 '상징적(symbolic) 이미지'로 구분한다.

기존 시론에서 감각 이미지와 비유 이미지를 차용하고, 이에 더해 현

---

1) 이승훈은 ('지각'을 통해 산출되든 '상상이나 환상'을 통해 산출되든) 이미지를 언어에 의해 "정신 속에 기록되는 감각적 모습"이라고 정의한다. 그는 "한 편의 시 자체가 하나의 이미지이면서 동시에 여러 이미지들의 무리일 수 있다"라는 이미지의 다발성에 주목해 이미지를 이미지의 복수형 '이미저리'로 명명한다. 김준오와 오규원도, 이미지(심상이라고도 함)를 '관념의 육화(肉化)'로 파악하며 언어 발달의 단계에 따라 정신적 · 비유적 · 상징적 이미지로 구분한다. 김준오는 절대적 이미지와 상대적 이미지로 구분하는데, 전자가 표상하는 대상과의 관계에 따라 시인의 내적 세계에서만 존재하는 비논리적이고 비대상적이라면, 후자는 모방론적 관점에서 객관적 대상을 재현한다. 반면 오규원은 관념에의 봉사 여부에 따라 '서술적 이미지'와 '비유적 이미지'로 분류한다. 이들에 앞서 김춘수는 관념을 육화(肉化)시키는 방식에 따라 '비유적(metaphorical) 심상'과 심상 그 자체를 위한 묘사에 가까운 '서술적(descriptive) 심상'으로 나눈 바 있다. 김춘수, 『시론』(송원문화사, 1971); 이승훈, 『시론』(고려원, 1979); 김준오, 『시론』(문장, 1984); 오규원, 『현대시작법』(문학과지성사, 1990) 참조.

상학적 이미지 연구의 핵심을 이루는 물질 이미지와 기억 이미지의 개념을 살펴보고자 한다.

(1) 감각 이미지는 감각기관 중심의 시각·청각·후각·미각·촉각 이미지와, 감각이 교집합되는 공감각 이미지, 다른 신체기관들에 의해 지각되는 근육감각(심장박동, 혈압, 호흡, 소화, 근육운동) 이미지 등으로 구분된다. 한국 현대시의 면모가 형성되었던 1930년대 이미지즘 운동에서도 알 수 있듯이, 회화적 요소가 극대화된 시각 중심의 감각 이미지는 현대시는 물론 현대시 이미지의 핵심이었다. 이러한 감각 이미지는 점차 시각을 넘어서 다른 감각으로 확장했으며 감각뿐 아니라 대상에 대한 주관적 인식 혹은 정서적 반응을 동반했다. 그런 의미에서 묘사적 차원이든 비유적 차원이든, 음성적 차원이든 의미적 차원이든, 모든 시어는 감각 이미지를 내포한다.

(2) 비유 이미지는 은유, 제유, 환유, 상징, 알레고리 등의 비유 체계에 의해서 생성된다. 시에서 비유는 시인의 정서나 사상을 직접 토로하는 것이 아니라 보조관념, 달리 표현하면 객관적 상관물을 통해 간접적으로 구체화됨으로써 미적 가치를 구현한다. 이 과정에서 생성된 이미지를 비유 이미지라 한다. 기존 시론에서는, 상징 이미지(한 시인이나 작가의 작품 전체를 통하여 반복적으로 드러나는 이미지 패턴이나 이미지군으로 원형적 이미지까지 포함)를 감각 이미지, 비유 이미지와 나란히 위치시켜왔으나, 상징 또한 원관념과 보조관념의 결합으로 이루어진 비유의 하나라는 점에서 비유 이미지에 상징 이미지를 포함시키고자 한다. 시의 언어가 비유의 언어이기에, 비유 이미지는 보조관념으로 시 전편에 배치되어 정신적이면서 심리적인 의미를 환기한다. 그런 의미에서 대부분의 이미지는 감각 이미지이거나 비유 이미지를 환기한다. 그 둘이 겹치는 경우도 허다하다.

(3) 현상학적 차원에서 생성되는 '물질 이미지'가 있다. 가스통 바슐라르에 따르면 세계를 구성하는 4원소 불, 물, 공기, 흙에서 파생된 물질 이미지는 물질 자체로서의 대상과, 물질에 대한 주체의 상상력 사이의 상호주관성에 의해 생성된다. 물질의 질료적 상상력이 강조되는데, 이 질료적 상상력에 의해 내면화된 기억의 총체를 중심으로 역동적 이미지가 발생한다. 이 역동적인 물질 이미지의 근간은 시인의 경험과 욕망이 반영된 의식 지향성에 자리한다. 그러므로 물질에 대한 자유로운 상상으로서의 몽상은, 물질 자체에 대한 주체의 의식 작용의 결과인 것이다. 이는 이전의 이미지들이 일방적인 주체의 감각이나 지각 작용으로 간주되었던 것과 대비된다. 이러한 현상학적 상상력에 의한 물질 이미지는 대상에 대한 시적 지향성을 반영하며 시인의 체험과 내면 의식을 드러내는데, 시인 개인의 무의식적 지향성이 집단적이고 근원적인 신화와 결합하면 물질적 '콤플렉스'나 '원형'[2]으로 발전한다.

(4) 앙리 베르그송의 기억 이미지도 물질적 실재이자 현상으로서의 의식에 해당한다. 물질 이미지에서 물질의 질료적 특성이 강조되었다면, 기억 이미지에서는 기억의 총체가 더 강조된다. 과거의 모습 그대로가 아니라 지속해서 이완하고 수축하는 기억으로 인해 물질적 실재로서의 이미지는 재구성된다. 이미지의 지각 과정에서 기억의 매개 작용을 강조하는 것이다. 베르그송에 따르면 사물은 감각기관에 포착되는 과정에서 이미지의 형태로 표상된다. 이때 외적 실재의 일부이면서 우리에게 포착된 이미지 다발들은 아직 무의식에 가까운 순수 지각의 상태에 놓인다. 이 순수 지각을 현실적 지각으로 이끄는 것이 기억의 매개 작용이다. 기억이 순수 지각의 이미지들을 실처럼 잇고, 현실적 지각에 의해 표상으

---

2) 곽광수·김현, 『바슐라르 연구』, 민음사, 1976, 186~251쪽 참조.

로 구체화되는 것이다. 원래의 순수한 기억의 다발들은 '주의깊은 식별'[3]에 의해 새로운 이미지 기억으로 재생산되는데, 과거 기억으로 현재 지각을 재해석하는 과정에서 대상을 바라볼 때 이 주의깊은 식별이 필요하다. 특히 연대기적이고 선형(線形)적 시간 인식에서 벗어나, 과거와 현재의 관계를 새롭게 바라보게 할 때 기억 이미지의 창조적 가능성은 극대화된다.

(5) 이 외에도 철학, 사회 미디어, 심리학 분야를 포함해 회화, 영화와 같은 타 매체 영역에서 논의되었던 서구의 이미지론을 원용해 새로운 패러다임의 현대시 이미지 개념들이 제시되고 있다. 관념의 구체화나 사물(또는 구체적인 것)을 묘사하는 이전의 '순간적이고 정태적인' 차원에서 벗어나, 서사나 사건, 사유나 정념, 영화나 정치 등을 묘사하는 '지속적이고 동태적인' 차원으로 이미지 개념이 변화한 것이다. 이미지를 제시하는 단위 또한 단어 또는 구를 넘어서, 문장 또는 행과 연의 시 전체로 확장되고 있다. 그리하여 기존의 감각(정신)·비유 이미지, 물질 이미지, 기억 이미지 들로부터, 이미지들의 이행과 변이라는 특성이 강조된 '사유 이미지' '영화 이미지' '정동 이미지'나 '서사 이미지' 등으로 변화하고 있다. 비유기적이고 초선형적인 이미지에 천착이 두드러진다. 이러한 변화는 산문화, 서사화, 환유화, 영상화, 가상화되고 있는 최근 시의 현장이 직면한 새로운 이미지 환경을 상기시킨다.

---

3) 우리는 과거 기억을 토대로 현재 지각을 재해석하는데, 분석이 필요한 복잡한 대상을 이해하기 위해서 과거 기억을 불러내 참조해야만 할 때 작동되는 식별을 '주의깊은 식별(la reconnaissance attentive)'이라 한다. 이때 '주의'란 대상을 새롭게 파악하기 위해 대상 앞에서 계속적으로 기억에 호소하는 작용으로, "지각을 모방하는 동시에 그 지각에 들어올 수 있는 이미지 기억들을 선택하는 일종의 필터 역할을 한다." 황수영, 『물질과 기억, 시간의 지층을 탐험하는 이미지와 기억의 미학』, 그린비, 2006, 57~166쪽 참조.

이미지는 어떻게 실현되는가

기존의 이미지 시론에서 언급되었던 감각 이미지, 비유 이미지, 물질 이미지, 기억 이미지, 그리고 최근 시의 일반적 특징인 서사 혹은 영상화된 이미지 들이 한 편의 시에서 어떻게 실현되고 있는지를 기형도의 시 「가는 비 온다」를 중심으로 살펴보자.

간판들이 조금씩 젖는다
나는 어디론가 가기 위해 걷고 있는 것이 아니다
둥글고 넓은 가로수 잎들은 떨어지고
이런 동네에선 한 소년이 죽기도 한다
저 식물들에게 내가 그러나 해줄 수 있는 일은 없다
언젠가 이곳에 인질극이 있었다
범인은 「휴일」이라는 노래를 틀고 큰 소리로 따라 부르며
자신의 목을 긴 유리조각으로 그었다
지금은 한 여자가 그 집에 산다
그 여자는 대단히 고집 센 거위를 기른다
가는 비……는 사람들의 바지를 조금씩 적실 뿐이다
그렇다면 죽은 사람의 음성은 이제 누구의 것일까
이 상점은 어쩌다 간판을 바꾸었을까
도무지 쓸데없는 것에 관심이 많다고
우산을 쓴 친구들은 나에게 지적한다
이 거리 끝에는 커다란 전당포가 있다, 주인의 얼굴은
아무도 모른다, 사람들은 시간을 빌리러 뒤뚱뒤뚱 그곳에 간다
이를테면 빗방울과 장난을 치는 저 거위는

식탁에 오를 나날 따위엔 관심이 없다

나는 안다, 가는 비……는 사람을 선택하지 않으며

누구도 죽음에 쉽사리 자수하지 않는다

그러나 어쩌랴, 하나뿐인 입들을 막아버리는

가는 비……오는 날, 사람들은 모두 젖은 길을 걸어야 한다

　　　　　　　　　　　　　　—기형도, 「가는 비 온다」 전문

　인용 시는 가는 비가 내리는 동네를 걸으면서 눈에 띄는 대상(풍경)과 떠오르는 기억(상념)을 이미지화하고 있다. 먼저 감각 이미지를 보자. 제목 '가는 비'을 비롯해 '젖는다' '적시다' '빗방울' '젖은 길' 등의 시어에 의해 축축한 촉각 이미지가 두드러진다. 시각을 동반한 이 촉각 이미지는 7행 "범인은 「휴일」이라는 노래를 틀고 큰 소리로 따라 부르며"에서 청각 이미지로 전이되고, 8행 "자신의 목을 긴 유리조각으로 그었다"에서 또다른 촉각 이미지를 더함으로써 감각 이미지가 극대화된다. '가는 비'가 유발하는 촉각 이미지를 배경으로 삼으면서, 노래와 비명과 베임과 피가 뒤섞인 7·8행의 인질극 부분을 삽입해 공감각적으로 혼용된 감각 이미지를 구현한다. 이와 같은 청각, 시각, 촉각에 의한 감각 이미지의 대조는 시에서 극적인 효과를 배가시킨다.

　비유 이미지를 보자. '가는 비'는 상실이나 우울, 죽음의 은유로 읽히는데, 사회·시대의 부조리와 연동되어 있다. 오는 것도 아니고 오지 않는 것도 아닌 형태의 '가는' 비 자체가 대처하기 힘든 애매한 상황을 내포한다. 또한 적실 대상을 "선택하지 않"는다는 구절에 주목할 때 그 비는 피할 수 없는 시대적 조건임을 추론할 수 있다. 어쨌든 암울한 시대 상황을 비유하는 '가는 비' 속에 존재하는 거리의 모든 것들은 자본주의에 순응하거나 저항하는 자들을 은유한다. 이를테면 '간판' '상점' '전당

포' 등이 자본을 대표하는 비유적 상관물이라면, '인질범' 「휴일」이라는 노래' '그 여자'[4] '거위' 등은 자본의 논리에 저항하는 비유적 상관물이다. "전당포에 시간을 빌리러" 가는 사람들이나 "우산을 쓴" 친구들도 자본과 문명에 길들고 익숙해져 무감각해진 존재들이고, 비에 젖어 떨어지는 '잎'과 비에 막힌 '입들' 역시 죽어나가는 '한 소년'처럼 시대와 억압에 희생된 존재들이다.

그 반대편에 '고집 센 거위'와 깨진 '유리조각'(인질극을 벌이다 자살을 하는 '범인')이 자리한다. 자본과 시대에 희생된 존재들이면서 자본과 시대에 대한 내적 저항의 의미를 담고 있다. 특히 '유리조각'은 자본과 문명의 파괴된 파편이면서 자본과 문명에 저항하는 무기가 된다는 점에서 저항성이 크다. 빗방울을 가지고 장난치는 '저 거위'도, 인위적으로 비를 피하려 "우산을 쓴" 친구들과 전당포에 시간을 빌리러 "뒤뚱뒤뚱" 가는 사람들과 대비된다. 이렇게 대립적으로 구축된 비유적 상관물들 사이를 가는 비에 젖은 채 '나'는 걷고 있다. 사회의 부조리와 모순을 인식하고는 있으나 실천에서는 무기력한 시적화자의 일상을 다채로운 비유적 이미지로 구현한다.

인용 시에서 물질 이미지는 물의 상상력을 근간으로 한다. 물이 공기의 상상력과 결합한 '가는 비'는, "사람을 선택하지 않은" 채 젖고 적시면서 식물, 거리, 간판, 상점, 우산, 바지 등에 스며든다. 물의 침윤성이 물질적 상상력의 원동력이 되고 있다. 이러한 침윤성은 때로는 거위의 장난 때문에 경쾌한 물이 되기도 하지만, 젖고 적시며 죽은 사람의 음성에까지 스며들어 "누구도 죽음에 쉽사리 자수하지 않듯" 사람의 입들을

---

4) 이 '인질극'은 1988년 교도소 이감중에 도망쳐 서울 남가좌동에서 여자를 인질로 삼아 인질극을 벌이다 자살했던 지강헌 사건을 배경으로 한다. 자살 직전 Bee Gees의 〈휴일 (Holiday)〉이라는 노래를 틀어달라 한 뒤 따라 불렀으며 "유전무죄 무전유죄"를 외쳤다.

막는 무거운 물이 된다. 물의 침윤성은 이렇게 차단하고 고립시키는 물의 단절성으로 변화한다. 이러한 물의 이미지에 또다른 역동성을 부여하는 것은 불과 흙의 물질성이다.

7·8행의 인질극 묘사 부분에서 범인이 자신의 목을 그은 '유리'조각은 모래나 석영에 불이 가해져 물처럼 액체화되었다가 다시 흙의 물성으로 고체화된 것이다. 그 '유리조각'으로 인해 내뿜어졌을 '피' 또한 물의 물질성이 불과 결합하여 분출하는 물성으로 변성된다. 이처럼 무거운 물이 흙과 결합하여 딱딱해질 때 자신을 스스로 해치는 유리(조각)가 되고, 그 (유리)조각 때문에 불의 상상력이 가미되어 피로 변용된다. 떨어지는 낙하성에서 내뿜는 분출성으로, 스며드는 침윤성에서 차단하는 단절성으로 물의 이미지는 변성작용을 한 것이다. 상실이나 죽음의 물성을 지닌 이 음울한 물의 상상력은 다른 시들에 나타난 '안개'나 '진눈깨비' 등과 함께, 기형도 시인의 시적 지향성을 드러내는 개인 상징으로 작용한다.

기억 이미지의 관점에서 보자. '가는 비'는 '한 소년'의 죽음과, '인질극'과, '죽은 사람의 음성'을 환기시킴으로써 순수 기억으로서의 과거를 현재화하며 아우라를 발산한다. 이때 순수 기억을 불러내는 주의깊은 식별의 대상은 '둥글고 넓은 가로수 잎'이다. 그 '잎'은 순수 기억을 선택하는 필터 역할을 한다. 즉, 비에 젖어 떨어지는 그 잎에 의해, "이런 동네에선 한 소년이 죽기도 한다"에서처럼 '한 소년'의 죽음이 과거/현재/미래 가능성으로 떠오르고, 이어서 과거의 인질극과 「휴일」이라는 노래가 소환되면서 현재화된다. 과거의 인질극과 연관되어 연쇄적으로 소환되는 '그 집' '한 여자' '죽은 사람의 음성' '막혀버린 입' '젖은 길' 등은 모두 과거가 현재까지 지속하는 현재화된 과거다. 무엇보다 '그 집'에서 여전히 '고집 센 거위'를 기르며 사는 '한 여자'가 과거에 인질이었던 '그 여자'라면, 과거에서 현재로 이어지는 지속성은 강화된다. '뒤뚱뒤뚱'이라는 의태어로 전당포 가는 사람들과 거위가 오버랩된다는 점, 과거의 인질범이 들으며 따라 불렀던 노래나 죽은 사람의 음성이 거위의 울음소리를 연상시킨다는 점에서 과거의 지속성은 더욱 강화된다.

또한 비에 젖어 떨어지는 '잎'과 비에 막혀버리는 '입'도, 발음상의 유사성을 지닌 채 과거와 현재를 연결하는 역할을 담당한다. (과거의)「휴일」이라는 노래를 '따라 부르'면서 세상을 향해 "유전무죄 무전유죄"를 외쳤던 인질범의 입과, (현재의) '나'를 비롯해 동네 사람들이 말하지 못하는 입이, 거위의 입과 겹쳐지기 때문이다. 말하지 못하도록 '(가는 비가) 막아버리는 입들'을 보여주기 위해, 입이 튀어나온 그러나 꽥꽥거릴 뿐인 '거위'의 이미지가 동원되었을 것이다. 이들 모두가 현재와 과거와 미래를 영속시키는 순수 기억의 대상들이다. 이 '가는 비'에 의해 나/소년, 인질범/여자, 여자/거위, 우산 쓴 친구들/전당포 주인, 간판/우산이, 잎/입이, 산 사람들/죽은 사람 등의 경계가 침범되며 과거, 현재, 미래가 지속성을 획득한다. 기억 이미지들에 의해 '가는 비'에 젖는 서울 변두리 '이런 동네'의 풍경과 정서와 의미가 구축되는 것이다.

이상과 같은 감각 · 비유 · 물질 · 기억 이미지 외에도 인용 시 전체를 관류하는 특징적인 이미지가 느껴지는데, 사건화된 이미지와 영상화된 이미지가 바로 그것이다. 인용 시는 설명되지 않는 한 편의 짧은 소설 혹은 단편영화를 보는 듯하다. 기형도의 시는 21세기 시 이미지의 특징인 서사 이미지, 영화 이미지, 정동 이미지 등을 앞서 보여주고 있다. 영화에서 숏들이 몽타주되어 신을 이루고, 신들이 모여 시퀀스를 이루듯, 시에서도 행동들이 결합해 장면을 이루고, 장면들이 결합해 상황을 이루면서 영상 이미지를 구현한다. 인용 시는 동사화된 행동 이미지를 중심으로 열한 개의 장면으로 구성되어 있다.

① 간판들이 **조금씩 젖는다**

② <u>나는 걷고 있다</u>

③ 둥글고 넓은 가로수 *잎들이 떨어지다*

④ 범인이 「휴일」이라는 노래를 틀고 따라 부르며/자신의 목을 긴 유리조각으로 긋다

⑤ 한 여자가 그 집에 산다/고집 센 거위를 기른다

⑥ 가는 비가 사람들의 바지를 **조금씩 적신다'**

⑦ (쓸데없는 것에 관심이 많다고) 친구들이 나에게 지적하다

⑧ <u>사람들이 시간을 빌리러 뒤뚱뒤뚱 전당포에 가다'</u>

⑨ 거위가 빗방울과 장난을 치다

⑩ 가는 비가 하나뿐인 *입들을 막아버리다'*

⑪ <u>사람들이 젖은 길을 걸어가다"</u>

　이처럼 행동화된 장면들 사이에 생략된 서술들은 지각이나 감정, 충동을 드러낼 뿐만 아니라 행동 이미지의 내적동기나 의미를 보충하면서 중층적 서사를 구축한다. 이렇게 분절된 열한 개의 행동 혹은 장면들은 다시 ①~③까지 거리의 서정적 상황, ④~⑤까지 과거 인질극 상황, ⑥~⑨까지 거리의 일상적 상황, ⑩~⑪까지 거리의 시적 상황으로 구분된다. 영화 이미지는 이러한 행동/장면 이미지들의 연쇄가 어떻게 구축되느냐가 관건이다. 예컨대 ①~⑪에 걸쳐 몽타주된 행동/장면 이미지들은 현재-과거-미래는 물론 현실-상상-기억을 오가며, 비연대기적 혹은 비유기적으로 구축된다. 특히 롱숏으로 잡은 영화의 한 장면처럼 ②의 (젖은 간판들이 있는 거리를) 걷는 '나'의 장면에서 시작해서 ⑪의 (젖은 길을) 걸어가는 '사람들'의 장면으로 끝이 나고 있다. ③의 '잎들이 떨어지다'와 ⑩의 '입들을 막아버리다'로 구성된 장면 이미지들은 실존적

조락의 의미는 물론 시대적 억압과 부조리의 의미를 구축한다. 또한 클로즈업으로 구성된 ①의 간판들이 조금씩 '젖는다'와 ⑥의 사람들의 바지를 조금씩 '적신다'라는 장면 이미지들도, 사물 주어의 자동사와 사물 목적어의 타동사로 인해 자동과 타동의 의미를 제거하는 것은 물론 피동화된 음울한 시적 분위기를 형성한다.

인용 시의 이미지는 1980년대 후반의 시대적 정서와 연동되어 있다. 후기 자본주의의 징후 속에서 상실되어가는 이념적 비전을 이미지화하면서, 이러한 상실에 저항하지 못한 채 순응해가는 삶을 음울한 정동으로 형상화한다. 시에 인용된 인질극이 함의하는 사회사적 의미를 포함해, 자본에 잠식당한 삶에서 빚어지는 휴식과 안식에 대한 욕망을 읽어낼 수 있다는 점에서 정치성을 함의한다. 자본에 무기력한 일상과 비전 상실의 정치적 무의식을 이미지화하고 있다.

이미지의 관계성과 운동성

시 이미지를 흐름이자 운동이자 변이의 개념으로 이해한다는 것은, 이미지들을 어떻게 배열·배치·구성(구조)·결합·이동·조합·연결하는가에 따라 이미지의 잠재적 가능성을 무한하게 열어둔다는 의미다. 실제로 시 이미지는 언어의 '편집'에 의해 이루어지는데, 이는 시 이미지의 작동 방식을 이미지 단편들의 조직체 개념으로 치환할 수 있다는 것을 의미한다. 일찍이 이승훈이 이미지의 복수형 '이미저리'의 관점에서 이미지론을 접근하고자 했던 것은 이미지들 간의 관계성 혹은 그 운동성을 감지했기 때문일 것이다. 이러한 문제의식은 뒤이은 연구자들에 의해 한 편의 시에서 복수의 이미지들이 구조화되는 방식(지속적·집중적·병렬적·

확산적 구조), 감각의 운동 방식(전이, 초점화, 관통, 영탄, 병합)[5]에 주목
하도록 했다. 영화의 편집처럼, 시에서도 언어적 편집에 의해 이미지들
이 구조화되는 방식을 인지하고 있었음을 보여주는 단면이다.

이미지의 운동성을 전제로 이미지의 편집, 이미지의 구조화 개념을 이
해할 때, 에드워드 마이브리지와 마르셀 뒤샹의 작업은 그 실마리를 제
공한다.

에드워드 마이브리지, 〈주프락소그라퍼〉(1887)　　　마르셀 뒤샹, 〈계단을 내려오는 나부〉
(1912)

19세기 말 마이브리지는 (크로노)포토그래피 촬영법으로 영화 탄생
의 발판을 마련했다. 말이 달리는 장면을 열두 대의 카메라로 촬영해 '움

---

5) 이지엽은 이미지들이 전체적으로 어떠한 형태로 진행되느냐에 따라 지속적·집중적·병
렬적·확산적 이미지(구조)로 구분한 바 있으며(『현대시 창작 강의』, 고요아침, 2005, 168~
176쪽), 권혁웅은 한 편의 시에서 이미지가 어떻게 시적 구성의 중심에 놓이는가를 감각의
운동 방식에 따라 전이(감각의 이동), 초점화(감각의 집중), 관통(감각의 통일), 영탄(감각
의 즉물화), 병합(감각의 접붙임)으로 구분한 바 있다(『시론』, 문학동네, 2010, 540~559쪽
참조).

직임의 연속적 국면'을 포착한 것이다. 이 같은 동적인 단면에 대한 이미지적 통찰은 20세기 초, 평면에 운동성을 부여하고 감각에 생각(개념)을 담은 뒤샹의 〈계단을 내려오는 나부〉로 이어졌다. 이 그림은 운동하는 물체를 표현하기 위해 시공간의 분절을 한 화면에서 종합하려는 시도였다. 이 같은 이미지의 운동성과 관계성에 주목해 20세기 영화 이미지론을 기술적·철학적·미학적으로 체계화한 건 질 들뢰즈였다. 그의 이미지론은 우리 시대에 가장 대중화된 영화를 대상으로 하고 있지만, 일상과 예술과 사유의 바탕을 이루는 21세기 문화예술론이자 나아가 형이상학적 시간론, 인식론을 대표한다.

들뢰즈는 영화 이미지의 운동성을 프레임(집합 혹은 닫힌 체계), 플랑/숏[6](이동 운동), 몽타주(지속 혹은 전체) 차원으로 설명한다.[7] 프레임→숏→몽타주에 이르는 이미지 운동의 세 단계는, '부동의 단면'으로서의 즉각적 이미지→운동-이미지→시간-이미지로의 변이 단계와 부합하기도 한다. 운동하는 전체는 관계를 통해 정의되고, 운동하는 이미지는 관계로서의 전체를 지향한다. 프레임, 숏, 몽타주를 시 이미지에 적용한다면 '단면' '장면' '몽타주'라는 용어로 번역할 수 있다. 이러한 번역은, 영화 이미지를 시 이미지로 원용할 때 발생 가능한 차이를 인정하면서 시 이미지의 고유한 작동 방식을 설명하는 데 필요한 과정이다. 어쨌든 단면, 장면, 몽타주는 '부분으로서의 집합'으로 나누고 '지속으로서의 전

---

6) 질 들뢰즈는 영화를 구성하는 기술적인 기본단위이자 운동의 질적 변화를 탐지하는 미학적 단위로서 플랑(plan)을 제시한다. 영화 고유의 운동성을 지속시켜주는 플랑들이, 몽타주(montage)로 결합해서 한 영화의 전체를 구성한다. 이러한 플랑은 일반적인 숏(shot)의 개념과 비슷하다. 숏이 기술적 맥락에 따른 용어인 것에 반하여 플랑은 영화에서의 공간과 시간의 최소 단위라는 미학적 함의를 포함하고 있다. 논자에 따라 플랑을 숏과 구분하기도 하고 같은 개념으로 사용하기도 하는데, 여기서는 같은 개념으로 보고자 한다.

7) 질 들뢰즈, 『시네마 1 : 운동-이미지』, 유진상 옮김 시각과언어, 2002, 29~56쪽 참조.

체'로 통합하는 시 이미지의 기본단위다. 이것들은 시 이미지의 관계성과 운동성을 살펴볼 수 있는 방법론적 틀이 될 것이다.

(1) 시 이미지의 기본단위는 '단면'이다. 시에서 단면은, 마치 한 장의 그림이나 사진처럼, 시적인 공간과 대상 혹은 시적화자의 시선 등을 환기하는 가장 작은 움직임의 지각 단위다. 그러한 단면은 공간을 구성하는 이미지 구도의 기본 요소로 작동한다. 원근법적으로 풍경화할 수도 있고 세세하게 클로즈업할 수도 있다. 공간성을 무시한 채 질감화하거나 느낌화할 수도 있고, 공간적인 관계나 크기의 식별이 불가능하게 환상화할 수도 있다. 또한 어떻게 화면 잡기를 하는가에 따라 시 이미지의 구도가 달라지는데, 이 구도는 시인의 시작 동기나 의도와 밀접하게 관련되기 마련이다. 시적 대상과 그 대상이 차지하는 시의 공간적 확장에 이바지하는 단면은 한편의 시에서 화면이 될 수도 있고 장면이 될 수도 있다.

(2) 시에서도 이미지의 운동성을 직접 보여주는 단위가 '장면'이다. 단면과 단면의 연결은 이미지와 이미지 사이의 운동감을 발생시켜 장면화된다. 언어적 배열에 의한 연속적인 운동으로 이루어지는 장면은 영화의 숏과 유사하다. 변화하는 하나의 전체에 연결될 지속의 이미지, 즉 운동하는 이미지의 최소 단위에 해당하며, 주로 동사 중심의 행위로 구성된다. 시 이미지의 실제 분석에서 이 장면은 다양한 맥락에서 사용되는데, 장면이 공간적 한정으로 파악될 때는 단면의 관점에서 이해되고, 시간적 한정으로 파악될 때는 몽타주의 관점에서 고려된다. 장면은, 단면과 몽타주 사이를 넘나든다.

(3) '몽타주'라는 용어는 영화 편집 과정에서 유래했으나 문학예술 분야에서 이미 방법적 장치로 인정받고 있으므로 시 이미지에서도 그대로 사용하고자 한다. 몽타주는 시 이미지 기본단위인 단면들과, 운동성을 내포한 최소 단위인 장면들을 편집하는 과정이다. 그러니까 시적 대상과

행위와 상황들을 배열하고 때로는 해체하는 작업에 해당한다. 이는 기존 시론에서 이미지의 구조화, 즉 이미지 간의 연쇄, 확산, 충돌에 의한 구조화 방법과 유사하다. 이러한 몽타주는 단면과 장면 간의 유기적 서술이나 서사에 집중하는 재현적 방법, 비유기적 감각이나 상상에 집중하는 표현적 방법으로 구분할 수 있을 것이다. 세부적으로는 비약 혹은 단절, 암시 혹은 생략, 반복 혹은 겹침의 방법 등의 구분도 가능하다.

이렇듯 한 편의 시에서 이미지는 연속적으로 운동하는 이미지들로 진행된다. 한 개 혹은 몇 개의 단면들이 연속해 장면화되고, 장면들이 모여 몽타주로 구성되는 것이다. 대체로 '단면'이 명사화·형용사화·동사화된 지각적 단위라면, '장면'은 단면들이 집합된 상황적 단위에 가깝다. 특히 몽타주는 단일 공간에 국한되지 않을 때도 있고 시간의 흐름이 모호할 때도 있지만, 하나의 극적 단위 역할을 하는 것은 사실이다. 한 편의 시는 여러 개의 몽타주로 구성되는 경우가 일반적이지만 극단적으로 시 전체가 하나의 단면이나 하나의 장면으로 이루어지는 경우도 있다. 계속된 이미지의 이동으로 인해 하나의 장면에서 공간적인 규정이나 시점이 계속 변화할 때도 있고, 이와 반대로 하나의 장면처럼 보이지만 사실은 여러 장면의 연결로 이루어질 때도 있다. 결국 하나의 단면이나 하나의 장면, 하나의 몽타주만으로도 한 편의 시가 될 수 있다. 물론 단면이 장면이 되는 경우도 시에서는 허다하다. 그런 의미에서 단면과 장면, 장면과 몽타주는 중첩될 수 있다. 따라서 시에서 이미지는 단순히 단면, 장면, 상황 등을 잘라서 이어붙인 것만을 지칭하는 것이 아니라, 그것들을 시 안에서 어떻게 이동시키고 중첩하는가에 따라 다르게 재현되고 다르게 현현한다. 물론 이미지의 운동성은 하나의 시어에서부터 시구, 행, 연 등으로 구현될 수 있다. 시적 대상을 포착하기 위한 화자의 시점과 위치 혹은 태도와 목소리 등에 의해서도 가능하다.

이미지가 지속과 전체 안에서의 운동과 변화라고 지적한 들뢰즈는 영화 이미지를 운동-이미지와 시간-이미지로 나누어 고찰하였다. 운동-이미지는 대상의 독립성을 전제로 각각의 이미지들이 유기적으로 묘사되며, 감각-운동 도식에 의존하는 운동을 통해 지속하는 실재의 시간을 간접적으로 재현(représentation)한다. 이에 비해 시간-이미지는 비정상적인 시간이 직접적으로 드러나거나 현현(épiphanie)한다. 운동-이미지와 시간-이미지의 관계는 현실태와 잠재태의 관계로, 재현과 현현의 특성으로 설명할 수 있다.[8]

들뢰즈가 분류한 이미지 체계에서 시 이미지 이해에 유용한 지각-이미지, 정감-이미지, 행동-이미지, 크리스탈-이미지를 차용하고자 한다. 또한 다른 이론적 맥락에서 다르게 언급되는 유사 이미지들을 제시함으로써 21세기 이미지의 지형도를 그려보면 다음과 같다.

〈질 들뢰즈 주요 이미지〉	〈차용한 시 이미지〉	〈유사 이미지〉
운동-이미지: 지각(perception)-이미지	→ 지각-이미지	≒ 감각 이미지
정감(감화·감정, affection)-이미지	→ 정감-이미지	≒ 정동 이미지
행동(행위, action)-이미지	→ 행동-이미지	≒ 서사 이미지
시간-이미지: 크리스탈(거울, cristal)-이미지	→ 크리스탈-이미지	≒ 사유 이미지

---

8) 들뢰즈의 운동-이미지와 시간-이미지의 구분은 이승훈이 이미지를 '육체의 지각을 통해 산출되는 경우'와 '육체의 지각을 통하지 않고 상상(환상)에 의해 산출되는 경우'로 구분했던 것을 환기한다(이승훈, 같은 책, 114쪽). 또한 표상하는 대상을 가지며 윤리, 도덕, 진리를 비롯한 '의미'를 선달하기 위한 수단이거나 객관적 대상을 모방론직으로 재현한 '싱대적 심상'과, 시인의 상상 세계 속에서만 '존재'하며 이미지의 비논리적인 돌연한 결합 속에서 자립적으로 표현한 '절대적 심상'으로 구분했던 김준오의 이미지 분류와도 유사하다(김준오, 같은 책, 165~168쪽).

지각-이미지가 기존의 감각(정신) 이미지와 유사하다면, 행동-이미지는 행동의 연쇄적 결합을 통해 구축되는 서사 이미지와 유사하다. 지각이 대상을 포착하기 위한 잠재적 행위를 함의한다면, 대상을 포착한 후 지속된 반응으로서의 실제적 행위가 행동이다. 정감-이미지는 혼란스러운 '지각'과 그로 인해 주저하는 '행동' 사이에서 주체에게서 발현되는, 주체가 자신을 지각하거나 안으로부터 느끼는 정서에 해당한다. 정감이 감정, 정서 등을 통칭하는 정동 개념에 포함되기도 한다는 점에서 정동 이미지와 유사하다. 한편 과거의 감정, 꿈·환상의 이미지, 기억의 동요와 실패 등 시간에 대한 직접적인 이미지가 시간-이미지인데, 그 시간-이미지를 대표하는 것이 크리스탈-이미지다. 크리스탈-이미지는 현실태로서의 그 어떤 고정적이고 절대적인 진리 자체를 거부하며 연대기적이고 인과적인 시간의 질서에서 벗어난다. 탈균일적이고 비등가적으로 굴절된 혼돈의 이미지 속에서 새로운 창조성을 생성한다는 점에서 크리스탈-이미지는 사유 이미지와 유사하다.

시인을 대신하는 시적화자가 시적 대상의 이미지들을 포착해 한 편의 시에 담아낼 때의 시선을 카메라 시선에 견주어보자면, 지각-이미지는 사물 전체의 윤곽을 드러내는 원경 화면(롱숏), 행동-이미지는 움직임을 추적하는 중경 화면(미들숏), 정감-이미지는 대상의 주요 부분을 포착해 집중효과를 줄 수 있는 근접화면(클로즈업)을 즐겨 활용한다.[9] 또한 언어적 변용의 차원에서 일반화시켜보자면, 지각-이미지는 움직임을 순간적인 '실사'로 포착하며 그 외형이나 실제를 잡아두는 명사화된 대상들의 계열로 구현된다. 행동-이미지가 '동작', 즉 운동체에 대한 행위 묘사를 나타내는 동사와 관련된 계열을 통해 구현된다면, 정감-이미지는 운동

---

9) 질 들뢰즈, 같은 책, 134~135쪽.

을 체험한 상태의 특질을 나타내는 형용사와 관련된 계열을 통해 구현된다.[10] 그러므로 시 이미지 분석이란 물질-흐름-빛으로 운동하는 이미지가 어떻게 지각화되고, 정감화되고, 행동화되고, 크리스탈화되는지, 그 가능성을 밝히는 과정이 될 것이다. 유의할 점은 어떤 작품도 한 유형의 이미지로만 이루어지지는 않는다는 점이다. 단지 한 작품에서 더 중요하게 작용하는 이미지 유형이 있을 뿐이다.

사물 전체의 윤곽을 드러내는 지각-이미지

지각이란, 주체가 대상을 느끼는 최초의 물질적 순간이자 대상의 운동성에 대한 두뇌나 육체의 구체화다. 이러한 구체화는 또다른 사물들과의 관계 속에서 지각 주체의 인지 작용을 통해 포착된다. 일반적으로 전체적인 윤곽이나 물질성에서 비롯되는 객관적인 지각에서, 단순한 생략이나 감상에 의한 주관적 지각으로 나아간다. 이 지점에서 지각은 감각과 구별된다. 감각(sense)이 육체가 외부로부터 직접 받아들이거나 육체 내부에서 발생하는 물질적이고 파편적 경험이라면, 지각(perception)은 이 감각적 자료들을 정신적 과정을 통해 통합한 것이다.[11] 지각이 대상의 순간적 운동성과 주체의 의식 (혹은 기억)이 뒤섞여 복합적인 양상을 띠는 이유이자 감각보다 주관성에 가까운 이유다. 따라서 기존의 감각 이미지를 이 지각-이미지에 포함시킬 수 있다.

---

10) 같은 책, 127쪽.

11) 조성훈, 『들뢰즈의 씨네마톨로지』, 갈무리, 2012, 248쪽.

낙엽은 폴―란드 망명정부의 지폐

포화에 이즈러진

도룬 시의 가을 하늘을 생각케 한다.

길은 한 줄기 구겨진 넥타이처럼 풀어져

일광의 폭포 속으로 사라지고

조그만 담배 연기를 내어 뿜으며

새로 두 시의 급행차가 들을 달린다.

포플라 나무의 근골(筋骨) 사이로

공장의 지붕은 흰 이빨을 드러내인 채

한 가닥 꾸부러진 철책이 바람에 나부끼고

그 우에 세로팡지로 만든 구름이 하나.

—김광균, 「추일서정」 부분

운동을 순간적으로 포착하여 그 외형이나 실제를 잡아두는 지각-이미지가 명사적 변용과 원경 화면에 의존한다는 것은 앞서 지적한 바 있다. 명사는 이정표 같아서, 인식 및 재인식의 기능을 하는 지각-이미지의 단면 형성에 일조한다. 그런 의미에서 인용 시의 명사화된 제목 '추일서정'은, '가을날'과 '서정'이라는 지각의 범주를 지정해 시 전체의 윤곽을 그려준다. 첫 행에서부터 자연적 조락의 대상 "낙엽"은, 폐허가 된 이국적 도시 문명의 대상 "폴―란드 망명정부의 지폐"와 병치적으로 결합한다. 이 대비적인 두 축의 지각-이미지들이 시적화자의 시선 이동에 따라 시 전체에 걸쳐 몽타주되면서 운동성을 획득한다. 이를테면 "낙엽"은 "폴―란드 망명정부의 지폐"로, 그것들이 흩날리는 "포화에 이즈러진/도룬 시의 가을 하늘"로 이어지면서, 전쟁의 폭력성이 더해진 현대문명에 대한 지각-이미지를 구축한다. 또한 '길'에서 '구겨진 넥타이'로, 그리고

'들'에서 '담배 연기'를 내뿜으며 달려오는 '급행차'로, '포플라 나무'에서 '공장의 지붕'으로, '바람'에서 구부러진 '철책'으로, '구름'에서 '세로판지'로 이동한다. 현실적인 풍경에 상상적인 풍경이 몽타주되는 것은 물론, 낙엽에서부터 구름으로 이동하는 자연 풍경들이, 그것들에 조응하는 지폐에서부터 셀로판지로 이동하는 도시 문명화된 풍경들과 몽타주되면서 낯선 도시의 가을 풍경을 이미지화한다. 시적화자의 시선 또한 롱숏에 롱테이크를 더한 파노라마처럼 멀리 지각하는데, 지각-이미지가 사물 전체의 윤곽을 드러내는 원경 화면(롱숏)을 즐겨 선택한다는 실례를 보여준다. 인용 시는 지각-이미지들의 연속적인 운동성, 시각 이미지를 중심으로 마치 조각을 하듯이 필요한 부분을 선택하고 마름질을 하여 원경의 윤곽으로 '추일서정'을 풍경화하고 있다.

내용 없는 아름다움처럼

가난한 아희에게 온
서양 나라에서 온
아름다운 크리스마스 카드처럼

어린 양들의 등성이에 반짝이는
진눈깨비처럼

—김종삼, 「북치는 소년」 전문

인용 시에서도 제목 '북치는 소년'은 지각-이미지의 윤곽을 제공한다. 크리스마스캐럴을 연상시키는 '북치는 소년'에 대해 심리적 거리를 유지한 채 각 연을 절제된 묘사로 장면화하고 있다. 각 연을 원관념이 생략된

'~처럼'의 직유로 끝맺으면서 명사 중심의 지각-이미지들로 몽타주하고 있는 것이다. 먼저 1연의 "내용 없는 아름다움"은, 2연의 "아름다운 크리스마스 카드"로 이동한다. 전쟁 이후의 분단, 실향, 이산, 가난으로 얼룩진 1960년대의 우리나라를 떠올려본다면, 고아원이나 교회를 통해 '가난한 아희'가 받았음직한, '어린 양'이 그려진 '서양 나라'에서 온 '크리스마스 카드'는 이국적 환상을 불러일으킬 정도로 비현실적이고 또 그만큼 쓸모없어서 그 '내용 없음'의 아름다움은 극대화된다. 여기저기서 울려퍼졌을 법한 캐럴 '북치는 소년'도 마찬가지다. 실제적인 빵이나 옷을 능가하는 풍요와 행복, 꿈과 희망의 상징적 대상이 되기에 충분하다. '가난한 아희'에게는 더욱 그렇다. 그러한 '크리스마스 카드'는 다시 3연의 "어린 양들의 등성이에 반짝이는/진눈깨비"로 이동한다. 어린 양떼들의 등성이에 내리는 진눈깨비일 수도 있고, 어린 양들처럼 하얀 겨울 산등성이에 내리는 진눈깨비일 수도 있다. 물론 어린 양들은 가난한 아이들에 대한 비유일 것이다. 이런 진눈깨비는 함박눈이나 송이눈이 아니라는 점에서 비극적 아름다움이 강화된다.

장면된 이 세 연의 지각-이미지는 회화에 가까울 정도로 시각 이미지가 압도적이지만, 제목에 초점을 맞춰 읽자면 〈북치는 소년〉이라는 캐럴이 배면에 깔려 있어서 청각 이미지 또한 강렬하게 환기된다. 그러나 이 지각-이미지 간의 유기성을 찾기란 쉽지 않다. 정지된 단면에 가까운 이미지 간의 불연속성이 강조되고 있는데, 「추일서정」이 유기적인 풍경의 장면들을 파노라마처럼 몽타주했던 것과 비교된다. 따라서 「북치는 소년」은 이미지 간의 불연속성으로 인해 '행간 읽기'나 '여백 읽기'를 통해 이미지 간의 비약적인 운동성과 관계성을 적극적으로 채워넣어야 한다. 이미지들을 생략하고 비움으로써 역설적으로 시의 의미가 풍요로워지는 시다.

움직임을 동작으로 추적하는 행동-이미지

'지각 가능한 행동'이라는 말이 증명하듯, 지각-이미지와 행동-이미지는 연동되거나 공존할 때가 많다. 지각-이미지를 규정하는 것이 육체로의 수축이라면, 행동-이미지는 육체에서 외부 세계로의 만곡이다. 지각-이미지가 육체에 수용된 이미지 중 필요한 부분만을 선택적으로 재단해 외부 세계의 윤곽과 틀을 마련한다면, 행동-이미지는 육체와 외부 세계 사이의 틈에서 육체를 중심으로 작동되며 외부 세계에 개입하거나 작동한다. 지각-이미지에 머물다 행동-이미지로 들어간다는 점에서, 행동-이미지 속에서도 대상이 위치한 공간을 지각한다는 점에서, 행동-이미지는 이미 지각-이미지다. 다시 말해 동사화된 '동작'과 연관된 행동-이미지는 대상들을 지각함으로써 그 대상들이 지각 주체에게 갖는 '잠재적 작용'과, 지각 주체가 그 대상들에 행사하는 '가능한 행동'으로 파악되는 것이다. 이처럼 행동-이미지는 '가능한 행동'들의 연결 접속, 그러니까 행동의 지속을 통해 '유기적 서사'를 구성한다.

갓주지 이야기와
무서운 전설 가운데서 가난 속에서
나의 동무는 늘 마음졸이며 자랐다
당나귀 몰고 간 애비 돌아오지 않는 밤
노랑 고양이 울어 울어
종시 잠 이루지 못하는 밤이면
어미 분주히 일하는 방앗간 한구석에서
나의 동무는
도토리의 꿈을 키웠다

그가 아홉살 되던 해
사냥개 꿩을 쫓아다니는 겨울
이 집에 살던 일곱 식솔이
어디론지 사라지고 이튿날 아침
북쪽을 향한 발자국만 눈 우에 떨고 있었다

　　　　　　　　　　　—이용악, 「낡은 집」 부분

　인용 시는 일제강점기 북방의 외딴 마을을 배경으로 화자의 시선이 시간 이동을 하면서 주인공들의 행동을 추적하고 있다. 시적화자 '나'는 전달자로서의 목소리로만 존재할 뿐, 실제 주인공은 화자의 '싸리말 동무'인 '털보네 셋째아들'이다. 제목의 "낡은 집"은 물론, 부모들이 바라지 않는 자식을 갓주지(갓을 쓴 스님)가 잡아간다는 "갓주지 이야기"와 "무서운 전설", 일제의 수탈이나 밀무역과 객사 등을 환기하는 "당나귀 몰고 간 애비 돌아오지 않는 밤", 유이민(流移民)을 암시하는 "북쪽을 향한 발자국" 등은 시의 시대적 배경을 암시하는 큰 형식의 행동-이미지에 속한다. 인용 시 역시 명사 중심의 지각-이미지와 동사 중심의 행동-이미지가 혼재하는데, 이때의 행동-이미지는 구체적인 동작이나 움직임보다는 비극적인 시대 상황이나 고단한 삶의 핍진성을 비유적으로 암시하려는 특성이 강하다. 이러한 행동-이미지는 일반적으로 수행적인 육체의 동작을 전달하거나 재현한다. 행동 주체와 행동을 지시하는 동사들을 중심으로 단면화된, 작은 형식의 행동-이미지의 운동성을 정리하면 다음과 같다.

　나의 동무(=그):　　(마음 졸이며) 자라다, 잠 이루지 못하다, (꿈을) 키우
　　　　　　　　　　다, (아홉 살) 되다, (사냥개 꿩을) 쫓아다니다

애비:	(당나귀) 몰고 가다, 돌아오지 않다
어미:	(분주히) 일하다
일곱 식솔(=발자국):	(이 집에) 살다, 사라지다, (북쪽을) 향하다, 떨다
노랑 고양이:	울다
사냥개:	(꿩을) 쫓아다니다

　행동의 연쇄를 통해 행위와 사건을 구성하는 이러한 동사들은 행동 주체의 불안한 삶의 조건을 표상한다. 인용 시에서도 행동-이미지는 '밤' '겨울' '눈'과 같은 지각-이미지의 도움을 받아 털보네 일가의 가난과 야반도주의 사실성을 강화할 뿐만 아니라 인과에 의한 서사적 실현을 돕는다. 이처럼 행동-이미지를 연쇄적으로 결합해 장면화를 극대화하는데, 시의 상황으로부터 일정한 거리를 유지한 채 제3자적 시점의 서술로 진술의 객관성을 확보하고 있다. 객관화·구체화한 진술을 통해 당대의 시대상과 생활상을 생생하게 전달하면서 재현적 리얼리티를 획득하려는 것이다. 결과적으로 인용 시는 큰 형식의 행동-이미지를 통해 시대사적 맥락을 구축하고, 작은 형식의 행동-이미지를 통해서는 탄생·성장·이주에 대한 개개 장면들의 세세한 구체성이나 총체성을 명료하게 제시하고 있다.

　내가 반 웃고
　당신이 반 웃고
　아기 낳으면
　돌멩이 같은 아기 낳으면
　그 돌멩이 꽃처럼 피어
　깊고 아득히 골짜기로 올라가리라

아무도 그곳까지 이르진 못하리라

가끔 시냇물에 붉은 꽃이 섞여내려

마을을 환히 적시리라

사람들, 한잠도 자지 못하리

　　　　　　　　　─장석남, 「그리운 시냇가」 전문

　인용 시에서 행동─이미지는 '나'─'당신'의 이항 교차 방식과, '웃다'로
시작해 '적시다'로 끝나는 수렴 교차 방식으로 진행된다. 행동의 주체와
그들의 행동을 지시하는 동사를 정리하면 다음과 같다.

　나·당신:　　　　(반) 웃다, (아기) 낳다

　돌멩이·아기:　　(꽃처럼) 피다, (골짜기로) 올라가다

　시냇물·(붉은)꽃:　섞여내리다, (마을을 환히) 적시다

　아무도·사람들:　(그곳까지) 이르진 못하다, (한잠도) 자지 못하다

　반 웃다→낳다→피다→올라가다→섞여내리다→적시다로 이동하
는 자동사들을 통해 사랑의 자발성과 동적인 생명력을 강조하는 반면,
이르지 못하다→자지 못하다라는 부정의 보조동사를 통해서는 사랑의
고립과 충족을 강조한다. 특히 '반 웃다'에서 '반'은 사랑의 속성, 즉 타
자를 위한 주체의 비움과 여백을, 그리고 환대와 배려의 상호적 운동을
부각한다. 반 웃으면 그 웃음에 호응하여 반 웃는 그 반반의 웃음들이 만
나 아기를 낳고, 돌멩이를 꽃으로 피운 후 골짜기로 올라가 시냇물에 섞
여내려 마을을 환히 적시고, 그 환함에 마을 사람들이 한잠도 자지 못한
다는 이 비유적 서사는 사랑의 유토피아를 암시한다. 이때 위의 행위 동
사들은 연쇄적 접착력을 발휘한다. 하나의 행동은 앞뒤에 놓인 다음 행

118

동들, 즉 다른 이미지들과의 관계 속에서 인과성을 획득하는 것이다. 행동-이미지를 연결해 비유적 서사를 잇게 하는 원동력은 역설적이게도 간결한 동사의 힘에서 비롯된다.

이러한 행동-이미지에는 제목 '그리운 시냇가'가 환기하는 지각-이미지와 정감-이미지가 더해진다. 웃는 모습(눈웃음 혹은 소리), 구르는 돌멩이와 흐르는 시냇물(소리), 아래에서 위로 피어나 위에서 아래로 내려오는 붉은 꽃(색깔과 향기) 등의 지각-이미지들이 동시적으로 작동한다. 또한 '(~하면) ~하리라'라는 미래 가정적 종결어미를 반복함으로써 사랑의 유토피아, 그 불가능성의 가능성을 극대화한다. 그러므로 「북치는 소년」처럼 이 시 역시 행동-이미지들 사이의 여백을 적극적으로 채워 읽으면서 사랑의 서사를 완성해야 하는 것은 독자의 몫이다. 행동-이미지의 연쇄와 그들 사이의 여백을 채워나가는 서사화 과정은, 행동-이미지의 심층을 발견하려는 해석적 참여이며 이를 통해 시의 의미는 발견된다.

집중화된 상태로 유예되는 정감-이미지

정감-이미지[12]는, 지각-이미지가 행동-이미지로 연결되지 못하고 어떤 간격을 형성할 때 발생한다. 객관적으로 의미화할 수 있는 즉각적인 지각의 단서들은 유예되고, 사건을 이끌어가는 행동의 유기적 연결도 지연된다. 지각할 수 없는 혼란과 행동할 수 없는 망설임 그 사이에서 자극이나 힘을 감지하지만, 외부로 투사하거나 구체적으로 표출하지 못한 채

---

12) 질 들뢰즈는 지각과 행동 사이의 유예를 '정감(affection)'으로, 정감과 행동 사이의 유예를 '충동(impulsion)'으로 구분했으나, 이 글에서는 정감 안에 충동을 포함하고자 한다.

내적인 진동과 감응으로 유예된 채 출현하는 것이다. 이때 "정감은 감각, 감성, 감정 또는 심지어 인물 내부의 충동이 되며, 얼굴은 성격 또는 인물의 가면이 된다."[13] 그러므로 정감-이미지는 얼굴화나 얼굴의 등가물 (얼굴화된 대상)을 통해 느껴지는 그 무엇처럼, 클로즈업된 시선을 통해 구현되기 쉽다. 대체로 사물의 비정상적 확대는 그 사물에 대해 비범한 정감을 느끼게 하기 때문이다.

정감은 이처럼 지각과 행동 사이에서 유예된 내적인 동요로부터 발생한다. 부분을 추상화함으로써 실체(entity)를 끌어올리기 위해 얼굴화하는 이 정감-이미지는 시에서 매우 중요하다. 시라는 장르 자체가 모든 대상을 얼굴화하는, 세계의 감정화·정서화를 특징으로 하기 때문이다. 이렇게 클로즈업된 시적 대상은 그 자체만으로 '우연적으로' 또는 '자의적으로' 시적 주체의 내면이 투사된 비유적 상관물에 해당한다.

> 회색 하늘의 단단한 베니아판 속에는
> 지나간 날의 자유의 숨결이 무늬져 있다.
> 그리고 그 아래 청계천엔
> 내 허망의 밑바닥이 지하 도로처럼 펼쳐져 있다.
> 내가 밥 먹고 사는 사무실과
> 헌책방들과 뒷골목의 밥집과 술집,
> 낡은 기억들이 고장난 엔진처럼 털털거리는 이 거리
> 내 온 하루를 꿰고 있는 의식의 카타콤.
> ─최승자, 「청계천 엘레지」 부분

---

13) 질 들뢰즈, 같은 책, 185쪽.

이 시가 창작되었던 1980년 전후의 청계천은 복개(復開)되기 전의 '복개(覆蓋)'천이었다. 근대화·산업화의 개발 열풍에 휩쓸려 콘크리트로 덮여버린 청계천은, '아스팔트'로 비유되는 물질적 욕망 아래 어둡게 흐르는 '허망의 밑바닥'을 상징한다. 그 '허망의 밑바닥'은 욕망 아래 숨겨진 '의식의 카타콤'이자 복개(覆蓋)로 묻혀버린 '낡은 기억들'이다. 그리고 물질적 욕망에 가려진 '자유의 숨결'이기도 하다. 이러한 청계천이 '엘레지(애가, 비가)'와 결합했을 때 비애의 정감은 증폭된다. 게다가 상태를 드러내는 형용사 '있다(있는)'를 반복하면서 '에는/엔'과 같은 조사를 활용해 장소성을 강조한다. 이러한 장소성은 "(지나간 날의 자유와 숨결이) 무늬져 있고" "(내 허망의 밑바닥이 지하 도로처럼) 펼쳐져 있고" "(낡은 기억들이 고장난 엔진처럼) 털털거리는" "(때때로 튕겨져 나갔다가 다시/ 튕겨져 들어와) 돌고 있는"과 같은 형용사나 형용 수식구를 활용한 묘사에 의해서도 얼굴화된다. 정감-이미지가 운동을 체험한 상태의 특질, 즉 형상, 성질, 상태 등의 의미를 지칭하는 형용사 계열에서 강세를 드러낸다는 것은 앞서 지적한 바 있다.

정감-이미지 구축에 일조하는 클로즈업된 단면화·장면화의 예는 더 찾을 수 있다. 회색 하늘 속 자유의 숨결을 비유하는 '베니아판' 속 '무늬', 허망한 욕망을 비유하는 '지하도로의 밑바닥', 자본주의의 일상을 비유하는 '고장난 엔진', 하루하루의 공간을 지하 묘지에 비유하는 '카타콤' 등도 청계천의 분위기나 정서를 이미지화한다. 이렇게 클로즈업된 시적 대상들은, 제목의 '청계천 엘레지'와 마지막 행의 '그것은 슬픔'이라는 명사화된 정감-이미지로 수렴된다. 청계천을 덮은 시멘트 위에 세워진 도시의 일상에 지쳐가는 소외, 상실, 권태, 피로가 바로 '슬픔'의 정체, 엘레지의 근원인 것이다.

당신……, 당신이라는 말 참 좋지요, 그래서 불러봅니다 킥킥거리며
한때 적요로움의 울음이 있었던 때, 한 슬픔이 문을 닫으면 또 한 슬픔
이 문을 여는 것을 이만큼 살아옴의 상처에 기대, 나 킥킥……, 당신을
부릅니다 단풍의 손바닥, 은행의 두 갈래 그리고 합침 저 개망초의 시
름, 밟힌 풀의 흙으로 돌아감 당신……, (……) 금방 울 것 같은 사내
의 아름다움 그 아름다움에 기대 마음의 무덤에 나 벌초하러 진설 음식
도 없이 맨 술 한 병 차고 병자처럼, 그러나 치병과 환후는 각각 따로인
것을 킥킥 당신 이쁜 당신……, 당신이라는 말 참 좋지요, 내가 아니라
서 끝내 버릴 수 없는, 무를 수도 없는 참혹……, 그러나 킥킥 당신
                                —허수경, 「혼자 가는 먼 집」부분

인용 시는 '참혹'이라는 정감을 화자의 개성적인 독백의 목소리로 형
상화한다. '당신'으로부터 비롯되는 슬픔과 연민의 정감은 참혹으로 수
렴된다. 그리고 참혹은 결국 '당신' 그 자체가 된다. 화자는 '당신'을 부
르며 (당신의) 무덤에 벌초하러 간다. 가는 도중에 살아남은 자, 아니 살
아서 버려진 자의 느낌과 정서를 입말의 독백 그 자체로 목소리화한다.
자문자답과 말 건넴, 종결되지 않는 지연의 문장들, 단속적인 말줄임표
와 쉼표, 어쩔 수 없이 새어 나오는 부사 '킥킥' 등은 그 목소리를 정감화
하는 일등공신이다. 목소리의 클로즈업이라고도 할 수 있는 이러한 시의
형식은, 시인의 지문과도 같은 개성적인 목소리와 문체를 형성하며 정
감-이미지 형성에 큰 역할을 한다. 특히 이 '킥킥'이라는 의성어에는 좁
힐 수 없는 나와 당신(그대) 혹은 삶과 죽음의 간극에서 비롯되는 울음
과, '맨 술 한 병'에 취해버린 자의 취중 웃음과, 참혹함에 사무친 자의
신음이 담겨 있다. 이러한 감정의 균열 상태는 서사의 연속성을 깨는 대
신, 감추기와 끊김을 유도함으로써 '당신'에 대한 강렬한 내면 풍경을 고

스란히 드러내며 정감-이미지를 극대화한다. 지각 체계와 행동 체계 사이에 틈새를 만드는 정감-이미지가 화자의 불연속적 목소리로 재현되는데, 기억 속 지각-이미지들과 행동-이미지 간의 비약적 충돌로 인해 이 시의 목소리가 가능해지는 것이다.

제목 '혼자 가는 먼 집'이란 일차적으로는 혼자 가는 '당신'의 무덤을 의미하지만, 궁극적으로는 시인을 포함해 모든 인간의 궁극적 귀소로서의 죽음을 의미한다. 적요로움, 울음, 슬픔, 상처, 참혹처럼 정감을 지시하는 명사들이 정감의 방향성을 잡아주는 역할을 한다면, 클로즈업된 시적 대상들의 연속적 나열은 화자의 이동과 궤도를 같이하며 구체화한 정감-이미지의 운동성에 기여한다. 이를테면 일차적으로 클로즈업된 시적 대상 '단풍의 손바닥'에서 '은행의 두 갈래/합침'과 '개망초'로, 그리고 다시 '밟힌 풀의 흙'으로 이동하면서 정감-이미지는 고조된다. 그것들은 각각 한 삶의 도정을 의미하는 '유년'에서 '성년'과 '중년', 그리고 '말년'으로의 이동을 암시한다. 혹은 어떤 만남과 사랑과 헤어짐의 과정에서 비롯되는 느낌이나 정서를 환기하기도 한다. 이 모든 정감의 대상들은 '금방 울 것 같은 사내'로 집약되는데, 그렇게 얼굴화된 '당신'은 적요로움, 울음, 슬픔, 사랑, 상처, 시름 등을 다 쓸어 담아버리는 '참혹'과 동의어가 된다. 참혹이라는 정감을 이미지화한 시라 할 만하다.

식별 불가능한 지점을 사유하는 크리스탈-이미지

'크리스탈(cristal)'이란 대칭적 · 주기적 배열을 가진 다면체의 유리 혹은 거울을 지칭한다. 크리스탈-이미지는 사각 거울이나 오목 · 볼록 거울, 베네치아식 거울과 같은 다면체의 거울 이미지 혹은 다차원 입방체로 이루어진 다면의 유리 이미지와 유사하다. 이는 번역자에 따라 거울-이미지 혹은 만화경-이미지로 번역되지만, 전자가 단면의 거울 이미지로 한정되기 쉽고 후자가 지나치게 패턴화되고 유희적인 만화경 이미지로 한정될 수 있다는 점에서 원어 그대로 쓰기로 한다. 이러한 크리스탈-이미지는 "스스로가 자신의 대상에 해당되고 자신의 대상을 대체하는, 자신의 대상을 창조하고 동시에 지워버리는, 이전의 묘사들과 상반되고 그것들을 대체하고 변형시키는 다른 묘사들에 끝없이 자리를 내어주는 '크리스탈적' 묘사"[14]를 특성으로 한다. 거울 속에 비친 현실태를 거울 속에 거울 속에…… 되비침으로써 현실태는 굴절에 굴절을 거듭하여 현실태를 벗어나 현실 밖의 잠재태를 재현하게 된다. 들뢰즈는 오슨 웰스의 영화 〈상하이에서 온 여인〉(1947)[15]의 마지막 장면, 다면의 거울로 만들어진 '거울 방의 장면'을 크리스탈-이미지의 예로 든다.[16]

다차원 입방체 거울에 비친 피사체 화면

〈상하이에서 온 여인〉의 거울 방 화면

14) 쉬잔 엠 드 라코트, 『들뢰즈: 철학과 영화─운동-이미지에서 시간-이미지로의 이행』, 이지영 옮김, 열화당, 2004, 44쪽.

15) 돈을 좇는 부르주아 부부가 서로를 향해 쏘는 총에 의해 거울이 깨지고 거울 방을 나오는 것으로 영화는 끝이 난다. 자본주의 사회의 현기증, 사랑의 현기증을 거울 방 이미지를 통해 그려낸다.

16) 질 들뢰즈, 『시네마 2: 시간-이미지』, 이정하 옮김, 시각과언어, 2005, 225~227쪽 참조.

위의 두 사진은 모두 다면체의 거울에 비치고 되비쳐 불연속적으로 커팅되면서 무한 증식하는 이미지들이다. 실제와 동일시될 수 없는데 실제와 구분되지도 못하는 착종된 이미지를 연출한다. 객관과 환영, 물질과 정신, 주관과 객관, 과거와 현재, 현실태와 잠재태가 유착되는 다중의 이미지 속에서 식별 불가능한 지점을 구축한다. 크리스탈-이미지의 특징인 식별 불가능성(indiscernabilité)은 각각의 면이 다른 면들의 이미지를 상호 반사해 각각의 면들을 굴절시킴으로써 각각의 면에 대한 구별 자체를 불가능하게 한다. 그야말로 설명할 수 없는 비밀, 선형성의 파편화, 인과성의 단절, 탈-균일성, 비-등가성, 혼돈성 속에서 유기적이고 사실적인 묘사가 불가능해진다. 이때 시간은 분출되지 못하고 가로막혀 응축된 에너지를 갖게 됨으로써 이질적인 것으로 사유되고 결과적으로 서사는 거짓이 된다. 들뢰즈는 이 거짓의 역량을 도래할 것, 아직 오지 않은 것으로 파악한다. 나아가 미래적 계기를 생성, 변신, 창조, 그리고 '사유'라고 명명한다. 사유 이미지는 여기서 유래한다.

> 내팔이면도칼을든채로끊어져떨어졌다. 자세히보면무엇에몹시위협당하는것처럼새파랗다. 이렇게하여잃어버린내두개팔을나는촉대세움으로내방안에장식하여놓았다. 팔은죽어서도오히려나에게겁을내이는것만같다. 나는이런얄다란예의를화초분보다도사랑스레여긴다.
> —이상, 「오감도—시제13호」 전문

인용 시는 "면도칼을든채" 끊어져 떨어진 '내 팔'의 이미지로부터 시작한다. 한 팔이 떨어진 듯하지만, "잃어버린내두개팔"을 보면 두 팔이 떨어진 듯도 하다. 떨어진 '내 (두) 팔'은 무엇(누구)에게 "몹시위협당하"다가 무엇(누구)으로부터 절단된 것 같지만, "오히려나에게겁을내이는 것같다"를 보면 '내 (두) 팔'이 서로를 위협한 것도 같다. 게다가 면도칼을 든 채 팔이 끊어지고, 위협당하는 것처럼 새파랗고, 나를 겁내는 것 같다는 것을 보면, '내 (두) 팔'이 무엇(누구)을 위협한 것도 같고, 현실적으로는 불가능한 상황이기는 하지만 '내 (두) 팔이' 서로를 절단한 것도 같다. 내가 내 팔을 자른 것도 같다. 나는 분열되어, 내 두 팔은 내 머리와 투쟁한다. 떨어진 팔이 현실이라면 머리는 의식일 것이고, 그 팔이 상상이라면 머리는 무의식일 것이다. 또한, 끊어져 떨어진 팔은 과거이고, 그 팔을 장식하고 사랑스레 여기는 나는 현재다. 어쨌든 "이렇게하여잃어버린두개팔"의 시적 정황은 혼란스럽다. 두 팔이 끊어져 떨어진 것도, 두 팔이 떨어져 이미 없는데 "두팔을촛대세운"다는 것도, "팔은죽어서도오히려나에게겁을낸"다는 것도, 그러한 촛대세움이 "얇다란예의"라는 것도, "화초분보다도사랑스레여긴다"는 것도 그 이유를 알 수 없다. 또한 면도칼, 잘린 두 팔, 촛대, 예의, 화초분이 환기하는 이미지 간의 유기적인 연결성도 없다. 충돌하는 오브제들의 몽타주적 연속일 뿐이다.

여기에 '오감도'라는 신조어와 '시제13호'라는 숫자로 추상화된 제목 역시 식별 불가능성을 강화한다. 시에 재현된 이미지가 시적 주체의 현실적 지각인지 상상인지 혹은 과거의 기억인지 환영인지 식별 불가능하다. 이런 상상이나 가상, 환영의 이미지는 크리스탈-이미지에서 주로 나타나는 현상이다. 현재가 과거로 침잠하면서 미래로 비약하는, 시간의 분열이 나타난다. 따라서 시적화자는 과거를 상상하면서 동시에 자신의 미래를 예견하는 시간의 분열을 느끼는 자신이자 타자다. 이러한 분열은 자신이 현실적 욕망에 포획되었던 과거가 미래에 다시 반복될 것임에 대한 시적 주체의 예감에서 오는 불안이다. 기존의 선형적이고 연대기적인 시간 개념에서 벗어난 시간, '빗장이 풀린 시간'이자 '미친 시간'[17]에 해당한다.

나는 식판을 들고 앉을 자리를 찾는 아이였다

식은 밥과 국을 들고 서 있다가

점심시간이 끝났다

문득 오리너구리는 어쩌다 오리너구리가 된 걸까

오리도 너구리도 아닌데

이런 생각을 하며

긴 복도를 걸었다

교실 문을 열자

아무도 없고

햇볕만 가득한 삼월

—강성은, 「Ghost」 전문

    네 개의 장면화된 이미지로 분할된 인용 시도 현실과 환상의 경계가 흐릿하다. ① '나'는 식판을 들고 아이들 사이에서 앉을 자리를 찾아 헤맨다. ② 앉을 자리를 못 찾은 채 점심시간이 끝난다. ③ 오리너구리를 생각하며 긴 복도를 걸어간다. ④ 햇볕만이 가득한 텅 빈 교실 문을 연다. 이 네 개의 장면으로 시인은 무엇을 말하고자 한 것일까. 마지막 시어인 '삼월'에 초점을 맞춰 읽으면, 새 학년 새 학기의 낯섦 혹은 더 나아가 왕따에 대한 기억으로 읽힌다. 시인은 무리에 편입되지도, 무리와 온전히 떨어져 혼자 존재하지도 못하는 화자 자신을 '오리너구리'에 투사한다. 오리너구리는 오리도 아니고 너구리도 아닌 오리너구리의 경계성을 강조하기 위해 선택된 비유적 상관물이다. 제목 'Ghost'도 이 세상 존재가 아닌

---

17) 질 들뢰즈, 『차이와 반복』, 김상환 옮김, 민음사, 2007, 208쪽 참조.

데 이 세상에 떠도는 존재라는 점에서 경계의 존재성을 비유한다. 그러나 'Ghost'를 비유가 아닌 축자적 의미로 본다면, 〈여고 괴담〉처럼 '나'는 학교를 떠도는 귀신이 된다. 이때 '나'의 죽음과 관련한 수많은 폭력적 요인들을 상상할 수 있다. 나아가 식판, 복도, 교실, 햇볕, 심지어 '나'까지도 과연 실제로 존재하는지조차 의문이 생긴다. 백일몽이나 봄꿈처럼 헛것들의 세계인 듯도 하다. 이 시가 비유적이면서 축자적이고, 현실적이면서 비현실적이고, 사실적이면서 환상적인 까닭이다.

그러므로 「Ghost」는 삶과 죽음, 사람과 유령, 조류와 포유류, 방과 방, 오전과 오후의 사이의 경계 지점을 이미지화하고 있다. 특히 불필요한 수식과 수사를 제거하고 짧고 건조한 단문으로 장면화하는데, 결과적으로 시적화자의 목소리가 현저하게 약화되고 존재의 부재성은 강화된다. 우리 안팎에 존재하는 타자, 낯선 것, 죽음 등과 같은 그런 미지의 것을 상정함으로써, 즉 익히 알고 있는 익숙한 세계의 다른 존재감 혹은 바깥을 강화함으로써 다른 진실의 목소리와 이미지를 불러내고 있다. 모두 크리스탈-이미지의 전략들이다.

5장
명명에서 구조로 확장되는 은유

수사적 은유에서 삶으로서의 은유로

시는 비유의 언어다. 비유란 '무엇(표현하고자 하는 것)을' '무엇으로 (표현하고자 하는 것을 다른 형태로)' 빗대어 말하는 것이다. 표현하고자 하는 원래의 그 '무엇을'을 원관념이라 하고, 비유되는 다른 형태의 그 '무엇으로'를 보조관념이라고 한다. 이 원관념과 보조관념이 결합하는 특성에 따라 비유는 대표적으로 은유(직유), 환유(제유), 알레고리, 상징 으로 나뉜다. 중세까지는 상징이나 알레고리가 비유를 대표했다면 20세 기는 은유가 대표했다. 21세기에는 환유가 은유의 자리를 넘보고 있는 중이다. 이러한 은유는 '짐꾼'을 뜻하는 그리스어 메타포(metaphor)에 서 유래했다. 어원에서 짐작할 수 있듯이 은유는 원관념을 보조관념으로 옮겨 전달하는 것이다. 아리스토텔레스는 "은유는 한 사물에 그 사물이 아닌 다른 사물에 속하는 이름을 부여하는 것"(『시학』)이라고 정의했다. 유사성에 따른 어휘 차원의 이동에 명명의 의미를 부여하고 있다.

20세기 초 신비평가 I. A. 리처즈는 은유를 재조명했다. 그에 따르면, 단어(word)나 구(phrase) 차원에서 이루어지는 은유는 서로 다른 사물에 대한 두 관념의 상호작용, "두 가지 사고, 즉 원관념(tenor, 취의·본의)과 보조관념(vehicle, 매재)의 상호작용"으로 이해되었다. 20세기 후반 조지 레이코프와 마크 존슨에 이르러서 은유는 인간의 모든 사고와 활동의 준거틀이 되는 "삶으로서의 은유"로 확대되었다. 어휘 차원의 이동 혹은 명명에서 점차 확대되어 어디에나 편재하는 하나의 사고 혹은 인식의 원리가 되었다. 이제 은유는 기호나 단어의 차원에서 언술과 문장의 차원으로, 나아가 세계를 인식하는 인간의 사고와 행위의 근본 양식으로 작동한다. '내가 쓴다' '나이를 먹다'와 같은 일상적인 언어 행위에서부터, 무의식의 반영인 꿈이나 욕망, 그리고 삶의 근본 양식에 이르기까지 은유 활동에 포함된다.

시에서도 은유는, 단어 차원의 내포적 의미에서부터 시의 구조, 세계에 대한 시인의 인식 태도로 변화하고 있다. 시 텍스트가 전개됨에 따라 변화하는 역동적 형태로 인식되기에 이른 것이다. 현대시에서 은유를 논할 때 전제되어야 할 특징부터 짚어보자.

첫째, 은유는 명명하고 연결하고 관통한다. 원관념과 보조관념으로 상징되는 기의(의미)와 기표(기호)를 잇는 것은 물론 인간과 세계를 잇는다. 새롭고 강력한 은유일수록 불가능한 명명, 불가능한 연결, 불가능한 관통을 지향한다. 불가능을 시도하는 이러한 은유 때문에 세계는 새롭게 의미화되고 낯설게 인식되는 것이다. 다 말할 수 없는 세계 혹은 실재의 핵심을 한마디로 응집시키는 은유적 명명은 여기서 그 진가를 발휘한다. 사전적 언어로는 세계 혹은 실재의 모든 것을 다 말할 수 없을지라도, 비유적 언어로는 오히려 모든 것을 말할 수 있다. 시는 이러한 역설 위에 구축된 은유의 꽃이다.

둘째, 은유는 유추의 원리를 따른다. 은유란 표현하고자 하는 것을 다른 형태로 전이(轉移)하는 의미론적 이동이다. 어떤 대상의 가치를 그 자체에 고정하지 않고 다른 것으로 유추하는 능력에서 비롯되는 이 전이의 개념은, 원관념과 보조관념 사이의 비교, 유사성(동일성), 치환, 대조, 병치, 장력, 충돌, 융합 등의 원리로 다양하게 기술된다. 유추에 의한 은유적 변용은 관습화된 일상을 새롭게 지각하게 하고, 역동적 상상력을 통해 세계를 재구성하고 활성화한다. 그런 의미에서 은유는 유추에 의한, 관계의 창조적 발견이다. 관계없는 것들을 연결하고 익숙한 것에서 낯선 관점을 찾아내는 새로운 관계 맺기이자, 다르게 생각하게 하고 다른 측면을 이해시켜 사고의 폭을 넓혀주는 연상과 비약의 연결 고리다.

셋째, 은유는 양가성 혹은 이중성을 지닌다. 모호하고 추상적인 원관념을, 친숙하고 구체적인 보조관념으로 이동시켜 새로운 의미를 합성한다는 점에서 그렇다. 또한 차이성(비동일성) 속에서 유사성(동일성)을 찾는다는 점에서도, 투쟁으로서의 긴장과 유사성으로서의 화해 과정을 거친다는 점에서도 이중적이면서 양가적이다. 따라서 은유는 현상과 본질, 직관과 개념, 감성과 정신의 종합은 물론 외부와 내부, 추상과 구체, 의미와 기호, 관념과 실재, 언어와 행동을 하나로 접목시키는 교차로라 할수 있다. 이러한 은유의 이상은 두 사물(관념) 사이의 동질성과 이질성을 바탕으로 기존 언어의 의미를 변화시켜 새로운 의미를 창출하는 창조적 발견에 있다.

끝으로, 은유는 맥락적이고 구조적이다. 현대시에서 은유가 어렵다고 느끼는 데는 그 원관념을 찾기 어려운 이유도 있지만 대부분은 은유적 해석의 실마리를 찾지 못해서다. 은유의 의미는 상황과 문맥에 따라 얼마든지 달라질 수 있다. 단어나 어구, 문장, 언술 구조, 나아가 행과 연, 제목이나 텍스트 밖의 외적 상황과의 관계 속에서, 또한 은유와 은유, 은유와 다른 비유들과의 관계 속에서 그 원관념의 의미가 맥락적으로 생성되고 구조화된다. 하나의 은유는 텍스트의 문맥 속에서 어떻게 해석되느냐에 따라 직유, 환유, 알레고리, 상징 사이를 오가며 그 경계를 넘나들기도 한다. 따라서 은유는 부정(不定)이자 부정(否定)인 열린 체계라 할 수 있다. 은유를 텍스트의 전개에 따라 독서 과정에서 변화하는 역동적 형태로 파악해야 하는 이유다.

은유와 그 유사 비유들

'유사성'(차이성도 포함)에 의해 원관념과 보조관념이 '~의/이다' 형식으로 결합할 때 은유라 하고, '~처럼(같이/듯이/만큼)'의 형식으로 결합할 때 직유라 한다. 원관념과 보조관념이 대상이나 대상의 속성과 밀접한 '인접성'(인접한 성질)으로 결합하면 환유라 하고, '인접성'에 의해 보조관념이 원관념의 부분 혹은 전체로 비유될 때 제유라 한다. 또한 원관념과 보조관념이 1:1의 관계를 이루면서 숨겨진 원관념이 하나의 의미로 선명하게 해석될 때 알레고리(풍유, 우화, 우유)라 하고, 多:1의 관계로 숨겨진 원관념이 다양한 의미로(다의적으로) 해석될 때 상징이라 한다. 알레고리나 상징을 교훈적·풍자적·정치적·종교적 속성이 강화된 '확장된 은유'라고도 한다. 이처럼 은유와 그 유사 비유들은 은유/직유, 은유/환유, 환유/제유, 알레고리/상징 등으로 대립적으로 정의되고 이론화되어왔다.

그러나 은유와 그 유사 비유들은 맥락에 따라 다르게 해석되고 중첩된다. 이를테면 '가시를 가졌다'라는 문장은 비유일 수도 있고 아닐 수도 있다. '가시'를 가질 수 없는 대상이 주어가 될 때 그것은 비유가 된다. 통합체로 작용하는 하나의 구성 성분(단어, 구절, 문장)이 다른 구성 성분과 어떻게 결합하느냐에 따라 비유가 되기도 하고, 비유가 되지 못하기도 하는 것이다. '장미는 가시를 가졌다'는 사실 진술이지만, 그 '장미'가 앞뒤의 다른 문장에 의해 장미가 아닌 다른 원관념(여인, 사랑, 아름다움 등)으로 해석될 때 그 문장은 은유가 된다. 물론 텍스트 외적 문맥에 의해 알레고리나 상징으로도 해석될 수도 있는데, 장미가 여인, 사랑, 아름다움뿐만 아니라 민중 해방, 혁명, 개혁 등으로 해석될 때 상징이 되고, 관습적, 계몽적, 시대적 맥락에 의해 그중 하나로만 해석된다면 알레고리가 된다. 또한 '장미는 가시를 껴안았다'라고 동사를 바꾼다면 이 문장 역시 은유적 표현이 될 수 있다. '가시' 자체가 껴안을 수 없는 물질성을 내포하고 있을 뿐만 아니라 '껴안다'라는 동사가 의인화를 유도하기 때문이다. 직유와 마찬가지로 의인화는 은유의 일반적 원리다. 한편, '사랑은 가시를 피웠다'는 은유적이면서 제유적이다. '피웠다'라는 동사 때문에 원관념 사랑을 꽃(장미)으로 은유하고, '가시'는 꽃(장미) 전체를 부분으로 제유하고 있기 때문이다. '사랑의 가시는 거름이 된다'는 은유적이면서 환유적이다. 사랑은 꽃(장미)과의 유사성으로 은유가 되고, 가시와 거름이 인접성을 띠고 있어 환유가 된다. 이런 예들을 근거로 은유와 그 유사 비유들의 관계를 다음과 같이 재정의할 수 있다.

(1) 은유는 직유로부터 출발한다. 일찍이 아리스토텔레스도 은유의 '유사성'을 강조하면서 '직유도 하나의 은유'(『수사학』)라고 언급한 바 있다. 직유는 원관념과 보조관념 사이의 유사성을 '~처럼(같이/듯이/만큼)' 등의 양태사를 통해 직접 개입해서 '비교'한다. 직유가 외연적 비교라면 은유는 내포적 비교다. 가시적인 명확성에 근거한 제한된 비교의 형식으로서의 직유는 그 비유의 폭이 좁고 감각적 경향이 두드러진다. 이에 비하면 은유는 비교 양태사의 직접적인 개입 없이 '~의/이다' 등의 유추적 전이를 통해 새로운 의미를 환기한다. 직유가 실재와의 비교

에 의한 명백한 예시라면, 은유는 실재 자체를 대변하는 의미 창조와 관계한다. 직유뿐 아니라 모든 사물을 인간화시키는 의인화도 은유의 기본 양식으로 추가할 수 있다.

(2) 은유와 환유는 대립하면서 중첩된다. 로만 야콥슨은 수사학의 용어를 빌려와 계열체로 작동하는 언어의 선택(유사성, 수직적, 시의 원리)을 '은유'로, 통합체로 작동하는 언어의 결합 혹은 배열(인접성, 수평적, 산문의 원리)을 '환유'로 기술한 바 있다. 자크 라캉도, 야콥슨의 실어증 연구와 지그문트 프로이트의 '압축'과 '전위(전치)' 개념을 참조해, '증상은 은유'이고 '욕망은 환유'라고 번역해낸다.[1] 즉, 새로운 기호표현이 이전의 기호표현을 억압하고 대체한다(압축)는 점에서 증상은 하나의 은유이고, 기의적 결여로서의 한 기표가 다른 기표로 미끄러짐을 거듭함으로써 무의식적으로 증식된다(전위)는 점에서 욕망은 환유의 방식이 된다.

그러나 은유와 환유는 동시적으로 기능할 때가 많다. 야콥슨이 설정한 은유와 환유의 대립축은 은유의 범주를 원리적으로 변별해준다는 이점이 있으나 이분법적으로 도식화한다는 문제점을 내포한다. 그러나 야콥슨은 실제로 은유와 환유가 동시적으로 작동되는 지점에 주목했다. "시적 기능은 등가성의 원리를 선택의 축에서 결합(배열)의 축으로 투사한다"[2]라

---

1) 임진수, 「은유와 환유―라캉의 이론을 중심으로」, 『현대 비평과 이론』 1996년 봄·여름호; 오형엽, 「수사학적 시학의 은유와 환유 연구」, 『한민족어문학』 제44호, 한민족어문학회, 2004.

2) 로만 야콥슨, 『문학 속의 언어학』, 신문수 편역, 1989, 문학과지성사, 61쪽. 수직적 계열체로서의 선택축인 은유의 원리(유사성, 대체성)를, 수평적 통합체로서의 결합축인 환유의 원리(인접성, 연속성)로 배열했을 때 시적 기능이 발휘된다는 의미다.

(~ 사과가) + (~ 과수원 바닥에) + (~ 흙이 묻은 채) + (~ 굴러떨어졌다)

    사람이　　　계단 난간에　　　혀를 내빼물고　　　서 있다

    개가　　　　　 ⋮

    ⋮

고 정의했을 때, 시적 기능은 선택의 유사성이 결합의 인접성에 중첩된다는 말이기도 했다. 이어 "인접성에 유사성이 중첩되는 시에서는, 환유는 모두가 다소는 은유적이며 은유는 모두 환유적 색깔을 갖는다"라고도 언급했다. '증상은 은유'이고 '욕망은 환유'라는 라캉의 정의도 은유와 환유의 배타성을 부각하려 했던 것은 아니었다. 실제로 모든 무의식적 의미작용은 환유와 은유를 동시적으로 포함하고 있기 때문이다.

움베르토 에코 또한 "모든 은유는 그 뿌리를 거슬러 올라가면 부호 체계를 구성하고 부분적이건 전체적이건 모든 의미장의 구조가 기초하는 일련의 환유적 연관성과 만난다"[3]라고 하면서, 심층적인 면에서 은유적 메커니즘과 환유적 메커니즘이 상호작용하고 있음을 간파했다. 그뿐 아니라 동일한 표현 혹은 텍스트라 할지라도 해석자가 어떤 맥락에서 혹은 어떤 비유에 초점을 맞춰 읽느냐에 따라 비유의 의미와 성격이 달라질 수 있다. 또한 소통되는 관습적 혹은 역사적 맥락과 깊은 관계를 맺기 때문에 시대에 따라 비유의 유행이 달라지기도 하고 비유의 의미가 다르게 해석되기도 한다. 이런 어려움으로 인해 은유(metaphor)와 환유(metonymy)가 결합한 합성어 '은환유(metaphtonymy)'라는 용어가 만들어지기도 했다.

(3) 전체(총칭, 추상어)를 부분(특칭, 구상어)으로, 부분을 전체로 바꾸

사과, 개, 사람…… 등이 선택축(유사성)을 이룬다면, 사과, 과수원, 흙, 구르다, 떨어지다…… 등이 결합축(인접성)을 이룬다. 그리하여 "사과가 사람이다"라고 표현하면 '사람'과 '사과'가 등가성의 원리(유사성)로 선택축에서 선택되어 '이다'라는 술어에 의해 결합축으로 투사되면서 시적 기능, 즉 은유로 구축된다. '이다' 대신 '의'로 결합되는 "사과의 혀"도 마찬가지다. 이러한 유사성을 근거로 "사과나무 가지에 네 혀가 빨갛게 익어가고 있다"라고 표현하면 '사과'와 '사과나무 가지'와 '빨갛다'와 '익다'가, '사람'과 '혀'가 인접성의 원리로 결합축의 통합체 관계를 이루기에, 은유이면서 환유가 된다.

3) Umberto Eco, *The Role of Reader: Explorations in the Semiotics of Texts*, Indiana University press, 1979. 김욱동, 『은유와 환유』, 민음사, 1999, 191쪽에서 재인용.

어 표현하는 제유는 줄곧 환유나 은유의 부분으로 간주해왔다. 야콥슨은 제유를 환유의 영역에 포함시켰으나 프로이트가 말한 압축을 '제유'로 간주하면서 제유가 은유적 속성을 내포하고 있음을 인정했다. 야콥슨은 은유를 모든 비유의 중심에 두고자 했으나, 결과적으로 실제 시 분석에서 은유와 환유가 결합하거나, 은유적 특징인 압축이 제유의 형태로 간주되는 양상에 주목했다. 은유가 기표(현상)와 기의(본질)의 일치(유사성)를 지향하듯이, 제유 또한 그것들 간의 일치를 지향하기 때문이다. 단지 제유는 원관념이 보조관념과 종적인 관계로 결합해 있고, 환유에 비해 물질적 특성보다 개념적 특성이 강하다.

야콥슨과 달리 라캉은 제유의 환유적 가능성에 주목했다. 은유가 유사성에 의해 교차 관계를 이루는 두 대상이 개별적으로 동시에 존재한다면, 환유는 인접성에 의해 부분과 부분이 접면으로 이어지면서 배제 관계를 이뤄 하나의 대상은 다른 대상이 없이도 존재한다. 라캉은 이러한 환유의 특성을 제유와 연결시킨다. 제유가 두 대상의 포괄성 혹은 종속성에 의해 부분과 전체로 영역화되어 포함관계를 이루며, 상대방이 존재하지 않고는 존재할 수 없는 관계를 이루기 때문이다. 달리 표현하면, 은유의 대상은 '내적으로 겹치'고, 환유의 대상은 '외적으로 인접'하며, 제유의 대상은 '구조적으로 포함'된다.[4] 이러한 제유와 환유에는 공통으로 관습적 성격이 스며들어 있는데 사회, 역사, 제도, 문화 일반으로서의 관습적 속성이 더 강한 게 제유다. 이에 반해 은유는 관습에서 벗어난다.

(4) 알레고리와 상징은 확장된 은유다. 은유가 하나의 단어를 다른 단어로 치환하는 word1≒word2 양식이라면, 상징은 어떤 사물을 보조관념으로 내세워 그 사물이 거느리는 모든 관념을 환기하는 idea∞

---

4) 권혁웅, 『시론』, 문학동네, 2010, 313~365쪽 참조.

=thing1 양식이다. 은유는 원관념과 보조관념이 결합하는 조합의 관계
(idea≒thing, thing≒thing, thing≒idea, idea≒idea)가 자유롭고 다양
하다. 은유가 보조관념을 일회적으로 사용하는 반면, 상징은 은유에서
너무 많은 원관념을 떼어버리고 보조관념만 남아 있는 형태로 이 보조관
념을 반복적으로 사용하여 그 언어가 지닌 사물성(thingness)을 강화한
다. 따라서 상징은 원관념을 은폐시켜 보조관념이 환기하는 사물에 대한
'모든 관념의 총화'로서의 암시성과 다의성을 부여한다. 반면, 알레고리
는 idea1 = thing1의 양식이다. 알레고리는 상징의 사물성을 그대로 지
니지만 원관념이 제한적이다. 알레고리와 상징은 원관념이 하나인가 다
수인가로 구별되며, 개념(원관념)과 이미지화된 사물성(보조관념)이 동
시적이고 공존적인 까닭에 두 요소가 분리되지 않는다는 점에서 은유와
구별된다. 또한 새롭게 탄생한 은유가 반복적이고 관습적이 되어 익숙
해지면서 알레고리가 되거나 개인 상징이 되기도 한다. 물론 사은유(死
隱喩)로 사멸되기도 한다. 따라서 알레고리가 일의적으로 '확장된 은유
(extended metaphor)'라면, 상징은 반복에 의해 다의적으로 '확장된 은
유'라 할 수 있다.[5] 반복됨으로써 반투명성과 다의성을 획득하는 상징이
은유가 심화된 형태라면, 반복됨으로써 투명성과 일의성을 획득하는 알
레고리는 은유가 고착된 형태다.

---

5) '확장된 은유'라는 관점에서 상징과 알레고리는 공통된다. 그러나 상징과 달리, 알레고리
는 명료한 원관념, 즉 단일한 '선(先)관념'을 전제로 추상적 의미 중 특정한 관념이나 교훈
적인 것을 전달하기 위해 서사적인 서술 형식을 활용한다. 즉 알레고리가 원관념과 보조관
념이 1:1의 관계(은유는 유사성, 알레고리는 일치성)를 이룬다면, 상징은 암시적 연상성으
로 숨은 체계로서의 원관념과 드러난 체계로서의 보조관념이 多:1의 관계를 이룬다는 점에
서 다르다.

은유의 작동 원리와 유형

1) 치환 은유

원관념과 보조관념이 '유사성'에 의해 결합하는 치환 은유[6]는 은유의 기본 형식이다. 아직 모호하고 불확실한 것(원관념)이, 상대적으로 이미 잘 알려져 있거나 더욱 구체적인 것(보조관념)으로 옮겨지는 전이의 방식이다. '모래알 같은 잠음'을 예로 들자면, 우선 한 단어('모래알')의 특징적 의미('많다')를 근거로 그 단어를 다른 상황('잠음')과 결합한다. 시각을 청각화한 것이다. '부풀어오르는 지붕'이나 '우뚝 선 바람'의 예는, 관형사나 형용사를 활용한 의인화된 은유에 해당한다. '지붕이 부풀어올랐다' '바람이 우뚝 서 있다'처럼 동사를 활용한 문장으로도 표현할 수 있다. 이렇듯 관형어, 직유, 공감각, 의인화를 활용하는 치환 은유는 대상에서 비롯되는 감각적 유사성에 바탕을 두고 있다.

> 시청 앞을 지나다가
> 떨어지는 분수를 본다
> 힘찬 새들의 깃털
> 추락하는 별들이 긋는 눈부신 한 획
> 아, 나도 저런 시를 쓰고 싶다
>
> ―문정희, 「분수」 부분

---

6) 원관념과 보조관념이 '유사성'으로 결합할 때 치환 은유(外喩, epiphora: 'epi'란 '향해서'의 뜻)라 하고, '차이성'으로 결합할 때 병치 은유(交喩, diaphor: 'dia'는 '통과' 'phor'는 '이동, 움직임'의 뜻)라 한다. 필립 윌라이트, 『은유와 실재』, 김태옥 옮김, 문학과지성사, 1988.

인용 시는 원관념과 보조관념 간의 감각적 유사성에 바탕을 둔 치환 은유를 특징으로 한다. "떨어지는 분수"는 시각적 조형성에 의해 "(떨어지는) 새들의 깃털"과 "추락하는 별들"로 이동해 "눈부신 한 획의 시"로 수렴된다. 3단계의 은유적 전이 과정을 거쳐 일련의 치환 은유의 축을 형성하고 있다. 제목으로도 강조된 이 '분수'는, 창공을 향해 솟아오르지만 일정한 높이에서 떨어짐으로써 아름다움을 발산한다. '새'나 '별'도 마찬가지다. 시 안에서 그 원관념 분수는 새→별→시라는 보조관념에 의해 이동한다. 치환 은유의 성패는 쉽게 포착할 수 없는 참신한 유사성의 발견에 좌우된다. 인용 시의 참신함은 분수의 솟아오름이 아닌 '떨어짐'과, 새들의 비상이 아닌 떨어지는 '깃털'과, 별들의 반짝임이 아닌 별똥별의 '추락'에 초점을 맞춘 데 있다. 이 세 겹의 치환 은유를 관통하는 조형적 유사성이 바로 "눈부신 한 획"이다. 시인은, 분수와 새들과 별들이 아름다운 것은 그것들이 창공에서 추락하면서 긋는 '눈부신 한 획' 때문이라고 한다. 그리고 이 "눈부신 한 획"은 이 시의 궁극적 메시지인 '시쓰기(글쓰기)'와 결합한다. 거듭 추락하는 그 불굴의 상처, 실패, 좌절에서 아름다움을 발견하고 있다. 서로 다른 대상이 능숙하게 선택되어 하나의 충격으로 비교가 이루어지고 또한 이것이 하나의 충격적인 인식으로 독자에게 다가올 때 비로소 활기차고 충만한 은유의 긴장이 성취된다.

2) 병치 은유

병치 은유는 원관념과 보조관념이 '차이성'의 원리, 즉 '대결과 도피' 혹은 '대조와 합성'의 원리를 바탕으로 서로 다른 대상들을 당돌하게 병치시켜 새로운 의미를 빚어내는 결합 방식이다. "나의 하나님 당신은 늙은 비애"처럼 이질적인 조합에서 비롯되는 낯선 의미 창출은 때로 난해하거나 작위적인 은유를 양산하는 역기능이 있는 건 사실이지만 '발견으로서의 은유'의 가능성을 확대하는 순기능으로 작용한다.

    흘러가는 물처럼
    지나인(支那人)의 의복
    나는 또 하나의 해협을 찾았던 것이 어리석었다

    기회와 유적(油滴) 그리고 능금
    올바로 정신을 가다듬으면서
    나는 수없이 길을 걸어왔다
    그리하여 응결한 물이 떨어진다
    바위를 문다

    와사(瓦斯)의 정치가여
    너는 활자처럼 고웁다
    내가 옛날 아메리카에서 돌아오던 길
    뱃전에 머리를 대고 울던 것은 여인을 위해서가 아니다

    오늘 또 활자를 본다
    한없이 긴 활자의 연속을 보고
    와사의 정치가들을 응시한다
                      —김수영, 「아메리카 타임지」 전문

    이질적 대상들의 돌연한 결합이나 급격한 전환을 특징으로 하는 병치 은유는 난해시를 이해하는 데 유용하다. 인용 시는 미국 시사잡지 '아메리카 타임지'를 보조관념으로 내세워 해방 후의 전환기에서 미국을 바로 응시하려는 시인의 메시지를 전하고 있다. "흘러가는 물처럼/지나인의 의복" "기회와 유적 그리고 능금" "와사의 정치가"라는 어휘 차원의 은유들은 물론 문장이나 구조 차원에서 구축되는 은유들도 좀체 해독될 단서를 제공해주지 않는다. 돌발적인 비유들의 나열은 남용된 은유로 볼 수 있는 여지를 주고 있다.

먼저 1연에서 '지나인의 의복'(중국인에 대한 제유)과 '흘러가는 물'은 '처럼'이라는 양태사에 의해 직유로 결합하고 있다. 이 직유의 원관념 '지나인의 의복'은 부분으로 전체를 제유하는데, 전체로서의 원관념은 중국(인)이다. 중국인의 옷으로 제유되는 유교적인 전통이 지배하는 시대적 풍경을 은유한다고 볼 수 있다. 2연에서도 '기회' '유적(기름방울)' '능금(우리나라 고유의 사과)'의 원관념이 무엇이며, 그것들 간의 결합점 (유사성·차이성 혹은 인접성)이 무엇인지도 애매하다. '길' '응결한 물' '바위' 등도 마찬가지다. 원관념에 대한 암시가 생략되어 있거나 원관념과 보조관념과의 거리가 너무 멀어 무엇에 대한 은유인지 알 수가 없다. 3연에서 '정치가'와 '와사'를 은유로 결합한 '와사의 정치가'를 '고운'이라는 유사성에 의해 '활자'와 직유로 결합한다. 이 중복 은유 "활자처럼 고운 와사의 정치가"란 또 누구 혹은 무엇인가? 와사(瓦斯)가 서구 문물인 '가스'의 한문 음차라는 데 초점을 맞춰 미국 유학파인 이승만을 비롯한 친미적 정치가를 원관념으로 지시한다면 삼중의 은유가 된다.

그렇다면 어휘 차원의 은유를 넘어 시 전체의 구조적 차원에서 작동하는 은유의 의미론적 '지시틀(frame of reference: fr)'[7]을 중심으로 그 전이 과정을 따라가보자.

---

7) Hrushovsky Benjamine, "Poetic Metaphor and Frames of Reference," *Poetics Today* Vol.5 (1984), p. 12.

fr1(정치): 아메리카 타임지: 활자가 연속하다　→ (기사를 쓰다)　→ (기사를 전하다)

　　　　와사의 정치가

fr2(자연): 물:　　　　　흘러가다(떨어지다)→ 응결하다　　　→ 바위를 문다

fr3(인간): 나:　　　　　찾아들다(걸어오다)→ 정신을 가다듬다 → 활자를 본다

　　　　　　　　　　　　　　　　　　와사의 정치가를 응시한다

　　이처럼 구조적 차원에서 정치, 자연, 인간이라는 범주의 차원에서 구축되는 은유의 전이 과정을 정리해보면, 애매하고 난해한 시의 문맥을 잡아주는 압정과도 같은 역할을 은유의 지시틀이 담당하고 있음을 알 수 있다. 먼저 '활자가 의미를 구현하다'(fr1), '물이 바위를 문다'(fr2), '나는 활자를 본다' '와사의 정치가들을 응시한다'(fr3)는 은유적 관계에 놓여 있다. 이질적인 활자, 바위, 와사의 정치가는 고움/거대함·완강함·단단함이라는 특성에 의해 병치적으로 결합한다. 즉 객관적으로 바로 보아야 할 와사의 정치가들이란 의심스러울 정도로 곱지만 그 이면에는 거대하고 완강하고 단단한 특성을 갖고 있다는 걸 강조하기 위한 병치 은유적인 전이 과정으로 읽힌다. 또한 병치적으로 나열되어 있는 "기회와 유적 그리고 능금"이 이 지시틀의 전이 과정 속에서 해독될 수 있다.

　　fr1(정치) : 유적(흘러가다/찾다)

　　fr2(자연) : 능금(응결하다/떨어지다)

　　fr3(인간) : 기회(걸어오다/물다)

　　'유적' '능금' '기회'는 '나'에게 유혹의 대상이자 '나'가 정신을 가다듬고 '보아'왔던 병치적 대상들이다. 이것들 역시 바로 보아야 할 '아메리카 타임지'(미국) '와사의 정치가'(친미 정치가)와 병치적인 은유의 축을 이룬다. '아메리카 타임지'에 가까이 가려는 바람(보다)과, 그것을 똑바

로 보려는 의지(응시하다) 사이에서 빚어지는 복잡한 긴장감이 병치 은유를 중심으로 표현되고 있다. '아메리카 타임지'는 '고움기' 때문에 선망과 의심의 대상이었고 이제 시인은 그것을 '정신을 가다듬으면서' 바로 보겠다는 비판적 현실 인식이 엿보인다.

3) 모순어법 은유

모순어법(oxymoron)이란 표현이나 진술을 효과적으로 강조하기 위해 서로 양립할 수 없는 단어들을 결합하는 수사법이다. 겉으로 드러난 단어 그대로의 의미는 모순되거나 부조리하지만 구체적인 현실의 갈등 혹은 진실이 배어 있는 표현이다. 모순형용(형용모순), 모순 진술이라 불리기도 하고 넓은 개념의 역설에 포함되기도 한다. 이러한 모순어법에, 원관념과 보조관념이 모순되는 속성으로 이루어진 비유법을 모순어법 은유라 한다. "강철로 된 무지개" "침묵의 소리" "실패는 성공의 어머니" 등이 그 예에 속한다. 문장 형태의 은유도 가능하다. "싹트는 식물이 풍장(風葬)을 미화(美化)한다"나 "빛의 생명 속에 떨어진 장미처럼 주검이 피었다"와 같은 문장도 생명과 죽음이 공존하는 모순어법적 은유에 해당한다. 전자가 '미화하다'라는 의인화에 기대어 '싹트는 식물'(생명)과 '풍장'(죽음)을 결합한다면, 후자는 '주검'(죽음)과 '장미'(생명)를 결합한다. 상반된 원관념과 보조관념이 통합적 상상력을 통해서 하나가 되는 이러한 모순된 진술은, '의미 있는 자기모순적 속성'이 만드는 이차적 의미를 독자가 재구성하도록 한다.

아이를 기다리는 오 분간
아카시아꽃 하얗게 흩날리는
이 그늘 아래서

어느새 나는 머리 희끗한 노파가 되고,

버스가 저 모퉁이를 돌아서

내 앞에 멈추면

여섯살배기가 뛰어내려 안기는 게 아니라

훤칠한 청년 하나 내게로 걸어올 것만 같다.

내가 늙은 만큼 그는 자라서

서로의 삶을 맞바꾼 듯 마주보겠지.

기다림 하나로도 깜박 지나가 버릴 生,

　　　　　　　　　　　　　　　　　—나희덕, 「오 분간」 부분

　인용 시에서 '오 분간'은 배차된 버스를 기다리는 시간이다. 버스가 오기 전의 오 분 동안 화자는 여섯 살 아이를 기다리면서, 그 아이가 어른이 되어서도 평생을 애타게 기다리며 살 자신의 일생을 상상한다. 상상 속에서 화자는 어느새 "머리 희끗한 노파"가 되고 아이는 "훤칠한 청년"이 되어 화자에게 걸어와 서로 마주본다. 그런 '오 분간'에는, 아이는 어른이 되고 화자는 노파가 되는 반생이, 죽어서야 그 기다림을 끝낼 수밖에 없는 엄마의 일생이 담겨 있다. 이때 하얗게 흩날리는 '아카시아꽃'은 여성이자 엄마인 화자의 '꽃과 같은' 젊음의 시간을 은유한다. 그 꽃이 '흩날린'다고 표현함으로써 노파가 된 '희끗한' 머리가 나풀거리는 이미지와 연동되어 시간의 덧없음과 정처 없음을 강조한다. '여섯살배기가 뛰어내려 안기다'가 '훤칠한 청년이 걸어오다'로, '내가 늙다'가 '그가 자라다'로 서로의 삶을 '맞바꾼 듯 마주보'도록 결합하고 있는 이 은유의 유사성은 '기다림'이다. 이 '오 분간'은 대립하고 모순되는 사실들을 통합적으로 통찰하는 진실의 시간이기도 하다. 즉 "깜박 지나가 버릴 生"이 '오 분간'으로, "머리 희끗한 노파가 되"다가 "아카시아꽃 하얗게 흩날리는"으로 은유되고 있다. 양립 불가능한 논리적 모순을 구조적 혹은 진술적 차원에서 결합하는 모순어법적 은유에 기대고 있다.

4) 남용된 은유

현란하고 생경한 은유들이 빚어내는 의미가 지나치게 단순하거나 관념적이라서, 원관념과 보조관념의 결합이 작위적으로 느껴지는 은유의 남용을 카타크레시스(catachresis)[8]라 한다. 대담한 은유로 자유분방한 시의식을 활성화하는 동시에 은유의 과잉으로 작품 전체의 조화를 깨뜨리는 남용된 은유의 예를 박인환의 「열차」에서 살펴볼 수 있다. 당시에는 새로웠던 제사(題詞) 형태로 스티븐 스펜더의 「급행열차」를 인용하고 있는데, 이 '급행열차'는 현대문명의 새로운 감각을 구현하고자 선택된 보조관념이다. 어둡고 억압된 역사를 헐어버리고 미래를 향해 달려가는 '열차'는 이 시의 핵심 은유다.

> 궤도 위에 철(鐵)의 풍경을 질주하면서
> 그는 야생한 신시대의 행복을 전개한다. ―스티븐 스펜더

> 가난한 사람들의 슬픈 관습과
> 봉건의 터널 특권의 장막을 뚫고
> 피비린 언덕 넘어
> 광선의 진로를 따른다
> 다음 헐벗은 수목의 집단 바람의 호흡을 안고

---

8) 카타크레시스에 대한 해석은 구구하지만, 옥스퍼드 사전에는 "말의 부적당한 사용. 어떤 용어를 적절한 의미를 지닐 수 없는 사물에 적용하는 것, 비유나 은유의 오용 혹은 악용"이라고 정의하고 있다.

눈이 타오르는 처음의 녹지대

거기엔 우리들의 황홀한 영원의 거리가 있고

밤이면 열차가 지나온

커다란 고난과 노동의 불이 빛난다

혜성보다도

아름다운 새 날보담도 밝게

—박인환, 「열차」 부분

　인용 시는 유장한 어조 속 화려한 은유들로 가득차 있다. 은유의 방법 또한 가장 단순한 관형어 및 동사 은유와, '의'에 의한 은유(genitive metaphor), 양태사(처럼, 보다, 듯이) 사용이 빈번하다. 이를테면 인용 시에는 상략된 "향그러운 대화"나 "잠음을 차고"에서는 '향그러운'이라는 형용사와 '차다'라는 동사를 활용해 은유를 구축한다. "봉건의 터널 특권의 장막" 등에서 보이는 '의' 은유의 과도한 구사는 1950년대의 모더니스트들의 주된 은유 방법과 맞닿아 있다. 여기에 열거의 조사 '와'와, 쉼표조차 사용하지 않는 나열 등으로, 매 행에 두세 개의 은유가 겹쳐진 채 은유의 홍수를 이룬다. 끝의 두 행에서 '보다도'가 단순한 비교급처럼 보이지만 직유 관계를 구축하는 부사적 양태사 역할을 하기도 한다. 즉 '빛난다'라는 속성에 의해 '노동'은, '혜성'이나 '새날'과 직유 관계를 이루어 어두운 역사를 통과해온 고난과 노동의 비전을 은유한다. 모두 원관념과 보조관념 사이의 관념적 유사성에 기반한 치환 은유들이다.

　은유는 비유하는 것과 비유되는 것 사이의 접합점에 대해 새롭고 분명한 인식을 전제로 한다. 그러나 은유의 홍수를 이루는 인용 시의 현란한 은유들은 비유하는 것과 비유되는 것 사이의 접합점이 부정확하다. 비유되는 것이 생략되어 내포적 의미가 불투명하기도 하고, 비유하는 것과

146

비유되는 것 모두가 추상적이고 관념적인 경우가 많아 모호하기도 하다. 이러한 은유의 남용은 시의 의미를 애매하게 하거나 난삽하게 하는 결과를 초래하기 쉽다. 이렇게 남용된 은유는 자칫 낡은 표현 혹은 상투적 표현을 칭하는 클리셰가 되기 십상이다. 인용 시에서 보이는 관념적 은유의 과도한 사용은 현대문명에 대한 열렬한 예찬으로 감정과 언어의 절제를 놓쳐버린 데서 비롯되는 것으로 보인다.

맥락적이고 구조화된 은유

원관념과 보조관념, 이 서로 다른 두 대상의 상호적인 의미작용으로 구축되는 새로운 관계 형성이야말로 은유의 본령이다. 실제 작품에서 이러한 상호작용은 어휘나 문장, 구조 차원에서 복합적으로 이루어질 뿐만 아니라 은유와 그 유사 비유들이 해석적 경계를 넘나들기 때문에 은유는 맥락적이면서도 유동적으로 작동한다. 우리 현대시에서 은유의 빈도가 가장 높은 '꽃'을 형상화한 시편들을 텍스트로 삼아, 은유의 작동 원리와 함께 은유가 어떻게 다른 유사 비유들을 넘나들고 있으며 어떻게 맥락적으로 해석될 수 있는지를 살펴보자.

1) 명명의 은유
'A는 B' 'A의 B'라고 하나의 대상 혹은 관념을 다르게 '명명(dénomination)'하는 작업은 대표적인 은유의 메커니즘이다. 시인을 '명명하는 자'로 정의했던 R. W. 에머슨의 통찰은, 은유적 명명이 시의 출발임을 시사한다.

내가 그의 이름을 불러 주기 전에는

그는 다만

하나의 몸짓에 지나지 않았다.

내가 그의 이름을 불러 주었을 때

그는 나에게로 와서

꽃이 되었다.

내가 그의 이름을 불러 준 것처럼

나의 이 빛깔과 향기에 알맞는

누가 나의 이름을 불러다오.

그에게로 가서 나도

그의 꽃이 되고 싶다.

우리들은 모두

무엇이 되고 싶다.

너는 나에게 나는 너에게

잊혀지지 않는 하나의 눈짓이 되고 싶다.

—김춘수, 「꽃」 전문

인용 시는 은유의 작동 원리를 '이름을 불러 주'는 것으로, 즉 발견으로서의 창조적 명명으로 은유하고 있다. 1연의 '하나의 몸짓'에 지나지 않던 '그'가, 2연에서 '나'의 '꽃'이 된다. '이름을 부르는' 행위에 의해서다. 3연에서 '나'도 '그/누가'에게 '꽃'이 되고 싶다고 한다. 이때 '빛깔과 향기'는 자신을 자신이게 하는 존재의 본질을 원관념으로 하는 은유다. '나'-'그'의 관계는 4연에 이르러 '우리'라는 공동체로서의 존재성을 부여받은 후 '나'-'너'라는 상호적 존재가 되고 싶어한다. '잊혀지지 않는 하나의 의미'를 가진 '하나의 눈짓'이 되고 싶은 소망을 드러낸다. '하나의 몸짓'이 '하나의 눈짓'이 되는 과정으로서의 이 '명명' 행위는, 익명의 무의미한 존재가 고유한 이름에 의해 의미가 있는 존재로 탄생하는 언어화 과정에 대한 은유다. '이름을 부른'다는 은유적 표현은 단지 현실을 명명하는 언어적 지시체를 넘어서 현실에 존재하고 현실을 존재하게 하는 원인이자 결과로써 작동한다. 대상이 이름으로 인식되고 그 이름이 불릴 때, 대상은 그 이름을 부르는 주체와 특별한 관계를 형성한다. '그'가 '너'로 되기, '나'와 '너'로 관계 맺기, 그리하여 서로에게 '무엇'이 되기가 된다. 이렇게 존재하는 것들에 꼭 맞는 이름을 붙여주는 은유적 행위가 바로 시쓰기에 해당한다. 그런 의미에서 이 시는 한 편의 관계론이자 사랑론이며, 은유론이자 시론이라 할 수 있다.

이처럼 「꽃」은 '꽃'으로 비유되는 명명 혹은 호명이라는 은유의 작동 원리에 의해 구축되고 있다. '꽃'은 '이름'과 '눈짓'으로 은유적 전이를 거치면서 식물에서 인간의 영역으로 그 은유적 위상을 확장한다. 그러나 부분적으로 환유 혹은 제유 또한 공존한다. 먼저, 보통명사로 일반화된 '꽃'이 '나'에게 의미화된 개별적인 '꽃'이 되고 있다는 점에서, 즉 보편적 존재가 개별적 존재로 의미화된다는 점에서 제유다. 또한 '하나의'에 의해 그 '몸짓'이나 '눈짓'은 여러 개의 다른 몸짓들/눈짓들 중 하나라는 개체성을 획득할 뿐만 아니라 '그'의 부분에 포함된다는 점에서 제유다. '몸짓'과 '눈짓'이 '그'에게 속한 인접한 속성들이라는 점에서는 환유가 될 수도 있다. '몸짓' '눈짓'이 '꽃'을 의인화한 표현이라는 점에서는 은유이지만, 의인화된 꽃의 부분에 의해 꽃 전체를 대표하고 있다는 점에서는 역시 제유다. 은유이면서 제유/환유적 속성을 지니는 셈이다.

2) 은유와 제유

부분(전체)으로써 전체(부분)를 읽어내는 제유의 작동 원리는 자아와 세계가 존재하는 양식이기도 하다. 자아와 세계가 특정한 관점에서 하나가 되는 서정적 동일성이야말로 제유적 관계로 이루어져 있기 때문이다. 이때 자아와 세계라는 두 대상 사이의 동일성을 추구한다는 점에서는 은유와 중첩된다. 그러나 순리적이든 법칙적이든 관습적이든, 제유는 두 대상 간의 유사성(차이성)이 아닌, 일체성(일치성)과 포괄성을 지향한다는 데서 은유와 차별화된다. 특히 제유의 특성은 포괄성으로 규정되며 제유적 사물이 전체에 대해 대표성을 갖는다. 이 같은 제유적 포괄성 혹은 대표성은 환유적 인접성과도 중첩되는데 제유와 환유가 관점을 달리해 혼용되는 것은 이런 까닭이다.

산에는 꽃 피네
꽃이 피네
갈 봄 여름 없이
꽃이 피네

산에
산에
피는 꽃은
저만치 혼자서 피어 있네

산에서 우는 작은 새요
꽃이 좋아

산에서
사노라네

산에는 꽃 지네
꽃이 지네
갈 봄 여름 없이
꽃이 지네

—김소월, 「산유화」 전문

　인용 시는 부분과 전체 속에서 '있음 그대로의' 인간과 자연의 조화로
운 일체성을 제유의 시학으로 보여준다. '산유화'라는 제목부터 제유적
이고 환유적이다. '산유화'는 곡조(민요의 일종)를 지칭하는 고유명사인
데, 이 산유화 곡조에 '향랑'이라는 여자가 가사를 붙여서 불러 유행되었
다고 전한다. 또한 산유화는 '산에 피는 꽃'('산에 꽃 피네'라는 문장으로
해석될 수도 있다)이라는 보통명사이기도 하다. 일단 '산유화'가 곡조의
갈래를 지시하고 있다는 점에서 제유다. '산유화'라는 민요(민요조 한시)
든, 향랑이 불렀다는 개별 작품으로서의 노래든, 모두 제유적 속성을 갖
는다. 다른 한편으로 계모 밑에서 어렵게 자란 향랑이 시집을 가서도 못
난 남편과 시집살이를 견디다못해 '산유화가'를 부르며 연못에 빠져 죽
었다는 설화에 근거해 '산유화'는 '여자가 빠져 죽는 것'을 지시한다. 이
렇게 보자면 시간적 인접성에 의한 인과적 서사를 내포하고 있다는 점에
서는 환유가 되고, 설화에 초점을 맞추면 알레고리가 된다.
　또한 '산'에 피는 '꽃'은, '에'라는 장소를 니타내는 조사로 인헤 전체
와 부분의 포함관계를 이루며 제유적 관계를 형성한다. "산에서 우는 작
은 새"도 마찬가지로 산'에' 포함된 작은 '새'라는 점에서 제유적이다. 그

러나 '산'이라는 공간에 포함된 인접한 존재들이라는 점에서 '꽃'과 '새'
는 인접성에 의해 환유적 관계를 이룬다. "갈 봄 여름 없이"는 자연의 질
서에 의해 반복되는 개화와 낙화가 순환하는 시간성을 대표하는 제유적
표현이다. 특히 "저만치 혼자서" 산에 피어 있는 꽃으로서의 '산유화'는
제유의 표상이다. '저만치'가 '저기 혹은 저쪽'의 거리감이든 '저렇게'의
상황이든 '저와 같은'의 정황이든, '혼자서'가 '홀로 외로이'의 고독감이
든 '저 혼자서 혹은 저절로'의 자족적 자연성이든, '있는 그대로의' 제유
의 시학을 구현한다. 그저 그렇게 피어 있는 그 꽃은 모든 존재의 숙명적
개체성 또는 실존적 존재성을 구현하고 있기 때문이다. 이 '저만치'가 실
제의 공간적 거리라기보다는 꽃을 바라보는 시적화자의 심리적 거리라
는 점도 한몫을 더한다. 뿐만 아니라 꽃과 꽃, 인간과 인간, 나아가 모든
존재가 숙명적으로 지닌 상호 간의 실존적 거리를 의미하며, 이는 '혼자
서'일 수밖에 없는 모든 존재의 고독한 모습을 제유적으로 형상화한다.
이로써 '산유화'의 세계는 인간세계와 충돌하지 않고, 인간이 개입하거
나 인간에 동원되지 않고, 자연 그 자체로 존재한다. 명명이나 의미 부여
와 같은, 사물에 대한 인간의 은유적 개입을 최소화한 지극히 자족적인
제유의 세계다. 그렇다고 '산유화'가 은유적이지 않다는 것은 아니다. 꽃
이 피어 있는 환경으로서의 자연을 말한다거나 생명 있는 존재로서의 꽃
을 표상한다는 점에서, 산과 꽃(새)이라는 보조관념을 통해 자연 혹은 생
명의 순환 원리를 (다양한) 원관념으로 비유하고 있다는 점에서 여전히
은유적이고 상징적이다.

　3) 은유와 환유
　한 편의 시에서 은유는 그 유사 비유들과 맥락적이고 유동적으로 작동
한다. 지시틀을 중심으로 은유적 전이와 환유적 전이를 거듭하며 구조적

으로 변주되는 은환유의 변주 양상을 살펴보자.

　　　노래가 낫기는 그중 나아도
　　　구름까지 갔다간 되돌아오고,
　　　네 발굽을 쳐 달려간 말은
　　　바닷가에 가 멎어버렸다.
　　　활로 잡은 산돼지, 매(鷹)로 잡은 산새들에도
　　　이제는 벌써 입맛을 잃었다.
　　　꽃아, 아침마다 개벽하는 꽃아.
　　　네가 좋기는 제일 좋아도,
　　　물낯바닥에 얼굴이나 비취는
　　　헤엄도 모르는 아이와 같이
　　　나는 네 닫힌 문에 기대 섰을 뿐이다.
　　　문 열어라 꽃아. 문 열어라 꽃아.
　　　벼락과 해일만이 길일지라도
　　　문 열어라 꽃아. 문 열어라 꽃아.

　　　　*사소는 신라 시조 박혁거세의 어머니. 처녀로 잉태하여, 산으로 신선 수행을 간 일
　　이 있는데, 이 글은 그 떠나기 전, 그의 집 꽃밭에서의 독백.
　　　　　　　　　　　　　　　　　—서정주, 「꽃밭의 독백—사소 단장」 전문

　　시인 스스로가 붙인 각주에서도 알 수 있듯, 인용 시는 '신라시조 박혁거세'의 어머니인 '사소'가 처녀의 몸으로 잉태하여 신선 수행을 가기 전, 자신의 '꽃밭'에서 읊는 짧은 독백의 형식을 취한다. 일상적 현실로 상징되는 자신의 꽃밭에서, 인간세계를 떠나 신선의 세계에 이르고자 하는 사소의 구도적 염원을 담고 있다. 따라서 '나(사소)'라는 화자를 앞세

운 이 독백은 처녀 잉태와 처녀 출산, 집(꽃밭) 떠나기, 신선 되기라는 일련의 환유적 혹은 알레고리적 서사를 염두에 두고 읽어야 한다. 구도적 염원을 향한 사소의 도전과 좌절은 1행~6행에 걸쳐 천(天)·지(地)·인(人)의 세 층위의 지시틀로 변주된다. 각각 '노래' '말' '입맛'으로 은유된 '나(사소)'의 욕망은, 현실적 장애 요소로 은유된 '구름' '바닷가' '산돼지·산새들'에 부딪쳐, '되돌아오'고, '멎어버'리고, (입맛을) '잃'으면서 좌절된다.

→ 환유적 결합축

	〈욕망〉	〈장애 요소〉	〈좌절〉	
fr1(천상):	노래	→ 구름	→ 되돌아오다	
fr2(지상):	말(발굽)	→ 바닷가	→ 멎어버리다	↓ 은유적 선택축
fr3(인간):	입맛	→ 산돼지·산새들	→ 잃다	

사소의 욕망은 시행의 전개에 따라 수직축의 은유적 선택에 의해 이뤄지고, 통사적 차원에서 수평축의 환유적 결합에 의해 이뤄진다. 천상-지상-인간이라는 지시틀에 의해 노래-말-입맛, 구름-바닷가-산돼지·산새들, 되돌아오다-멎어버리다-잃다 등이 각각 선택적 등가의 의미를 이루면서 은유적으로 전이된다. 반면 노래-구름-되돌아오다, 말-바닷가-멎어버리다, 입맛-산돼지·산새들-잃다의 통사적 배열은 환유적 인접성에 의해 결합한다. 이 은유적 전이축과 환유적 전이축을 통해 시인은 사소가 놓인 현실적 조건을 보여준다. 즉 환유적으로 결합한 통사체를 은유의 층위로 전이함으로써 연쇄적이고 역동적인 의미망을 형성한다.

7행에서야 이 시의 핵심 은유인 '꽃'이 등장한다. 이 '꽃'은 '개벽(하는)'→'문(열어라)'→'(벼락과 해일만이)길'로 은유적이면서도 환유적인 변용을 거듭한다. 모두 '꽃'의 또다른 보조관념이라는 점에서 은유적 전이에 해당하지만, 꽃의 개벽(開闢), 개문(開門), 개도(開道)라는 유사성과 인접성에 따른 은환유적 전이에 해당하기도 한다. 이 '개벽하는 꽃'은 형용사에 의해 꽃(의 개화)을 천지창조 혹은 우주 탄생을 은유한다. 이어 그 꽃은 '문'이라는 출입 가능한 공간(방)을 열('열어라') 수 있는 인간으로 전이된다. 그리하여 '꽃'으로 하여금 스스로 자신의 '문'을 열도록 촉구한다. '꽃' 속으로 들어가고 싶은 사소의 욕망은 곧 '꽃'으로 상징되는 자연과의 동화나 초자연에로의 귀의를 통해 신선의 세계로 가고자 한다. '꽃'이 '문'이 되고 '벼락과 해일'이 되고, '길'이 되어 다시 '꽃'이 되려는 것이다. 이 또한 은환유적 전이에 해당한다. 이때 천지가 뒤집히면서 통하는 자연현상으로서의 '벼락'과 '해일'은, '신선' 세계에 이르기까지 사소가 극복해야 할 온갖 고통과 형벌에 대한 은유이기도 하다. '길' 또한 고통과 형벌을 통해 사소가 새로운 세계로 입문할 수 있는 통로 혹은 질서를 의미한다. 입사식에 필요한 통과제의인 셈이다.

4회에 걸쳐 반복되는 "문 열어라 꽃아"는 이 시의 절정이다. 반복적 호격의 명령을 통해 영원의 세계로 입문하고자 하는 '나(사소)'의 욕망을 마치 주문(呪文)처럼 표출하고 있다. 또한 9~10행에서는 '같이'라는 직유의 양태사로 '나(사소)'가 직면한 인간적 유한성을, 물에는 들어가지도 못한 채 물의 표면에 제 얼굴을 비추고만 있는 '아이'에 비유한다.

아이 :　　물낯바닥에　　→ 얼굴이나 비추다

나(사소):　네(꽃) 닫힌 문에 → 기대 서다

신선이 되고 싶어하지만 유한한 인간존재의 한계성을 확인하고 있을 뿐이다. 그러나 '나(사소)'의 한계가 절망적인 것만은 아니다. "아이와 같이"에서 아이의 속성인 순진성과 유연성이 가능성으로 열려 있기 때문이다. 이처럼 인용 시는 환유적 결합과 은유적 전이를 통해 현실의 한계와 초월의 염원을 역동적으로 구축하고 있다. 물론 해석의 초점을 역사적 · 신화적 관점에서 사소와 박혁거세 아버지와의 만남, 박혁거세의 출산에 초점을 맞추어 '꽃'과 '문'의 원관념을 찾는다면 알레고리적 해석도 가능할 것이다.

4) 비유들의 교직

하나의 은유가 다소간은 환유(제유)적이고 다소간은 상징(알레고리)적일 때가 있다. 이처럼 유사 비유들과 교직되는 은유의 경우 시의 모호성을 증폭시킨다. 은유와 유사 비유들이 교직되는 양상에 초점을 맞춘 비유의 맥락적 해석이야말로 다양한 의미론적 접근을 가능케 할 뿐 아니라 시 텍스트의 '살아 있는 의미' 생산에 일조한다.

> 꽃을 주세요 우리의 고뇌를 위해서
> 꽃을 주세요 뜻밖의 일을 위해서
> 꽃을 주세요 아까와는 다른 시간을 위해서
>
> 노란 꽃을 주세요 금이 간 꽃을
> 노란 꽃을 주세요 하얘져가는 꽃을
> 노란 꽃을 주세요 넓어져가는 소란을
>
> 노란 꽃을 받으세요 원수를 지우기 위해서
> 노란 꽃을 받으세요 우리가 아닌 것을 위해서

노란 꽃을 받으세요 거룩한 우연을 위해서

꽃을 찾기 전의 것을 잊어버리세요
　꽃의 글자가 비뚤어지지 않게
꽃을 찾기 전의 것을 잊어버리세요
　꽃의 소음이 바로 들어오게
꽃을 찾기 전의 것을 잊어버리세요
　꽃의 글자가 다시 비뚤어지게

내 말을 믿으세요 노란 꽃을
못 보는 글자를 믿으세요 노란 꽃을
떨리는 글자를 믿으세요 노란 꽃을
영원히 떨리면서 빼먹은 모든 꽃잎을 믿으세요
보기 싫은 노란 꽃을

―김수영, 「꽃잎2」 전문

　인용 시의 의미를 파악하기는 쉽지 않다. 단어, 어구, 문장, 행, 연 등
의 다층적 차원에서 반복과 도치를 활용해, 마치 주술적인 노래처럼 리
드미컬하게 음성적 자질을 특화하고 있다. '꽃'이라는 시어는 무려 21회
에 걸쳐 반복되고, 도치시킨 문장은 매 연마다 3회씩(5연은 4회) 반복된
다. 이 같은 반복은 청유형임에도 명령에 가까운 단호한 의지를 관철하
려는 효과를 자아낼 뿐만 아니라, 반복될 때마다 재의미화되는 '꽃(잎)'
의 원관념들이 흩날리는 느낌을 불러일으킨다.
　1연에서부터 반복되는 '꽃'은, '고뇌' '뜻밖의 일' '다른 시간' 등과 연
루되면서 단순한 은유를 넘어서고 있음을 시사한다. 그리고 2연에서 '노

란 꽃'으로 변주되면서 원관념 또한 재의미화되면서 1연과 2연이 인과적으로 읽힌다. '고뇌'에 의해 '금이 가고' '뜻밖의 일'에 의해 '하얘져가고' '다른 시간'에 의해 '소란이 넓어져'가서 '노란 꽃'이 된 듯하다. 또한 그 '꽃'은 '노란 꽃'으로, '노란 꽃'은 다시 '금 간 꽃' '하얘져가는 꽃' '넓어져가는 소란'으로 제유화되고, 꽃을 수식하는 형용사가 구축하는 '꽃'의 물질적 속성에 의해 환유적 의미를 획득한다. 그러나 이 형용사들에서 놀람이나 창백함, 시듦(늙음)이나 죽음과 같은 인간적 속성을 읽어낸다면 그건 의인화에 의한 은유로도 읽을 수 있다.

1 · 2연에서 '주세요'라고 요청하는 수동의 주체는 3연에서 '받으세요'라고 요청하는 능동의 주체로 변주된다. '원수(사람)'를 '지우다'와, '우연'을 '거룩하다'와 결합해 술어를 중심으로 은유화한다. 4 · 5연에서 '꽃'은 '글자'나 '말'과 결합해 원관념을 또다시 재의미화한다. '꽃의 글자' '꽃의 소음'과 같은 '의' 형식의 전형적인 은유가 아니더라도, '꽃'은 '비뚤어지다'나 '들어오다'와 같은 술어와 결합해 '글자'나 '말'이 되어 은유적 전이를 이룬다. '꽃'을 중심으로 이동하는 은유적 전이 과정을 정리하면 다음과 같다.

꽃 → 노란 꽃 → 꽃의 글자/말 → 떨리는 글자 → 떨리면서 빼먹은 꽃잎 → 보기 싫은 노란 꽃
　　(금이 간 꽃)

　→ 하얘져가는 꽃　　　　　　　　→ 못 보는 글자

　→ 넓어져가는 소란　　→ 꽃의 소음

'꽃(잎)'이 그 무엇에 대한 보조관념이라는 점, 소유격 '의'나 술어화를 통해 원관념과 보조관념을 결합하고 있다는 점에서 볼 때 인용 시는 은유를 중심으로 구조화된다. 그러나 은유에 한정되지 않는다. 은유를 기

반으로 제유적인 포괄성과 환유적인 인접성이 교직됨으로써 원관념의 재의미화를 통해 그 외연을 넓혀가다 '꽃'은 마침내 상징성을 획득한다. 이를테면 '주세요' '받으세요' '잊어버리세요' '믿으세요'라고 반복적으로 요청하는 주체나 '우리'의 의미는 물론이고, 은유와 환유와 제유적 전이를 거듭해온 '꽃'의 의미가 맥락에 따라 유동적으로 해석될 수 있기 때문이다. '우리'가 부정적 현실로부터 옴짝달싹 못하는 시인을 포함한 다수의 사람(민중, 시민)을 의미한다면, 이때 '꽃'은 그러한 사람들이 주고받는 말이나 글자, 시간이나 사랑, 자유나 신념이나 혁명 등 그 모든 것일 것이다. 또한 그런 '우리'가 바로 '꽃'일 수도 있다. 이때의 '꽃'은 소시민으로서의 일상을 넘어서려는 시인 자신일 수도, 자유 혹은 혁명을 위해 싸우는 사람일 수도, 부조리한 사회에 고개를 숙이지 않는 인간일 수도 있을 것이다. '꽃'이 은유를 넘어 확장된 은유로서의 알레고리 혹은 상징으로도 읽히는 해석적 근거다. 은유를 고정된 단위라기보다는 열린 관계망 혹은 체계로, 나아가 독서 과정을 통해 변화하는 역동적 형태로 파악해야 하는 이유이기도 하다.

6장
환유의 활용법과 인접성의 층위들

환유는 어떻게 작동되는가

20세기를 흔히 은유의 시대, 21세기를 환유의 시대로 구분한다. 은유가 명명하거나 의미화하면서 응집되는 반면, 환유는 묘사하고 증식하면서 확산된다. 은유가 기의로서의 원관념(의미)에 압정을 꽂고 있는 반면, 환유는 기표로서의 보조관념(기호표현) 사이를 떠돈다. 그리하여 기표 과잉을 초래하는 환유적 사유는 차이, 흔적, 시뮬라크르, 증식, 복제 등의 키워드로 변주되는 포스트모더니즘의 감수성에 닿아 있다. 그러나 이 환유의 징후나 실제를 구체적인 시작품에서 찾아내기란 쉽지 않다. 환유의 작동 원리인 '인접성'의 개념이 모호하고, 환유를 근간으로 하는 최근 시들이 산문화된 양상을 띠거나 난해해지면서 환유를 정의하기 더욱 쉽지 않게 되었다. 이때 환유는 명확한 개념이나 총체적 형상을 제시하기보다는 간접화된 인접성으로 드러나곤 한다. 따라서 기의로서의 실제 윤곽이 불투명해지는 대신 기표화된 언어의 밀도와 물질성은 강화된다. 환유를 떠도는 기표, 기표의 무한 증식, 미끄러지는 기표라 부르는 이유다.

이러한 환유는 언어학적, 수사학적, 정신분석학적 접근을 통해 그 외연을 넓혀왔다. 앞서 은유 혹은 제유와의 관계 속에서 환유를 조명해내는 접근은, 환유의 위상에 대한 이해에는 도움을 주었으나 실제 작품에서 환유가 어떻게 작동하고 구조화되는가를 설명하기에는 역부족이었다. 이를 보완하기 위해서는 환유의 개념과 작동 원리로서의 '인접성'에 대한 이해를 필요로 한다. 물론 환유 역시 한 편의 시에서 유사 비유들과 상호작용하기 때문에, 시 전체에서 구조화되는 환유의 작동 원리를 중심으로 다른 비유들과 경계를 넘나들며 맥락화되는 해석 과정을 조명할 것이다. 이 과정에서 우연성과 불확정성을 지향하는 환유시는 독자의 해석학적 참여를 요청한다. 의미를 지향하는 은유에 비해 환유는 의미를 괄호에 묶어두거나 때로는 의미를 배제하기 때문이다. 따라서 의미의 불확정성으로 인해 발생하는 시의 행간을 독자 스스로가 얼마나 풍요롭게 연결하느냐에 따라 환유시의 의미와 완성도는 달라진다.

지금까지 환유는 주로 은유와의 비교를 통해 설명되곤 했다. 로만 야콥슨은 계열체로 작동하는 언어의 선택(유사성, 수직적, 시의 원리)을 '은유'의 원리로, 통합체로 작동하는 언어의 결합(인접성, 수평적, 산문의 원리)을 '환유'의 원리로 파악했다는 것은 앞 장에서 설명하였다(5장, '은유와 그 유사 비유'들 참조). 은유를 더 중요시했던 야콥슨과 달리 라캉은 기의에 대한 기표의 우월성을 주장하면서 기표의 형식적 인접성, 즉 환유의 가능성에 주목했다. 기의의 전이가 일어나기 위해서는 우선 기표의 배열이 가능해야 하므로 실제로는 환유가 먼저 발생하고 은유를 가능케 히는 것도 환유라고 했다.[1] 기표와 기의와의 관계를 수직적으로 헤아려야 하는 은유에 비해, 환유는 기표의 연쇄 속에서 기표들이 수평적으로 결합하고 연결되기 때문에 환유의 원리인 인접성이 먼저 지각된다는 것이다. 그러므로 유사성이라는 이름으로 원관념과 보조관념을 묶어 관계의 의미를 찾아야 하는 은유에 비해, 환유는 인접성에 의해 느슨하게 묶인 보조관념들에 대한 다양하고 열린 해석이 가능하다.

또한 환유는 제유와의 관계 속에서도 설명되었다. 제유는 전체를 대신하기 위해 어떤 것의 부분을 취하거나 그 반대의 형식을 취하는 전이 과정이다. 부분을 전체로 바꾸어 표현하는 확대 지칭의 원리가 제유에 가깝다면, 전체를 부분으로 축소 지칭하는 원리는 환유에 가깝다. 최근 들어 제유의 가능성을 확대해 재평가하려는 논의도 있지만, 제유를 환유에 포함하는 것이 일반적인 견해다. 인접성의 개념 안에 제유적 속성이 내포되어 있기 때문이다. 따라서 직유나 의인화를 은유에 포함했듯 제유 또한 환유에 포함해 논의하고자 한다.

문제는 이 '인접성(contiguity)'의 개념이다. 지금까지 인접성은 부분/전체, 내적/외적, 시선/연상, 충분/포함, 원인/결과, 범주/속성, 포괄/종속, 물질/개념, 의미/지시 등의 관계로 파악되었으며 논자에 따라 다양한 층위에서 개념화되었다. 권혁웅은 인접성에 의한 환유의 성립 세목을 원인과 결과, 기호와 기호화된 것, 구체물과 추상물, 행위자와 행위, 열정과 열정의 대상, 용기와 내용물, 장소와 장소에 있는 대상, 시간과 시간적인 대상, 소유자와 소유물, 창조자와 만들어진 것, 사용자와 도구 등으로 요약 정리한 바 있다.[2] '인접성'이라는 사전적 정의 안에 접근성, 접촉성, 연속성, 연상성, 계속성 등의 의미가 내포되어 있듯이, 인접성은 포괄적인 개념으로써 관점에 따라 그 기준이나 특성이 다르게 개념화될 수 있다. 은유의 원리인 유사성에 비해 인접성은 원관념과 보조관념 사이의

---

1) 임진수, 「은유와 환유-라캉의 이론을 중심으로」, 『현대 비평과 이론』 1996년 봄·여름호, 53~54쪽 참조.

2) 권혁웅, 『시론』, 문학동네, 2010, 335쪽.

경계가 불분명할 뿐만 아니라 그 특성이 관계적이고 다층적인데다 광범위하기 때문이다.

이런 이유로 '인접성'으로 결합한 환유를, '유사성'에 속하는 '차이성'으로 결합한 병치 은유와 혼동하기도 한다. 구별하자면 병치 은유는 원관념과 보조관념 사이의 거리로, 환유는 넓이로 비유할 수 있다. 또한 병치 은유를 끈으로, 환유를 다발로도 비교할 수 있다. 그러나 병치 은유를 설명하는 병치(juxtaposition), 합성(synthesis)이라는 단어에 환유의 특징인 공간적 인접성이 함의되어 있다. 이 병치라는 개념과 연결된 몽타주 또한 환유적 인접성과 관련된다. 볼프강 가스트는 몽타주가 가진 환유적 특성에 주목한다. 그는 몽타주를 '서사적(장면적/서술적)' 몽타주, '기술적(묘사적)' 몽타주, '환유적(환유적/비유적/상징적)' 몽타주로 나누었는데,[3] 몽타주를 설명하는 형용사에서 알 수 있듯 '환유적' 몽타주뿐 아니라 다른 몽타주들도 환유적 인접성을 함의한다. '유사하지 않은 다른 요소들'을 결합해 새로운 감각과 의미를 탄생시키는 병치 은유는 환유적 인접성과 연루되고 있는 것이다.

이러한 인접성을 더욱 쉽게 이해하기 위해서 작동 범주를 시간, 공간, 감각, 언어로 나눈 후 환유시의 유형을 '시간과 인과' '공간과 현상' '초감각과 자유연상' '음성과 기표' 차원에서 살펴보고자 한다.

시간적 인접성에 의한 서술-서사적 환유

인접성은 원관념과 보조관념 사이의 지시적 기능(대표성에 근거해 표상

---

3) 볼프강 가스트, 『영화』, 조길예 옮김, 문학과지성사, 1999, 111~123쪽 참조.

하는 기능)에 의존한다. 이 지시적 기능은 당대 언어문화의 관습적 성격을 근거로 형성되며, 관습과 경험의 영역에서 인지된다. 지시하는 두 실체 사이를 구축하는 일반적인 원리는 시간적 인접성이다. 시간과 시간적인 대상, 시간적 선후로 인해 발생하는 원인과 결과, 에피소드와 에피소드의 연접으로 직조되는 시들이 이 유형에 속한다. 시간적 인접성에 의존할 경우 서술적이거나 서사적 특성이 강화된다.

밤낮없이 재잘거리던 봉제공장의 재봉틀과
끊임없이 제 뱃속만 채우던 살찐 냉장고
바람을 쏟아내던 선풍기와
목마른 펌프를 정신없이 돌려대던,
왕년엔 나름대로 힘깨나 썼을 모터들이
더께를 뒤집어쓴 채
어두침침한 작업실 구석에
옹기종기 모여 있다

퇴역 군인들처럼,
한때 겁 없이 세상을 돌리던 힘들은 이제
수리공의 손길을 기다리며
그의 품 안에 안겨 안도한다
한 시절 내내 수리공은
중얼거리는 라디오 앞에 쪼그리고 앉아
핏줄 같은 코일을 풀어내며
끊긴 곳을 찾아낸다
과부하가 걸려 멈칫거리기는

그의 중년도 마찬가지이다

—박후기, 「모터수리공」 부분

　인용 시는 '모터수리공'에 대한 은유적 통찰을 근간으로 명사 중심의
환유들이 시공간적 인접성에 의해 결합되고 있다. 모터와 모터 수리공
의 관계는 소유물과 소유자, 도구와 사용자, 창조물과 창조자라는 점에
서 제유다. 제유는 당연히 환유에 포함된다. 또한 '모터'가 기계의 동력
을, '모터수리공'이 노동자 대중을, 즉 부분이 전체를 대표한다는 점에서
도 제유다. 한 인물의 삶 혹은 서사가 전형성을 획득할 때 그 인물은 그
가 속한 계층·직업·성별·나이를 대표하기 마련이다. 관습화된 지시기
능에 의한 환유적 표현은 당대의 언어문화에 널리 퍼져 있는 지식이나
믿음 체계에 의지하기 마련인데, 모터와 모터 수리공은 그러한 전형성을
확보한 대상들이다.

　'작업실'이라는 공간적 인접성의 범주가 작동하고 있음에도 불구하고
인용 시를 굳이 시간적 인접성의 유형 안에서 논의하는 것은, 모터의 일
생, 모터 수리공의 일생이라는 통시적 시간과 서사가 더욱 강조되고 있
기 때문이다. 낡고 고장나버린 작업실의 대상들은 그 자체만으로 시간
성과 서사성을 환기함으로써 한 공간, 한 사물, 한 일생의 내력과 역사를
경험의 영역에서 끌어안고 있다. 더욱이 시간적 경과를 함의하는 구체
적인 시어들에 의해 선후적이고 인과적인 인접성은 더욱 강화된다. '한
때' '이제' '한 시절 내내'의 명사나 부사들이 시간성을 부여하는 역할을
한다. '왕년' '퇴역' '중년'의 명사나, '과부하가 걸린' '고장난'의 형용사
(ㄱ)도 마찬가지다. 관습적인 경험의 영역에서 인지되는 이러한 환유는
디테일을 애호하면서 사실주의를 추구한다. 재잘거리던 봉제 공장의 '재
봉틀', 제 뱃속만 채우던 살찐 '냉장고', 바람을 쏟아내던 '선풍기', 목마

른 펌프를 돌려대던 '모터'까지, 모두 작업실이라는 공간성에 속하는 환유적 대상들이다. 또한 힘을 전달하는 코일, 코일이 감겨 있는 모터, 모터를 수리하는 모터 수리공, 모터 수리공이 일하는 작업실처럼, 부분과 전체 관계로 이루어진 중층적 환유들은 일상의 구체성과 삶의 전형성을 더해주는 시적 장치로 기능한다.

그러나 그것들은 다양한 인간군상에 대한 은유이기도 하다. '모터'가 모든 기계의 동력을, '모터수리공'이 중년의 노동자 대중을 대표한다면 제유에 의한 환유지만, '모터'가 세상이 돌아가는 힘을, '모터수리공'이 그 힘을 관리하는 신(神)과 같은 존재를 의미한다면 은유가 된다. 즉, 은환유에 해당한다. 모터 수리공이 모터를 수리하는 행위 역시 한평생의 삶을 복기하고 성찰하는 행위를 의미한다는 점에서 은환유적이다. 일반적으로 전형화된 은유는 관습적 경험과 맞물려 환유적 지시기능이 강화되기 마련이다. 물론 그 전형성이 고착되면 알레고리로 넘어간다.

한편 시간적인 선후나 인과로 구축되는 에피소드 또한 환유적 특성을 드러낸다. 관습이나 경험을 지시하는 에피소드의 결합으로 산문적 서술과 서사가 발생하는데, 이러한 환유적 표현은 메시지 중심의 실용적인 동기나 사회·역사적 문맥을 그 이면에 함의하는 경우가 많다. 이때 선명한 이야기성을 특징으로 하는 환유는 알레고리와 경계를 넘나들기도 한다.

1982년 6월 시집 『타는 목마름으로』를 '납본필증' 없이 사전 배포했다고 하여 이틀간 안기부 조사를 받은 뒤 풀려날 때였다. 퇴계로에서부터 트럭 하나가 우리 뒤를 따라붙더니 중앙청 문공부까지 따라오는 것이 아닌가. 수사관들과 함께 어느 국장 방으로 갔더니 백지를 내밀며 '재산포기각서'를 쓰라고 했다. 그 트럭에는 시중 서점에서 압수한 1만여 권의 시집이 실려 있었던 것이다. 그날 저녁 원효로 경신제책에선

나와 수사관들이 지켜보는 가운데 지형과 함께 시집 1만 권이 분쇄되었는데 분쇄기를 직접 잡은 김상무의 엄지손가락 없는 오른손이 마구 떨었다. 그리고 일주일 후 김상무에게서 폐휴지값 5만 8천원이 나왔으니 찾아가라는 연락이 왔다.

—이시영, 「타는 목마름」 전문

김지하의 시집 『타는 목마름으로』는 1980년대의 저항 정신을 상징하는 금서(禁書)였다. 출간 즉시 판매금지 처분이 내려져 일만 부를 강제 압수당하고 출판사 창비(창작과비평사)는 세무사찰을 당했다. 출판물 압수와 판매금지, 출판사 등록 규제 및 등록 취소와 세무사찰, 출판인의 불법연행 등과 같은 출판 탄압은 당시의 일상적 사건이기도 했다. '타는 목마름'이라는 제목의 시집을 중심으로 일련의 에피소드를 소환해내고 있다는 점에서 이 시는 제유이면서 환유다. 일차적으로 소유자와 소유물의 관계(김지하-김지하 시집), 기호와 기호화된 것(시집 제목-시집), 구체물과 추상물(시집 제목-출판 탄압)로 해석되기 때문이다. 사실성을 띠는 '트럭' '국장 방' '백지' '재산포기각서' 외에도 '중앙청 문공부' '수사관' '경신제책' '지형' '분쇄기' '김상무' '엄지손가락이 없는 오른손' 등도 공권력의 범주에 속하는 제유다.

그뿐 아니라 '납본필증' 없이 사전 배포하다(원인)→'안기부'에 조사를 받다(결과)라는 두 에피소드는 시간적 인접성에 의한 환유적 인과관계를 보여준다. '트럭 하나'가 따라붙다 →'국장 방'에 가다 →'백지'를 내밀다 →'재산포기각서'를 쓰다 →'시집'을 분쇄하다 →'폐휴지값'이 나오다 등의 에피소드들도 마찬가지다. 인접한 대상들을 중심으로 구축되는 하나의 동작 혹은 상황이 순차적으로 다른 동작 혹은 상황으로 이동하고 있다. 그 대상들이 환기하는 에피소드가 시간적 인접성에 의해 중첩되면서 서사가 구축되고 사건이 설명되는 것이다. 시간과 시간, 경험과 경험, 에피소드와 에피소드를 인접해놓음으로써 인과관계가 형성되고 서사가 발생하는데, 이때 연결성을 강조하는 통사구조나 접속어는 에피소드의 연쇄를 이끄는 경첩과도 같은 역할을 담당한다. '~했다고 하여 ~하다' '~하였는데 ~했다' '~했으니 ~하라'는 등이 인과적 서술을 강조하는 통사구조라면, '이틀간' '~한 뒤' '~하더니' '그리고' '~후' 등은 시간적 경과를 드러내는 접속어미 혹은 접속사들이다. 또한 일상어나 입말의 극대화, 유머나 해학적 시선, 대화나 논평의 삽입, 다른 텍스트나 에피소드 가져오기 등의 서사 기법이 환유적 상상력을 증폭시키고 있다. 경험적 일상을 핍진성 있게 묘사함으로써 고정된 관념 속에 자리하기 쉬운 역사적 사실을 새롭게 바라보게 한다.

공간적 인접성에 의한 현상-풍경적 환유

공간성에 입각한 '현상'[4]적 묘사는 환유를 대표하는 작동 원리다. 이 때문에 공간적 인접성이 두드러지는 묘사시, 풍경시, 현상시 등은 환유시를 대표한다. 환유시를 논할 때 자주 언급되는 시인이 오규원이다. 오규원은 있는 그대로를 보여주며 환유적 언어체계에 의한 묘사 혹은 서술의 세계를 구현한다. 그 언어들은 시선의 이동에 따라 사생을 하듯 객관적이고 사실적 재현을 한다.

---

4) 1990년대 후반부터 오규원은 스스로 '날이미지시'라 명명하는 극단적인 현상시와 묘사시를 창작한다. 동시에 반(反)은유 시론에 해당하는 환유적 방법론의 시학으로 개진한다. 이러한 시적 전략을 '은유적 체계와 환유적 체계'라는 제목으로 『작가세계』 1991년 겨울호에 처음 발표했다(오규원, 『날이미지와 시』, 문학과지성사, 2005, 참조).

쥐똥나무 울타리 밑

키 작은 양지꽃 한 포기 옆에 돌멩이 하나

키 작은 양지꽃 한 포기 옆에 돌멩이 하나 그림자

키 작은 양지꽃 한 포기 그림자 옆에 빈자리 하나

키 작은 양지꽃 한 포기 그림자 옆에 빈자리 지나

키 작은 양지꽃 한 포기 옆에 새가 밟는 새의 길 하나

키 작은 양지꽃 한 포기 옆에 바스락거리는 은박지 하나

　　　　　　　　　　　—오규원, 「양지꽃과 은박지」 전문

　인용 시는 '쥐똥나무 울타리 밑'의 공간을 '보이는' 대로 사생한다. 시인은 인간화되고 관념화된 흔적을 최대한 배제하고자 한다. 따라서 원관념을 괄호로 묶고 있다. 있는 그대로를 묘사하려는 시인의 시선은 쥐똥나무 울타리 밑으로, 양지꽃 옆으로 이동한다. 공간적 인접성에 의해 한 대상에서 다른 대상으로 옮겨가는 모사는 아무것도 아닌 듯 사소해 보이는 대상들을 세고 나열하고 기록한다. 여기에는 시인의 감정이나 정서가 깃들어 있지 않다.

　5행 끝 '지나'라는 술어에 이르러서 해석의 틈이 발생한다. 2·4·6·7행 끝의 '하나'와 음성적으로 호응하는 이 '지나'에 의해, '키 작은 양지꽃 한 포기'는 이전과 이후로 구분된다. '지나' 이전의 양지꽃 한 포기가 '돌멩이'(무생물), '그림자'(비실재), '빈자리'(부재)와 인접하고 있다면, '지나' 이후의 양지꽃 한 포기는 '새'(생물), '은박지'(인공물)와 인접해 있다. 전자의 인접성이 시각적이고 정적(靜的)인 무생명성을 띠고 있다만, 후자의 인접성은 '밟고' '바스락거리는' 촉각적이고 청각적인 생물과 실재의 움직임과 운동성을 얻고 있다. 또한 '쥐똥나무 울타리 밑'에 위치

한 양지꽃 한 포기는 작고 낮고 노란 양지꽃의 단독성을 강조한다.

이와 같은 의미론적 대비는 제목의 '~와(과)'에서도 쉽게 드러난다. 제목의 '양지꽃'(시각적·정적, 자연물)과 '은박지'(청각적·동적, 인공물)는 각각 그 자체로 제유적 대상이면서 서로 환유적 관계를 이룬다. '와(과)'는 인접성을 드러내는 대표적인 격조사다. 이 '와(과)'를 활용해 사물과 사물, 사물과 인간, 인간과 자연을 연접해놓음으로써 환유적 관계를 발생시킨다. 양지꽃'과' 은박지 사이에 놓인 돌멩이, 그림자, 빈자리, 새, 새의 길 등은 모두 '하나'라는 단독자로 존재할 뿐만 아니라 인접한 존재들로써 서로 환유적 관계를 형성한다. 이때 독자는 이렇게 현상적으로 '보이는' 대상들의 시적 의미를 찾아내야 한다. 환유적 해석력이 요구되는 지점이다.

오규원 시의 환유가 카메라의 눈처럼 객관적 시선에 가까웠다면, 다음의 문태준 시는 시인의 주관적 정서가 투사된 서정적 시선으로 풍경을 있는 그대로 묘사한다. 공간적 인접성에 의해 묘사한다는 점은 같지만, 오규원의 시가 객관적이고 실사적 묘사라면, 문태준의 시는 주관적이고 서사적 묘사라는 데 그 차이가 있다.

> 땅이 소란스러운 때를 보냈으니 누에가 갉아먹다 남긴 뽕잎 같다
> 장대비가 다녀가셨다
> 복사꽃처럼 소담한 놈도 개중에는 있었고
> 귓불이 도톰하고 거위 소리처럼 굵은 울대를 가진 놈도 다녀가셨다
> 비 내린 땅은 돌꽃마냥 곳곳이 파인 얼굴이다
> 팔랑팔랑 하얀 나비 새로이 나는 것으로 장대비 멎은 줄 아는 것이지만
> 집을 주섬주섬 나오는 촌로들은 늙고 초췌하다

—문태준, 「장대비 멎은 소읍」 전문

　인용 시는 제목 그대로, 봄날 장대비가 멎은 후의 소읍 풍경을 주관적 감각으로 묘사한다. 이러한 묘사는 서정화된 시적 주체가 경험적으로 인식한 삶의 구체성을 담고 있다. 문태준의 특기인 개성적인 직유가 그 역할을 담당한다. 시인은 먼저, 땅에 시선을 둔다. 장대비가 훑고 지나간 땅을 1행에서 '누에가 갉아먹다 남긴 뽕잎 같다'라는 시청각적 직유를 품은, 제유적 은환유로 포착해낸다. 이 은환유는 5행에서 '돌꽃처럼 곳곳이 파인 얼굴'이라는 또다른 은환유로 이동한다. 이어 등장하는 '복사꽃'이나 '거위 소리'도 마찬가지다. 6행에서 시인의 시선은 '하얀 나비'로 이동하는데, 이 '하얀 나비'와 대비되는 지점에는 7행의 '늙고 초췌한 촌로'가 있다. '나비'와 '촌로'는 비가 멎은 후에야 밖으로 나오는 대상들인데, 장대비를 맞고 남은 봄을 완성하기 위한 모습이 '팔랑팔랑'과 '주섬주섬'으로 대조를 이룬다.

　장대비가 멎은 소읍의 공간성은 '땅'과 '지상'과 '공중'으로 나뉘어 환유적 대상들로 구축된다. '장대비'는 이 세 공간에서 다르게 작용한다.

　땅:　누에가 갉아먹다 남긴 뽕잎/돌꽃마냥 곳곳이 파인 얼굴
　지상: 귓불이 도톰하고 거위 소리처럼 굵은 울대를 가진 놈/주섬주섬 집을 나오는 늙고 초췌한 촌로
　공중: 복사꽃처럼 소담한 놈/팔랑팔랑 새로이 나는 하얀 나비

　땅에는 뽕잎과 돌꽃이 있고, 지상에는 거위와 촌로가 있고, 공중에는 복사꽃과 나비가 있다. 봄날의 장대비는, 쏟아진다는 점에서는 해갈과 정화의 비가 되고, 굵고 거세다는 점에서는 한차례의 시련이자 단련

의 비가 된다. 그렇기에 지상의 존재인 '거위'나 '촌로'에게도, 공중의 존재인 '복사꽃'이나 '하얀 나비'에게도 새로운 존재감을 부여해준다. 특히 '땅'은, '뽕잎'이나 '돌꽃'처럼 장대비의 흔적 혹은 자국을 깊이 간직하고 있다. 바닥으로 내려갈수록 장대비는 고통의 흔적을 세게 남기고, 장대비가 그쳤을 때 소읍은 성숙 혹은 늙음의 시간을 다시 부여받게 된다. '장대비의 시간'(세월)을 보내고 난 후의 소읍 풍경에서, 여백으로 남겨둔 환유적 의미를 해석해내는 것 역시 독자의 몫이다.

초감각적 인접성에 의한 환상-내면적 환유

한 대상이 그와 무관한 혹은 상반된 다른 대상으로 이동하는 비유기적 결합 방식으로 인접성이 교란되는 시들도 있다. 이런 시들은 대체로 생략과 비약을 허용하고 시공간적 인과관계를 초과하여 의미적 인접성을 해체한다. '인접성의 혼란[5]'에서 비롯되는 '초인접성'의 원리다. 원관념과 보조관념 사이의 비유기적 간극으로 인해서 우연적이고 불확정적인 미학을 얻게 된다. 이렇게 구축되는 환유는 일상적 기술(記述) 너머의 자유연상, 초현실적 환상성, 무의식적 내면 등을 강화한다. 인접성의 외연이 무한 확장되는 초인접성의 자장 안에서 환유적 상상력이 증폭되는 것이다. 환유가 시적 대상을 사실적으로 지시하는 것에서 그치지 않고 사실 너머의 이면을 담아낼 수 있다는 걸 보여주는 유형이다. 지시적이면서 관습화된 인접성을 교란하는 이 유형이야말로 최근 환유시의 난해성을 해명할 수 있는 중요한 작동 원리다.

---

5) 김준오, 『현대시의 환유성과 메타성』, 살림출판사, 1997, 152쪽.

백 마리 여치가 한꺼번에 우는 소리

내 자전거 바퀴가 치르르치르르 도는 소리

보랏빛 가을 찬바람이 정미소에 실려온 나락들처럼

바퀴살 아래에서 자꾸만 빻아지는 소리

처녀 엄마의 눈물만 받아먹고 살다가

유모차에 실려 먼 나라로 입양 가는

아가의 뺨보다 더 차가운 한 송이 구름이

하늘에서 내려와 내 손등을 덮어주고 가네요

그 작은 구름에게서는 천 년 동안 아직도

아가인 그 사람의 냄새가 나네요

내 자전거 바퀴는 골목의 모퉁이를 만날 때마다

둥글게 둥글게 길을 깎아내고 있어요

그럴 때마다 나 돌아온 고향 마을만큼

큰 사과가 소리없이 깎이고 있네요

구멍가게 노망든 할머니가 평상에 앉아

그렇게 큰 사과를 숟가락으로 파내서

잇몸으로 오물오물 잘도 잡수시네요

— 김혜순, 「잘 익은 사과」 전문

  인용 시는 시공간적 인접성을 초과한 초감각과 자유연상에 의해 구성
되고 있다. 시의 핵심적 비유인 '사과'의 원관념을 고향 마을, 지구, 시
간, 사람, 사랑 등으로 찾는다면 이 '사과'는 상징으로, 그들 중 하나로
찾는다면 은유로 해석될 수 있다. 또한 시 전체에 걸쳐 우화적 서사를 구
축하고 있다는 점에서는 알레고리로도 해석 가능하다. 그럼에도 불구하
고 이 시를 이끌어가는 주된 작동 원리는 환유다. 제목으로 제시된 '잘

익은 사과'를 원관념으로 본다면 이 원관념에서 파생된 낯설고 비유기적 연상들을 이어붙임으로써 환상적 서사를 극대화하기 때문이다. 백 마리의 여치 울음소리는 자전거 바퀴 도는 소리, 정미소 나락 빻는 소리로 비약한다. 처녀 엄마가 낳아 입양 가는 아가의 뺨은 차가운 구름으로, 다시 천 년 동안 아가인 사람의 냄새로 건너뛴다. 또한 고향 마을은 큰 사과로 축소되고, 마을을 달리는 자전거 바퀴 소리는 사과가 (소리 없이) 깎이는 소리를 낸다. 시간과 공간을 확장하는가 하면 수축시키고, 감각과 시점을 겹쳐놓는가 하면 멀리 떨어뜨려 인접성을 해체한다. 자전거 바퀴가 둥글게 길을 깎아내고 그때마다 고향 마을만큼이나 큰 사과가 깎인다는 발상은 물론, 노망든 할머니가 그 큰 사과를 숟가락으로 파내 잇몸으로 오물오물 잡수신다는 발상 또한 동화적이면서 상징적이면서 초현실적이다. 신화 속 시간의 신(神)이 돌리는 물레의 실타래를 연상시킨다.

초감각과 자유연상의 인접성에 의해 작동되는 이러한 환유는 원관념을 괄호로 묶어놓은 채 보조관념과 보조관념, 감각과 감각, 이미지의 단면과 단면 사이의 연결 고리를 풀어버리는 만큼 인접성은 멀어지고, 인접성이 멀어진 만큼 기발하면서도 유쾌한 환상에 가까워진다. 하나의 대상이 자유연상을 따라 다른 대상으로 미끄러지면서 파생하고 증식하는 환유들이 빚어내는 환상적 감각들의 향연과도 같다. 이는 초인접성으로 이동하는 보조관념들의 연쇄, 환상적 감각의 비약적 전이, 무의식으로부터 끌어올린 이미지 단면들의 병치를 특징으로 한다. 익숙한 관념과 감각을 거부하는 자유연상적 인접성, 즉 초인접성에 의한 환유는 환상적 내면을 창조하기도 한다. 그 결과 말해질 수 없었던 현실을 말할 수 있게 되고 말해졌던 현실을 다르게 말할 수 있게 된다.

입술들의 물결, 어떤 입술은 높고 어떤 입술은 낮아서 안개 속의 도

시 같고, 어떤 가슴은 크고 어떤 가슴은 작아서 멍하니 바라보는 창밖의 풍경 같고, 끝 모를 장례 행렬, 어떤 눈동자는 진흙처럼 어둡고 어떤 눈동자는 촛불처럼 붉어서 노을에 젖은 회색 구름의 떼 같고, 어떤 손짓은 멀리 떠나보내느라 흔들리고 어떤 손짓은 어서 돌아오라고 흔들려서 검은 새 떼들이 저물녘 허공에 펼치는 어지러운 군무 같고, 어떤 얼굴은 처음 보는 것 같고 어떤 얼굴은 꿈에서 보는 것 같고 어떤 얼굴은 영원히 보게 될 것 같아서 너의 마지막 얼굴 같고, 아, 하고 입을 벌리면 아, 하고 입을 벌리는 것 같아서 살아 있는 얼굴 같고,

— 김행숙, 「에코의 초상」 전문

제목 '에코의 초상'은, 청각적인 '에코'(반향 혹은 메아리)와 시각적인 '초상'을 '의' 은유로 결합하고 있다. 이때 초상은 "얼굴"이 암시하듯 '초상(肖像)'이기도 하고, "장례 행렬"이 암시하듯 '초상(初喪)'이기도 하다. 인용 시는 이 '초상'의 여러 국면을 환유적으로 형상화한다. '인간 내면의 소리'에 해당하는 '에코'를 입술, 가슴, 눈동자, 손짓, 얼굴 등 몸의 부분으로 형상화한다는 점에서 제유이고, 그 부분들이 서로 인접해 있다는 점에서 환유적 관계다. 게다가 '입술(들의 물결)'이 '안개 속 도시' 같고, '가슴'이 '창밖의 풍경' 같고, '눈동자'가 '회색 구름의 떼' 같고, '손짓'이 '검은 새 떼들(의 군무)' 같고, '얼굴'이 '입' 같다는, 원관념과 보조관념의 거리가 먼 직유들을 비유기적으로 연결하면서 환유적 묘사를 이어간다. 전체를 세분하거나 부분들을 종합하면서 다양한 환유적 대상들이 연쇄적으로 비약하는데, 은유와 직유와 제유의 형태를 띠는 이 환유적 대상들 간의 인접성에는 유기적 개연성이 적다. 따라서 무의식에 의한 자유연상처럼 자유롭게 이동하면서 심연과도 같은 환상성을 구축한다.

'(에코의) 초상'의 일부인 '입(술)'은 인간의 내부로 들어가는 입구 역

할을 한다. 또한 그 입구를 통해 말, 소리, 비명, 울음, 웃음이 나온다. "아" 하고 입이 열리면서 반향을 일으키는 주체 내면의 소리이자 증식된 타자의 목소리가 바로 에코다. 타자화된 이러한 에코는 초상(初喪)이나 장례, 회색이나 검은, 저물녘이나 마지막 등과 변주되면서 흔적처럼 떠도는 고통이나 죽음의 공감각을 구축한다. '세월호'를 떠올리게도 한다. 어디에나 있고 어디에도 없는 이 '에코의 초상'은 타자화된 인간의 존재양식의 환유적 발현이라 할 수 있다. 이때 관념보다는 이미지가, 의미보다는 감각이, 현실보다는 무의식이 강화된다. 환유시가 모호한 환상시가 되는 배경에는 이처럼 인접성을 초과하는 초인접성이 자리한다.

음성적 인접성에 의한 언어-리듬적 환유

인접성이 기표의 음성자질을 중심으로 이루어지는 환유적 결합은 리듬을 발생시킨다. 인접한 소리의 지속적 반복은 기표 자체를 청각화하면서 언어-리듬의 특성을 강화한다. 청각화된 기표가 반복적으로 증식될수록, 즉 기표들의 음성적 인접성을 인위적으로 극대화할수록 시 전체는 떠도는 기표들에 의해 의미화를 거부하는 무의미시에 가까워지기도 한다. 권혁웅은 이러한 언어-리듬적 특성을 기표의 '유사성'으로 파악해 '소리은유'라 명명한 바 있다.[6] 소리의 유사성에 근거해 서로 다른 대상(의미)을 결합한다는 점에서 은유로 파악하는 것은 일면 타당하다. 그러나, 유사한 소리들이 변주를 거듭하면 할수록 유사성보다는 인접성으로 전화되

---

6) "동음이의어 혹은 유음이의어를 통한 대상의 결합은 소리의 유사성으로 의미의 이질성을 담보로 한다는 점에서 일종의 은유다. 기표 차원의 유사성이 기의를 결속하는 은유적 소여를 갖고 있기 때문이다." 권혁웅, 같은 책, 300쪽.

기 십상이다. 음성학적 변주를 거듭하면서 기표(소리)들이 기의(대상, 의미)들을 결속시키는 의미적 응집성이 약해져 기의 차원에서 의미의 틈이 벌어지기 때문이다. 따라서 거듭되는 기표의 증식과 그에 따른 기의의 비약을 포괄하기에는 유사성보다는 인접성에 더 적절하다. 인접성이 더 포괄적인 개념이기에 언어-리듬시의 시적 가능성을 열어주는 것이기도 하다. 그런 의미에서 소리의 인접성에 의해 구축되는 언어-리듬시는 환유적으로 구조화된다. 유사한 소리의 기표들이 중첩될수록 기의뿐 아니라 기표의 맥락에서도 인접성(때로는 초인접성)의 환유로 작동하게 된다.

인접한 단어의 지속적 반복이 환유적 시쓰기 형태로 나타나는 것은 오은의 시를 관류하는 시적 전략이다. 아래의 시는 '쥐'와 관련된 말들의 증식이자 그 증식의 환유적 결합체다.

고양이를 만나도 겁을 먹지 않았다. 쥐 잡듯 고양이를 잡았다. 쥐가 쥐꼬리를 물고, 쥐꼬리만 한 월급을 물고 달아나는 것은 다 옛날 일이지.

나는 질적으로 열세였지만, 양적으로는 우세였다. 새 편이었던 사람들이 모두 내게 붙었으니까. 나는 새 편을 얻은 것이다. 확실히 그들은 흐름을 안다. 큰 그림을 볼 줄 안다. 아, 고양이가 쥐에게 쥐여주는 권력은 얼마나 달콤한가! 나는 독사같이 더 커지고 독주같이 더 즐거워진다. 독종같이 더 빤빤해진다.

이제 남겨진 것은
쥐 뜯어먹은 것 같은 세상.

나는 이 세상을 쥐락펴락한다. 너희들을 가두고(쥐Lock), 너희들을 흔들고(쥐Rock), 급기야 너희들을 기쁘게 한다(쥐樂), 펴락처럼, 필요 악처럼.

—오은, 「래트맨(Ratman)」 부분

이 시는 네 쪽에 이르는 긴 산문시다. 인용된 부분은 총 15연 중 8연 ~11연에 해당한다. '래트맨(Ratman)'이라는 제목이 암시하듯, 이 '쥐' 가 시인 혹은 인간을 원관념으로 삼고 있다는 점에서는 은유이자 알레고 리다. 그러나 시 전체를 통해 '쥐'와 관련된 말들(속담, 관용구, 단어 등) 을 반복, 나열, 중첩, 연쇄시킴으로써 쥐 인간의 투쟁사 혹은 생존사를 기록하고 있다는 점에서, 특히 인접한 소리에 의한 이어 쓰기라는 점에 서 환유적 전이라 할 수 있다. '쥐' 담론을 모아 이어붙인 몽타주 형식이 기도 하다. 이 이어붙이기 과정에서 '쥐'라는 소릿값의 반복으로 인해 리 듬은 자연스럽게 구축된다. 인용된 부분에 해당하는 쥐와 관련된 담론은 다음과 같다.

8연: 고양이 앞의 쥐, 쥐가 꼬리를 물다, 쥐 잡듯, 쥐가 고양이를 문다, 쥐꼬 리만한 월급
9연: 밤 말은 쥐가 듣고 낮말은 새가 듣는다, 고양이 쥐 생각하다
10연: 쥐 뜯어 먹은 듯
11연: 쥐락펴락하다

위와 같은 쥐 담론에 살을 붙이고 담론과 담론 사이에 인과성을 부여 해 쥐인간의 통시적 서사를 구축한다. 특히 11연의 '쥐락'에서, 가두는 '쥐Lock'과 흔드는 '쥐Rock'과 기쁜 '쥐樂'(인용 시에서는 하략되었지만,

마지막 연에서는 떨어질 '쥐落'으로 이어진다)을 이어붙이고, '펴락'에서 '필요악'을 연상해낸다. '쥐'라는 소릿값 이외에도 "독사같이 더 커지고 독주같이 더 즐거워진다. 독종같이 더 빤빤해진다"(9연)에 드러난 독사-독주-독종의 두음 반복, '같이'나 '더'의 반복, 커지고-즐거워지고-빤빤해지다는 술어의 반복 등에서도 기표의 음성적 인접성은 리듬과 유희성을 부여한다. 이처럼 쥐 관련 관용어구들로 증식된 기표들은, 관습화된 문맥에 의해 환유적으로 해석될 수밖에 없다. 계속되는 환유적 연쇄로 뒤의 언술이 사슬을 잇듯 앞의 언술과 연계된다. 이 세상이 '나'(쥐 인간)를 실험하면 할수록 '나'는, "적 많은 무적"이 되고 "적 많은 유적"이 되었다가 결국 "저 세상이 성큼" 다가온다는 것이다. 인용 부분에서는 하략했지만, 죽음의 세계인 '저 세상'을 '까마귀'로 환유하고 있는데 시의 끝 연에서는 떨어질 '落'을 써서 '쥐落'이라는 하강의 의미를 강조한다. 이처럼 음성적 인접성에 의한 환유적 기표들은 작위적 인과성으로 무한정 연결될 수 있다.

다음의 시는 'ㄱ'이라는 음소를 중심으로 그와 인접한 보조관념들을 연쇄적으로 결합한다. 단어가 갖는 원래 의미나 문법에 얽매이지 않고, 기표의 음성적 인접성에 의지해 '의미를 만들어가는 과정'에서 이 시는 탄생한다. 이로 인해 배제되는 것은 기의로서의 의미고, 극대화되는 것은 소리로서의 리듬이다.

　　기린이 그린 그림은 기린이 그린 그림
　　구름이 그린 기린은 구름이 그린 기린

　　그림 속의 기린은 구름이 될 수 있다
　　그림 속의 구름은 기린이 될 수 있다

구름이 달리면 기린은 둥실 떠오르고
기린이 눈을 감으면 구름은 잠이 들고
잠이 든 구름 곁으로 초원이 놀러오면
초원의 초록 들판을 기린이 가로지르고

기린이 그린 구름이 초원 위로 흐를 때
초원 위로 흐르는 것은 기린인가 구름인가

대답하는 대신 다시 묻는 네가 있고
긴 목을 휘저으며 그저 웃는 구름이 있고
뭉게뭉게 휘날리며 흩어지는 기린이 있고
묻는 대신 대답하는 오늘의 내가 있고

기린이 그린 그림은 기린이 그린 구름
구름이 그린 기린은 구름이 그린 그림

—이제니, 「기린이 그린」 부분

　인용 시는 잘 알려진 말놀이 "내가 그린 기린 그림은 못 그린 기린 그림이고 내가 그린 기린 그림은 잘 그린 기린 그림이다"나 "저 그린 그림은 구름 그린 그림인가 기린 그린 그림인가"를 연상시킨다. 그런 의미에서 관습화된 말놀이를 환유적으로 변주하고 있다. 기의는 괄호에 묶어둔 채, 기표의 증식을 통해 음악에 다가가고자 한다. 이처럼 기의를 괄호로 묶어버리는 순간, 기표들 사이의 음성적 인접성은 기의 차원의 의미 해체 혹은 의미의 부재를 지향하게 된다. 이때 기표의 소릿값을 통해 기의를 재구성해내는 환유적 발견이 요청된다.

시인은 먼저, 음성적 인접성에 기대어 의미상 멀리 있는 기린, 그린, 그림, 구름을 소환한다. 'ㄱ'과 'ㄹ' 'ㄴ'과 'ㅁ' 그리고 'ㅣ'와 'ㅡ'의 음소들이 반복하면서 변주한다. 1연에서는 그것들을 '그린'이라는 술어로 연결한 후, 2연에서는 그것들이 서로가 '될 수 있다'(일종의 '되기' 놀이) 하고, 3·4연에서는 그것들 간의 계기적 그러나 작위적인 인과성을 부여한다. 'A는 B' 'A는 B가 될 수 있다' 'A면 B이고' 'A일 때 B이고(인가)' 등의 구문 형식을 활용해 의미상 멀리 있는 기표들을 계기적인 듯 결합한다. 특히 '~하고' '~하면'과 같은 인과적 연결어미들이 그와 같은 환유적 전이를 돕는다. 3연에서는 '달리면'을 매개로 구름과 기린을 연결하고, '감으면'을 매개로 기린과 구름을 연결한다. 그리고 '놀러오면'을 매개로 다시 구름과 기린을 연결한다. 5연의 '휘저으며' '휘날리며' '흩어지는' 등과 같은 'ㅎ'의 음성적 인접성이 그 연결의 접착력을 증폭시킨다.

그러나 역설적이게도 이러한 기표들의 음성적 연관성은 기의 간의 의미적 빈틈을 더 쉽게 드러나도록 한다. 기표들의 음성적 연관성이 우연에 기대고 있을 뿐만 아니라 기표들의 무한 증식 또한 의미화를 거부하기 때문이다. 그리하여 작위적으로 부여한 3연의 의미적 인과에 시인 자신도 4연에서 '~인가'라고 반문하게 된다. 이러한 의미적 빈틈이 독자의 호기심과 불편함을 자극해 그 빈틈을 적극적으로 메우거나 즐기도록 유도한다. 독자는 기린과 그림, 구름과 기린, 구름과 그림의 연관성을 추론하기 위한 해석적 단서를 찾게 된다. 독자 스스로 의미를 만들어가는 과정에서 시는 우연적인 결합으로 인한 낯선 감각을 경험하게 되고, 환유적으로 연결된 기표들 사이의 낯선 거리와 충돌을 즐기게 되는 것이다. 이 시의 새로운 의미는 여기서 탄생한다.

21세기를 환유의 시대라 부를 때 그 환유는 단순한 수사학적 비유 체계를 넘어 세계관 혹은 패러다임의 차원으로 작동한다. 유사성이라는 은유적 사유로는 중심이 부재하고 다원화된 우리 시대를 다 담아내기 어렵다는 인식이 깔려 있을 뿐만 아니라, 유사성을 발견하려는 강박을 주체의 규정 혹은 강요라 여기며 은유의 폭력성을 지적하기도 한다. 기의라는 중심을 향해 작동하는 은유를 폭력적으로 받아들여 기의로부터 자유로운 기표들의 산포 혹은 공존의 환유를 즐겨 구사한다. 환유의 작동 원리로서의 이 인접성의 개념이 다층적이고 그 범위 또한 다형적(多形的)이기 때문이다. 최근의 시들은 기표 과잉의 산문화된 형식에서 미학적 에너지를 얻고 있는데 그 일차적 요인을 타자 중심의 환유적 소통을 지향하는 시대적 요청에서 찾을 수 있다. 환유의 작동 원리인 인접성의 요체는 여전히 발견중이고 진화중이다.

7장
상징과 풍자를 넘나드는 알레고리

알레고리는 어떻게 정의되는가

'확장된 은유'로 알레고리와 상징을 꼽을 수 있다(5장, '은유와 그 유사 비유들' 참조). 알레고리는 (특히 집회나 시장 등의 공개적 장소에서) '다른 (allos) 것으로 말하기(agoreo)'라는 뜻을 가진 '알레고리아(allegoria)'에서 유래했다. 추상적인 개념을 다른 구체적인 대상으로 다르게 표현한 것으로, 개념(혹은 생각)을 이미지(혹은 이야기) 형태로 번역한 비유적 표현법을 일컫는다. 이러한 알레고리는 시대에 따라 그 개념을 확장해왔다. '다른 것을 말하는' 고전적 개념의 이 '수사적 알레고리'는 점차 창작의 기법이나 문학의 양식 혹은 장르를 지칭하는 '창작적 알레고리'로 확대되었다. 그 사이에 의인화[1]를 활용해 이분법적 혹은 이원론적

---

1) 수사학상의 의인화가 일시적이고 단편적이라면, 알레고리로서의 의인화는 계속적이고 총체적이라는 데 차이가 있다.

세계 인식을 기반으로 도덕적 교훈을 전달하려는 우화(fable)와 비유담 (parable)이 위치한다. 동물이 주체, 화자, 대상, 행위자인 이야기 형식을 우화라 한다면, 인간이 주체, 화자, 대상, 행위자인 이야기 형식을 비유담이라 한다. 전자가 에피소드 위주로 희극적 요소를 강조해 인간의 어리석은 행동에 대한 풍자를 담고 있다면, 후자는 진지한 철학적 요소를 강조해 '진리'와 '법'에 대한 가르침을 담고 있다.[2] 그리하여 알레고리는 좁게는 우화의 차원에서, 넓게는 은유·환유·상징을 넘나드는 비유의 차원에서 이해되었다.

특히 중세를 거치면서 알레고리는 비밀로 말해진 것, 즉 작품에 숨겨진 속뜻으로서의 비의(秘義)를 찾아내는 '해석적 알레고리'로 통용되었다. 알레고리의 기원을 문학보다는 철학과 신학에서 찾는 관점에 해당한다. 이때 알레고리스트는 주석적이거나 우월한 서술 태도를 지닌, 비의적 서술자의 압도적인 목소리를 갖는다. 종교적 교의나 철학적 단편에 봉사하는 이러한 알레고리는 신과 인간, 선과 악, 이상과 현실, 관념과 실재 등의 위계적인 이분법적 체계 속에서 계몽적 특성이 강조되었다. 이러한 알레고리는 20세기에 들어서 이분법적인 흑백논리에 빠지기 쉬울 뿐만 아니라 소박하고 기계적이며 추상적이라는 이유로 그다지 환영받지 못했다.

알레고리에 대한 21세기적 관점은 발터 벤야민으로부터 촉발된다. 그는 사물이 지니는 우발성, 임의성, 단편성과 알레고리적 충동을 연결시키면서, 일관된 목표를 상정하지 않은 채 우연적인 단편들을 모아놓은 몽타주에서 알레고리적 동기를 발견한다. 또한 폴 드 만은 언어 혹은 문학 그 자체를 객관적으로 인식할 수 없는 불가능성에 대한 알레고리로 인식했다. 옆으로(para) 자리바꿈을 계속하는 환유적 읽기가 강조된 '독

---

2) 도정일, 「우화론」, 『문예중앙』 1997년 여름호 참조.

서의 알레고리'가 바로 그것이다. 환유적 읽기란 읽기에 대한 재읽기라는 점에서 메타적이고 앞선 또다른 텍스트를 암시하기에 알레고리와 패러디가 경계를 넘나들곤 한다. 그리하여 21세기 알레고리는 파편화된 기존 흔적들의 몽타주거나, 허구적이고 유희적인 서사와 만나게 됨으로써 넓은 의미에서 독서의 '흔적' 혹은 '차이'의 해석학 차원으로 이해되고 있다.

이렇듯 알레고리 개념은 수사적·장르적 차원의 장치 혹은 기법에서 인식 주체와 객체 사이에 가로놓인 인식 체계로 확대되었다. 그 특징을 다음과 같이 정리할 수 있다. 첫째, 알레고리스트란 '경험 이전에 선험적인 초월에 대한 실재성' 즉 '선(先)관념을 가진 자'들이고 알레고리란 원래 그렇게 되어 있음의 단면을 추려 보여준다. 둘째, 알레고리는 텍스트 외적인 의미, 즉 작품 밖의 현실세계에 존재하는 관념을 전제로 그 의미가 구축된다. 모든 계몽이나 교훈은 현세적 행위다. 현실에 근거한 알레고리의 '현세성'은 흑백논리적인 명백성을 갖는데, 알레고리의 명백한 현실 인식은 우리가 마땅히 지켜야 할 도덕이나 진리 등의 추상개념을 계몽적 혹은 교훈적으로 지시하기 때문이다. 셋째, 어느 시대나 어느 장소에도 들어맞는 보편성과 상징성을 지닌 익숙한 구조의 '서사성'을 통해 전달해주었을 때 독자는 알레고리스트가 의도하는 작품 밖의 관념을 전제로 주제의식을 쉽게 유추할 수 있다. 이러한 서사적 구조는 독자들이 의식하지 못하는 사이에 텍스트가 제시하는 여러 가치에 공감하도록 만드는 강력한 수단 중 하나가 된다. 이때 의인화가 자주 활용된다. 알레고리가 인간의 사고나 행위, 감정과 관련된 술어에 의존함으로써 인격성을 띠게 되는 까닭이다.

이런 맥락에서 알레고리는 우유(寓喩, 빗댄 비유), 풍유(諷喩, 풍자적 비유), 우언(寓言, 빗댄 말), 우의(寓意, 빗댄 뜻) 등과 같은 전통적 비유 방식과 맞닿아 있다. 알레고리가 되기 위해서는 다음과 같은 조건들이 우선되어야 한다.

① 단일한 메시지의 선(先)관념, 즉 본의(本義)를 전제로 한다. 그러므로 연역적이다.

② 짧은 서사나 선명한 이미지를 통해 자신의 메시지를 비유적으로 전달한다.

③ 계시나 계몽, 교훈이나 유희와 같은 현실적 가치와 맥락을 지향한다.

따라서 알레고리는 세계에 대한 절대적이고 보편화된 관념을 전제하고 그것의 숨겨진 뜻을 비유적으로 전달한다. 단지 현대의 알레고리스트는 이 '절대적 혹은 보편화된 관념'의 자리에 자신의 주관적 관념을 상정하는데, 그들 자신의 세계관을 드러내는 사적인 예시물 혹은 비유물로서의 의의를 지닌다. 그리하여 사라진 신화·역사·영웅·근원을 향한 노스탤지어, 대중적인 공감과 손쉬운 계몽적 권위, 속전속결의 유머와 재치, 파편화된 독서의 흔적 등이 알레고리의 특성으로 주목받고 있다. 이러한 알레고리는 산문화된 시대에 부응해 서사적 구조를 가질 수 있다는 점, 이분법적인 사유 구조 속에서 더 분명하게 메시지를 전달할 수 있다는 점, 유희적인 요소를 충족시킬 수 있다는 점, 잃어버린 아우라에 대한 향수를 전할 수 있다는 점에서 21세기 시학으로서 그 가능성이 열려 있다. 알레고리임을 알리는 일정한 지표(알레고리의 조건)를 중심으로 개별 텍스트의 해석적 틈을 메워가며 숨은 의미를 찾아내는 과정이야말로 알레고리 해석의 가장 큰 재미일 것이다.

상징과 알레고리와 풍자의 경계

  추상적 관념을 구체화하는 알레고리는 흔히 상징과 자주 비교된다. 둘 다 원관념과 보조관념이 관습화된 관념으로 결합하고 있기 때문이다. 알레고리가 원관념:보조관념의 관계가 1:1로 대응한다면, 상징은 多:1로 대응해 다수의 원관념을 거느린 보조관념만 남은 형태다. 특히 상징은 숨겨진 다의적 원관념으로 인해 의미가 다양해지며 미확정적·암시적 성격을 띠고, 독자 또한 각기 다른 의미를 끌어낼 수 있도록 한다. 상징이 시어 하나하나의 의미화를 지칭한다면, 알레고리는 설화성과 계기성이 강조되는 서술 구조의 의미화 과정을 일컫는다. 또한 상징에서는 이미지가 관념을 결정하며 세계의 존재 양상이나 미적 가치 등에 관한 탐구를 표출하는 데 주력하는 반면, 알레고리에서는 관념이 이미지를 결정하며 현실과 밀접하게 연결되는 당대 삶의 가치나 시대정신을 표출하는 데 주력한다. 알레고리가 계몽성과 현실성을 지향하게 되는 이유이기도 하다.

  그러나 실제 작품에서는 상징적 의미와 알레고리적 의미가 동시적으로 작동할 때가 많은데, 작품을 바라보는 관점에 따라 다른 해석이 가능하다.

  바람도 없는 공중에 수직(垂直)의 파문(波紋)을 내이며, 고요히 떨어지는 오동잎은 누구의 발자최입니까.
  지리한 장마 끝에 서풍에 몰려가는 무서운 검은 구름의 터진 틈으로, 언뜻언뜻 보이는 푸른 하늘은 누구의 얼골입니까.
  꽃도 없는 깊은 나무에 푸른 이끼를 거쳐서, 옛 탑(塔) 위의 고요한 하늘을 슬치는 알 수 없는 향기는 누구의 입김입니까.
  　　　　　　　　　　　　　　　—한용운, 「알 수 없어요」 부분

존재의 근원, 사멸, 소생에 대한 불교의 순환적 우주관을 상징적 알레고리로 즐겨 구사했던 대표적 시인이 한용운이다. 그러나 불자(佛者)로서의 한용운은, 철학자이자 애국지사로서의 한용운과 떼놓을 수 없다. 따라서 그의 시에 나타난 알레고리는 흔히 종교적, 존재론적, 정치적, 일상적 현실과 맞물려 보편적 상징성을 획득하곤 한다. 인용 시는 연시 형태를 취하고 있으나 단순한 연시를 넘어 절대적 존재를 노래하는 시이다. 오동잎＝발자취, 푸른 하늘＝얼굴, 향기＝입김, 작은 시내＝노래, 저녁놀＝시라는 은유적 인식을 통해 부재한 것처럼 보이지만 엄연하게 존재하는 '누구'의 존재를 구체적인 자연현상으로 확인하고 있다. 대응관계를 형성하는 이 중첩된 은유는 자연과 인간, 현상과 본질, 무(無)와 존재를 하나로 연결해준다.

　무엇보다도 인용 시는 "타고 남은 재가 기름이 되듯" 삼라만상이 연기(緣起)하는 불교의 윤회사상, 특히 색즉시공 공즉시색(色卽是空 空卽是色) 사상을 바탕으로 한다. 색에 집착하는 사람들에게는 형체가 있는 것(色)이 곧 형체가 없는 것(空)에서 비롯되었음을 깨우쳐주고, 공에 집착하는 사람들에게는 공이 곧 색이라는 것을 깨우쳐주는 구절이 바로 색즉시공, 공즉시색의 논리다. '누구'의 부재가 물질적인 부재일 뿐, 다른 물질적 존재를 통해 현현한다는 것을, 즉 공(空)이지만 여전히 색(色)으로 작용한다는 것을 보여줌으로써 '누구'의 존재를 입증하고 있다. 이때 행마다 반복되는 이 '누구'는 자연현상으로서의 불법을 알레고리적으로 의인화한 것이 된다. 또한 그 '누구'를 동학혁명과 3·1 만세 운동에 참여했던 애국지사로서의 한용운이 살았던 시대 상황과 관련지어 해석할 때 민권회복과 국권회복의 염원을 담은 정치적 알레고리로도 해석할 수 있다. 따라서 부정대명사 '누구'는 상징적 의미를 함축한 '님'을 대신하는데,

이 '누구'의 원관념을 자연현상의 의인화로 읽어낼 때 은유시가 되고, 부처(종교)나 국권의 회복(정치)으로 볼 때 알레고리 시가 된다. 또한 그 원관념을 하나로 특정하지 않을 때 상징시가 된다. 알레고리와 상징이 겹쳐지는 지점이다.

한편 현실을 겨냥해 교훈과 비판을 '빗대어' 표현한다는 점에서 풍자(satire) 또한 알레고리와 겹친다. 작품 밖의 현실을 겨냥해 비판하거나 교훈적인 메시지를 전한다는 점에서는 같지만, 알레고리가 메시지가 함의하는 진리를 간접화하고 구체화해 발현하는 데 초점이 맞춰진다면, 풍자는 당대 현실에서 발견되는 문제들을 공격하고 개선하고자 한다. 그런 점에서 알레고리와 풍자의 주체는 보통 사람보다 우월한 관점에서 인간의 어리석음과 악덕, 부조리한 사회 현실을 교화하거나 비판한다. 따라서 둘 다, 먼저 본 '견자(見者)'의 태도를 보인다. 그러나 그 태도에 있어 풍자가 분노와 사랑을 전제로 '뜨겁게' 공격성을 드러낸다면, 알레고리는 공격성이 두드러지지 않는다. 비판 대상을 개혁하고자 하는 의지가 극대화되고 있다는 점에서 풍자가 더 세속적이고 사회적이다. 이러한 풍자는 정치적 억압이나 도덕적 타락이 심각해 사회 전체가 혼란스럽고 경직되었을 때, 특히 표현의 자유가 억압되었을 때 성행하는 비판과 공격의 한 형식이다. 이처럼 풍자는 현실 비판과 개선이라는 목적을 위해서 비판할 대상(사실)을 과장하거나 비꼬면서 대상을 우스꽝스럽게 만들고 때로 웃음을 유발한다. 이를테면 위트, 패러디, 역설, 부풀리기, 깎아내리기 등의 다양한 기교나 어조, 형식들을 사용하여 대상을 공격하고 웃음거리로 만드는데, 멜빌 클라크는 이러한 풍자의 방식을 기지, 조롱, 아이러니, 비꼼, 조소, 냉소, 욕설의 일곱 가지의 어조로 나누어 설명하였다.[3]

---

3) 아서 폴라드, 『풍자』, 송낙헌 옮김, 서울대학교출판부, 1979, 85~92쪽.

풍자는 알레고리와 마찬가지로 현상과 본질, 선과 악의 단순한 대립
구조가 지배적이다. 화해 구조를 취하는 유머나 해학과 달리, 풍자는 악
을 징벌하는 갈등구조다. 이 중간쯤에 위치하는 알레고리는 확장된 은유
로서 환유적 서사를 활용하고, 관념적·보편적 세계에 맞닿은 상징성을
극대화하면서 현실을 언어의 저편으로 끌고 가 다른 의미가 되도록 변화
를 일으킨다. 이에 비해 풍자는 현실에 더 집착해, 때로는 분노로 때로는
증오로 이상적 현실을 향해 나아가고자 한다는 점에서 더 강한 목적론에
기초를 두고 있다. 이렇게 보자면 풍자보다 알레고리의 범주가 더 넓다.
그렇다고 모든 풍자가 알레고리에 속하는 것은 아니다. 알레고리와 풍자
가 다름에도 불구하고 실제 텍스트에서는 풍자적 알레고리, 알레고리적
풍자로 공존하는 경우가 많다.

　　예가 바로 제벌(狾蘖), 국회의원(偉獪猚猿), 고급공무원(跰磔功無
源), 장성(長猩), 장차관(暲猚矔)이라 이름하는,
　　간뎅이 부어 남산만 하고 목질기기 동탁배꼽 같은
　　천하흥폭 오적(五賊)의 소굴이렸다.
　　사람마다 뱃속이 오장육보로 되었으되
　　이놈들의 배안에는 큰 황소불알만한 도둑보가 곁붙어 오장칠보,
　　본시 한 왕초에게 도둑질을 배웠으나 재조는 각각이라
　　밤낮없이 도둑질만 일삼으니 그 재조 또한 신기(神技)에 이르렀겠다.
　　　　　　　　　　　　　　　　　　　　　　 —김지하, 「오적(五賊)」 부분

　김지하는 1970년대를 어떻게 표현할 것인가 하는 방법론적 필요성과,
민중에게 더 쉽게 다가가려는 전략적 목적으로 알레고리적 풍자를 즐겨
구사했다. 인용 시는 4·4조의 판소리 율격에 의지하여 온갖 비어와 속

어를 동원해 풍자적으로 '이야기'하는데, 이 같은 시 형식을 일컬어 시인 스스로 '담시(譚詩)'라고 명명했다. 세상에 떠도는 구비전승의 '이야기'를 지칭하는 민담에서 '담(譚)' 자를 빌리고, '노래'를 지향하는 율문이라는 뜻에서 '시(詩)'를 결합한 명칭이다. 이야기의 무대를 "옛날도 먼옛날 상달 초사흗날 백두산아래 나라선 뒷날"이라고 과거의 상상 공간으로 한정시킴으로써 비유적 거리를 획득한다. 큰 다섯 도둑과 좀도둑 꾀수의 행적이 '전해오는 옛날이야기임'을 강조하는 이 설화적 관용구는 허구적 세계, 즉 알레고리의 세계로 들어가는 입구 역할을 한다. 이러한 장치 때문에 다섯 도둑의 이야기는 당대 현실의 이야기이면서 과거의 허무맹랑한 이야기가 될 수 있다. 이와 같은 구비 민담적 허구화 전략은 화자가 현실세계와 허구 세계를 자유로이 오갈 수 있는 단서를 마련해줄 뿐만 아니라 독자가 당대 현실에 대해 시적 거리를 유지하게끔 해준다.

풍자의 대상인 재벌·국회의원·고급공무원·장성·장차관에 해당하는 오적은 국권 침탈의 주역들이었던 을사늑약의 매국노 오적을 환기한다. 이들이 바로 독재와 부패로 외세에 나라를 팔아먹은 1970년대판 오적이라는 메시지를 담고 있는 셈이다. 따라서 이들은 미친개 '제(狾)', 교활할 '회(獪)', (개가) 으르렁거릴 '의(狋)', 원숭이·돼지 '원(猿·獂)', 성성이(오랑우탄류) '성(猩)'처럼 하나같이 짐승에 비유된 알레고리 기법을 동원해 동음의 한자 유희로 신랄하게 풍자되고 있다. 우화를 가장한 비유담에 해당한다. 이처럼 언어유희를 부각해 정치권력의 부도덕성과 정치적 이데올로기의 모순을 비판하면서 부패한 권력의 희생자가 독자 대중 즉, 민중들 자신이라는 자각을 유도하고 있다. 알레고리와 풍자가 밀접히 연결되어 있다는 사실을 보여주는 시다.

상징적 이데아를 향한 알레고리

알레고리는 우리 현대시에서 상징화된 종교적·보편적 진리를 전달하거나, 좌우 이데올로기적 대립을 근간으로 우리 정치 현실을 풍자하거나, 자본주의와 물질문명의 폐해와 부조리를 비판하거나, 파편화된 우연성의 발현과 독서의 흔적을 유희하는 데 중요한 역할을 담당했다. 이 네 유형은 한국 현대시에 나타난 알레고리의 통시적 변모 양상과 맞닿아 있다. 먼저, 상징화된 종교적·보편적 진리를 전달하려는 알레고리의 유형을 보자.

알레고리는 애초에 종교나 철학과 밀접한 관계를 맺고 있었다. 종교적 신의(神意)나 철학적인 진리를 깨달은 견자(見者)가 비유적 방법으로 이야기하는 형태에서 알레고리의 연원을 찾는 데서도 알 수 있다. 종교적 이념이나 보편적 진리, 유토피아나 낭만적 이상, 그리고 상실한 그 흔적들을 계시하고자 했던 것이다. 즉 아우라의 발현과 낭만적 이데아를 지향하는 이 유형은 자주 상징과 경계를 넘나들곤 한다. 따라서 상징의 특징인 비의적(秘儀的) 의미화와, 알레고리의 특징인 우주의 유비적·대칭적 구조가 동시에 드러나곤 한다. 알레고리와 상징 간의 친연성을 엿볼 수 있는 유형이다. 한국 현대시에서도 알레고리는 상당 부분 상징과 겹쳐 있고 종교적 색채를 띠고 있다. 그러한 알레고리 시는 작품이 창작되었던 당대의 사회·정치적 맥락에 따라 현실 비판이나 현실 염원을 담고 있는 것으로 해석되지만, 시인 개인의 종교나 사상적 배경에 초점을 맞춰 의미의 진폭이 넓은 상징시 혹은 종교적 알레고리 시로도 읽힌다.

우리 현대시에서는 불교의 가르침과 깨달음을 형상화한 작품들을 쉽게 찾아볼 수 있다. 불교가 오랫동안 우리 삶의 지렛대 역할을 했기 때문일 것이다.

자신은 똥칠이 되어도 아무것도 원하지 않고

　　아무것도 두려워하지 않는

　　6척의 똥막대기

　　물이 쏟아지지 않는 그 거화(巨貨) 빌딩 화장실엔

　　6척의 똥막대기 하나가

　　언제나 벽에 기대어 서서 당황한 사람들을 기다립니다

　　자신을 아낌없이 사용해 주기를 바라면서 기다립니다

　　　　　　　　　　　　　　　—최승호, 「희귀한 성자(聖者)」 부분

　　인용 시는 "무엇이 부처(도, 불법, 진리)입니까"라는 물음에 운문 선사
가 "마른 똥막대기다"라고 대답했다는 불교의 선문답에 기대고 있다. 이
는 사물들 자체에는 별 의미가 있는 것이 아니니 일체의 망상과 분별을
씻어내라는 가르침으로 쓰인다. 시인이 그려내는 '똥막대기'는 인간의
욕망, 특히 부적절한 욕망을 뒷설거지해주는 도구인데 그것이 '6척'이라
는 점에서 인간을 연상시킨다. "자신은 똥칠이 되어도 아무것도 원하지
않고/아무것도 두려워하지 않"은 채 인간들이 싸놓은 똥을 치우기 위해
제 몸에 똥을 묻혀야 하는, 그러기 위해 하염없이 '기다리는' 뚫어뻥처
럼, 인간 자체가 똥막대기가 되어버린 화장실 청소부를 연상시킨다. 인
간의 가장 난감하고 더러운 부분을 대신 처리해주는 인간(화)을, 제목에
서 '성자(聖者)'라고 표현함으로써 역설적 진실을 환기한다. 그러한 똥막
대기와 인간이 다르지 않음을, 똥막대기에도 불성이 있음을 알레고리로
보여주고 있다.

　　한국 현대시에서 기독교의 교리를 알레고리화한 작품 수는 많지 않으
나 그 시적 메시지는 단일하고 선명하다. 불교와 달리, 우리의 사상과 삶

속에 스며든 기독교의 역사가 짧은데다 그 교리 또한 유일신을 중심으로 집중되어 있기 때문이다.

> 더러는
> 옥토(沃土)에 떨어지는 작은 생명이고저······
>
> 흠도 티도,
> 금가지 않은
> 나의 전체는 오직 이뿐!
>
> 더욱 값진 것으로
> 드리라 하올 제,
>
> 나의 가장 나아종 지니인 것도 오직 이뿐!
>
> —김현승, 「눈물」 부분

인용 시는 시인이 어린 아들을 잃고 슬픔을 기독교 신앙으로 승화시켜 쓴 작품으로 알려져 있다. 신앙의 참된 자세와 그 의미를 제목의 '눈물'로 알레고리한 시다. 이 '눈물'은 "옥토에 떨어지는 작은 생명"이 되어 새로운 생명을 싹틔울 씨앗과 열매를 준비하도록 한다. 나아가 "나의 전체" "더욱 값진 것" "가장 나아종 지니인" 궁극의 가치로 승화하면서 역설적 의미를 강조한다. '웃음'이 잠시 피었다 지는 '꽃'이라면, '눈물'은 생명을 거듭나게 하는 신의 은총과 같은 '열매'라고 여기면서 슬픔을 극복하고자 한다. 이때 눈물은 '자기 정화(自己淨化)'라는 종교적 상징성을 띤다. 1연에서 성경을 인용[4]해, 섬기는 자로서의 화자를 설정하고, '자기

정화'와 '자기희생'에서 비롯되는 부활과 재생을 노래한다는 점, 그리고 기독교도다운 고난과 희생의 가치를 추구한다는 점은 이 시가 기독교의 유일신인 '하나님'의 섭리와 절대성을 노래하고 있다는 증거가 된다. 슬픔으로 더 높고 순정한 상태에 이르려는 시인은 눈물이 오직 사람에게만 주어진 신의 은총이라고 여김으로써 지극한 고난을 이겨내는 기독교적 시정신을 알레고리로 풀어내고 있다.

우리 시에서는 고전적 혹은 낭만적 이데아를 알레고리한 작품들이 더 일반적이다.

> 이것은 소리 없는 아우성
> 저 푸른 해원(海原)을 향하여 흔드는
> 영원한 노스텔지어의 손수건
> 순정은 물결같이 바람에 나부끼고
> 오로지 맑고 곧은 이념의 푯대 끝에
> 애수(哀愁)는 백로처럼 날개를 펴다.
> 아아 누구던가
> 이렇게 슬프고도 애닲은 마음을
> 맨 처음 공중에 달 줄을 안 그는
>
> ─유치환, 「깃발」 전문

인용 시는 이상적 관념에의 지향성을 '깃발'에 비유하고 있다. 지상으로부터 높이 솟아 있는 깃발은 세속적 질서에서 벗어나 높은 곳을 지향

---

4) 신약성서 마태복음에 보면 "더러는 옥토에 떨어지매 혹 백 배, 혹 육십 배, 혹 삼십 배의 결실을 하였느니라"(13:8)라는 구절이 있다.

하려는 의지를 상징한다. 그러한 깃발은 "맑고 곧은 이념의 푯대 끝"에서 이상을 향한 '아우성'의 몸짓으로 의지와 집념의 자세를 보이지만, 결국은 깃대를 떠날 수 없는 숙명적 존재임을 깨닫는다. 깃발의 몸짓은 이상을 향한 동경의 몸짓이기도 하지만 그 좌절의 흔적이기도 하다. 이 같은 동경과 좌절은 다른 보조관념(아우성, 손수건, 물결, 백로)으로 전이되면서 다채롭게 전개된다. 끝부분 "아아 누구던가/이렇게 슬프고도 애닲은 마음을/맨 처음 공중에 달 줄을 안 그는"에는 이상을 향한 동경과 향수, 그리고 그것에 도달할 수 없는 한계로 인한 슬픔과 절망이 응집되어 있다. 이에 "맑고 곧은 이념의 푯대"는 순정하게 솟아 있으나, 그 푯대에 묶인 깃발은 "소리 없는 아우성"을 치는 것이다. '이념의 푯대'가 이상적 이데아로 알레고리된 "저 푸른 해원"을 동경한다면, '영원한 노스탤지어의 손수건'은 "저 푸른 해원"을 향수한다. 깃발은 깃대의 제한성으로 말미암아 이상과 현실 사이를 뛰어넘을 수 없는 인간의 근원적 한계를 표상한다. 이데아를 향한 알레고리는 원관념은 단일하지만 그것이 추상적인지라 이상화된 관념을 상징적 혹은 비의적으로 충족시키는 경향이 있어서, 시대를 초월한 보편적 의미를 전달하는 데 최적화되어 있다.

정치풍자적 알레고리

현실에 대한 비판과 고발과 저항을 작품화함에 있어 알레고리는 유용한 수단이다. 그중에서도 좌·우 이데올로기 대립을 근간으로 하는 한국 현대사 속에서 이데올로기 및 정치 현실에 대한 알레고리는 우리 현대시에서 가장 쉽게 찾아볼 수 있다. 이 유형은 이데올로기와 정치 현실을 생경한 구호나 직접적인 진술을 피해 비유적이고 우회적으로 반영할 수 있는 동시에 시적 보편성을 획득할 수 있는 장점을 지닌다. 알레고리가 역사·현실과 어떻게 만나고, 그 만남으로부터 어떠한 미적 효과가 나올 수 있는가를 보여준다.

사랑하는 우리 오빠 어저께 그만 그렇게 위하시든 오빠의 거북문 (紋)이 질화로가 깨여졌어요

언제나 오빠가 우리들의 '피오닐' 조그만 기수라 부르는 영남(永男)이가

지구에 해가 비친 하로의 모―든 시간을 담배의 독기 속에다

어린 몸을 잠그고 사온 그 거북문(紋)이 화로가 깨여졌어요

그리하야 지금은 화(火)적가락만이 불상한 우리 영남(永男)이하구 저하구처럼

똑 우리 사랑하는 오빠를 잃은 남매와 같이 외롭게 벽에가 나란히 걸렸어요

(⋯⋯)

화로는 깨어져도 화(火)젓갈은 깃대처럼 남지 않었어요

우리 오빠는 가셨어도 귀여운 '피오닐' 영남(永男)이가 있고

그리고 모―든 어린 '피오닐'의 따듯한 누이 품 제 가슴이 아직도 더웁습니다

―임화, 「우리 오빠와 화로」 부분

1920년대 후반, 프로문학의 선두주자였던 임화 시에는 단편 서사와

프롤레타리아의 전형성을 바탕으로 알레고리를 구사하는 작품들이 많다. 이와 같은 알레고리 형식은 일제강점기에 무산계급 혹은 노동계급이 될 수밖에 없는 국민 대다수에게 계급의식을 고취해 해방 투쟁에 나설 것을 고무하려는 목적의식을 띠고 있다. 인용 시는 연초(담배) 공장 직공이었던 오빠가 노동 투쟁을 하다 감옥에 끌려간 뒤 어린 남동생과 봉투 만들기로 근근이 살아가던 여동생이, 오빠에 대한 그리움과 지지를 고백하는 편지 형식을 취하고 있다. 화자는 오빠가 아꼈던 "오빠의 거북문(紋)이 질화로"가 깨어진 것을 알려주는 것으로 편지를 시작한다. 이 화로가 '거북문(紋)이'라는 점과, '피오닐'('개척자·선구자'라는 뜻과 함께 '공산 소년단원'을 일컫는 말)로 불리는 동생 '영남이'가 사온 것이라는 점은 중요하다. 천천히 걸어서 토끼를 이기는 끈기의 상징이자 불로장생의 상징인 거북을 통해 오빠가 꿈꾸는 혁명을 암시하고, 프롤레타리아 혁명 정신이 '영남이'와 같은 젊은 세대로부터 시작되고 있음을 암시하기 때문이다. 또한 "화로는 깨어져도 화(火)젓갈은 깃대처럼 남"았다는 구절을 통해, 화자와 (화자의 동생) 영남이가 오빠의 투쟁 정신을 되새기며 더욱 큰일을 위하여 마음을 가다듬고 있음을 암시한다. 이처럼 선명한 원관념과 구체적이고 개연성 있는 서사로 이루어진 알레고리는 독자 대중의 공감을 쉽게 유도할 뿐만 아니라 교훈과 계몽과 선동의 효과를 자아낸다.

식민과 독재와 군부로 점철된 한국 현대사 속에서 시인들은 시대적 정치 상황을 직설적으로 비판할 경우 검열에 걸릴 수 있다는 심리적 부담감을 가질 수밖에 없다. 이때 우회적인 비유의 방법으로 알레고리가 사용된다. 신동엽의 많은 시는 아이러니한 알레고리를 활용해 당대의 정치 현실을 우회적으로 비판한다.

① 껍데기는 가라.

　4월도 알맹이만 남고

　껍데기는 가라.

　껍데기는 가라.

　동학년 곰나루의, 그 아우성만 살고

　껍데기는 가라.

—신동엽, 「껍데기는 가라」 부분

② 이 들판은 날라와 더불어

　불이 되자 하네 불이

　타는 들녘 어둠을 사르는

　들불이 되자 하네

　되자 하네 되고자 하네

　다시 한번 이 고을은

　반란이 되자 하네

　청송녹죽 가슴으로 꽂히는

　죽창이 되자 하네 죽창이

—김남주, 「노래」, 부분

①은 독재와 부정부패로 얼룩진 1960년대 시대 상황에서 4·19혁명과 동학농민혁명의 정신을 호명하면서 현실 비판과 현실 개혁의 의지를 고무시키고 있다. '껍데기'와 '알맹이'라는 이분법적 대비 구도에서 "껍데기는 가라"라는 구절을 구호처럼 반복함으로써 시의 주제는 선명해진다. 이때 '껍데기'는, '쇠붙이'와 동일한 의미항을 이루는데, 순수하지 못한

일체의 부정적이고 반민족적인 요소를 가리킨다. 퇴색하고 변질된 4·19 혁명과 동학농민혁명의 정신, 외세 의존적 사대주의, 남북 간의 대립과 갈등 등이 그것이다. 이에 비해 '알맹이'란 오늘에 이어져야 할 핵심적인 전통이며, 남북으로 분단된 현실을 포함해 일체의 부정적·반민족적인 요소가 극복된 상태를 의미한다. 구체적으로 '동학년'으로 비유되는 동학농민혁명, '4월'로 비유되는 4·19혁명, 아사달과 아사녀의 '맞절', 향기로운 '흙가슴' 등이 그것이다. 이것들은 훼손되고 오염되지 않은 온전한 민족의 과거이자 민중의 미래를 의미한다. 특히 '중립(中立)의 초례청'은 남과 북이 하나가 되는 상상의 장소를, '맞절'은 정치 중립적인 분단 극복 의지를 알레고리하고 있다.

②는 민요로 구전됐던 무명(無名)씨의 작품을 원전으로 하고 있는데, 원전보다 선명한 메시지와 강렬한 어조가 두드러진다. 김남주는 '오월 광주' 이후의 1980년대 한가운데에서 외세, 불평등, 독재, 분단을 상대로 투쟁하면서 그 분노와 증오를 시에 담아 현실을 변혁시키고자 했던 시인이다. 인용 시 역시 현실 참여적 서정시의 전통에 위치한다. 매 연에 등장하는 민중의 터전과 민중적 상징물을 연결해 연대의식을 강조한다. 두메·산골·들판·고을로 대표되는 사회와, 녹두꽃·파랑새·들불·죽창으로 대표되는 자연·사물이, '날라와 더불어'라는 부사구에 의해 '나'로 대표되는 인간과 하나로 융화된다. 그것은 민중 혁명의 토대로서의 연대를 형성해 (들)불, 반란, 죽창으로 나아가며 투쟁성을 북돋운다.

지배체제의 횡포와 그 억압에 정면으로 맞서 싸울 수 없는 나약한 현대인의 모습을 과장과 희화화를 섞어 풍자하는 것은 정치풍자적 알레고리의 일반적 형식이다.

　　야 손들어 나는 아리조나 카보이야

빵! 빵! 빵!

키크야! 너는 저놈을 쏘아라

빵! 빵! 빵! 빵!

쨔키야! 너는 빨리 말을 달려

저기 돈보따리를 들고 달아나는 놈을 잡아라

쫀! 너는 저 산 위에 올라가 망을 보아라

메리야 너는 내 뒤를 따라와

이 놈들이 다 이성망이 부하들이다

한데다 묶어놔라

애 이 놈들아 고갤 숙여

너희놈 손에 돌아가신 우리 형님들

무덤 앞에 절을 九천六백三五만번 만 해

나는 아리조나 카보이야

　　　　　　　　　　　　—김수영, 「나는 아리조나 카보이야」 부분

　　1960년대 김수영의 많은 시는 알레고리를 활용해 당대의 정치 현실을
풍자한다. 인용 시는 한 신문사로부터 청탁을 받고 동시로 썼으나 '이승
만이를 다시 잡아오라는 내용이 아이들에게 읽히기에 온당하지 않다는
이유'로 퇴짜를 맞은 작품으로 알려져 있다. 시인이 직접 밝힌 퇴짜 사유
에서도 드러나지만, 만화나 동화스러운 과장과 희화화로 무장한 이 시
의 알레고리가 전달하려는 정치풍자적 메시지는 분명하고 강력하다. 하
야 후 하와이로 망명한 이승만과 자유당 집권 세력들을 다시 붙잡아와서
그들의 죗값을 물게 해야 한다는 것이다. 이 시의 화자인 '아리조나 카보
이'와 그의 친구들은 그러한 정의를 실현하는 자들이다. 1연에서는 "돈

보따리를 들고 달아나는 놈"과 '이성망 부하들'을 모두 도둑들로 규정한다. 또 2연에서는 "너희놈 손에 돌아가신 우리 형님들"을 보면 그 도둑들이 '우리 형님들'을 직접 혹은 간접적으로 살인한 자들임을 나타낸다. 김구를 비롯해 이승만의 정적들을 떠올리게 한다. 즉 부정한 정치 권력자는 도둑이나 살인자와 다름없다는 것인데, 이는 이승만 정권에 대한 김수영의 인식을 반영한다. 김수영이 이렇게 최고 권력자를 포함한 통치세력을 '도둑'으로 규정한 것은 당대 통치자들의 도덕성을 문제삼고 비판하려는 의도를 드러내려는 것이다. 인용 시에서 하략된 "미국 사람들이 세워놓은 자동차란 자동차는/싹 없애버려라"라는 구절에서는 이승만의 친미 성향을 꼬집고 있다. 미국이 이승만 정권에 경제원조를 하면서 정치적 영향력을 행사하고, 자동차 등 수출을 통해 자국의 경제문제를 해결하면서 한국 정부를 이용한다는 당대의 정치 현실에 대한 비판의식도 담겨 있다. 카우보이와 도둑 놀이 같은 동화적 발상이 알레고리의 효과를 증폭시키고 있다.

물질문명에 대한 비판적 알레고리

현대시의 알레고리 주체는 '보편화된 관념'을 '개인의 주관적 관념'으로 대치하곤 한다. 그러한 주체는 시인 자신의 주관적인 세계 해석을 제시하기 위해 사소하고 개별적인 경험과 상상을 재구성하여 작품화하기를 즐긴다. 현대의 물질문명과 소외된 인간 군상에 대한 비판적 조망을 바탕으로 개인의 주관적 세계관을 예시·비유하는 이 유형은 현실을 비판하면서도 '유희적' 조망을 놓지 않는다. 이 점이 현실로부터 관념 혹은 이념을 획득해가는 과정을 직접적으로 형상화하는 사실주의와 구별되는 특성이다.

물질문명의 발달과 비례해 소외되고 황폐해진 인간군상과 그들의 내면을, 그로테스크하면서도 아이러니하게 그려낸 다음 시들은 물질문명에 대한 비판적 알레고리의 전형을 보여준다.

① 어둠은 편안하고 안전하지만 굶주림이 있는 곳
　몽둥이와 덫이 있는 대낮을 지나
　번득이는 눈과 의심 많은 귀를 지나
　주린 위장을 끌어당기는 냄새를 향하여
　걸음은 공기를 밟듯 나아간다
　꾸역꾸역 굶주림 속으로 들어오는 비누 조각
　비닐 봉지 향기로운 쥐약이 붙어 있는 밥알들
　거품을 물고 떨며 죽을 때까지 그칠 줄 모르는
　아아 황홀하고 불안한 식욕
　　　　　　　　　　　　　　—김기택, 「쥐」 부분

② 겨울에도
　빈대가 출몰했다
　대합실 나무의자에 웅크려 누워 있노라면
　그 무수한 욕망에 살을 뜯기면서
　피를 빨리면서, 복면을 하고
　높은 담, 굳게 잠긴 문 재걱 열고
　목숨은 필요 없다 돈을 내놔!
　　　　　　　　　　　　　　—김신용, 「그 겨울의 빈대」 부분

시적 주체가 완벽하게 '그 무엇'이 되어 '그 무엇'의 입장에서 세상을 바라보는 것은 알레고리의 기본이다. 지금의 나와 다른 사람, 동물, 식물, 사물이 되어보는 방법이 가장 일반적이다. ①, ②는 각각 시인이 '쥐'와 '빈대'가 '되어' 그 처지에서 자신들의 삶을 이야기한다. 이 쥐와 빈대는, 자본과 물질로부터 소외된 채 결핍 그 자체인 욕망과 그러한 욕망에 사로잡힌 인간의 모습을 비유한다. 혐오감을 유발하는 쥐와 빈대의 본성과 생존 방식에 비유해, 비속한 인간들의 황량한 일상을 그로테스크하게 묘사하고 있다. 인간세계를 동물 세계로 전이해 보여주는 이러한 우화적 상상력은 명료하고 쉽게 메시지를 전달해주는 역할을 한다.

먼저 ①에서 쥐의 엄청난 식욕은 죽음에까지 이르는 병이 되고 있다. 죽음을 무릅쓰게 하는 식욕과 끈질기고 악착같은 생존 본능 속에서 쥐들은 태어나고 그 위태로운 욕망과 더불어 소멸해간다. "주린 위장을 끌어당기는 냄새"는 인간이 지닌 욕망의 대상이자 욕망의 근거다. 특히 "쥐약이 붙어 있는 밥알"을 향한 쥐의 식욕은 황홀하면서도 불안한 인간의 이중적 욕망을 환기한다. 살아남기 위한 원초적 탐욕과 탐욕으로 인해 죽을 수밖에 없는 모순된 욕망, 그 '황홀하고 불안한 식욕'은 죽음에 이르러서야 끝이 나기 때문이다. 자본주의 사회에서 인간의 탐욕스러운 욕망을 쥐의 식욕을 통해 알레고리화하고 있다. ②도 마찬가지다. 사람들의 피를 빨아먹고, 놀라운 번식력과 생존력으로 지구에서 가장 오래 살아남은 빈대를 끌어와 빈대화된 도시빈민 혹은 노숙자의 욕망을 그려낸다. 그러나 '그 겨울 빈대'는 아이러니하다. 아이러니는 너무 많은 타인으로부터 피를 '빨리고' 살을 '뜯기'다못해, 빨린 피와 뜯긴 살을 되찾으려는 강도로 돌변한 전도된 상황에서 빚어진다. 빼앗김과 빼앗음, 착취와 탈취가 목숨보다 '돈'이 더 중요한 자본주의의 욕망의 구조임을 빈대를 통해 보여주고 있다.

이러한 알레고리는 선명한 의미의 중심을 갖게 되는데, 세속 도시와 도시 문명 자체에 대한 회의와 비판이 그것이다. 자본주의 사회의 약육강식과 적자생존, 먹이사슬과 생태 피라미드에 끈이 닿아 있는 현대시의 우화적 상상력은 줄곧 그로테스크나 아이러니와 쉽게 만나곤 한다. 비현실적인 현실이 강조될수록 인간의 삶을 이끌고 추동하는 욕망의 추악성을 요약해내기 쉬울 뿐만 아니라 세계에 대한 부정의 정신과 알레고리의 메시지도 선명해지기 때문이다. 현대시에서 동물을 이처럼 비참하게 그려놓은 것은, 그에 못지않게 비참하게 살아가는 현대인의 욕망과 생활상을 풍자하기 위해서다.

이 외에도 자본화된 시스템의 단면을 그대로 노출하면서 알레고리를 구축하기도 한다.

'고별 폐업 대잔치' 현수막이
삼년째 걸려 있는
아디다스 매장

고별은 슬프지만,
새 추리닝을 사러 가도 여전히
폐업은 진행중

(……)

어쨌든, 죽을 때 죽더라도
앉아서 죽을 순 없다
파업하듯 힘차게 현수막 펄럭이는

폐업 대잔치

                                  —이영광, 「건재」 부분

   인용 시는 자본주의의 상징인 매장과, 자본주의 사회에서 죽음을 의미하는 이 폐업과 폐업에 대한 파업을, '고별 폐업 대잔치'에서 나란히 읽어내고 있다. 중략된 "아디다스인지/아디도스인지/아디오스인지/헷갈리는"에서는 유명 브랜드 '아디다스'와, 짝퉁 브랜드 '아디도스'와, 스페인어 작별인사 '아디오스'(Adios, '신에게로'라는 말에서 유래)를 의도적으로 헷갈리면서 음성적 인접성에 의한 의미적 전이를 의도한다. 이러한 '고별 폐업 대잔치'가 "폐업을 도와준 건지/막아준 건지/위로해준 건지/헷갈리는" 현실을 풍자한다. 폐업하지 않을 의류 매장에 '폐업' 현수막이 걸리고, 폐업해야 하는데 '고별 폐업 대잔치'가 폐업을 지연시키고, 매장의 유명 브랜드 상품이 팔려야 하는데 짝퉁 상표의 상품이 팔리는, 자본주의의 아이러니를 고스란히 보여준다. 폐업을 빙자해 값싼 옷을 팔아치우는 상술과, 폐업을 마케팅 수단으로 이용하는 판매 전략과, 폐업이 유명 상표의 상품을 저렴하게 살 수 있는 기회라는 구매심리를 겨냥한 자본주의 마케팅을 알레고리로 보여준다. 매출과 구매 사이의 상술혹은 마케팅이야말로 자본주의 경영학의 본질이자 자본주의가 '건재'하다는 증표일 것이다.

파편화된 흔적으로서의 알레고리

   21세기 들어 알레고리가 새롭게 주목받고 있다. 역사와 이데올로기의 부재, 잃어버린 신화에의 노스탤지어, 대중적 유행과 조작 가능한 권위, 순간적인 유머와 유희, 의미화되지 않은 파편으로서의 삶의 흔적 등과 같은 포스트모더니즘의 징후들 속에서 알레고리에 대한 담론이 활성화되고 있다. 이러한 징후들을 아우르는 알레고리는 그 개념이 지나치게 포괄적이어서 구체적인 시 분석을 위한 도구로써의 기능은 줄어들고 있으나 최근 시의 흐름을 진단할 수 있는 시적 가능성을 제공해준다. 이데올로기·체험·독창성의 소진이라는 위기 상황을 오히려 기회로 만들어, 기존 텍스트의 틈을 알레고리스트의 상상력으로 메우거나 새로운 정보를 종합하고 변형시킴으로써 제3의 허구적 비유를 만들어내기 시작했다. 흔적으로서의 단편들을 모아놓은 몽타주에서 알레고리적 동기를 읽어내거나, 기원과 그 흔적들과의 차이에서 알레고리를 발견해내려는 시도들이 바로 그것이다. 이때 알레고리의 유희적 속성은 극대화된다.

대중문화적 감수성에 기대어 유희를 지향하는 시에서 알레고리는 아이러니, 그로테스크, 패러디, 환상 등과의 경계를 넘나들며 섞인다. 특히 잘 알려진 기존의 서사를 재구성한 텍스트야말로 패러디와 알레고리가 맞물리는 대표적인 경우다. 이 같은 알레고리적 재읽기에 의한 패러디는 바로 드 만이 언급한 '독서의 알레고리'와도 상통한다. 고유한 의미를 찾는 게 아니라 앞선 읽기가 무엇을 억압했는지를 밝히는, 읽기에 대한 읽기, 즉 메타 독서이고 메타픽션이라는 점에서 그렇다. 또한 친숙함 속의 새로움으로 과거의 형식을 유지하면서 다르게 되풀이하는 것이라는 점에서도 그렇다. 이 때문에 알레고리는 텍스트 간의 상호 착종 속에서 획득되는 경우가 많다.

　　그녀는 백설 공주였다 오래된 동화책에 나오는 그 소녀처럼 하얀 피부 빛나는 검은 머리 붉은 입술로 태어났다 한치의 의심도 없이 백설 공주라 불렸다 자라면 자라는 만큼 그 아름다움도 자랐다 그녀는 거울을 들여다보며 매일 속삭였다 내가 세상에서 제일 예뻐 젊은 거울은 늘 고개를 끄덕였다 그녀가 거울에 빠져 있는 동안 많은 왕자들이 창문을 두드렸지만 들리지 않았다 피부는 누렇게 얼룩지고 머리는 백발이 되었다 입술은 항문처럼 쭈글거렸다 사람들은 그녀를 백살 공주라 부르기 시작했다 어떤 왕자도 더이상 그녀를 찾지 않았다 그녀는 삐걱이는 창문을 열며 투덜거렸다 제기랄 왕자들은 항상 너무 일찍 오거나 늦게 온단 말이야 그녀는 밤마다 늙은 거울에 대고 애원했다 내가 아직도 아름답니 거울은 늙었고 고개를 끄덕이는 습관만 남아 있었다 백살이 먹도록 공주인 그녀는 눈먼 거울 속에서 영원히 아름다웠다

                              —성미정, 「동화—백살 공주」 전문

인용 시는 우리에게 잘 알려진 '백설 공주' 동화의 흔적에 기대 새로운 '백살 공주'의 이야기를 창조한다. 알레고리가 패러디와 겹쳐지는 지점이다. "한치의 의심도 없이 백설 공주라 불리던" 여자가 자신의 아름다움에 도취해 다른 것들을 일절 보지 못한 채 살다가 "피부는 누렇게 얼룩지고 머리는 백발이 되었고 입술은 항문처럼 쭈글거리는" 백살 공주가 되어간다는 비유담이다. "백살이 먹도록 공주인 그녀는 눈먼 거울 속에서 영원히 아름다웠다는" 마지막 구절을 통해 여성 안에 내재한 혹은 여성에게 강요된 외모지향적인 그 눈먼 아름다움을, 거울 속 자신의 아름다움에 도취해 자신을 구원해줄 왕자를 하염없이 기다리느라 백 살이 된 공주의 어리석음을 풍자하고 있다.

세계에 대한 부정적 인식은 유토피아로의 충동을 환기하고 그 같은 충동은 환상적 알레고리로 발현되기 십상이다. 이때 알레고리는 현실로부터 관념 혹은 이념을 획득해가는 과정을 형상화하는 리얼리즘과는 일정한 거리를 유지한다. 시인은 자신의 관념을 위해 이들 환상의 파편들을

모아 모자이크하듯 알레고리로 구현한다.

아파트 위로는 강철구름이 떠다니고, 나는 아파트 내 방에 누워 비
틀즈의 연주를 듣는다 강철구름 위에서 푸른 사다리가 내려와 어둔 내
방에 들어온다 (……) 새들이 바라보던 그곳에서 검은 터널이 열렸다
새들은 있는 힘을 다해 그곳으로 날아갔지만 한 마리를 제외한 다른 새
들은 모두 지상으로 떨어지고 말았다 그리고 시간이 마구 뒤섞이기 시
작했다 나는 추락한 새들을 생각하며 사다리를 오른다 강철구름은 까
마득히 높이 있다 끝이 보이지 않는다 사다리들이 하나씩 떨어져 나간
다 나는 또 한 칸 올라간다 나는 실체일까 허상일까 아파트 위로는 강
철구름이 떠다니고 까마득한 밑에서 또 한 사람이 올라온다
— 김참, 「강철구름」 부분

인용 시는 현실세계의 재현이 아닌, 환상적인 허구의 상황을 그려 보인
다. 불연속적인 시적진술은 문장과 문장, 이미지와 이미지, 의미와 의미
의 연관성과 관계의 규칙성을 교란한다. 그 결과 비실재로의 환상적 유희
를 낳고 있다. 제목 '강철구름'을 비롯해 '푸른 사다리' '새' '검은 터널'과
같은 은유적 상징성을 극대화하면서 환상적 서사로 사실과 거리 두기를
하고 있다. 현실에 직접 개입하기보다는, 허구적 거리를 두고 우회하는
알레고리 방법이다. 아파트 방에서 푸른 사다리를 타고 올라간 강철구름
위가 인용 시의 주무대다. '방'이라는 실제 공간과 '강철구름'이라는 환
상의 공간, 즉 현실과 환상 사이를 부유하는 김참의 언어는 가위눌린 자
의 잠꼬대처럼 모호하다. "시간이 마구 뒤섞이기 시작했다" "나는 실체
일까 허상일까" 의심하는 구절에서도 알 수 있듯, 시인은 우울한 환상과
죽음의 공포 사이를 넘나들며 그 경계를 해체한다. 그로테스크한 비현실

적 이미지를 향해 비상하는 이러한 유희는, 제도화되고 규범화된 현실을 덮어버리고 시인만의 자유로운 세계를 확보하려는 장치임이 틀림없다. 오리무중의 현실 속에서 포착한, 시인 개인의 실존적 고통에 대한 알레고리일 것이다.

지금-여기가 최악이며 누구도 이 세계를 이해하지 못한다는 세계에 대한 부정적 체험은, 기성의 것에 대한 저항과 그 몰락의 상징적 징후들이 유희적으로 조합된 알레고리, 특히 '키드화'된 세계 혹은 '키드적' 상상력으로 표출된다. 잔혹한 동화적 상상력에 기대 아이들 혹은 아이들의 목소리를 자주 등장시켜 알레고리적 유희를 증폭시킨다.

1. 핫도그맨은 1955년 미국 캘리포니아 어느 지저분한 거리에서 태어났다.

2. 지나가던 거지 흑인에게 심하게 욕설을 들으며 핫도그를 부당하게 빼앗긴 경험이 있다.(어두운 과거)

핫도그맨은 자기의 간식 핫도그를 억울하게 빼앗긴 데 대해 격분, '정의'의 수호자가 되기로 결심했다.

3. 외계인의 비행접시 부대가 지구를 방문했을 때, 핫도그맨은 그들에게 핫도그를 주고, 대신 지구를 '악'에서 구할 만한 초능력을 받았다.(외계인들은 핫도그를 무척 좋아했다)

4. 핫도그를 먹고 변신하고, 그가 변신했을 때는 손으로 레이저 빔을 발사하며 눈에서는 에메랄드 광선을 뿜어낸다(!)

5. 붉은 망토의 핫도그맨은 캘리포니아 주의 몇몇 아이들에게 영웅대접을 받는다.

—서정학, 「핫도그맨」 부분

대중문화적 감수성으로 무장한 21세기 시인들은 만화·영화·드라마·예능·다큐멘터리처럼 시각매체로 재현되는 스크린·TV·PC·핸드폰의 사각 화면을 통해 세계를 인지하며 욕망한다. 인용 시는 이 세계의 불의와 악당을 물리치는 '정의의 수호자' '핫도그맨'의 탄생 과정을 이야기한다. 이 '핫도그맨'은, 슈퍼맨이나 배트맨의 아류처럼, 서정학이 자체적으로 생산해낸 캐릭터이자 브랜드로, 철저히 미국화, 허구화, 영웅화, 희화화되어 있다. 키치화된 현대문명의 단면을 보여주는 만화적 상상의 산물이다. 이 핫도그맨의 일대기와 활약상을 통해 시인은 현대문명이 지향하는 만화적 영웅담을 보여준다.

사각의 액정 화면에 의해 재현되는, 불연속적이고 이질적이며, 황당하고 키치화된 유희 속에서 서정학은 "눈을 뜬 채 꾸는 꿈"을 펼치고 있다. 따라서 시인에게 있어 현실 혹은 진정성이란 관심 밖의 문제다. 키드적이고 키치적인 인용 시의 알레고리는 현대문명의 비속한 단면을 되비추고 굴절시키는 거울 역할을 한다는 점에서 풍자적이고, 유쾌한 만화적 비유담이라는 점에서 유희적이다. 그리고 게임의 플롯과 '~맨'류의 할리우드 영화문법을 빌렸다는 점에서 패러디적이고, 그것이 비유담이라는 점에서는 알레고리적이다.

현실을 포괄하는 선(先)관념을 통해 일정한 의미의 체계들을 구조화하는 고전적 알레고리와 달리, 21세기 알레고리는 이처럼 파편화된 기호들의 단편적 의미를 조합하는 특징을 드러낸다. 산문화된 시대에 부합하는 서사(허구)구조를 적극적으로 활용함으로써 유희적인 요소를 충족시키고 파편적이기는 하나 잃어버린 신화(아우라)를 향수할 수 있다는 점에서 알레고리는 21세기 시학적 장치로서 그 가능성이 열려 있다.

8장
아이러니의 이원성과 다원적 지평

아이러니는 어떻게 정의되었는가

아이러니는 18세기까지 '말하는 내용과 반대되는 의미를 전달하고자 할 때 사용하는 비유적 표현'이라는 수사학적 정의에서 크게 벗어나지 않았다. 순진함이나 무지를 가장함으로써 앎에 이르고자 했던 '소크라테스적 아이러니'는 고대 수사학으로서의 아이러니를 대표했다. 18세기 후반 프리드리히 슐레겔에 의해 재발견된 '낭만적 아이러니'는 현실과 이상, 유한과 절대의 간극을 끊임없이 해체하고 재창조하려는 철학적 담론으로 확대되면서 한 개인의 존재 방식으로 격상되었다. 이후 20세기 신비평가들에 의해 아이러니는 역설과 함께 시의 유기적 긴장과 통합을 구축하는 주요한 구성원리이자 세계를 이해하는 준거의 틀이 되었다.

한국 현대시론사에 아이러니를 본격적으로 소개한 연구자는 이승훈이다.[1] 그는 C. B. 윌러와 D. C. 뮈케의 이론을 토대로, 크게 '언어적 아이러니'(한 의미가 진술되고 그것과 반대 의미가 의도되는 이야기의 한 형식으로 소크라테스적 아이러니를 포함)와 '상황적 아이러니'(기대와 충족 사이의 대조 형식으로 낭만적·우주적 아이러니를 포함)로 구분했다. 그리고 십여 년 후 '구조적 아이러니'를 새롭게 설정해 이전의 상황적 아이러니(극적 아이러니)와 유사한 개념으로 사용한다. 즉 상황적 아이러니는 하나의 진술이 진술된 상황 때문에 반어적 효과를 나타내는데, 이러한 아이러니가 작품의 구성원리로 작용하는 경우 구조적 아이러니로 수용된다는 것이다. 구조적 아이러니를 극적 아이러니로 파악하는 이유다. 또한 이승훈은 아이러니와 역설(paradox)의 차이를 처음으로 언급한다. 모순되는 가치를 제시한다는 점에서 혼용될 수 있으나, 아이러니가 언어와 대상 간의, 언어와 화자(청자) 간의 모순을 조건으로 하지만, 역설은 언어 진술에 내포된 명제 간의 모순을 조건으로 한다며 애써 구별한다. 그러나 그 구별의 어려움을 다음과 같이 토로한다.

언어적 아이러니는 수사학적 개념으로 언어 진술의 형식이라는 점에서 역설과 구별된다. 그러나 오늘날에는 아이러니가 그러한 개념을 넘어 소위 극적 아이러니로 드러나며, 그것은 문학작품의 구성, 인물, 문학관, 자연관까지를 포섭하는 개념이다. 따라서 극적 아이러니와 역설은 제대로 구별되기 어렵다. 그런가 하면 낭만주의 시대에는 아이러니가 문학과 자연관 세계관까지를 포섭하는 개념이 되는 소위 낭만적 아이러니가 나타나 역설과 동일시된다.[2] (밑줄은 필자)

---

1) "아이러니는 시점(point of view)의 문제이며, 그것은 따라서 사물을 보는 방법의 문제이다. 곧 태도(attitude)의 문제인 것이다." C. B. Wheeler, *The Design of Poetry* (W. W. Norton & Company, 1966), p. 99. 이승훈, 『시론』, 고려원, 1979, 217쪽에서 재인용 (1975년 『석우』라는 춘천교육대학 논문집에 「아이러니의 시적 논리」라는 제목으로 먼저 발표).

진술한 것과 반대 의미를 드러내는 언어적 아이러니를 제외한 그 외의 아이러니들이, 특히 극적·구조적·낭만적 아이러니가 역설과 혼동되고 있음을 지적하고 있다. 결과적으로 이승훈은 아이러니를 언어적 아이러니와 구조적(≒상황적, 극적) 아이러니로 구분하면서, 역설이 주로 구조적 아이러니에 발생한다며 역설과 아이러니를 동일시한다.

오세영도 아이러니를 말의 아이러니(수사학), 구조적 아이러니(시의 구조), 희·비극적 아이러니(픽션 혹은 극의 플롯), 낭만적 아이러니(문학과 인생에 대한 일반적 태도)로 분류한다.[3] 특히 필립 윌라이트의 역설 유형과 클리언스 브룩스의 역설 개념에 근거해 표층적 역설과 심층적 역설(존재론적 역설, 시적 역설)로 나누고, 역설을 종교 및 사유의 체계로 확대해 그 시적 가능성을 높이 평가한다.

김준오 역시 기존의 아이러니 분류법에서 크게 벗어나지 않는다. 언어적 아이러니, 낭만적 아이러니, 내적 아이러니, 구조적 아이러니로 구분하면서, 진술 자체에 모순이 표면적으로 드러나는 역설(표층적 역설, 심층적 역설, 시적 역설)과 아이러니를 구분한다. 낭만적 아이러니와 겸손한 아이러니를 내적 아이러니[4]로 간주함으로써 낭만적 아이러니와 내적 아이러니의 구분이 모호해지기도 했다. 또한 아이러니와 역설이 공통적으로, 진술이 지시하는 대상과의 관계에서 상반되는 의미를 내포한다는 점,

---

2) 이승훈, 『시작법』, 탑출판사, 1988, 239쪽.

3) 오세영, 「아이러니와 파라독스」, 『시문학』, 1981년 11월호(오세영, 『시론』, 서정시학, 2013, 재수록).

4) "지적 관찰자가 비지적 관찰자의 탈을 쓰고 세계를 비판하는 아이러니를 '외적' 아이러니라면 낭만적 아이러니나 겸손한 아이러니는 화자가 바로 자신을 비판하는 '내적' 아이러니다. 외적 아이러니에서 어리석음이 외부세계에 있다면 내적 아이러니는 그 어리석음이 자신의 내부에 있다." 김준오, 『시론』, 삼지원, 1997, 314쪽.

모순을 통한 진리의 발견에 이바지할 뿐만 아니라 모순을 내포하는 미적 가치로서의 복잡성을 지니고 있다는 점에서 이 둘이 실제로는 혼동되고 있음을 지적한다. 결과적으로 그가 분류한 아이러니 유형과 역설의 유형은 서로의 경계를 넘나드는데, 이를테면 언어적 아이러니와 시적 역설이, 낭만적·내적 아이러니와 심층적 역설이, 내적·구조적 아이러니와 시적 역설이 실제 구별에서는 모호하다.

이상의 논의에서 공통된 문제는 첫째, 말의 아이러니와 소크라테스적 아이러니, 낭만적 아이러니와 우주적 아이러니, 구조적 아이러니와 극적 아이러니의 구별이 모호하다는 점이다. 둘째, 존재론적 역설과 시적 역설이 중첩되는 부분이 있다는 점이다. 셋째, 구조적 아이러니와 시적 역설이, 극적·낭만적·우주적 아이러니와 존재론적 역설이 실제 텍스트 속에서 변별하기 어렵다는 점이다.

아이러니의 작동 원리와 유형

이에 아이러니와 역설의 경계, 그 각각의 유형 간의 착종을 피할 수 있고 한 편의 시에서 아이러니가 발생하는 지점과 작동 원리를 설명할 수 있는 아이러니의 분류를 시도하고자 한다. 이를 위해 다음 사항에 주목했다.

(1) 아이러니의 기본 특징은 이중성, 이중화, 이중적 맥락에 있다.[5] 현실과 외관이 대조되는 것, 외적으로 혹은 내적으로 대조되는 것들 간의 긴장과 균형이야말로 아이러니 정신의 핵심이다. 아이러니는 상호 모순

---

5) 원관념과 보조관념이 결합한 은유·환유·알레고리·상징을 포함하는 비유나, 원텍스트와 패러디텍스트 간의 긴장을 특징으로 하는 패러디·패스티시·키치도 이중성을 특징으로 하는데, 이러한 이중적 맥락이야말로 시의 특성이기도 하다.

되는 대상 혹은 상황들에 대해 감정적으로 매몰되지 않는 채 진실을 발견해가는 지적 통찰과 반성의 시선을 필수적으로 확보해야 한다. 이러한 거리 의식을 통해 세계의 복잡성과 가치의 상대성을 인식할 수 있는 날카롭고 깊이 있는 통찰을 얻는 것이 아이러니의 목표다. 따라서 아이러니는 분열적이면서도 복합적인, 지성과 심미안을 갖춘 현대인에게는 유효한 지적 전략이 되고 있다. 문제는 이 이중화가 어느 지점에서, 어떻게 발생하는가가 아이러니를 이해하는 열쇠다.

(2) 기존의 분류에서 선명하게 구분되었던 '언어적(말의) 아이러니'와 '구조적(상황적) 아이러니' 개념만을 사용하고자 한다.[6] 언어적 아이러니는 어휘 중심의 비유 차원에서는 대립을 가장하거나 통합하고, 문장 중심의 진술 차원에서는 이면적 의도와 표면적 진술을 다르게 표현한다. 구조적 아이러니는 인물·행위·사건(서사)과 같은 구조 차원에서 반전이나 모호함이 발생하거나, 현실적인 세계 인식의 차원에서 진리 혹은 진실의 모순성이 발생한다. 여기에 덧붙여 아이러니가 텍스트의 진술로 인식되는가, 아니면 텍스트 외적 맥락에 의해 인식되는가라는 기준을 덧붙이고자 한다. 특히 아이러니가 텍스트 외적 맥락에 의해 인식되는 경우는 진술의 뉘앙스와 숨겨진 의미, 텍스트를 둘러싼 사회문화적 맥락과 철학적 통찰 등을 필요로 하기에 독자의 해석력 능력이 더욱 요구된다.

(3) 아이러니와 역설을 굳이 구별할 필요성을 발견하기 어렵다. 개념적 정의로는 구별할 수 있지만, 실제 작품에서는 이 둘이 섞여 있을 때가 더 많다. 따라서 이중성 혹은 긴장성이라는 공통점을 전제로 개념상으로

---

6) 뮈케는 '말(verbal)의 아이러니'와 '상황(situational)의 아이러니'(D. C. 뮈케, 『아이러니』, 문상득 옮김, 서울대학교출판부, 1986, 81~84쪽)로, 에이브럼스도 '언어적(verbal) 아이러니'와 '구조적(structural) 아이러니'(M. H. 에이브럼스, 『문학용어사전』, 최상규 옮김, 보성출판사, 1994, 142~143쪽)로 구분하였다.

는 구분하되, 아이러니 안에 역설을 포함시켜 논의하고자 한다. 그렇다고 역설이 아이러니보다 작은 개념이거나 덜 중요하다는 것은 아니다. "시의 언어는 역설의 언어다"라는 브룩스의 말대로 역설은 시뿐만 아니라 종교와 철학을 포함하는 인문학적 패러다임이라고도 할 수 있다. 그러나 시학이나 시론에서 아이러니의 역사가 더 깊고 논의 또한 특화됐기에 아이러니 안에서 논의하려는 것이다. 따라서 기존의 표층적 역설은 모순형용의 아이러니에, 심층적 역설은 시적 진실로서의 아이러니에 포함시키고자 한다.

이상의 조건 속에서 아이러니의 발화 지점(언어적 · 구조적)과 그 이중화가 작동하는 범위(텍스트 내적 · 외적)에 의해 아이러니를 다음의 네 가지로 나눌 수 있다.

	〈언어적 아이러니〉	〈구조적 아이러니〉
〈텍스트 내적 진술〉	**모순형용의 아이러니** (어휘 차원의 긴장성)	**극적전환의 아이러니** (사건과 구조 차원의 반전성)
〈텍스트 외적 맥락〉	**반대 진술의 아이러니** (어조와 화법 차원의 대조성)	**시적 진실의 아이러니** (의미와 인식 차원의 역설성)

먼저 '모순형용의 아이러니'는 어휘 차원의 비유나 이미지에서 기표와 기의, 원관념과 보조관념, 의미와 감각 간의 이중성과 긴장성에 의해 발생한다. 반면 '반대 진술의 아이러니'는 문장 차원의 어조와 화법에서 화자에 의해 말해진 것과 실제 지시하는 것, 발화된 것과 의미화된 것 간의 이중성에 의해 발생한다. 이 둘은 기존의 언어적 아이러니에 해당한다. '극적전환 아이러니'는 사건과 행위 차원에서 시적 상황, 즉 서사, 성격, 태도, 분위기 등에 의한 반전 및 전환의 긴장성에서 발생하는 반면, '시적

진실의 아이러니'는 의미와 인식의 차원에서 존재론적 모순 및 인식론적 역설의 이중성에서 발생한다. 이 둘은 구조적 아이러니에 해당한다.

또한 '모순형용의 아이러니'와 '극적전환의 아이러니'는 텍스트 안에서 아이러니의 이중성이 직접적으로 드러난다면, '반대 진술의 아이러니'와 '시적 진실의 아이러니'는 텍스트 외적인 맥락에서 간접적으로 작동한다. 아이러니와 역설을 구분했던 관점에서 보자면 '모순형용의 아이러니'와 '시적 진실의 아이러니'는 기존의 역설 개념에 가깝고, '반대 진술의 아이러니'와 '극적전환의 아이러니'는 기존의 아이러니 개념에 가깝다.

이러한 아이러니의 분류는 한 편의 시(구절)가 어떤 아이러니의 유형에 속하는가가 아니라, 한 편의 시(구절)에 아이러니가 어떻게 작동하는가를 살피는 데 유효하다.

1) 모순형용의 아이러니

현대시의 특징을 '반대되는 두 가지 충동' 혹은 '서로 상반되거나 부조화한 속성'으로 파악했던 신비평가들은 이것들의 조화와 균형 사이에서 발생하는 시적 긴장을 아이러니로 인식했다. T. S. 엘리엇도 '새롭고 당돌한 결합 속에 영속적으로 병치돼 있는 어휘들'에서 아이러니가 발생한다고 했다.[7] 이러한 아이러니는 서로 다른 이미지의 결합이나, 원관념을 보조관념으로 낯설게 전이시키는 비유를 통해 이루어지는데 이를 모순형용의 아이러니라 한다. 따라서 차이성에 의한 절대적 이미지(4장, 각주 1 참조)나 병치 은유(5장, '은유의 작동 원리와 유형' 참조)와도 일정 부분 겹친다. 이 유형은 의미상 서로 양립할 수 없거나 상반된 어휘가 함

---

7) 이승훈, 같은 책, 97~99쪽 참조.

께 난폭하게 결합하여 표층적 역설을 자아내는 모순어법을 적극 활용한다. '찬란한 슬픔' '오래된 미래' '믿기지 않아 믿다'처럼, 모순된 진술이나 부조화의 병치가 전형적인 예시들이다. 앞서 살펴본 모순어법 은유(5장, '은유의 작동 원리와 유형' 참조) 역시 역설적이라는 점에서 모순형용의 아이러니에도 속한다.

① 겨울은 강철로 된 무지갠가 보다

—이육사, 「절정」 부분

아아, 님은 갔지마는 나는 님을 보내지 아니하였습니다

—한용운, 「님의 침묵」 부분

② 제일 잘 만들어진 마개를 가진 것은 마개를 버리고 온몸으로 마개가 되어 있는 구멍입니다.

그 구멍은 구멍이 스스로 꽉 차 있습니다.

—오규원, 「구멍」 부분

①의 경우 '겨울'(원관념)과 '강철로 된 무지개'(보조관념) 사이에, '무지개'(이미지)와 '강철'(이미지) 사이에 서로 모순되는 긴장이 형성된다. 또한 '가다'라는 술어와 '보내지 아니하다'라는 반대의 술어가 동시적으로 드러나는데 일견 불합리해 보이지만 실제로는 깊은 진실, 즉 희망적 만남이라는 간절한 의미를 숨기고 있다. ②는 '구멍'과 '마개'가 같기도 하다는, 이항대립적 사물 혹은 사실을 인식론적 통합을 통해 동일화시켜 진술한다. 구멍이 곧 마개이며 마개라야 한다는 이러한 진술은 단지 말장난이나 재치에 머무는 수사적 기교가 아니라 모순된 세계를 인식하는

역설의 아이러니 정신을 담고 있다.

2) 반대 진술의 아이러니

일반적인 아이러니의 정의는 "의미하려는 것과 반대로 말하여 어떤 사람이나 사물을 조롱하는 방식"으로 알려져 있다. 표면적인 진술의 의미와 실제 의도하는 의미가 상충하는 가장 전형적인 아이러니에 해당한다. 아이러니가 화자의 시점과 태도와 연동되어 있다는 건 잘 알려진 사실이다. 현대시에서 화자와 목소리의 기능이 확대되면서 어조와 화법에 따른 아이러니의 발현 양상 또한 다채롭게 증식되고 있다. 화자의 상반된 진술 방식, 즉 어조나 목소리 등을 통해 표면적 진술과 실제 의미와의 상반성은 물론 외관과 현실 간의 대조가 이루어진다. 화자의 진술과 그 의도가 상반되고 청자 또는 독자가 그 상반된 내용을 이해하는 반대 진술로서의 반어법과, 순진함을 가장하거나 진지하게 무지를 고백하는 변증법적 대화의 소크라테스적 아이러니가 이 유형에 속한다. 뜻하고자 하는 바를 반대로 말하기, 어떤 것을 말하면서 다른 것을 뜻하기, 거짓된 높여 말하기와 낮춰 말하기등이 대표적이다. 특히 조롱이나 야유, 비웃거나 비꼬기를 위해 문장 형태로 구현되는 진술 차원의 아이러니 일반도 이 유형에 포함된다.

> ① 이태백이가 술을 마시고야 시작을 한 이유,
> 모르지?
> 구차한 문밖 선비가 벽장문 옆에다
> 카잘스, 그람, 쉬바이저, 에프스타인의 사진을 붙이고 있는 이유,
> 모르지?
>
> ─김수영, 「모르지?」 부분

② 오 행복행복행복한 항복

　기쁘다우리 철판깔았네

—최승자, 「삼십세」 부분

　①은 "모르지?"라는 부정의문문을 반복하면서 표면적 진술과 반대되
는 의미를 구축한다. 반어법에 따른 언어적 아이러니라 할 수 있다. 화
자는 진술된 문장들의 이유를 밝히지 않고 오히려 청자·독자에게 물음
으로써 그 이유를 강조한다. 청자나 독자가 그 이유를 모른다면 청자·
독자의 무지를 겨냥하는 아이러니한 비아냥이 될 것이고, 화자나 시인
마저 그 이유를 모른다면 아이러니는 성립하지 않는다.[8] 화자는 물론 청
자·독자가 그 이유를 알고 있어야 모두가 아는 사실을 강조하려는 반대
진술의 아이러니가 성립된다. 이때 '모르지?'라는 반어적 진술이 인간의
욕망 안에 내재하는 속물적 명분이나 허세를 겨냥하게 된다. 이 외에도
"술"을 마시고서야 "시작(詩作)"을 하거나, "구차한 선비"가 벽장문에
"카잘스·그람·쉬바이저·에프스타인 사진"을 붙여놓는다는 부분에서
는, 진술한 내용 자체가 모순되는 모순형용의 아이러니도 발생한다.
　②는 '오'라는 감탄사, '행복행복행복한'이라는 명사를 반복한 형용사,
'기쁘다우리'라는 인칭대명사 앞에 붙여 쓴 형용사 등으로 행복과 기쁨
을 가장하고 있다는 점에서 어조·화법 차원의 반어적 아이러니다. 무엇
보다 뒤이은 '항복'이라는 피수식어와 '철판깔다'라는 술어가 앞선 경쾌
한 수식을 뒤집고 있기 때문이다. 현실에 대한 패배의식과 자학적 조롱

---

8) 부스는 작가의 의도 없이 아이러니한 타격이 우연히 발생할 수 없다고 본다. Wayne C.
Booth, *A rhetoric of irony* (University of Chicago Press, 1974), p. 40.

으로 현실을 고발하거나 현실을 부정하려는 반대 진술에 의한 아이러니다. 여기서도 행복/항복, 기쁘다/철판깔다처럼 수식어와 피수식어 간의 이중성에 의해 모순형용의 아이러니가 동시적으로 발생한다.

3) 극적전환의 아이러니

이 유형은 '예상치 못한 결말 혹은 반전'에 의해 화자(혹은 시 속 등장 인물)나 청자나 독자가 추구하는 것과 다르게 사건, 상황, 플롯 차원에서 반전이 일어나 시적 긴장과 갈등이 고조되면서 아이러니가 발생한다. 이 때 아이러니는 텍스트 전체의 구조에 관계된다. 인과의 논리를 파괴함으로써 기대되거나 예상되는 의미 구성을 방해해, 표면 뒤에 숨겨진 이면을 생각해보게 하는 극적인 전환의 효과를 유발한다. 따라서 축소⇄과 장, 찬양⇄조롱, 공격⇄해학, 행운⇄불행, 웃음⇄비애의 반전 및 전도의 이중구조에 아이러니의 진의가 담겨 있다. 텍스트 안의 사건이나 구조 차원에서, 표현된 상황과 의미하는 상황 사이에 명백한 반전이 드러나는 경우가 이 유형에 속한다. 그러나 이 반전이 진리를 함축하고 있는 경우에는 의미나 인식의 차원에서 발생하는 시적 진실의 아이러니로도 볼 수 있다.

① 나는 한없이 나락으로 떨어지고 싶었다.
아니 떨어지고 있었다.
한없이
한없이
한없이
…………
……

...

아 썅! (왜 안 떨어지지?)

　　　　　　　　　　　—최승자, 「꿈꿀 수 없는 날의 답답함」 부분

②　**김종수** 80년 5월 이후 가출

　　소식 두절 11월 3일 입대 영장 나왔음

　　귀가 요 아는 분 연락 바람 누나

　　829-1551

　　이광필 광필아 모든 것을 묻지 않겠다

　　돌아와서 이야기하자

　　어머니가 위독하시다

　　조순혜 21세 아버지가

　　기다리니 집으로 속히 돌아오라

　　내가 잘못했다

　　나는 쭈그리고 앉아

　　똥을 눈다

　　　　　　　　　　　—황지우, 「심인」 전문

　①은 '꿈꿀 수 없는 날의 답답함'에서 비롯되는 우울과 절망을 극적 반전의 아이러니로 보여준다. '한없이 나락으로 떨어지고 싶었다'라고 진술한 후 '한없이'를 반복하다가, 말없음표를 점점 줄여 행갈이를 함으로써 추락의 형상을 시각적으로 강조한다. 그러나 이 추락의 이미지가 마

지막 행의 "(왜 안 떨어지지?)"에 의해 극적으로 그리고 구조적으로 반전된다. 특히 "아 쌍!"이라는 비속어에 의해 반전은 극대화되고, '꿈꿀 수 없는 날의 답답함'과 추락마저도 허용되지 않은 절망감은 더욱 강화된다. 온전히 떨어지지도 못하는 날들의 답답함과 그 비애를 아이러니하게 형상화하고 있다.

서사 기법이 다채롭게 도입되는 현대시의 경우 서사적 정황에서 발생하는 극적 반전의 양상 또한 입체적이고 다중적으로 구현된다. ②에서 1~3연은 1980년대 일간지의 심인란(尋人欄, 사람을 찾는 광고란)을 그대로 옮겨놓고 있다. 고딕으로 시각화된 신문 심인란의 이름은 실은 역사적인 맥락에서 '80년 5월 이후 가출'이라는 구절에 의해 '80년 오월 광주'의 비극으로 실종된 사람들을 환기한다. 그리하여 1~3연에 해당하는 다급하고 절실한 심인의 상황은, 4연의 화장실에 앉아 똥을 누고 있는 화자의 현실상황으로 반전된다. '쭈그리고 앉아/똥을 누'는 화자의 자세는 일체의 사회적·시대적 의미가 거세된, 가장 사적이고 적나라한 모습이다. 1~3연과 4연의 두 상황을 병치하여 사건·행위 차원에서 발생하는 극적인 반전을 통해 뒤틀린 현실의 단면을 보여준다. 자기 비하에 가까운 이 같은 냉소적 자기 투사는 자기 폭로의 아이러니와 맞닿아 있으며, 시대적 폭력은 물론 그로 인한 타인의 고통에 무심한 우리 삶에 대한 반성을 유도한다. 아이러니가 비판적인 시대 의식 속에서 그 참모습을 발휘하는 대목이다. 지극히 사적인 일상과 통속화된 신문 심인란의 형식으로, 텍스트 밖 5·18이라는 시대사적인 불행을 소환하고 있다는 점에서는 반대 진술로서의 아이러니라 할 수도 있겠다.

4) 시적 진실의 아이러니

이 유형은 인간과 우주 사이에 근본적이고 해결할 수 없는 모순이 존재함을 인정하는 데서 출발한다. 이항대립 하는 이중성을 결합해 새로운 의미를 만들어내고 발견해내는 인식론적, 존재론적 차원의 아이러니에 해당한다. 18세기 슐레겔이 인식했던 낭만적 아이러니나, 20세기 브룩스가 시의 언어라 언명했던 역설이 여기에 속한다. 슐레겔에게 현세는 본질에서부터 역설적이기에, 아이러니란 "상반되는 감정을 지닌 (ambivalent) 태도만이 그 모순적인 전체를 이해할 수 있다는 사실을 인식하는 것"[9]이었다. 예컨대 인간과 우주(자연), 삶과 죽음, 정신과 물질 사이의 차이를 변증법적 사유로 종합해내는 아이러니의 정신을 의미한다. 브룩스에게도 아이러니는 충돌하고 갈등하는 인간의 태도나 조건을 형이상학적 수준에서 화해시켜 존재의 일체감을 획득하려는 시적 노력의 결과물이었다. 현대사회의 부조리한 일상을 포괄적으로 표현할 수 있게 해주는 아이러니야말로, 진실이란 유일하고 절대적인 것이 아니라 다수이며 상대적이라는 것을 일깨워주는 사실주의적 서술 형식이었다. 이러한 아이러니는 부조리하고 모순된 이 세계의 이중적 맥락을 직시하게 함으로써 우주의 기원과 목적, 죽음의 확실성과 미래의 불확실성, 생명과 궁극성의 탐구 등으로 나아간다.

① 어진 이는 만월을 경계하고
　 시인은 낙화를 찬미하느니
　 그것은 모순의 모순이다.

　 (……)

---

9) D. C. 뮈케, 같은 책, 37쪽.

모순은 존재가 아니고 주관적이다.

모순의 속에서 비모순을 찾는 가련한 인생
모순은 사람을 모순이라 하느니, 아는가.

—한용운,「모순」부분

② 이별의 거울 속에 우리는 서로를 바꾸었습니다 당신이 나를 떠나면 떠나는 것은 당신이 아니라 나입니다 그리고 내게는 당신이 남습니다 당신이 슬퍼하시기에 이별인 줄 알았습니다 그렇지 않았던들 우리가 하나 되었겠습니까

—이성복「이별 1」부분

①은 모순을 통합해내는 전형적인 역설의 사유를 구현하고 있다. 창(찌르다)과 방패(막다)가 결합한 '모순(矛盾)'이라는 제목 자체부터 역설적이다. 좋은 달이 이울기 쉽고, 아름다운 꽃에 비바람이 많다는 건 긍정과 부정이 동시에 존재하는 모순적 상황이다. 이 모순원리를 담고 있는 모순의 대상이 만월과 낙화다. 긍정적 의미를 부정하고, 그 부정적 의미를 다시 긍정하는 것은 모순의 모순이다. 이중부정에 의해 모순과 비모순의 경계가 무너지고 모순과 비모순은 동일원리가 된다. 이를테면 좋은 달이 이울기 쉽다는 모순을 깨닫고 모순의 대상인 만월을 경계하는 이는 어질다는 것이다. 시적 진실로서의 역설적 의미를 인식한 자이기 때문이다. 모순 속에서 모순의 모순(비모순)을 찾는 우리 삶의 존재론적 아이러니를 드러내고 있다.

②의 경어체 고백 이면에는 견고한 모순의 논리가 깔려 있다. 당신의 슬픔을 통해서 비로소 내가 이별을 알게 된다는 현실적 인과를 통해 '당

신의 슬픔'이 '이별의 거울'이라는 소결론을 유도해낸다. '거울'의 특성에 의해 (당신과 내가) 서로를 '들여다보'고 '서로를 바꿀' 수 있는 존재라는 근거를 얻는다. 이 근거에 의지해 "당신이 나를 떠나면 떠나는 것은 당신이 아니라 나"가 되고, 결과적으로 "내게는 당신이 남는다"라는 '하나' 된 이별을 끌어낸다. '내게 남은 당신'에 이르는 논리적인 인과 과정이 이 시의 핵심이며, 이 과정을 통해 이별의 역설적 진실을 보여주고 있다. 당신-나, 떠나다-남다라는 이항대립성(상반성의 원리)이 거울(동일성의 원리)에 투사되어 우리=하나, 이별=사랑으로 전환되는 형이상학적이고 존재론적인 이별의 진실을 제시한다.

아이러니는 어떻게 실현되는가

아이러니는 아이러니스트의 은폐와 독자의 해독, 그 길항작용을 통해 완성된다. 한 편의 시에서 아이러니의 발화점과 작동 원리는 여럿일 수 있으며, 복수의 아이러니 유형이 동시적으로 작용할 수 있다. 따라서 독자의 해석력에 따라 그 유형은 다르게 해석될 수 있으며 해석적 의미 또한 열려 있다.

어느 집에나 문이 있다
우리집의 문 또한 그렇지만
어느 집의 문이나
문이 크다고 해서 반드시
잘 열리고 닫힌다는 보장이 없듯

문은 열려 있다고 해서
언제나 열려 있지 않고
닫혀 있다고 해서
언제나 닫혀 있지 않다

어느 집에나 문이 있다
어느 집의 문이나 그러나
문이라고 해서 모두 닫히고 열리리라는
확증이 없듯

문이라고 해서 반드시
열리기도 하고 또 닫히기도 하지 않고
또 두드린다고 해서 열리지 않는다

어느 집에나 문이 있다
어느 집이나 문은
담이나 벽을 뚫고 들어가
담이나 벽과는 다른 모양으로
자리 잡는다

담이나 벽을 뚫고 들어가
담이나 벽과 다른 모양으로
자리 잡기는 잡았지만
담이나 벽이 되지 말라는 법이나
담이나 벽보다 더 든든한

문이 되지 말라는 법은 없다

—오규원, 「문」 전문

인용 시는 말장난 같은 반대 진술을 특화시켜 고정관념을 뒤집고 있다. 상투적인 현실 인식에서 벗어나 세계를 새롭게 보고자 하는 오규원 시의 특성을 아이러니가 담당하고 있음을 보여주는 예시다. A＝B이다, 그런데 A≠A이고 B≠B, 그러므로 A≠B라는 인과율의 형식을 근간으로 연쇄적인 반대 진술을 구사하면서 문(열리다·뚫다)/담(벽)(닫히다·가두다)이라는 고정관념화된 이항대립성을 해체한다.

1·3·5연 첫 행에서 반복되는 사실 진술문 '어느 집에나 문이 있다'를 중심으로 이 시는 세 부분으로 나뉜다. 유사한 통사구조의 반복을 통해 '문'에 대한 고정관념을 해체하는 과정은 다음과 같다.

1·2연: 어느 집에나 문이 있다: 크다고 해서 잘 열리고 닫힌다는 (**'보장이 없듯'**)

열려/닫혀 있다고 해서 열려/닫혀 있지 않다

⇒ **'문'의 열리지 않음과 닫힘의 가능성**

3·4연: 어느 집에나 문이 있다: 문이라고 해서 모두 닫히고/열린다는 (**'확증이 없듯'**)

문이라고 해서 열리기도 하고/닫히기도 하지 않고

두드린다고 해서 열리지 않는다

⇒ **'문'의 닫힘의 가능성 강화**

5·6연: 어느 집에나 문이 있다: 담(벽)을 뚫고 들어가 다르게 자리 잡는다 (**'잡았지만'**)

담(벽)이 되지 말라는 법은 (없다)

담(벽)보다 더 든든한 문이 되지 말라는 법은 없다

'어느 집에나 문이 있다'라는 진술은 사실을 근거로 한다. 1·2연은 크다고 잘 열리지 않고, 열려 있다고 언제나 열려 있지 않고, 닫혀 있다고 해서 언제나 닫혀 있지 않다는 일반적 사실에 주목해 '문'의 크기, 열림/닫힘이 '문'의 본질적 속성과 무관함을 진술한다. 'A는 A가 아니다'와 'B는 B가 아니다'라는 부정 진술을 통해 'A는 B이다'와 'A는 B가 아니다'라는 반대 진술을 구축해낸다. 부정어와 차이성을 십분 활용하여 '(~해서) ~없듯(~지만)'이라는 연결어미와 '(~해서) ~않다(~없다)'라는 종결어미를 중심으로 '문'에 대한 기존의 믿음을 거부하고자 한다. 그리하여 '문'은 담(벽)을 뚫고 들어가 그것과 다른 모양으로 자리를 잡으나 결국 담(벽)이 되기도, 담(벽)보다 더 든든한 '문'이 되기도 한다. 점층적으로 전개되어오던 '문'에 대한 일상적 믿음에의 부정은 '문'이 '담이나 벽'이 되어버림으로써 반전을 이룬다. 여기서 주목해야 할 부분은 '뚫고 들어가다'와 '자리잡다'라는 술어의 움직임이다. '뚫고 들어가'거나 '자리를 잡는' 행위는, 열고 닫히는 '문'의 속성과 무관해 보인다. 그러나 시인은 '뚫고 들어가다'를 통해 굴착의 의지를, '자리 잡다'를 통해 정착의 의지를 '문'에 부여한다. 이런 동사의 행위 속에서 시인은 '문'의 본질을 새롭게 인식하도록 유도한다.

이러한 해석에는 앞서 분류한 아이러니의 네 가지 유형이 동시적으로 작동한다. 첫째, 문/담(벽)의 이항대립에서 발생하는 비유나 이미지 차원의 모순형용의 아이러니를 꼽을 수 있다. "담이나 벽이 되는" 문, "담이나 벽보다 더 든든한/문" 등은 대표적인 모순형용에 해당한다. 둘째, 이중적 속성과 부정의 서술어를 활용해 당연한 상식을 어조·화법의 차원에서 반대로 진술하는 아이러니가 발생한다. 3회에 걸쳐 반복되는

"어느 집에나 문이 있다"라는 문장은 진술된 의미와 반대 의미를 함의한다. 상식적 기대와 어긋나는 '어느 집에나 있는 문은 문이 아니기도 하다' '어느 집에나 문이 있는 것은 아니다'라는 단계적 부정을 통해 결과적으로 '어느 집에나 문이 없기도 하다'라는 반대의미에 도달하기 때문이다. 셋째, 열(리지 않)고 닫히(지 않)는 문이 담(벽)과의 변증법적 관계 속에서 반전을 거듭해, 결과적으로 담(벽)이 되거나 담(벽)보다 더 든든한 문이 된다는 점에서 사건이나 행위 차원에서 발생하는 극적전환의 아이러니에 해당한다. 넷째, 시 전체에 깔린 문/담(벽), 열다/닫다의 모순성을 재통합해 문=담(벽)이라는 새로운 의미·인식론적 지평을 열어준다는 점에서 존재론적인 역설이 발생하는 시적 진실의 아이러니를 구현하고 있다.

포스트모더니즘 아이러니의 양상

이성 중심의 질서와 합리성을 근간으로 하는 20세기는 아이러니의 전성기였다. 발화자의 의도가 분명하고 표현된 말이 그 의도와 상반되고, 청자가 이 상반된 내용을 이해한다는 아이러니의 이분법적인 이중성은 모더니즘적 사유에서 가능했다. 발화자와 청자 간에 공유하는 맥락과 관습, 진리에 대한 공통된 믿음 또한 아이러니의 조건이었다. 그렇다면 이분법적 사유와 공통된 믿음을 거부하고 삶의 우연성과 부조리를 전면에 내세운 21세기에도 아이러니는 가능한 것일까?

본질은 부재하고, 근원에 닿을 수 있는 맥락은 희미해지고, '진짜로 말하려는 것'이 무의미해진 시대에 아이러니는 사라진 개념으로 보는 것이 옳을 수도 있다. 그러나 포스트모더니즘 패러다임에서 아이러니는 오히려 만연한 현실이자 삶의 바탕을 이루는 실존적 조건이 되고 있다. "모든 발언은 잠재적으로 아이러니하다"라는 자크 데리다의 발언은 포스트모더니즘 사회에서 아이러니의 일상성을 선명하게 보여준다. 모더니즘적 아이러니의 이중성(이원화)은 다중적으로 산포되어 다원적 지평으로 떠돌게 된다. 이처럼 포스트모더니즘 아이러니는 언어의 불안정성과 문학의 부정성(不定性)을 근간으로 한다. 때문에 언어를 기반으로 하는 세계에 대한 불확정성과도 연동되어 있다. 모더니즘 아이러니가 세계의 분열을 통합하려고 노력하는 반면, 포스트모더니즘 아이러니는 분열된 세계를 인정하고 수용한다.

모더니즘 아이러니의 전제조건이었던 '표층'과 '이면'이라는 이분법적 체계는 포스트모더니즘 철학자들에 의해 해체되었으며 재구축되었다. 포스트모더니즘 아이러니는 이중적인 수직적 낙차에서 다중적인 수평적 증식으로, 그러니까 '표층'의 다원화 혹은 파편화의 관점으로 이동했다. 아이러니 역시 기의보다는 기표, 이중성보다는 다중성, 의미보다는 불확실성, 중심보다는 바깥, 가능성보다는 불가능성으로 기울게 되었다. 결국 세계의 복합성, 임의성, 우연성, 불합리성, 미결정성을 직시하고 무질서한 세계를 그대로 수용하는 포스트모더니즘 아이러니는 의문의 대상이 된 세계를 그대로 드러내고 새로 만들어낸다. 무질서하고 부조리한 세계에 대한 어떤 의미화도 거부하는 해체적 불확실성을 드러내는 동시에 새로운 의미를 창조해나가는 자기 반영적 가능성은, 포스트모더니즘 아이러니의 특성이 되고 있다.

웨인 부스와 앨런 와일드는 포스트모더니즘 아이러니의 출현을 예고했다. 부스는 21세기에 당면한 우리 삶의 불안정성에 주목하면서 아이러니가 바로 그러한 삶에 걸맞은 말하기 방식임을 예견했다. 그에 따르면 아이러니에서는 '작가와 독자의 관계'가 중요하다. 작가가 무엇을 의도하고 어떤 효과를 바라는지, 그리고 독자가 그것을 어떻게 받아들이는지에 따라 아이러니의 성립 여부가 결정되고 분류되기 때문이다. 그는 의미를 재구조화하는 안정성이 얼마나 확보되었는가에 따라 '안정-불안정(stable-unstable)', 아이러니가 위장된 정도에 따라 '감춤-드러남(covert-overt)', 폭로하는 진실 혹은 재구조화된 의미의 범위에 따라 '부분-무한(local-infinite)'이라는 기준을 제시한 후, 그 조합에 의한 일곱 가지의 아이러니에 주목한다.[10] 그 기준 중 '불안정'과 '무한'의 속성이 포스트모더니즘 아이러니의 징후와 맞닿아 있다.

'불안정한' 아이러니의 특징은, 해석적 좌표를 제공하지 않는 것은 물론이고 발화된 의미 자체도 고정적이지 않음을 전제한다. '무한한' 아이러니 또한 어떤 것도 진실이 아니라고 여기기 때문에 혼돈의 불가해성이나 완벽한 부정성을 드러낸다. 이 두 조건이 결합한 '불안정하고 드러나고 무한한(unstable-covert-infinite) 아이러니'와 '불안정하고 감춰지고 무한한(unstable-overt-infinite) 아이러니'는 언어의 불안정성을 말하는 것이기에 결과물 역시 필연적으로 파편화되거나 불완전하다. 그중 '불안정하고 드러나고 무한한 아이러니'는 혼란스러운 표면 그 자체만을 제시함으로써 애초부터 독자에게 표면적인 의미 이면의 또다른 의미를 찾도록 요구하지 않는다. 의미를 갖지 못하는 것이 아니라, 사람들이 믿고 있는 '모든 것이 불안정하고 정해지지 않았으며 아이러니하다는 것' 자체를 표현할 뿐이다. 반면 '불안정하고 감춰지고 무한한 아이러니'는

---

10) 안정되고 드러난(stable-overt)/안정되고 감춰지고 부분적인(stable-covert-local)/안정되고 감춰지고 무한한(stable-covert-infinite)/불안정하고 드러나고 부분적인(unstable-overt-local)/불안정하고 감춰지고 부분적인(unstable-covert-local)/불안정하고 드러나고 무한한(unstable-overt-infinite)/불안정하고 감춰지고 무한한(unstable-covert-infinite) 아이러니 등이 그것이다. Wayne C. Booth, 같은 책.

가장 불안정한 아이러니의 형태로, '무의미함' 혹은 '아무것도 없음' 그 자체를 목표로 한다. 불안정하고 무한한데 감춰지기까지 했으니 독자들은 이 아이러니의 심연을 헤아리기 어렵다.

부스와 달리 와일드는 아이러니를 고정된 수사학적 개념이 아니라 '끊임없이 재구성'되는 동적인 의식으로 파악했으며, 아이러니스트를 '조종자'가 아닌 '인지자'라 했다. 그는 낙원의 추구를 포기한 채 분열된 세계를 그대로 허용하는 '미결정의(suspensive) 아이러니'를 포스트모더니즘 아이러니로 인식한다.[11] 세계와의 분열을 인정하고 개인의 낙원을 이미지로 형상화하고자 했던 모더니즘적인 '분리의 아이러니'와 달리, '미결정의 아이러니'의 주체는 세계와의 분열에 마주했을 때 즉각적으로 세계를 '판단'하지 않고 분열에 대해 '결정을 미루는' 모호한 태도, 즉 '망설임'을 드러낸다. 수직적 '깊이'를 거부하고 수평적 '표층'에 주목하고, 나열된 단어와 단어 사이의 무질서를 허용한다. 이로써 애매함, 다양성, 임의성, 만일의 사태, 부조리 등을 양산하는 파편들로 증식된다. 사건의 임의성이나 무작위성을 특화해 대상들과의 관계 혹은 의미 맺기를 지연한다. 이러한 의미화에 대한 '거부'가 '미결정의 아이러니', 즉 포스트모더니즘 아이러니의 바탕을 이룬다.

'불안정하고 드러나고/감춰지고 무한한 아이러니'나 '미결정의 아이러니'를 포함하는 포스트모더니즘 아이러니에 대한 본격적인 논의는 에

---

11) 와일드는 역사의 변화와 문학사의 흐름 속에서 ① 무질서하고 부조리한 세계에 대하여 조화로운 낙원회복을 소망하는 낭만주의적인 '중재의(mediate) 아이러니', ② 분열과 해체를 통제하면서 세계에 대하여 작가 개인의 낙원을 이미지로 형상화하는 모더니즘적인 '분리의(disjunctive) 아이러니', ③ 세계의 분열에 대하여 낙원의 추구를 포기하며 분열된 세계를 그대로 허용하는 포스트모더니즘적인 '미결정의(suspensive) 아이러니'로 구분한다. Alan Wilde, *Horizons of assent: modernism, postmodernism, and the ironic imagination,* Baltimore and London: Johns Hopkins Press, 1981.

른스트 벨러[12]와 클레어 콜브룩[13]에 의해서 이루어졌다. 특히 콜브룩은 '주체와 언어'의 관계에 초점을 맞춰 포스트모더니즘 아이러니 이론가들을 크게 두 부류로 나눈다. 첫째 부류는 이성 중심의 이분법적 전통에 입각한 낭만적 아이러니의 이중성을 전복하려고 시도한 이론가들로서 이들의 이론에는 여전히 위계의 흔적이 남아 있다. 차연(différance)[14]의 개념을 통해 기표의 자의성을 폭로하고 전복의 계기를 마련한 데리다, 파편화된 알레고리로서의 독서를 이야기한 드 만, 젠더 수행성의 정치학을 이야기한 주디스 버틀러, 아이러니와의 관계 속에서 유머를 고찰한 질 들뢰즈 등이 포함된다. 둘째 부류에는 이분법적 전통을 전폭적으로 해체하는 데 주력하면서 경제, 정치, 에너지, 목소리 등과의 현대적 결합에 주목한 이론가들이 포함된다. 공적인 것과 사적인 것, 이론과 실천을 분리함으로써 개인적 태도로서의 사적 아이러니를 촉구한 리처드 로티, 아이러니가 남성/이성 중심적 사고로부터 자유로워질 윤리적·정치적 도구가 될 수 있다고 주장한 린다 허천 등이 해당한다.

이들의 이론을 토대로 최근의 우리 시에 나타난 포스트모더니즘 아이러니의 표현 양상을 '비재현적 기표' '마조히즘적 유머' '파라바시스' '타자들의 수행성'이라는 관점에서 네 범주로 나누어 살펴보고자 한다. 이러한 범주는 곧 포스트모더니즘 아이러니에 드러난 언어와 세계에 대

---

12) 에른스트 벨러, 『아이러니와 모더니티 담론』, 이강훈·신주철 옮김, 동문선, 2005.

13) Claire Colebrook, *Irony*, London and New York : Routledge, 2004.

14) 데리다가 만든 신조어. 불어에서 'différer'는 '차이 나다'와 '연기되다'라는 의미를 갖는데, 그 명사형 'différence'는 '차이'만을 의미하므로 'e' 자를 'a'로 바꿔서 '연기'라는 의미도 부여했다. 이 차연이라는 말은 포스트모더니즘을 설명하는 핵심적 개념이다. 기의(의미, 원관념, 원본, 태초의 말씀, 중심)를 상실한 채 미끄러짐을 거듭하며 떠도는 기표(형식, 보조관념, 복제·증식, 흔적, 주변)들의 이미지는 '차이'와 '연기'에 의해 지연, 분열, 파편, 변주, 연쇄, 미결정, 불확실 등을 특징으로 하는 우리 시대의 초상이다. 원전은 없고 흔적으로만 떠돈다는 개념 자체가 그대로 아이러니다.

한 인식 및 수용 태도와 맥락을 같이한다. 그뿐 아니라 '불확실' 혹은 '미결정'의 아이러니가 현대시에서 어떻게 드러나는가, 그 특징들을 어떻게 분류하고 실제 작품 분석에 활용할 수 있는가에 대한 귀납적 답이기도 하다. 이러한 포스트모더니즘 아이러니는 대체로 과잉된 기표로서의 언어유희, 비재현적 이미지, 다성적 목소리, 패러디적 혼종성, 환유적 전이, 알레고리적 파편, 타자들의 윤리·정치성 등과 섞여 구현되곤 한다.

1) 비재현적 기표의 아이러니

데리다에 따르면 포스트모더니즘 아이러니는 기표로서의 텍스트들이 차연에 의해 반복되고 오염되면서 발생한다. 그는 아이러니를 "여러 해석의 가능성을 즐겁게 하는 힘, 즉 독자들이 해석 과정에 근본적인 불확실성이 있음을 찾아내고 텍스트 속에 숨겨진 의미를 읽게 하는 것"이자, "독서에 전체적으로 문제시되는 의문을 만드는 방법"[15]이라고 규정했다. 폴 드 만에게도 아이러니는 텍스트 분열의 원리였다. 언어의 균열, 중지, 분열로 인해 독자는 단일하고 명백한 독서 규약을 소유하는 것이 불가능하고 작가 또한 텍스트를 장악하지 못하게 된다. 기원적이되 도달 불가능한 원전은 그 자체로는 인식할 수 없고 파편화된 알레고리로 인식할 수 있다는 것이다. 이중성과 대체(displacement)에서 비롯되는 차이에서, 그러니까 기호와 의미 간의 불일치, 작품의 부분들 간의 응집력 부재, 허구성을 드러내는 문학의 자기파괴력 등에서 아이러니가 발생한다.

이렇듯 기의로부터 미끄러지는 차연의 종합으로서의 기표들은 비재현적, 비대상적, 환유적 지시성을 특징으로 한다. 아이러니 발화자 또한 기의를 상실하였거나 혹은 원래 기의가 존재하지 않았기 때문에, 아무것도

---

15) Alan Wilde, 같은 책, pp. 6-7.

분명하게 말할 수 없으며 끊임없이 판단을 지연시키면서 유보하는 태도를 보이게 된다. 이러한 면모가 뚜렷이 드러나는 시적 장치가 화자의 목소리다. 기의는 힘을 잃고 상실되었거나 혹은 애초부터 존재하지 않았기에 목소리라는 기표들만이 증식할 뿐이다. 결국 포스트모더니즘 아이러니는 다음과 같은 분열적이고 파편화되고 뒤섞인 목소리를 통해 구현된다.

　　이미 실패했지만 다시 실패하고 싶다

　　천체의 운행 손을 잡아도 기분이 없는 밤 밤을 떠올리는 빈 나무 의자 의자가 되기 전 나무가 가졌을 그림 바지 자비 자비라는 오타 이야기할 입과 듣지 않을 귀 남겨진 손 다시 남겨진 천체의 어마어마 그냥 다 끝장났으면 그랬으면

　　가장 많은 말과 한 번도 하지 못한 말

　　(0)에 가까워지는 줄무늬 뱀 허물을 벗을수록 비대해지는 이상한 몸

　　없었어 처음부터 없었어

　　비늘과 새로 배운 칼 놀이

　　굴러간다 저기 굴러간다, 무엇이?

　　가파른 창들이 와장창 단숨에 부서지는 상상을 해 기억은 잘 나지 않고 관람차와 가족과 분홍색 솜사탕이 멀리 있던 것 같고 겁먹은 동물

들의 파란 혓바닥 맛있는 것을 먹고 싶다 먹고 또 먹고 다시 먹고 싶다
줄무늬 뱀과 젖은 솜에게 전해줄 큰 가방이 필요해

　없어도 없고 싶은 없는 것, 이런 문장은 위험하니 쓰지 말라고 충고
해줄 선배 혹은 드럼을 치는 전 애인과 일면식도 없는 사진사 우리는
좁은 방에 무릎을 맞대고 앉아 고도와 조수간만의 차와 형이상학에 대
해 밤새 떠들고 떠들다 지쳐
　야 창문 좀 열어봐
　귀찮아 니가 해

　　　　　　　　　　　　　—백은선, 「가능세계」 부분

　인용된 부분만 보더라도 연마다 어긋나고 모순되고 충돌하는 다양한
아이러니를 찾을 수 있다. "바지 자비 자비라는 오타" "비늘과 새로 배운
칼 놀이" "줄무늬 뱀과 젖은 솜(에게 전해줄 큰 가방)" "이야기할 입과 듣
지 않을 귀" "가장 많은 말과 한 번도 하지 못한 말" 등이 어휘 차원에서
발생하는 모순형용의 아이러니에 속한다. 제목인 '가능세계'에 견주어볼
때 모든 문장은 불가능의 세계를 반대 진술하는 아이러니로 해석할 수
있으며, "허물을 벗을수록 비대해지는 이상한 몸" "(0)에 가까워지는 줄
무늬 뱀" "없어도 없고 싶은 없는 것" "이미 실패했지만 다시 실패하고
싶다" 등은 역설을 내포한 시적 진실의 아이러니에 가깝다. 또한 시의 전
개 과정에서 진술된 앞의 문장을 반대로 진술함으로써 전체 문맥에서 극
적전환의 아이러니가 되기도 한다. 이 외에도 "손을 잡아도 기분이 없는
밤 밤을 떠올리는 빈 나무 의자 의자가 되기 전 나무가 가졌을 그림"에서
처럼 음성적 인접성에 의해 발생하는 비현재적 아이러니도 존재한다. 아
이러니의 용광로처럼, 매 구절이 복합적으로 아이러니를 구축하게 된다

는 데서 포스트모더니즘 아이러니의 특징을 찾을 수 있다.

그러나 이 시가 지닌 아이러니의 근본은, 열 쪽이 넘도록 길고 장황하게 무엇인가를 말하고 있지만 실제로는 아무 말도 하고 있지 않다는 데 있다. 대표적인 '불안정하고 드러나고(감춰지고) 무한한 아이러니'의 양상에 해당한다. 이러한 아이러니는 발화가 길어지면 길어질수록 기의로서의 의미는 실종되는데, 이 시 자체가 단일한 의식으로부터 생성된 일정한 의미를 전달하려는 의도와 거리가 멀기 때문이다. 별개의 단편적 진술에 의한 '아무것도 아닌' 파편들이 끝없이 계속되면서 시적 의미는 판단 정지 상태로 지연되고 보류될 뿐이다. 처음부터 끝까지, '모든 것이 존재하지만 어떤 것도 가치가 없는 것' 혹은 '모든 것이면서 아무것도 아닌 것'을 보여주는 셈이다. "효과 없는 반복으로 가득 차고 싶다"라는 이 시의 마지막 구절이 이를 대변한다. 이러한 형식은 시인 스스로 혼종 (hybrid) 혹은 미장아빔(mise en abyme)[16]이라 명명한 바 있는, 아이러니한 삶 자체를 비현재적으로 모방하는 포스트모던한 픽션이자 수사에 해당한다. 중첩되는 감각이나 이미지, 목소리나 이야기 등의 혼종을 통해 인식의 혼동을 일으킴으로써 아이러니를 발생시키는데, 이때 상상되고 발명된 '가능세계'의 리얼리티는 엄밀한 의미에서 존재하지 않는다. 따라서 시간(공간)도, 의미도 존재하지 않는다. 이러한 미확정적인 부정

---

16) 「도움의 돌」이라는 시에서 "혼종에 대해 말하거나 쓰는 것 그런 담론 속으로 이끌려가는 것은 어려운 일이 아니다 그러나 혼종은 없으므로 우리는 혼종에 대한 혼종, 일종의 갈망에 대해 말하려고 하는 것 같다"라고 쓴 바 있고, 「미장아빔」에서는 "불가능과 가능의 묶음처럼 쉽고 의미 없는" "너는 너의 바깥에서 너를 구하는구나"라고 쓴 바 있다(백은선, 『가능세계』, 문학과지성사, 2016). 원래 미장아빔이란 '그림 속의 그림' '이야기 속의 이야기' '극중극'처럼 서사의 복합적 의미 효과를 만들어내는 격자구조 기법이라는 사전적 정의를 갖는다. '액자기법' '심연으로 밀어넣기'라고도 불리는데 문학과 예술 분야에서 사용되는 기법이다.

의 형식은 모든 것에 동의하면서 아무것도 수용하지 않는, 자의식이 강한 시적 주체의 감정이나 상태, 생각 등을 숨기려는 전략이기도 하다. 이 때문에 단일한 정의 혹은 맥락을 거부하는, 분열되고 위장되는 다변의 목소리가 등장하는 것이다. 목소리들의 이러한 불일치를 통해 세계와의 불화에 기꺼이 '동의'를 표한다. 불협화음이 난무해도 동의할 수밖에 없는 '미결정의' 아이러니한 상태를 기꺼이 '받아들이'는 것이다.

2) 마조히즘적 언어유희의 아이러니

포스트모더니즘 아이러니는 자신의 판단을 유보하는 태도를 보이거나 자신을 대수롭지 않게 표현하는 자기 비하적 태도를 보인다. 기의를 상실한 시적 주체는 계속해서 판단과 의미를 지연시키기 위해 경박한 기표들의 세계에 머문다. 일종의 언어 게임, 언어유희에 의해 주체 혹은 기의를 유쾌하게 소외시킴으로써 사적이고 실용적인, 그리고 유머러스한 아이러니를 구축한다. 들뢰즈도 아이러니의 다중성을 강조하면서 단일한 이데아가 아니라 인생 자체의 무한한 다양성을 보여준다는 점에서 유머는 포스트모더니즘 아이러니의 개념에 맞닿아 있다고 했다. 관습적인 권위를 조롱하고 권위의 메커니즘 바깥에서 또다른 전복의 가능성을 내포한 언어를 구사하는 '마조히즘적 유머'가 이에 해당한다. 개념적 의미를 왜곡하여 말할 수 없는 것을 말하려는 이러한 유머는 원인, 의도, 근거, 결과, 효과 등에 관해 생각할 수 있는 '전후 관계'를 포기하는 지점, 즉 시간과 설명의 순서가 더는 유지되지 않는 지점에서 발생한다. 특히 의미에 덜 집중하게 되는 자동적이거나 기계적인 언어유희에 의해 반복된다. 이러한 마조히즘적 유머가 포스트모더니즘적 일상에 더 친숙한 태도라는 점에서 포스트모더니즘 아이러니에 포함시키고자 한다. 들뢰즈는 전통적 아이러니와 유머를 대조적으로 설명하고 있지만,[17] 다음의 시처럼 포스트모더니즘 구조에서는 마조히즘적 유머와 아이러니는 한 몸처럼 섞여 있다.

> 구운 갈치를 보면 일단 우리 갈치 같지
> 그런데 제주 아니고는 대부분이 세네갈산
> 갈치는 낚는 거라지 은빛 비늘에 상처나면
> 사가지를 않는다지 그보다는 잡히지를 않는다지
> 갈치가 즐기는 물 온도가 18도라니 우아하기도 하지
> 즐기는 물 온도를 알기도 하고 팔자가 갑인고로
> 갈치의 원산지를 검은 매직으로 새내갈,
> 새대가리로 읽게 만든 생선구이집도 두엇 가봤단 말이지
> 세네갈,
> 축구 말고 아는 거라곤
> 시인 레오폴 세다르 상고르가 초대 대통령을 역임했다는
> 세네갈,
> 그러니 이명박 대통령도 시 좀 읽으세요 했다가
> 텔레비전 책 프로그램에서 통편집도 당하게 만들었던
> 세네갈,
> 수도는 다카르

---

17) 질 들뢰즈는 폭력에 대항하는 두 가지 저항의 방식을 '사디즘적 아이러니'와 '마조히즘적 유머'로 구분해서 설명한다. 아이러니가 상위의 초월적인 원리로 향하는 수직적 상승 운동으로 법을 전복했다면, 유머는 엄격한 법 적용의 결과로 무질서를 발생시켜서 법의 효력을 좌절시킴으로써 다른 차원의 전복을 가능하게 한다(김명주, 「'국가-법-폭력'에 대항하는 아이러니와 유머의 정치학-들뢰즈의 '문학 철학'에 나타난 '법' 개념을 중심으로」, 『시대와 철학』 제21권 4호, 한국철학사상연구회, 2010, 참조).

국가는 〈모든 국민이 그대의 코라와 발라폰을 친다네〉

코라와 발라폰을 치며 놀라고 대통령이 권하는

놀라운 나라라니

세네갈,

녹색 심장의 섬유여

형제들이여, 어깨에서 어깨로 모여라

세네갈인들이여 일어나라

바다와 봄에, 스텝과 숲에 들어가라*

역시나 시인 대통령이 써서 그런가

보우하사도 없고 일편단심도 없고

충성도 없고 만세도 없구나

세네갈,

우리는 갈치를 수입하고 우리는 새마을운동을 수출하고

마키 살 세네갈 현 대통령을 초청한 자리까지는 좋았는데

(……)

앵무새 앵에 앵무새 무

한자로 다들 쓰는데 나만 못 쓰나

鸚鵡

이 세네갈산

앵무야

* "녹색 심장의 섬유여 형제들이여, 어깨에서 어깨로 모여라 세네갈인들이여 일
어나라 바다와 봄에, 스텝과 숲에 들어가라"—세네갈 국가 후렴 부분에서.

— 김민정, 「입추에 여지없다 할 세네갈산(産)」 부분

인용 시의 아이러니는 우연한 상황과 우발적 연상에서 발생하는 유쾌한 수다가 언어유희를 중심으로 확대 재생산된다. 거의 매 행에서 모순 형용의 아이러니를 찾을 수 있다. 또한 대조와 반전을 거듭하는 에피소드들에서는 반대 진술의 아이러니와 극적전환의 아이러니가, 의미 차원에서 온갖 반대항을 하나로 묶어버리는 시적 진실의 아이러니가 구사되고 있다. 연상의 놀이와 게임의 법칙을 이용한 다중적 초점과 시선은, 기표의 과잉을 넘어 쓸데없는 낭비의 느낌을 전략으로 삼고 있다. 생선구잇집의 메뉴판에 철자법이 틀린 채 매직으로 '새내갈'이라 쓰인 갈치 원산지 표기로부터 인용 시는 시작한다. '구운 갈치'에서 여자친구를 지칭하는 '우리 갈치'라는 은어를 떠올리고, 기대했던 '제주 갈치'는 '세네갈 갈치'임이 확인된다. 갈치는 거라지-사가지-잡히지-않는다지-잃는다지로 라임을 맞춰 이동한다. 갈치가 즐기는 물 온도 '18도'는 욕설의 음가와 겹치고, 이어서 "우아하기도 하지"나 "팔자가 갑인고로"와 충돌한다. '새내갈'은 무지를 겨냥한 비속어 '새대가리'로 비약한다.

이어서 세네갈에 대한 단편적인 지식을 바탕으로 한국의 정치·사회·문화 현실로 확장된다. 구운 갈치→우리 갈치→제주 갈치→세네갈 갈치→18도→십팔도→새내갈→새대가리로 분방하게 이동하는 시선은, 축구→시→세네갈 대통령(시인, 레오폴 세다르 상고르)→한국 대통령(군인, 이명박) 이야기를 거쳐, 대통령이 쓴 세네갈 국가(國歌)→한국 국가를 직접 인용하기에 이른다. 온 국민이 "코라(하프 종류)와 발라폰(실로폰 종류)을 치고 놀"고 "바다와 봄에, 스텝과 숲에 들어가라"라는 자연 지향의 세네갈 국가를, '보우하사' '일편단심' '충성' '만세'로 상징되는 이데올로기 지향의 한국 국가와 나란히 병치시킨다. 또한 세네갈에서 '갈치'를 수입하는 한국은 세네갈에 '새마을운동'을 수출한다는 사실을 지적한 후, 새마을운동의 성공적 수출 사례에 의심의 시선을 드러낸다. 풍자적 유머가 아이러니와 합쳐지는 지점이다.

한 행으로 처리된 '세네갈,'과, 행끝으로 처리된 '세네갈산' '새내갈,'의 반복적 변주 사이로 개연성 없이 등장하는 축구, 대통령, TV 프로그램, 수도, 국가, 새마을운동 등에 관한 얘기는 생경한 외래어와 인용, 객관적 사실과 주관적 판단 등이 뒤섞인다. 이분법적인 아이러니의 이중성은 해체되고 감각의 붕괴와 교란으로 유희성이 증폭된다. 마지막 부분에서 개연성 없이 세네갈산 '鸚鵡(앵무)'라는 어려운 한자를 이끌어와, 그 한자는 쓰지 못하면서 이렇게 긴 시를 쓰고 있는 자신을 겨냥해 "이 세네갈산/앵무야"라는 자기 비하로 끝을 맺는다. 특히 이 '鸚鵡'는, '18도'나 '새대가리'와 대조되면서 아이러니한 유머를 생성한다. 이처럼 김민정의 텍스트는 사적인 삶과 시시콜콜한 인간세상을 전략적으로 노출하는 유희적이고 실용적이고 세속적인 아이러니한 발화로 가득하게 된다. 기표 간의 이동, 소리의 유사성에 의해 의미를 지연시키면서 다양한 문체와 맥락의 힘을 보여줌으로써 유머러스한 포스트모더니즘 아이러니를 견인하고 있다.

3) 파편화된 파라바시스의 아이러니

낭만주의 아이러니를 정립한 슐레겔은 '지속적인 파라바시스(para-basis)'[18]에서 아이러니의 형식을 발견했다. 파라바시스(또는 파렉바시스)란, 고전 희극에서 배우가 무대에서 퇴장하고 코러스(합창단)가 무대 앞쪽에 위치하는 대화의 장소로 이동해 관객들에게 직접 건네는 말을 지칭한다. 코러스가 관객들에게 직접 건네는 파라바시스에 의해, 상연은 중단되고 극 전체의 단절과 분열을 초래한다. 그러나 배우와 관객, 작가와 청중 사이의 역할이 전도됨으로써 무대와 현실 사이에 빚어졌던 긴장이 누그러

---

18) 에른스트 벨러, 같은 책, 99쪽.

지고 관객들은 무대에서 벌어지는 일에 대한 자신만의 해결책과 마주하게 된다.[19] 파라바시스가 위반인 동시에 완수인 까닭이며, 이 지점에서 파라바시스가 아이러니와 만난다.

극으로부터 관객을 단절시키면서 참여시키는 슐레겔의 파라바시스를 이어받아, 드 만 역시 아이러니를 '영원한 알레고리(혹은 비유)의 파라바시스'[20]라 했다. 이러한 아이러니한 기획은 형상의 알레고리라고 부를 수 있는 서사를 생성하는데, 전적으로 반복 가능할 뿐더러 임의적인 변주라는 데서 아이러니의 특성을 끌어낸다. 드 만에게 텍스트란 전복적이며 방해적인 다시 읽기(re-reading)의 과정이다. 이 다시 읽기의 아이러니는 해결이 계속되는 폭발이며, 항상 약속되지만 도달할 수 없는 실패한 결말을 예정한다. 지속적인 해결과 실패의 서사라는 아이러니한 불일치는 텍스트 전체에 걸쳐 흩어져 있고 단편의 알레고리로 확장된다. 알레고리적 단편들의 반복이 문학 자체이며, 지속적인 파라바시스로서의 아이러니라는 것이다. 그리하여 다시 읽기는 분명하게 말하는 것 이외의 다른 의미를 상상할 수 있게 만들고, 이 아이러니의 잠재력에 의해 텍스트는 재해석된다.

> 생명력을 주관하는 열세번째 천사는
> 고요하고 거룩하다

---

19) 베르톨트 브레히트의 서사극 이론에서 '소격(소외)효과'가 바로 이 파라바시스를 참조한다. 극적 환영을 불러일으키는 무대 위의 현실을 '낯설게 보이게 함'으로써, 그러니까 무대(배우)와 현실(관객) 간에 거리 두기를 함으로써 관객들로 하여금 무대 위의 사건에 대해 비판적인 의식을 가지도록 하는 극작 기법이다.

20) Alan Wilde, 같은 책, p. 7.

밤이 되면
잉크를 쏟는다

영혼에 동공을 만드는 것이다

저기 저 먼 구멍을 보렴
너에게로 향하는 눈동자

가슴의 운명은
빛으로 쓰인다

생명은 태어나고
죽음으로 끝이 난다

열네번째 천사는
주관한다⊙⊙

⊙ 인간은 온다. 내일의 비는 떨어지므로 인간적이다. 비 맞는 인간은 인간다워지기 위해 젖은 몸에서는 따뜻한 김이 솟고 그때에 인간의 다리란 참으로 인간의 것이다. 가령, 광장에서 물대포가 쏘아질 때 패배의 무기는 무기력하고 인간은 젖은 채로 서서 방패가 된다. 무기를 막지 않는다. 무기를 넘보지 않는다. 이 또한 인간이 가진 눈동자다. 그러나 오늘날까지도 생명은 비인간적이다.
⊙⊙ 비가 그치고 빛이 떨어질 때 인간은 마땅히 고개를 드는 것이다. 고해하는 인간에게 목은 얼마나 요용한 도구인가. 가령, 인간은 물대포 앞에서 천사를 상상할 수 있고 평화를 그릴 수 있으며 종말이 멀지 않았음을 기록할 수 있다. 언청이의 입술이 예쁘다고 생각한다. 이로써 인간의 눈동자는 인간적이고 방패는 무기를 찌른다. 어제만 해도 생명은 인간을 따돌렸으리라.

—김현, 「⊙ 인간」 전문

인용 시에서 아이러니는 본문보다 각주 형식의 '⊙' 부분과 '⊙⊙' 부분에서 쉽게 감지된다. '⊙' 부분의 "무기는 무기력하고" "(무기는) 무기를 막지 않는다", '⊙⊙' 부분의 "비가 그치고 빛이 떨어질 때 인간은 마땅히 고개를 드는 것이다" "언청이의 입술이 예쁘다" "방패는 무기를 찌른다"와 같은 구절은 모순형용의 아이러니에 해당한다. 또한 '⊙' 부분의 "오늘날까지도 생명은 비인간적이다" '⊙⊙' 부분의 "어제만 해도 생명은 인간을 따돌렸으리라"는 시적 진실의 아이러니에 가깝다. 그러나 이 시의 핵심적 아이러니는 시 전체에 걸쳐 확정되거나 고정되지 않는 '미결정의' 의미에 있다. 특히 첫 연과 끝 연, 구멍과 빛의 이미지, 아포리즘적 진술, 형이상학적인 제목, 사족 같은 그러나 본문 같은 각주 등이 함의하는 시적 의미는 시 전체의 맥락을 모호하고 난해하게 만든다. 이는 포스트모더니즘 아이러니의 난해성과 맞닿아 있는데, 독자들에 의해 조립되어 의미가 완성되지 않는 미결정성을 띠기 때문이다.

먼저 '열세번째 천사'와 '열네번째 천사'의 의미는 유의미하면서도 무의미하다. '열세번째' 천사가 쏟아낸 '밤'의 '잉크'는 불길하다. 그런데도 시인은 이 천사를 거룩하고 고요한 존재라고 한다. 어둠을 끌어안고 빛과 아침을 잉태하는 밤의 천사는 그러나 악마와도 구별되지 않는다. 12진법에 의하면 13이라는 숫자는 나머지이자 시작이고, 부재이자 재앙이기 때문이다. "생명은 태어나고/죽음으로 끝이 난다"라는 아포리즘에 의하면, 13은 삶과 죽음을 주관하는, 미지의 그러나 존재하지 않는 숫자에 해당한다. '⊙'와 '⊙⊙' 역시 유의미하면서 무의미하다. 본문의 '(영혼의) 동공' '(먼) 구멍' '(너에게 향하는) 눈동자', 각주의 광화문 '물대포 (구멍)'나 '(말하고 노래하는) 입술'을 형상하는 듯하다. 이때 '⊙'와 '⊙⊙'은 폭력과 죽음의 상징이자, 그것들에 맞선 것들을 상징한다. 또한 인간을 바라보는 눈동자(들)이자 인간을 노래하는 입술(들)로서, 보는 주체이자 노래하는 주체의 형상적 표상이기도 하다. 그런 의미에서 '열세번째 천사'와 '열네번째 천사' '⊙'와 '⊙⊙'은 하나이자 둘이고, 제목이자 각주이고, 주제이자 이야기이고, 인간이자 천사이고, 이것이자 저것이다. 모두이자 아무것도 아닌 아이러니한 숫자이자 도상인 것이다.

무엇보다 이 시의 가장 중요한 아이러니는 독특한 각주 형식에 있다. 시인 스스로 '디졸브'21)라고 명명한 이 각주 형식에 초점을 맞춰보자면, '⊙'와 '⊙⊙'이 붙은 위치에 맞게 제목을 읽은 후 각주 '⊙' 부분을 읽고, 그리고 시 본문을 다 읽은 후에 각주 '⊙⊙' 부분을 읽어야 한다. 그러므로 제목과 각주 '⊙', 본문과 각주 '⊙⊙'는, 디졸브되고 오버랩된다. 이러한 각주는 시가 발표된 이후에 시집으로 엮으면서 덧붙여진 것인데, 그렇다면 "과거의 시를 현재로 앞당겨옴"(시인의 말)으로써 각주의 개인적 일상과 역사(현재)가 본문의 비유적 표현(과거의 시)에 어떤 작용을 하는지, 사실이 서정에 어떤 의미를 부여하는지를 보여주려는 전략적 기획인 셈이다. 그리하여 제목과 본문은, '⊙'와 '⊙⊙'의 산문과 충돌하면서 서로를 보충한다. 본문의 '인간'에 대한 형이상학적 알레고리와, 각주의 시사적이면서 일상적인 서술이 톱니처럼 맞물리면서 결합될 때 제목 '인간'의 의미가 완성된다. 특히 '⊙'와 '⊙⊙'가 게시하는 각주 형식은 무대 밖에서 관객에게 직접 말을 건네는 코러스의 파편들 같은, 즉 폴 드 만이 아이러니라 언급한 파라바시스의 역할을 한다. 이 파라바시스 기능을 하는 각주를 통해 새로운 리얼리티를 구축하고 아이러니의 파편들 이면에 숨겨놓은 실제적인 혹은 본래의 의미를 보충한다.

---

21) "이 책에는 각주 대신 디졸브(dissolve, 장면전환 기법)가 사용되었음을 밝혀둔다"라는 시인의 말이 시집 앞부분에 각주 표시 '*'와 함께 덧붙여져 있다. 전체를 관통하는 시집 설명서이자 안내서 역할을 한다.

4) 타자화된 수행성의 아이러니

아이러니는 상황에 대한 진단이라는 의미에서 윤리적이고 정치적이다. 데리다가 아이러니의 초점을 '미시정치'로 맞추고 로티가 아이러니의 '사적인' 측면을 부각시켰을 때, 아이러니스트는 스스로 검열, 반성, 윤리성을 동반한 정치의식을 요구하게 된다. 로티에게 포스트모더니즘 아이러니의 가치란, 진리를 주장하는 것을 포기하는 유일한 방법이자 공적인 판단을 거부하는 능력이라는 데 있다. 이러한 능력이 우연적이고 상황에 의존한다는 것을 알고 있기에, 세계와 우리는 사적으로나 철학적으로나 아이러니하다. 따라서 그의 아이러니는 근본적으로 '사적인' 태도에서 비롯되며, 한 언어는 다른 언어 중 하나일 뿐이라는 인식을 근간으로 한다. 진리와 토대를 믿지 않는다고 주장하지만 파괴적인 잠재력을 가진 아이러니의 정치적 힘을 강조한다. 공적이고 보편적인 도덕관념과 체제에서 벗어나 개인적인 자율성을 추구할 수 있는 용기를 사적 아이러니의 실천력이라 강조했던 로티와 마찬가지로, 허천 역시 공적 담론을 불신하고 서구 중심의 담화와 이성의 담론을 멀리하려는 현실적인 실행성에서 아이러니의 가치를 발견한다. 허천은 진리와 권위에 대한 더 나은 입장을 바라지 않고 권위나 역사 자체를 허구로 제시하기 위해 아이러니를 채택한다.

버틀러에 따르면 언어는 '수행적(performative)'이다. 우리가 언어를 사용한다는 것은 실제로 존재하지 않는 대상을 존재하도록 만드는 행위다. 언어적 환상으로 인해 언어가 지시하는 것이 '이전'에 존재한다고 여겨지도록 하는 현상을 수행적 언어 효과라고 버틀러는 주장한다. 그러한 언어 효과를 통해 우리는 자아와 언어에 대해 아이러니하게 의심할 수 있게 된다. 따라서 아이러니란, 절대적 명제처럼 믿고 있던 '있을 줄 알았던 것'이 실은 언어적 수행성으로 획득된 허구에 불과하다는 것을 드러내는 것이며, 이는 파괴를 유도하는 정치적인 언어 효과를 지닌다. 기성의 언어에 의해 만들어진 환상적 권력구조에 저항하기 위한 탈맥락화와 재의미화에서 아이러니의 효용성은 찾을 수 있다. 그러므로 포스트모던 정치에서 아이러니는 더욱 중요하다. 폭력과 힘의 논리에 좌우되어 그릇된 길을 갈 우려를 줄여주는 역할을 아이러니가 하기 때문이다.

그렇게 슬퍼? 광복 70주년 기념 프로그램에서 숭례문이 불타고 있었다.

로션을 바르는 것처럼 그는 콧물을 손바닥으로 문지른다.

우리나라 국보 1호인데 가슴이 미어진다며 운다.

나는 키즈 과학체험을 보며 운다. 소의 배에 구멍을 뚫고 아이들에게

손을 넣게 한다. 소야. 커다란 눈을 깜빡이는 소야.

아이들이 배에서 꺼낸 곤죽이 된 음식물을 허연 침을 뚝뚝 흘리며 핥는 소야.

나는 콧물을 풀고 눈물을 닦으며 티브이를 본다.

지금은 긴급속보에서 카트만두가 무너지고 있다.

사망자가 8백 명이라더니 이 시를 쓰는 동안 4천 명으로 늘었다.

왜 울지 않아? 우리나라 이야기가 아니라서 그는 눈물은 안 난다고
한다.

티브이에서 본 비극을 모아 나는 지금 시를 방영한다.

뛰어난 인류를 상상한 독재자가 학살을 자행한 다큐를 보았고

머리채를 잡힌 여자가 중심가로 질질 끌려가며 죽어갔고

수백의 사람들이 구경만 했다는 뉴스를 감자칩을 먹으며 메모했다.

(……)

나는 티브이 속으로 들어간다. 차벽 너머의 그를 만난다.

우리는 마주 보고 있다. 이곳은 마주 보는 것을 대치 중이라 한다.

이 차벽 너머에서 그가 등을 돌렸으면 좋겠다고 생각한다.

등을 돌려야만 같은 티브이를 볼 수 있다. 나는 뒤를 돌아본다.
— 임솔아, 「티브이」 부분

인용 시의 아이러니는 특정한 사건·사고에서 자신을 분리하거나 사
건·사고에 자신을 투사하면서 '삶'이나 '역사'를 평가하는 사적인 차원

에서 작동한다. 시적 주체는 '티브이' 속 다큐멘터리와 뉴스에 방영되는 타인의 불행과 비극을 사적인 맥락의 언어로 재인용하고 기록하면서, 다초점의 국면을 만들어낸다. 사적인 언어적 수행성을 동반하는 것이다. 또한 티브이 화면이라는 타자화된 막(膜)에 의해 분사되는 다양한 폭력들의 대조와 나열은, 폭력 자체보다는 그 폭력에 대한 사적인 태도가 덧붙여져 강조된다. 그러므로 이 시의 아이러니의 핵심은 "티브이에서 본 비극을 모아 나는 지금 시를 방영한다"라는 구절에 있다. '쓴다'라는 시인의 행위가 '방영한다'라는 술어로 자리바꿈하면서 아이러니가 발생한다. '방영되는' 프로그램들이 곧 '쓰는' 현실을 대신하면서, 주체적인 '쓰는' 행위는 타자화된 '방영되는' 행위를 통해 수행되고 있다. '티브이'와 '시'라는 이중적 맥락을 근거로 다층적 아이러니가 생성되는데, 포스트모더니즘 아이러니의 다중성과 복합성은 여기서 발생한다. 다층화된 이중의 맥락들을 정리하면 다음과 같다.

① '티브이'라는 가상공간의 프로그램/현실공간 속의 '그'와 '나'의 눈물

② 광복 70주년 기념 프로그램에서 국보1호 숭례문이 불타는 것을 보며 우는 '그'/키즈 과학체험 프로그램에서 구멍이 뚫린 소의 배 안에 아이들이 손을 넣어 꺼낸 음식물을 침을 흘리며 핥고 있는 소를 보며 우는 '나'

③ 숭례문이 불타는 화면을 보며 우는 '그'/긴급 속보에서 4천 명이 사망한 네팔의 카트만두의 대지진을 보며 울지 않는 '그'

④ 뉴스에서 머리채 잡힌 여자가 끌려가며 죽어가는 것을 구경만 하는 '수백의 사람들'/그 뉴스를 감자칩을 먹으며 메모하는 '나'

⑤ 세상 모든 비극을 방영하는 '티브이'/그 비극을 모아 시를 쓰는 '나'

⑥ ('마주 보는' 동시에 '대치 중'인) 티브이 속/티브이 밖

위와 같은 이중적 맥락들이 거듭되면서 티브이/현실, 그/나, 그/그, 사람들/나, 나/나, 프로그램/시, 메모하다/쓰다, 방영하다/쓰다 등의 이분법적 변별성은 해체된다. 이를테면 티브이 속으로 들어가야 만날 수 있는 '차벽 너머의 그'는, 티브이 속 비극적 현장의 주인공이자 구경꾼이고, 티브이 밖에서 울거나 울지 않는 현실의 '그'이기도 하다. 그런 티브이 속의 '그'와, 티브이 밖의 '나'는 티브이 혹은 차벽을 사이에 두고 마주보고(대치중에) 있다. 그런데 차벽 너머의 '그'가 "등을 돌려야만 같은 티브이를 볼 수 있다"라는 마지막 구절에 의해 티브이와 현실이, '나'와 '그'가, 거울처럼 서로를 마주하고 있기에 서로가 분리될 수 없는 아이러니한 상황임이 드러난다. 특히 "(티브이 속, 차벽 너머의 그가) 등을 돌려야만 같은 티브이를 볼 수 있다" "마주 보는 것을 대치 중이라 한다" 등과 같은 많은 진술들이 극적전환의 아이러니나 시적 진실의 아이러니를 구현하고 있다.

이처럼 서로를 마주보는 대치 상황은 현실 밖의 '그'와 '나', 우는 '그'와 울지 않는 '그', 우는 '나'와 메모하는(방영하는) '나'도 마찬가지의 상황이다. 티브이에 의해 거짓으로 교감하고 연대하는 현실, 그리고 티브이를 통해서라도 교감하고 연대하려는 현실을 보여준다. 티브이라는 '타자화된 막'에 의해 지탱되고 유지되는 현실을 디스토피아 속 절망으로 이해하든, 디스토피아 속 희망으로 보든, 아이러니하기는 마찬가지다. 티브이라는 '막' 자체는, '본다'라는 반복 술어에 따르면 유리이자 거울이고, '걸어들어'갈 수 있는 문이면서 마주보고 대치중인 '차벽'이다. 이러한 열린 의미는 이 시가 구현하는 아이러니의 핵심이다. 또한 티브이를 인용하고 기록하는 시적 주제에게 리얼리티를 가능하게 하는 것은 티브이 속 사건·사고들이고, 그에 따른 윤리적 수행은 보거나 울거나 메모(방영)하는 행위에 불과하다. 그러나 티브이도 메모도, 현실을 왜곡시키기 쉬운 막들을 제공한다. 그 막에 의해 공감 혹은 실천의 윤리적 수행은 충분히 타자화되고 있다. 관찰과 수행이 공존하는 이 같은 시 속의 자기 고백적 진술은 사적인 공감의 윤리와 잠재적인 참여의 정치성을 내포한다. '티브이'와 하나가 될 수 없는 만큼 세계의 폭력과 불화해야 함에도 티브이를 통해서만 세계의 폭력을 현실로 받아들이고 있다는 점에서 불가능의 가능성을 실현한다. 티브이 방영 프로그램으로 조립한 가상의 현실감은 이 시의 새로운 리얼리티인 아이러니 그 자체다.

9장
패러디, 패스티시, 키치

패러디를 어떻게 정의할까

'패러디'라는 용어는 포스트모더니즘과 함께 유입되었으나 서양 문화 전통에서만 언급될 수 있는 표현 양식은 아니다. 패러디는 문화의 수용 및 창작 원리로서 동서양을 막론하고 존재해왔으며, 우리 전통에서도 구비전승의 방법이자 기존 텍스트로 합리화하거나 간접화하는 방법으로 애용되어왔다. 특히 고전시학의 용사(用事) · 환골탈태(換骨奪胎), 그리고 희문(戱文) · 희시(戱詩) 등은 그 의도나 방법에 있어서 현대의 패러디와 놀랄 만한 유사성을 지닌다.

패러디(parody)의 접두사 'para'는 '반하는/반대하는'이라는 대비 혹은 대조의 뜻과, '곁에/가까이'라는 일치 혹은 친밀함의 뜻을 지닌다. '반대'라는 이원에 충실할 때 패러디는 잘 알려진 텍스트에 대한 '풍자적 인용' 혹은 '조롱하거나 희화화'라는 좁은 개념으로, '풍자적 · 희극적 동기를 가진 것'(프레드릭 제임슨)이나 '희극적 불일치'(마거릿 로즈)로 한정하려는 입장으로 사용된다. 반면 텍스트와 텍스트 간의 '비평적 거리를 가진 확장된 반복' 혹은 '반복과 다름'으로 넓게 정의되는데, 이는 '곁에'라는 어원에 가까운 개념이다. '텍스트의 최소한 변형'(제라르 주네트)이나 '차이를 둔 반복'(린다 허천) 등으로 패러디 개념을 확장하려는 입장들이 이에 속한다. 그리하여 오늘날 패러디는 장르를 넘나드는 텍스트 간의 '마술적 병합'이나 다른 텍스트의 변형 및 실용적 재구성을 특징으로 재읽기와 재의미화의 차원에서 일반화·가속화되고 있으며, 문학은 물론 음악, 미술을 비롯한 사진, 영화, 광고 등의 대중문화 예술 장르의 주된 표현 방법으로도 활용되고 있다.

패러디의 기본조건은 다음과 같다.

① 패러디는 원텍스트(원전, 기성품)를 필요로 한다.
② 원텍스트와 패러디텍스트 간의 차이와 대화성을 전제로 한다.
③ 패러디는 독자의 역량에 따라 인식되는 것이며 미학적 효과 또한 다르게 인식된다.
④ 그러므로 독자가 원텍스트를 인식할 수 있는 직·간접적 전경화(fore-grounding)[1] 장치가 있어야 한다.

패러디는 원텍스트를 전제로 성립된다. 패러디는 현실을 모방하는 것이 아니라 '레디메이드(ready-made)'된 기성품을 모방하는 것이기 때문이다. 그러므로 패러디스트는 직접적이거나 간접적인 방식으로 모방

---

[1] 전경화(前景化)란 독자들의 주의를 환기하기 위하여 전체 문맥에서 그 부분이 앞으로 돌출되어 있음을 의미한다. 패러디에서는 패러디 대상이 되는 원텍스트를 어떤 형태로든지 독자에게 알리기 위해 주의를 환기하는 시적 유표화 혹은 가시화의 장치를 필요로 하는데, 이를 '원텍스트의 전경화 장치'라 한다.

한 원텍스트를 독자들이 알 수 있도록 전경화해야 한다. 원텍스트와 원텍스트의 문맥을 불러온 후, 패러디된 텍스트와의 차이를 식별할 수 있도록 장치화해야 한다. 또한 패러디는 원텍스트와 패러디텍스트라는 두 겹 텍스트 간의 차이와, 그 텍스트들이 놓인 두 겹 현실 간의 차이에서 발생하는 '대화적인' 행위에서 그 본령을 찾을 수 있다. 시간상으로는 과거와 현재, 공간적으로는 이곳과 저곳을 연결하면서 동시에 차별화하는 패러디가 가진 이러한 대화성을 '과거의 현재화(presentification)' 또는 '과거의 현존(the presence of the past)'이라 부르기도 한다. 끝으로 독자 또한 그 전경화에 의해 원텍스트를 알아볼 수 있는 안목을 갖춰야 한다. 독자가 원텍스트에 대해 무지할 경우 패러디의 미학적 효과가 인식되지 못한다. 그러므로 원텍스트와 패러디텍스트 간의 대화성이 패러디의 묘미이며, 패러디의 전경화 장치와 그 대화성을 식별할 수 있는 독자의 안목에 의해 패러디는 완성되는 것이다.

패러디와 그 유사 형식들

(1) 패러디는 유사 형식들과의 비교를 통해 그 확장성을 가늠해볼 수 있다. 패러디는 먼저 상호텍스트성(intertexuality)[2]을 환기한다. 패러디는 독자적이고 독립적인 하나의 텍스트가 아니라 이전에 존재했던 수많

---

2) 상호텍스트성이란 어느 한 문학 텍스트가 다른 문학 텍스트와 맺고 있는 상호 관련성을 말한다. 좁은 의미에서는 다른 텍스트가 인용이나 언급의 형태로 관련성이 드러나는 경우를 말한다. 넓은 의미에서는 텍스트와 텍스트, 주체와 주체 사이에서 일어나는 모든 관계성의 총체를 가리키는데, 이때 상호텍스트성은 학문 및 타 예술과의 상호 조명과 같은, 담론 및 장르 간의 넘나듦의 문제로 확대된다.

은 텍스트와의 상호관계 위에서 생성된다. 패러디가 가진 상호텍스트성은 이미 존재하는 텍스트의 세계를 소재로 또다른 텍스트의 세계를 만든다는 점에서 확인된다. 그러나 상호텍스트성을 갖는 모든 작품이 패러디적인 것은 아니다. 패러디는 의식적으로 원텍스트를 전경화시킨다는 점, 원텍스트와의 차이에 의해 대화적 관계를 이룬다는 점에서 상호텍스트성과의 결정적 차이를 보인다.

(2) 패러디가 갖는 상호텍스트성은 메타픽션(metafiction)과도 접목된다. 'meta-'는 그리스어로 '넘어서, 위에 있는, 초월하는' 등의 의미를 가진 접두사로, 기존의 픽션을 대상으로 하는 또다른 픽션을 뜻한다. 여기서 픽션이란 텍스트나 언어에 가깝다. 즉 메타언어란 기존 언어에 대해 시니피앙(기표)의 역할을 하는 언어인데, 이때 기존의 언어는 메타언어의 시니피에(기의)가 된다. 그 때문에 언어에 대한 언어, 글에 대한 글, 텍스트에 대한 텍스트라는 점에서 메타픽션은 자기반영성(self-reflexivity)을 갖는다. 자기 반영적 메타픽션은 두 가지 양상으로 나뉜다. 기존의 텍스트를 대상으로 새로운 텍스트를 창작하는 비평적 글쓰기 일반과, 시인의 목소리를 개입시켜 텍스트의 창작과정에 대해 진술하는 자기 비평적 글쓰기가 그것이다. 전자의 글쓰기는 원텍스트를 전제로 성립되는 패러디와 관련이 깊으나, 후자의 글쓰기는 패러디와 무관할 수도 있다. '메타시'(시·시인·글쓰기·독자 등을 대상으로 쓴 시, 시쓰기 과정에 대한 시)라는 하위 장르 개념이 통용되는 것을 보면 현대시에서 메타시적 특성은 중요한 갈래를 이루고 있음을 알 수 있다.

(3) 기존의 텍스트를 끌어다 쓰는 작업을 극단적으로 진행할 때 원본성·창조성이라는 개념은 무력해지기 십상이다. 비판력이 없는 닮음 혹은 모방을 특징으로 하는 패스티시(pastiche)의 입지점은 여기에 마련된다. 이는 한 편 혹은 수많은 텍스트에 대한 모방이자 평면적으로 흡수되

는 저항 없는 '닮음'이기에, 비판성·풍자성·동기성이 없어지고 상대적으로 유희성이 강화된다. 특히 포스트모더니즘 조건 속에서 양산되는 패스티시는 패러디와 상당 부분 맞물린다. 제임슨은 풍자적 동기의 유무로 패러디와 패스티시를 구별하면서 풍자적 동기가 없는 패스티시에 부정적 견해를 취했다. 그에게 패스티시란 주체가 소멸한 세계를 재현할 뿐이기에 풍자적 동기가 거세된 '중성모방', 짜깁기로서의 '혼성모방'에 불과한 것이었다. 그러나 그가 기준으로 삼은 '풍자적 동기'가 원텍스트에 대한 것인지, 현실에 대한 것인지 분명치 않다. 실제로 원텍스트에 대한 풍자적 동기는 없되, 그 텍스트가 놓인/놓일 현실적 문맥에 초점을 맞춰 당대 현실을 풍자하려는 동기를 가진 패스티시의 예는 우리 현대시에서도 얼마든지 찾아볼 수 있다. 일찍이 이승훈은 이러한 패스티시가 가진 미학적 가능성에 주목하였다.[3] 게다가 우리 시대에 양산되는 패러디텍스트들은 풍자성이나 희화성보다는 유희성이 강조되기에 패스티시와 그 경계를 넘나들곤 한다. 패스티시를 포스트모더니즘 패러디의 한 경향으로 포함해야 하는 이유다.

(4) 패러디는 콜라주(collage)·몽타주(montage)·오마주(hommage)[4]와의 경계를 넘나든다. 이들은 미술이나 영화에서 비롯된 기법들로서 흩어져 있는 단어나 문장, 문단의 단편들을 하나의 텍스트로 조립·구성하는 표현형식을 일컫는다. 모두 서로 다른 단편들을 나란히 조합해, 시공

---

3) 이승훈, 「패스티쉬의 미학」, 『포스트모더니즘 시론』, 세계사, 1991, 253~254쪽; 이승훈, 「혼성모방의 문화적 논리」, 『모더니즘 시론』, 문예출판사, 1995, 27~85쪽.

4) 색종이·신문지·천·사진·광고문 등을 오려 붙여 형과 색채를 만들어내는 기법이 콜라주다. 몽타주는 원래 '부분품 조립'을 뜻했지만, 영화 용어로 쓰일 때는 '편집(editing)'의 의미가 있다. 오마주 또한 영화에서 많이 쓰이는데, 다른 작가의 재능이나 업적을 기리기 위해 감명깊은 주요 대사나 장면을 본떠 모방하는 기법이다. 특정 장면을 그대로 삽입하거나 유사한 분위기를 모방하는 등 여러 방법이 있다.

간적으로 떨어져 있던 여러 텍스트를 동시에 결합하는 동시성의 기법이다. 이러한 짜깁기나 모자이크, 혹은 재편집의 방식은 동시성의 화학작용에 의해 예상외의 표현 효과를 낳는다. 그런 점에서 콜라주·몽타주·오마주는 패스티시적 특성에 부합할 뿐만 아니라 풍자적 동기가 축소된 포스트모더니즘 패러디와 일맥상통하는 부분이 많다. 패러디의 대상이 문학작품에서부터 대중 장르는 물론 일상으로까지 확대되고 있다는 점을 고려한다면, 패러디와 콜라주·몽타주·오마주의 경계는 더욱 모호해질 수밖에 없을 것이다.

(5) 이와 같이 패러디의 인용 텍스트의 범위가 대중 장르나 유행에까지 미치면서 경박하거나 저속한 베끼기를 특징으로 한다는 점에서 키치(kitsch)[5] 현상의 주범이 되기도 한다. 키치는 패러디의 풍자적 의미를 극소화한, 통속적이고 유희적 코드에 기댄 손쉬운 모방 인용이다. 그렇기에 키치는 현대인들의 감각적이고 일회적인 대리 배설의 역할을 담당한다. 최근 부상하는 B급 문화(코드/감성), 하위문화, 비주류 문화, B주류 문화 담론의 뿌리도 키치적 패러디에서 찾을 수 있다. 1980년대 이후 우리 시의 특징 중 하나는 텔레비전이나 영화, 상업광고, 무협소설이나 만화, 싸구려 매체들의 읽을거리나 볼거리들이 패러디 대상으로 주목받았다는 점이다. 시의 소재가 될 수 없다고 여겼던 저급하고 통속적인 것들을 시에 도입한 키치화의 이면에는, 기존의 시적 규범과 형식을 거부하고 일상적 현실에 대한 새로운 인식을 유도하려는 전략적 동기가 숨어 있다. 뿐만 아니라 대중성과 대량생산성을 특징으로 하는 21세기적 대중

---

5) 독일어로 '경박한 것'이나 '저속한 작품'이라는 의미를 지닌 '키치'라는 용어는 현대에는 대부분의 통속적인 오락거리를 제공하는 대중문화의 잡다한 양식들을 지칭하는 용어가 되어버렸다. 우리 사회의 문화양식으로 말하자면 텔레비전이나 영화의 잡다한 프로그램, 상업광고, 무협소설이나 만화, 싸구려 읽을거리를 제공하는 잡지들이 모두 이에 해당한다.

문화 장르를 시에 끌어들여 결과적으로 문화나 장르 간의 경계와 그 서열화를 무화시키기도 한다.

(6) 넓은 관점에서 보자면 주체와 주체, 텍스트와 텍스트 사이에 발생하는 영향(influence)과 모방(imitation)의 관점에서도 패러디를 파악할 수 있다. 패러디가 영향의 결과이자 모방의 행위임은 분명하다. 그러나 단순한 영향이 무의식적인 모방의 결과라면, 패러디는 의식적이고 직접적인 모방의 결과다. '인용(quotation)이나 인유'와 같은 단순한 의식적 모방 인용이 원텍스트와 일치를 지향한다면, 패러디의 의식적 모방 인용은 원텍스트와 비판적 거리를 지닌다는 점에서 다르다. 또다른 의식적 모방인 표절(plagiarism)이 원텍스트를 철저히 숨기면서 그것들이 마치 자신의 독창적인 창작품인 것처럼 가장한다면, 패러디는 작품에 사용된 여러 장치를 통해서 원텍스트를 드러냄으로써 독자가 원텍스트를 알아차리도록 한다는 점에서 다르다.

하지만 레이먼드 페더먼은 표절유희(play-giarism)라는 조어를 만들어, 텍스트의 원본성과 창조성에 본질적인 의문을 제기하면서 표절의 새로운 문학적 가능성을 시사한 바 있다. 표절유희란 다른 텍스트에서 빌려온 수많은 요소가 몽타주나 콜라주처럼 구성된, 표절과 유희의 성격이 반반씩 섞인 형식을 일컫는다. 페더먼에 따르면, 만일 신문에서 어떤 아이디어를 얻거나 특정 용어나 표현을 빌려서 쓴다면 그것 역시 표절유희가 되기 때문에 현대 작가들은 기존의 텍스트들을 끊임없이 재사용할 수 있고 때로는 자신의 작품들도 유희적으로 표절할 수 있게 된다. 합법적으로 전략화된 표절이라는 점에서 표절유희는 창조적 표절인 셈이다. 또한 앨러스데어 그레이는 그의 소설 『라나크(Lanark)』(1981)에서, 독자들에게 그 소설의 대표적인 '표절 색인(index of plagiarism)'을 제공함으로써 표절 논쟁 자체를 비웃는다. 표절이 이처럼 의도적으로 혹은 공개적으로 활용되는 경우는 패러디의 범주 속에 다루어져야 할 것이다.

패러디와 그 유사형식들은 다음과 같이 정리된다.

무의식적 모방: 영향

의식적 모방 ┬ 단순한 모방 인용: 인용 · 인유

　　　　　 ├ 방법적 모방 인용: 패러디, 패스티시, 키치, 표절유희

　　　　　 └ 은폐된 모방 인용: 표절

영향이 원텍스트(혹은 원작가)와 무의식적으로 이루어지는 자연스러운 교감이기에 새로운 텍스트(혹은 새로운 작가)에 내재적으로 반영되는 반면, 패러디는 의식적인 동기를 가지고 이루어지기 때문에 원텍스트와의 차이나 불일치를 전경화하는 모방 인용이다. 그러므로 패러디는 기법상으로 인정받는 방법론적 모방 인용이다. 방법적 모방 인용의 경우는 창작방법으로 인정되기 때문에 윤리적으로 문제가 되지 않고 미학적으로만 문제가 된다. 그러나 의식적 모방 인용임에도 불구하고 이를 고의로 감추려는 경우는 윤리적으로나 예술적으로 용납될 수 없는 표절이 된다.

패러디의 소통구조와 범주

패러디는 원텍스트의 저자가 쓴(약호화) 텍스트를 패러디스트가 읽고 (해독화) 패러디텍스트로 다시 쓰면(재약호화), 독자가 원텍스트와 패러디텍스트의 차이(대화성)에서 발생하는 의미를 완성(재해독화)하는 과정을 거치게 된다. 그러므로 원텍스트-패러디스트, 패러디텍스트-독자에 의해 완성되는 두 개의 소통 과정을 거친다. 먼저 '원텍스트-패러디스

트' 사이에서 이루어지는 제1 소통 과정의 주체는 패러디스트다. 이때 패러디스트는 독자와 저자라는 이중 역할을 담당한다. 원텍스트의 해독자이면서 패러디텍스트의 새로운 약호를 창조하는 자가 되는 것이다. 패러디가 가진 비평과 창조의 기능은 이 과정에서 발휘된다. 반면 '패러디텍스트-독자' 사이에 이루어지는 제2 소통 과정의 주체는 독자다. 다시 말해 원작자에 의해 약호화된 원텍스트의 의미와, 패러디스트에 의해 재약호화된 패러디텍스트의 의미를 결합해 완성하는 능동적 주체로서의 해독자가 바로 독자인 셈이다. 이때 독자는 원텍스트와 패러디텍스트를 비교하면서 그 대화성을 인지할 수 있는 해독 능력을 갖추고 있어야 한다. 이 해독 능력에 의해 독자 자신이 알고 있던 원텍스트와 새롭게 동기화된 패러디텍스트가 동화되거나 이화되면서 발생하는 의미변화를 포착할 수 있게 된다. 이를 간략히 도식화하면 다음과 같다.

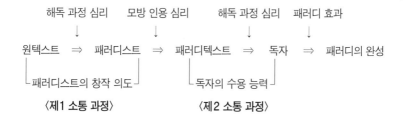

· 패러디 = 원텍스트 + 패러디텍스트 (이화/동화작용)
· 패러디 효과 = 패러디스트의 모방 인용의 심리 + 독자의 해독 과정의 심리

제1 소통 과정에서는 패러디스트가 원텍스트를 어떻게 이해하고 있으며 어떤 의도와 목적으로 인용하고 있는가, 제2 소통 과정에서는 패러디텍스트가 어떠한 미학적 구조를 구현하고 있으며 독자는 이 구조를 어떻게 이해하고 감상할 수 있는가가 중요하다. 제1 소통 과정에서는 원텍

스트에 대한 패러디스트의 '해독 과정의 심리'와 '모방 인용의 심리'가 주요 인자로 작용한다. 이에 비해 제2 소통 과정에서는 패러디스트가 텍스트에 숨겨놓은 여러 단서를 독자가 재조합하고 구조화함으로써 패러디텍스트의 의미를 완성해낸다. 패러디텍스트에 대한 독자의 해독 과정은, 독자 자신이 알고 있었던 원텍스트 의미와 패러디텍스트에 구현된 의미를 함께 읽어냈을 때 완전하게 이루어진다. 독자의 수용 능력에 따라 패러디텍스트에 구현된 의미와 해독된 의미는 다를 수 있다. 결국 패러디 효과는 패러디스트의 '모방 인용 심리'와 독자의 '해독 과정 심리'가 상호작용하면서 발휘되는 것이다.

제1 소통 과정에서 '원텍스트'와 '원텍스트에 대한 패러디스트의 태도'는 패러디 방법과 유형을 구분하는 데 중요한 역할을 한다. 언어로 된 텍스트를 비롯해 언어 이외의 모든 기성품과, 때로는 특정한 장르나 매체 등도 원텍스트가 될 수 있는데, 현대시에서 패러디 대상이 된 원텍스트를 간단히 범주화하면 다음과 같다.

① 우리의 전통 문학 장르나 작품을 원텍스트로 하는 경우

　: 신화, 설화, 속담, 판소리, 민요, 고전소설, 고전시가 등을 원텍스트로 하는 시

② 비문학 장르나 작품을 원텍스트로 하는 경우

　: 고전 예술작품이나 대중문화 예술 전반의 작품들을 원텍스트로 하는 시

③ 서구 문학작품을 원텍스트로 하는 경우

　: 성경, 서구의 유명한 작품들을 원텍스트로 하는 시

④ 우리 현대시를 원텍스트로 하는 경우

　: 앞선 동시대 시인들의 작품(구절)들을 원텍스트로 하는 시

이때 주의해야 할 사항은 패러디 대상과 목표를 구분하는 것이다. 패러디 대상이란 원텍스트를 지칭하며, 패러디 목표란 풍자·공격·비판의 대상을 지칭한다. 패러디의 목표는 원텍스트가 될 수도 있고 당대 현실이 될 수도 있다. 즉 '차용 대상'과 '텍스트 밖의 현실'로 구분되는데, 전자가 '패러디된 텍스트를 목표물로 사용하는 패러디'라면 후자는 '패러디된 텍스트를 무기로 사용하는 패러디'에 해당한다.[6] 원텍스트로서의 패러디 대상이 없는 패러디는 없으므로, 패러디에서 원텍스트에 대한 패러디스트의 태도는 중요하다. 이를 중심으로 패러디의 유형을 구분할 수 있다.

① 원텍스트를 모방적으로 인용하기: 모방적 패러디
② 원텍스트를 비틀어 인용하기: 비판적(풍자적) 패러디
③ 원텍스트를 짜깁기하기: 혼성모방적 패러디

'모방적 패러디'는 원텍스트의 권위와 규범을 계승하여 그와 비슷한 모습이 되고자 한다. 오마주에 가깝다. 대부분 원텍스트에 호감을 느끼고 원텍스트와의 이데올로기적 승인을 토대로 이루어지기 때문에 원텍스트에 대한 공격성이나 희극성은 제거되어 있다. '비판적(풍자적) 패러디'는 원텍스트의 권위와 규범을 인정하기는 하지만 그 의미를 완전히 새롭게 해석하거나 비판적으로 개작한다. 원텍스트에 대한 공격성과 풍자성이 가장 강하다. '혼성모방적 패러디'는 원텍스트를 대량 복제하고 복수의 원텍스트를 과감히 발췌·혼합함으로써 그 권위와 규범을 대중화시키는 패스티시에 해당한다. 원텍스트에 대한 공격성과 풍자성이 약

6) 린다 허천, 『패로디 이론』, 김상구·윤여복 옮김, 1992, 문예출판사, 87쪽.

하다는 점에서 모방적 패러디와 유사하나, 세계의 복합성·임의성·우연성·무질서를 반영하기 때문에 복제적 특성과 유희적·실험적 국면이 강하다는 점에서 구별된다.

패러디 대상과 그 대상에 대한 패러디스트의 태도라는 두 층위의 조합수 만큼 다양한 패러디의 양상이 존재할 것이다. 또한 원텍스트의 어느 부분을, 어떤 방식으로 모방 인용하는가도 패러디의 다양화에 중요한 몫을 담당한다. 이를테면 원텍스트가 시인 경우 시어·어구·문장, 형식 혹은 내용, 시정신 및 이데올로기, 장르 차원에서 모방 인용될 수 있다. 제목 및 부제, 제사(題詞)[7], 각주, 삽입 글·도형, 관용구, 고유명사화된 명명, 플롯이나 문체, 인물 등에 간접적/직접적 혹은 부분적/전체적 방식으로 모방 인용될 수 있다. 원텍스트를 어떻게 전경화하는가의 방법도 모방 인용의 방식과 연동되어 있다.

또한 패러디텍스트와 독자의 관계로 이루어지는 제2 소통 과정은 패러디를 비로소 패러디답게 한다. 독자가 원텍스트와 패러디텍스트 간의 이중적 목소리와 상호텍스트적 문맥을 인지하지 못한다면 패러디의 효과는 발생하지 않기 때문이다. 패러디스트가 독자이자 창작자로서 새로운 의미를 발견한 자라면, 독자란 패러디스트가 발견한 의미를 적극적으로 완성하는 자다. 패러디스트든 독자든, 패러디에서 독자는 종전의 단순 관찰자나 수동적인 존재가 아니라 일종의 공동 작가로서 작품의 창작 과정에 참여하게 된다. 그러므로 패러디텍스트는 반드시 독자의 참여를 유도할 수 있는 원텍스트에 대한 전경화 장치가 있어야 한다.

---

7) 에피그라프(epigraph)라고도 하며, 사전적 의미는 책의 머리에 그 책에 관련되는 내용을 시문으로 적은 글 혹은 화폭 따위의 위에 적은 글을 의미한다.

패러디스트 태도에 의한 패러디 유형

1) 모방적 패러디

고전문학을 원텍스트로 모방 인용한 우리 현대시 대부분은, 원텍스트를 계승하여 비슷한 모습이 되고자 하는 모방적 패러디 유형에 속한다. 또한 서구 문학이 유입되는 과정에서 서구 문학적 전통의 영향을 받아 쓴 시들, 그리 길지 않은 현대시사에서 선배 시인의 유명한 시작품의 정신과 태도를 이어받아 변용하고 있는 시들도 이 유형에 속한다.

평양에 대동강은
우리나라에
곱기로 으뜸가는 가람이지요

삼천리 가다가다 한가운데는
우뚝한 삼각산이
솟기도 햇오

그래 옳소 내 누님, 오오 누이님
우리나라 섬기든 한 옛적에는
춘향과 이도령도 살았다지요

이편에는 함양, 저편에는 담양,
꿈에는 가끔가끔 산을 넘어
오작교 찾아찾아 가기도 햇오

그래 옳소 누이님 오오 내 누님

해 돋고 달 돋아 남원 땅에는

성춘향 아가씨가 살았다지요

                    —김소월, 「춘향과 이도령」 전문

　인용 시는 우리가 잘 알고 있는 고전소설 『춘향전』의 주인공들을 제목
에 내세워 원텍스트를 전경화하고 있다. '남원 광한루'의 춘향과 이도령
이야기를 원텍스트로 끌어와, 시적화자는 시 속의 청자인 '누님'과 '누이
님'에게 '평양 대동강'의 춘향이 되어보지 않겠냐는 마음을 에둘러 드러
내며 누(이)님의 사랑 혹은 누(이)님과의 만남을 기대하는 듯하다. 이 만
남에는 또다른 원텍스트로, 대동강변의 사랑 이야기로 유명했던 신파극
〈이수일과 심순애〉[8]와 함께 고전 설화 「견우와 직녀」도 약호화되어 있
다. 춘향과 이도령이 함양과 담양 사이 남원에서 만났듯, 견우와 직녀가
해와 달 사이 까막까치가 놓아준 오작교에서 만났듯, 평양의 '나'와 '내
누(이)님'은 '삼각산'을 넘어 '대동강'에서 만나기를 꿈꾸고 있다.

마태복음 5장 3-12

슬퍼하는 자는 복이 있나니

슬퍼하는 자는 복이 있나니

슬퍼하는 자는 복이 있나니

슬퍼하는 자는 복이 있나니

슬퍼하는 자는 복이 있나니

---

8) 오자키 고요(尾崎紅葉)의 『금색야차(金色夜叉)』를 1913년부터 조중환(조일재)이 번안해
연재한 장편소설이 『장한몽(長恨夢)』(1913~1915년 매일신보에 연재)이고 각색해서 무대
에 올린 신파극이 〈이수일과 심순애〉다.

슬퍼하는 자는 복이 있나니

슬퍼하는 자는 복이 있나니

슬퍼하는 자는 복이 있나니

저희가 영원히 슬플 것이요.

—윤동주, 「팔복」 전문

　인용 시는 마태복음 5장 3절에서 12절까지의 '산상수훈'을 원텍스트
로 한다. 서구 문학의 근간인 성경을 원텍스트로 삼고 있으며, 제사 형식
으로 분명하게 전경화하고 있다. 원텍스트에서 예수는 '~한 자는 복이
있나니 저희가 ~이오'를 기본 통사로, 팔복(심령의 가난, 애통, 온유, 의
에 대한 갈망, 긍휼, 마음의 청결, 화평, 의를 위한 박해)을 나열하면서 영
적·윤리 도덕적 교훈을 설교한다. 그러나 패러디텍스트에서는 성경의
팔복을 모두 '슬픔'으로 뒤바꿔, 여덟 가지(번)의 슬픔, 아니 영원한 슬
픔으로 재해석하고 있다. 원텍스트의 팔복 중에서 "슬퍼(애통)하는 자는
복이 있나니"라는 구절을 여덟 번에 걸쳐 반복하면서, 원텍스트의 "저
희가 위로를 받을 것이요"를 끝 연에서 "저희가 영원히 슬플 것이요"로
반대 진술함으로써 원텍스트의 의미를 뒤바꾼다. 이와 같은 동일 반복
은 패러디적 위반 혹은 전도를 예고하는 동시에 그 정도를 더욱 강화해
준다. 원텍스트에 대한 독자의 기대가 고조되면 될수록 그 반전의 효과
도 더욱 강화되어 비판적 패러디의 효과가 높아지기 때문이다. 그러므로
'복(福)'을 '슬픔'으로 전도시키면서 유독 '슬픔'에 초점을 맞춘 의도 또
한 내세적 구원이나 낙천적 복음주의란 현실 속의 인간을 구제하지 못하
는 허망한 약속일 뿐이라는 원텍스트에 대한 회의를 드러내고자 한 데서
찾을 수 있다. 물론 원텍스트의 복과 위로가 현실적으로는 실현되기 어

려워 '영원히 슬플' 수밖에 없는 암담한 현실을 비판하려는 패러디 동기로도 파악된다. 이렇게 보자면 서구 문학을 원텍스트로 삼은 비판적 패러디로 보는 것이 더 타당할 것이다.

그러나 논자에 따라서 원텍스트의 권위를 계승한 모방적 패러디, 즉 성경에 대한 오마주라고도 해석할 수도 있다. 윤동주가 독실한 기독교 신앙을 가진 가정에서 자랐을 뿐만 아니라 그의 많은 시가 신앙적 체험과 고백을 근간으로 하고 있음을 고려해, 그의 시세계의 전체 맥락과 견주어볼 때 특히 그러하다. 이때 인용 시는 내세(미래)의 구원에 대한 믿음을 가지고 현실의 고통과 슬픔을 감내하며 살겠다는 기독교인의 삶의 자세를 보여준다. 원텍스트의 권위를 빌려 윤동주의 종교적 신념을 극단적으로 표명한 작품으로 읽히는 것이다. 이럴 경우 여덟 번에 걸친 "슬퍼하는 자는 복이 있나니"의 반복은, 독자에게 강복(降福)의 가능성에 대한 기대를 고조시키고 언어의 반복성에 의한 주술적 믿음을 환기시키는 기능을 담당한다. 즉 현실의 괴로움을 승화시키려는 시인의 곧은 의지를 반영하고 있는 셈이다.

2) 비판적 패러디

원텍스트를 비틀어 희화화하거나 원텍스트에 대한 비판적 거리를 유지하는 비판적(풍자적) 패러디 유형도 있다. 이럴 경우 시인의 시정신이 강하게 노출되고 패러디텍스트는 원텍스트에 대해 저항한다. 결국 패러디스트의 독자적인 가치관과 세계관이 더욱 중요시된다. 특히 원텍스트와 사상적·이데올로기적 대척점에 선 패러디스트는 신랄한 비판적 입장에서 원텍스트를 풍자하기도 한다. 이는 좌우 이데올로기를 대변했던 리얼리즘과 모더니즘, 참여와 순수, 진보와 보수 진영 간의 격전장을 방불케 했던 우리 현대시의 흐름을 반영하는 특징이다.

가난이야 한낱 남루에 지나지 않는다 ─서정주

온갖 궁리 다하여도 모자란 생활비
새끼들의 주둥이가 얼마나 무서운가 다 안다
벌리는 손바닥이 얼마나 두려운가 다 안다
그래도 가난은 한낱 남루에 지나지 않는가?
쑥구렁에 옥돌처럼 호젓이 묻혀 있을 일인가?
그대 짐짓 팔짱끼고 한눈파는 능청으로
맹물을 마시며 괜찮다! 괜찮다!
오늘의 굶주림을 달랠 수 있는가?
청산이 그 발 아래 지란을 기르듯
우리는 우리 새끼들을 키울 수 없다
저절로 피고 저절로 지고 저절로 오가는 4계절
새끼는 저절로 크지 않고 저절로 먹지 못한다
지애비는 지어미를 먹여 살려야 하고
지어미는 지애비를 부추겨 줘야 하고
사람은 일 속에 나서 일 속에 살다 일 속에서 죽는다
타고난 마음씨가 아무리 청산 같다고 해도
썩은 젓갈이 들어가야 입맛이 나는 창자

─문병란, 「가난」 부분

　인용 시는 동시대 선배 시인의 작품을 원텍스트로 삼은 비판적 패러디 유형에 속한다. 원텍스트인 서정주의 「무등을 보며」를 비판의 표적으로 삼아 주요 구절을 직접 인용하면서 공격하고 있다.

가난이야 한낱 남루에 지나지않는다
저 눈부신 햇빛속에 갈매빛의 등성이를 드러내고 서 있는
여름 산 같은
우리들의 타고난 살결 타고난 마음씨까지야 다 가릴 수 있으랴

청산이 그 무릎아래 지란(芝蘭)을 기르듯
우리는 우리 새끼들을 기를 수밖엔 없다

(……)

지어미는 지애비를 물끄럼히 우러러보고
지애비 지어미의 이마라도 짚어라

어느 가시덤풀 쑥굴헝에 뇌일지라도
우리는 늘 옥돌같이 호젓이 무쳤다고 생각할일이요
청태(靑苔)라도 자욱이 끼일 일인 것이다.

—서정주, 「무등을 보며」 부분

서정주의 시 「무등을 보며」의 첫 행 "가난이야 한낱 남루에 지나지 않는다"을 제사 형태로 전경화한 인용 시는 원텍스트에 대해 비판의 자세를 취한다. 원텍스트는 무등(無等)이라는 '등급 없음'과 '더할 나위 없음'이라는 의미를 기해, 빈부라는 등급이 없는 평등한 자연인의 삶을 예찬한다. 가난과 굶주림이 '우리들의 타고난 살결 타고난 마음씨'로 비유되는 인격이나 자존심을 가릴 수는 없다고 강조하면서, 가난·양육·죽음

과 같은 현실적 문제들에 의연한 태도로 살아가야 한다는 삶에 대한 원숙한 통찰과 담담한 깨달음을 보여주고 있다.

이러한 원텍스트에 대해 문병란은 "짐짓 팔짱끼고 한눈파는 능청"에 지나지 않으며 "물끄러미 청산이나 바라보는 풍류"라고 노골적으로 비판한다. '무등'에 대한 긍정과 포용의 자세를 발견하려는 원텍스트를, '능청'이나 '풍류'라는 단어를 통해 공격한다. 원텍스트의 진술에 '~인가?'를 덧붙여 설의적으로 되묻거나, 원텍스트의 진술과 반대되는 서술어(시어)를 첨가함으로써 원텍스트에 대한 비판적 거리를 획득한다. 민중이 겪는 구체적인 가난과 불행을 격앙된 어조로 직접적으로 표현하면서 원텍스트의 한 구절 한 구절을 뒤집어놓고 있다.

서정주, 「무등을 보며」   문병란, 「가난」

- 가난이야 한낱 남루에 지나지 않는다 → 그래도 가난은 한낱 남루에 지나지 않는가?
- 어느 가시덤풀 쑥굴헝에 뇌일지라도 → 쑥구렁에 옥돌처럼 호젓이 묻혀 있을 일인가?
  옥돌같이 호젓이 무쳤다고 생각할일이요
- 청산이 그 무릎아래 지란을 기르듯   → 청산이 그 발 아래 지란을 기르듯
  우리는 우리 새끼들을 기를수밖엔 없다   우리는 우리 새끼들을 키울 수 없다
- 지어미는 지애비를 물끄럼히 우러러보고 → 지애비는 지어미를 먹여 살려야 하고
  지애비 지어미의 이마라도 짚어라   지어미는 지애비를 부추겨 줘야 하고
- 타고난 마음씨까지야 다 가릴 수 있으라 → 타고난 마음씨가 아무리 청산 같다고 해도

문병란의 「가난」은 원텍스트의 비유가 갖는 허구성을 지적하고는 "결코 가난은 한낱 남루가 아니다/입었다 벗어버리는 그런 헌옷이 아니다" "물끄러미 청산이나 바라보는 풍류가 아니다"라고 결론짓는다. 패러디 방법을 선택해 원텍스트가 펼쳐 보인 비유적 차원을 현실적 차원에서 낱

낱이 까발리고 있다. 이러한 비판적 태도는 선배 시인의 시정신과 거기에 내포된 이데올로기에 대한 후배 시인의 부정적 시선에서 비롯된다. 그리하여 "오 위선의 시인이여, 민중을 잠재우는/자장가의 시인이여"라는 마지막 부분은 민중 시인 문병란의 문학적 입지점을 가장 극명하게 드러낸다. 이처럼 원텍스트의 허위, 허세, 가식, 거짓, 부조리 등을 까발리면서 도덕적 분노를 드러내는 조롱적이고 위악적인 어조는 공격적 패러디 시의 지배적 양상이다. 패러디의 대상과 목표가 일치할 때 비판적 패러디는 강력한 공격적 형식이 된다.

3) 혼성모방적 패러디

혼성모방적 패러디는 원텍스트가 가진 권위와 해석적 근거 자체에 무관심하므로 원텍스트에 대한 계승이나 비판을 목표로 하지 않는다. 원텍스트의 권위와 규범 그 자체가 불가능하다고 가정하는 유형이다. 작품이 지니는 창조성이나 원본성을 부정하기 때문에 원텍스트를 짜깁기하고 발췌·혼합함으로써, 원텍스트의 권위와 규범을 대중화시키거나 패러디 텍스트의 권위와 규범을 통속화시킨다. 이 지점에서 패러디는, 짜깁기나 복제로서의 패스티시는 물론 속물화나 비속화로서의 키치와 겹쳐진다.

오규원은 신문이나 대중잡지, 텔레비전 등의 광고언어를 그대로 끌어와 몽타주하고 콜라주한다. 원텍스트의 통속성을 그대로 옮겨와 시를 키치화시키려는 전략이다. 기존 서정시의 권위와 규범에 도전하고 새로운 시 형식을 모색하려는 데서 패러디 동기를 찾을 수 있다.

드봉 미네르바
브라 스스로가 가장 아름다운 바스트를 기억합니다
비너스 메모리브라

　　　　국회의원 선거 이후 피기 시작한

　　　　아이비 제라늄이 4, 5월이 가고

　　꽃과 여인, 아름다움과 백색의 피부,

　　그곳엔 닥터 벨라가 함께 갑니다. 원주통상

　　　　6월이 되었는데도 계속 피고 있다

　　착한 아기 열나면 부루펜시럽으로 꺼주세요

　　　　여소야대 어쩌구 하는 국회가

　　까시렐-빠르쟌느의 패셔너블센스

　　　　말의 성찬이 6월에서 7월로 이사하면서

　　　　　　　　　　―오규원, 「제라늄, 1988, 신화」 부분

　인용 시에서 오규원은 광고문구를 그대로 끌어다 정치 현실과 날씨를 기록한 문장과 엇갈려서 나열한다. 비문학 장르를 원텍스트로 삼은 혼성모방적 패러디 유형에 해당한다. 들여쓴 부분과 내어쓴 부분으로 형태화된 두 파편적 문장들을 독자들은 순차적으로 읽으면서 등가로 읽게 된다. 교차 읽기(cross-reading)를 유도하는 셈이다. 인간의 소비 욕망을 부추기는 광고문구는 가짜 욕망, 최면, 허위의식, 속물성으로 포장된 자본주의 욕망의 기호화에 불과하다. 그런 점에서 광고는 물질적 풍요를 가장하며 허위의 욕망을 자극하고, 나아가 통속적이고 상업적인 키치를 조장한다. 인용 시는 광고문구를 정치/날씨(자연) 기사와 병치시킴으로써, 우리의 정치 현실이 허위로 둘러싸인 광고문구 나열과 같다는 것을 폭로하며 광고와 뉴스 모두를 신랄하게 비판한다. 광고시라고도 불리는 이 키치시는 시의 통속화, 광고언어에 대한 시적 발견, 규범화된 시에 대한 도전의 의미를 지닌다.

　특히 행간걸침의 효과를 자아내는 인위적인 행갈이와, 불연속적인 리들이 불러일으키는 파편화된 효과는 기존의 낯익은 서정시 형식을 위협한다. 구체적으로 광고에 내재한 정치성과, 정치 이데올로기에 내재한 허위성을 폭로한다. 그리하여 독자는 정치에 대한 직접적인 비판보다도 더욱 신랄한 풍자의 공간을 경험하게 되고, 들여쓰고 내어쓴 그 병치적 대조 혹은 유사가 주는 반전으로 인해 신선함을 느낀다. 장르 간의 경계가 해체되고 예술과 현실, 문학적 언어와 비문학적 언어, 과거와 현재, 텍스트와 텍스트 간의 위계가 붕괴되는 방법적 가벼움과 해방을 경험하게 되는 것이다. 이처럼 상업적 광고문구나 도구화된 일상언어를 시에 그대로 도입하는 오규원의 작업은 대중적 감수성에 쉽게 접근할 수 있는 장점을 지닌다.

다음 시는 혼성모방적 패러디의 복제적 특성과 유희적·실험적 국면을 강하게 드러내는 표절유희를 표방한다.

西海

한강

나비 같은, 아니아니, 빛 같은

눈물을 생각하며

나는 나를

처칠 동상

칼 마르크스에게

"어느 쪽도 우리 자랑스런 길은 아직 아니다"

1984년의 편지

누구의 오아시스는 사막에만 있는 것인가

* 이 작품은 장영수 시집 『나비 같은, 아니아니, 빛 같은』의 8쪽에 있는 詩題 차례

인데, 명기된 쪽 숫자를 생략하고 한 낱말, 즉 3행의 '레바논'을 '눈물'로 고치고,
" " 부호를 삽입한 것 외에 그대로 전재한 것이다. 이것은, 말하자면, 이 시집에
숨은 시로서 가장 비장영수적이다, 그럴 수밖에.

　　　—정남식, 「표절 같은, 아니아니 인용 같은, 아니아니아니, 작품
　　　　　　　　　　　　　　　　　　　　　　　　　같은」 부분

　　인용 시는 동시대의 시를 원텍스트로 삼은 극단적인 혼성모방적 패러
디 유형, 특히 표절유희에 해당한다. 시인 스스로 주(註)를 통해 밝히고
있듯이 선배 시인 장영수의 시집 『나비 같은, 아니아니, 빛 같은』의 목차
한 쪽을 그대로 모방 인용하고 있다. 주를 통해 밝혔듯 단지 3행의 '레바
논'을 '눈물'로 고치고, " " 부호를 삽입하고 있을 뿐이다. 그러나 제목과
주를 통해 원텍스트를 전경화시키고 있으므로 표절은 아닌 셈이고, 풍
자·조롱은 없다 하더라도 원텍스트와 아이러니한 거리를 유지하고 있으
므로 패러디라 할 수 있다. 이 시는 패러디의 본질적인 질문, 즉 이 패러
디텍스트가 문학적 가치와 효과를 담보하고 있는가라는 문제를 환기한
다. 종래의 시적 규범으로 보자면 도저히 시라 칭할 수 없는 베끼기로써,
즉 파편화된 시집의 목차를 그대로 옮겨놓음으로써 문맥조차 파악하기
어렵게 하기 때문이다. 애써 작품의 의미를 찾아보자면, 극단적으로 패
러디의 부정적 모델을 제시함으로써 시 창작에 있어 '창조'의 개념 자체
를 철저히 조롱하고 패러디의 역기능을 역설적으로 드러낸다고 볼 수 있
다. 언어란 결코 현실을 통찰할 수 없을 뿐 아니라 새로운 언어란 불가능
할 수밖에 없다는, 또한 진정한 의미의 독창성이란 존재하지 않을 뿐 아
니라 시인의 창작이란 수많은 기존 문헌으로부터 '빌려옴'일 뿐이라는,
언어·창작·시인의 존재에 대한 극단적인 회의와 부정을 시사한다. 제
임슨이 패스티시에 대해, 의미의 세계는 소멸하고 기호로만 떠돌면서 소

비적이고 유희적인 언어를 무한 복제해낼 수 있는 메커니즘이라고 비판하는 이유도 바로 이와 같은 우려 때문이었을 것이다.

패러디의 계보학적 접근

한국 현대시사에서 잘 알려졌거나 인정받은 작품들은 패러디 대상이 되기 쉽다. 정전(canon)화된 유명한 작품들은 후배 시인들에 의해 지속해서 패러디되곤 한다. 김소월의 「왕십리」, 신동엽의 「껍데기는 가라」, 김춘수의 「꽃」, 김수영의 「풀」, 정현종의 「섬」 등이 대표적인데 이런 시들은 반복적으로 패러디되어 시적 계보를 이룬다.[9] 패러디된 빈도수가 그 작품의 영향력을 입증해주는 셈이다. 이렇게 유명한 작품을 패러디하는 패러디스트의 동기는 일차적으로 원텍스트의 권위를 재생시켜 그 영향력을 강화하거나 그 이상의 힘을 발휘하게 하려는 의도일 것이다. 그러나 반대로 원텍스트의 권위에 저항하면서 그 의미를 비판적으로 재해석하는 예도 많다.

다음 시들은 한국 현대시사에서 문제적 시편 중 하나인 이상의 「오감도―시제1호」(3장, '단순 병렬적 반복' 참조)를 원텍스트로 한다. 원텍스트는 '오감도'라는 제목에서부터 '13'이라는 숫자의 상징성, 같은 문장의 열세 번 반복, 모순어법과 부정어법, 그리고 '무서움' '질주' '아해' '골목' '도로'의 의미 등 해석되어야 할 요소들이 많은 수수께끼 같은 시다. '13인의아해'들이 왜 그렇게 무서워하면서 연속적으로 질주하는지 독자는 알 수 없다. 13인의 아이들이 느끼는 불안과 공포는, 각각 단절된 채

---

9) 정끝별, 『패러디 시학』, 문학세계사, 1997, 291~310쪽 참조.

같은 행동을 반복하고 있다는 데서 한층 증폭된다. 과속을 연상시키는 이 맹목의 질주 행렬의 아이들은, 스스로에게는 물론 서로에게도 두려움의 주체 혹은 대상이 된다. 특히 순차적으로 서술된 13인의 아이들이 동시적으로 질주하는 듯한 시각적 조형성과 이항대립적 대칭성이야말로 이 시의 핵심이다. 이렇게 질주하는 아이들은 당시 유행했던 근대적 명칭의 소년이나 어린이가 아닌, '아해'라는 전근대적 명칭으로 근대를 상징하는 '도로'를 질주하기 시작해 여전히 질주중인 지금 우리의 자화상이기도 할 것이다. 무엇보다 이 시의 난해성, 애매성, 상징성, 조형성이 후배 시인들로 하여금 패러디의 욕망을 불러일으키는 요인일 것이다.

　　① TV를 켜니 그 사람들이 귓엣말을 한다
　　　전달! 第二人者가 第一人者에게
　　　　第三人者가 第二人者에게
　　　　(그들의 비밀을 囚子 밖의 우리는 모른다)
　　　전달! 第四人者가 第三人者에게
　　　　第五人者가 第四人者에게
　　　　(말은 어두운 뱃속을 올라와
　　　　 어두운 귓속으로 밤의 항진을 계속한다)
　　　　　　　　　　　　　　　　　　—김혜순, 「썩는 말」 부분

　　② 제1의 더톰보이가 거리를 질주하오
　　　천만번을 변해도 나는 나
　　　제2의 아모레 마몽드가 거리를 질주하오
　　　나의 삶은 나의 것

(……)

제13의 피어리스 오베론이 거리를 질주하오
살아 있는 것은 아름답다

　　　　　　　　　　　　　　　　—함민복,「광고의 나라」부분

③ 1층 신변 잡화 매장을 지나 재크는 올라갑니다
　(엘리베이터의 ⬆️속에 뿌리가 자라고 있습니다)
　2층 숙녀 의류 매장을 지나 재크는 올라갑니다
　(엘리베이터의 ⬆️속에 뿌리가 자라고 있습니다)

　(……)

　8층 스카이라운지 매장을 지나 재크는 올라갑니다
　(엘리베이터의 ⬆️속에 뿌리가 자라고 있습니다)
　엘리베이터의 ⬆️속에 자라고 있는 뿌리는
　하늘 아래 모든 매장(埋葬)으로 통합니다

　　　　　　　　　　　　　　　—이원,「재크의 콩나무」부분

④ 제7발사, 탄환은 마네킹의 하복부를 관통한다
　제8발사, 탄환은 마네킹의 심장을 관통한다
　제9발사, 탄환은 마네킹의 양 미간을 관통한다

　(……)

(깨어지지않는거울같은광장이끝끝내있다)

—함기석, 「해부도」 부분

①은 1980년대 한 방송 프로그램(허참이 진행하던 KBS 1TV 〈가족오락관〉으로 추정됨)의 게임 상황을 빌려와, 전달되면서 왜곡되는 말의 속성을 풍자하고 있다. 출연자들이 귀엣말로 메시지를 전달하는 게임인데, 이 게임의 즐거움은 최초의 메시지가 어떻게 잘못 전달되는가 하는데 있다. 따라서 TV 속 귀엣말은, 현실에서 주고받는 은폐된 말, 어둠에서 태어나는 말, 향응에 젖은 말, 끼리끼리 쑥덕공론하는 말에 대한 비유가 된다. 원텍스트의 특허와도 같은 한자 기수(基數)를 강조해 반복함으로써 반복과 귀엣말 속에 숨겨진 왜곡과 거짓의 메커니즘을 시각화한다. 온전히 전달될 수 없는 소통 불가능성과 잘못 전달되는 데서 비롯되는 유희성을 강조한다.

②는 "제~인의아해가도로로질주하오"라는 원텍스트의 문장(어조)을 그대로 끌어와 "자본의 에덴동산, 자본의 무릉도원, 자본의 서방정토, 자본의 개벽세상"인 '광고의 나라'를 폭로한다. 13인의 '아해'는 13개의 '상표/상품명'으로 대체되고, '막다른(뚫린)골목'은 도시의 '거리'로 변용된다. 현대인의 일상은 상표로 표현되며 그 상표의 광고언어는 현대인의 일상언어와 다르지 않다. '질주하오'라는 반복 술어는 특히 광고의 폭주와 욕망의 과잉을 함의한다. 상표로 대변되는 자본주의의 욕망을 온몸에 걸치고 도시의 거리를 질주하는 현대인은, 그 상표가 광고하는 욕망을 산(구입한) 것이자, 사는 것이다. 외래어로 명명된 상표 언어를 통해 서구화된 현대인의 욕망과 삶을 객관적으로, 반복적으로, 유희적으로 드러낸다. 헛것으로서의 광고의 세뇌성과 속도성과 전파성을 풍자한다.

원텍스트의 '막다른골목'은 ③에서 사면이 벽으로 막혀 상자화된 백화점 '엘리베이터 안'으로 변용된다. '13인의아해'가 '막다른골목'을 질주하는 모습은, 동화 속의 '재크'가 '엘리베이터'를 타고 지하에서 8층까지 오르고 또 오르는 상승운동으로 변주된다. 특히 원텍스트의 '질주하다'와 '막다른골목'은, 디지털화된 21세기적 일상 '[↑]'으로 도형화된다. 하늘나라에 이르는 동화 속 재크(잭)의 '콩나무'를 욕망의 천국에 이르는 백화점의 엘리베이터가 대신한다는 메시지다. 매장에 의해서만 변별되는 백화점의 공간성과, 엘리베이터에 의해 상승하는 매장이 곧 엘리베이터 속에서 자라는 자본주의 욕망의 뿌리임을 풍자하고 있다. 더욱이 매장(賣場)이 하늘 아래의 모든 매장(埋葬)과 통하게 된다는 전언은, 최첨단의 자본주의의 욕망과 천진한 동화를 섞어놓은 대비적인 비유 속에서 패러디의 풍자성을 획득한다.

④는 '해부도'라는 제목에서부터 '오감도'를 연상시킨다. '100M 전방에 마네킹의 나'와 '마네킹을 향해 K2 소총을 발사하는 나'는 분열되어 있고, 둘은 무서운 싸움을 한다. 이상의 다른 시 「거울」도 연상시킨다. 자신의 플라스틱화된 언어와 정신에 총기를 난사하는 '무서운 싸움'이며, 싸움의 주체이자 대상인 자신을 향한 자기 테러와도 같다. 이상의 '무서운아해'와 '무서워하는아해'가, '백색의광장'이자 '거울같은광장' 그 한 가운데서 서로를 정조준하고 발사하는 듯하다. 발사하고 발사하는 이 시의 반복은 '내' 안에 만들어놓은 단단한 '또다른 나'라는 감옥, 즉 현대사회의 플라스틱화된 무서운 욕망의 질서를 드러내기 위한 전략이다. 플라스틱화된 마네킹으로 분열되고 있다는 점, 마네킹이 절대 죽지 않는다는 점, 하여 게임이나 복제처럼 끝없이 되풀이된다는 점에서 이상(李霜)적인 거울의 분열과는 차별화된다.

하나의 원텍스트를 대상으로 하는 일련의 패러디텍스트들은 서로의 의미를 보충하면서 패러디적 혈연관계를 맺는다. 패러디텍스트의 의미는 텍스트 속에 내재하는 것이 아니라 오히려 다른 텍스트와의 변증법적인 관계에서 생성되는 것이고, 그 직접적인 요인은 텍스트에 접근하는 관점과 사회적 문맥의 차이에 있음을 간접 증명하는 셈이다. 한 텍스트에 대한 반복은 그 텍스트가 놓인 상황에 따라 각기 다른 '현실'과 '의미'를 내포하기 때문에 당연하게도 이전의 텍스트를 위반한다. 계보를 이루는 일련의 패러디 시들을 통해, 패러디가 단순히 언어만이 아닌 현실 그 자체를 반영할 뿐만 아니라 사회적·역사적 문맥까지도 겨냥할 수 있다는 사실을 확인할 수 있다. 그런 의미에서 패러디스트는 자신의 현재를 항상 사회적·역사적 맥락 속에 위치 지우는 자이며 사회와 역사에 대해 풍부한 지식을 소유한 자들이다. 패러디의 핵심이 궁극적으로 미지의 것, 끊임없이 보충되어야 하는 '텍스트'에, 더 정확히 말하자면 텍스트의 '관계성'에 있다는 사실이 다시 한번 강조된다. 그러므로 위대한 패러디스트는 텍스트의 표면적인 차이에 의존하는 것이 아니라 그 텍스트가 속해 있는 맥락적 심층의 구조 속에서 차이를 발견해내는 자다. 따라서 맥락에 의한 심층구조의 차이가 상반된 모순을 띠고 있음을 깨닫는 순간 패러디의 창조성은 발동하기 시작한다.

포스트모더니즘 패러디의 양상

1) 서정적 파토스와 단편들의 퓨전

21세기 패러디스트의 욕망은 후기 자본주의의 생산·소비 양식인 대중성과 대량성, 그리고 의미의 무정부성을 닮았다. 대중매체와 기술 복제를 기반으로 하나의 텍스트는 순식간에 다수의 패러디텍스트로 증식되고, 증식된 패러디텍스트는 다시 그것들의 조합 수 만큼이나 서로 다른 텍스트들로 생성된다. 텍스트 간의 이러한 확장성과 자기 증식성은 패러디를 추동하는 원동력으로 작용한다. 1990년대 이후 우리 시에서 여러 원텍스트의 파편들을 직조해 새로운 의미를 생산해내는 패러디의 실례를 찾기란 어렵지 않다. 이런 패러디는 대중문화적 감수성에, 서정적 파토스를 불러일으키는 비극적 수사를 가미해 다성적 울림을 꾀한다. 이때 패러디는 파편들의 양적인 합체가 아닌 질적인 '융합'으로, 기계적인 조합이 아닌 화학적 '화합'으로, 다채롭고 극적인 서정적 내면성을 성취해낸다. 현실 체험을 텍스트 체험으로 대신하면서 성장한 새로운 세대의 패러디적 감수성의 발현일 것이다.

일찍이 유하는 시집 『세운상가 키드의 사랑』에서 메타 시네마적인 패러디 유희를 통해, 실재(the real)와 영화(the reel) 간의 경계에 대한 회의적 물음을 던진 바 있다.

나는야 할리우드 키드였으므로, 할리우드 여배우 이름이나 외우며 사춘기의 전부를 허비했지 저수지의 개, 같은 날들이라고 비웃지 말게 난 모든 종류의 진지함을 경멸했어, 그게 나의 호환이고 마마야 과연, 이름 속에 갇혀 있는 게 진리일까? 비비안 리의 해골에 담긴 물을 마시고 잠깐 깨달음을 얻은 적도 있었지 하나 나의 상상력은 자꾸만 썩은 물이 고인 저수지처럼 음습한 곳으로 향하는 것 같아 심지어 불량 불법 비디오에 나오는 모든 배우의 이름을 알고 싶어 이발소 그림, 화신극장의 쇼걸, 만화에 나오는 등장인물들, 해적판 레코드 위에서 희미하게 광란하고 있는 기타리스트, 바기나에 난 점이 인상적이었던 포르노 배우…… 폐기물의 환희…… 뭐 그딴 것들, 내 청춘의 독서목록이랄까 나는야 쓰레기의 이름으로 붐비는 지하 도서관, 내가 택한 건 향기 없는 진리보다 지금 이 순간, 독버섯의 매혹,

인용 시에서 유하는 자본주의 욕망의 양산과 그 악의 징후들을 일련의 상업영화나 불법 비디오에서 읽어낸다. "나는야 쓰레기의 이름으로 붐비는 지하 도서관"이라며 자조할 때 그는, '세운상가'로 비유되는 상업과 자본의 한복판에서 성장한 '헐리우드 키드' 세대의 불법 비디오적 감수성의 도래를 선언한 셈이다. '장미'로 비유되는 '드루 배리모어'의 아름다움과 향기는 '존재의 참을 수 없는 휘발성'으로 인해 시인에게는 매혹인 동시에 허망의 대상이 된다. 그러나 그 '장미'는 가상의 영화, 즉 영상이미지의 비유적 표현에 지나지 않는다. 원텍스트들이 뒤섞인 비디오적 현실들, 즉 영화 〈장미의 이름〉〈헐리우드 키드〉〈저수지의 개〉〈개 같은 날의 오후〉, 그리고 문화공보부의 홍보용 광고와 그 밖의 불량 불법 비디오 영상의 단편들도 마찬가지다. 독자들은 영화 제목과 주인공의 이름들이 소환하는 수 편의 영화를 떠올리면서 읽어야 한다. 이러한 영화 끌어들이기는 오늘날, '끌어들이기'가 아니라 일상 자체로 발산되는 '현실의틀'이 되고 있다. 이로써 독자들 또한 자신이 읽고 있는 것이 영화인지 시인지, 허구인지 실재인지 혼란스러움을 경험하게 된다. 혼합과 중첩의 패러디 유희를 한층 강조한 시다. '향기 없는 진리'보다는 '독버섯의 매혹'이 일상 그 자체였던 시인의 스크린 체험을 영화 패러디 형식으로 보여줌으로써 자신의 일상을 점검하면서 21세기 현실을 예견한다.

유하가 스크린화·허구화·가상화에 매혹된 시적 주체의 현실을 보여주기 위해 영화의 파편들을 패러디했다면, 박정대는 좀더 나아가 텍스트화된 현실에 젖어 사는 시적 주체의 몽환적 내면을 표출하기 위해 대중문화의 파편들을 패러디한다.

1. 워터멜론 슈가에서

물이 끓고 있다. 가습기 같은 내 영혼, 〈아스펜 익스트림〉이란 영화
를 보고, 눈이 쌓인 설원을 생각했어야 되는데 진로 소주 한 병의 위력
에도 휘청거리는 아스펜 아스피린 같은 혼몽한 겨울밤. 비명처럼 담배
한 대를 피워물고 옛날처럼 나는 늙었다. 워터멜론 슈가에서 오늘은 누
가 또 미국의 송어낚시를, 피워무는지 몰라도 무섭도록 그리운 건 담배
한 개비 속에 떠오르는 춥디추웠던 그 골방의 기억뿐,

(……)

2. 페루여관에서

그 거리를 지나 당도한 골목 끝에 섬처럼 여관이 하나 떠 있었다. 여
관은 검객의 차양모 같은 지붕을 뒤집어쓰고 낡은 간판을 펄럭이고 있
었는데 여관의 이름이 취생몽사였는지 동사서독이었는지 난초 잎사귀
속의 호랑이였는지 호텔 바그다드였는지 페루여관이었는지는 아무도
기억하지 못한다. 암튼 그들은 지친 육체를 이끌고 그곳에 당도한 가엾
은 한 쌍의 새였다. 동사가 티브이를 틀었고 서독은 침대 위에 무너져
오래도록 누워 있었다. 아주 오래도록 누워 있었는데 동사와 서독 사이
로 바람이 불고 바람은 화병에 그려진 벵갈호랑이를 피워내려고 무진
애를 쓰고 있었다.
　　　　　　　　　　　　　　　　　—박정대, 「단편(短篇)들」 부분

박정대의 『단편들』이라는 시집에는 숱한 텍스트의 단편들이 혼재해
있다. 소설, 영화, 음악, 명함 등 장르도 다양하다. 인용 시 역시 마찬가
지다. 리처드 브라우티건의 소설 『미국의 송어낚시』와 『워터멜론 슈가에

서』, 스키 영화의 고전 〈아스펜 익스트림(Aspen Extreme)〉, 로맹 가리의 소설『새들은 페루에 가서 죽다』, 영화 〈동사서독〉과 〈바그다드 카페〉등에서 파생된 단편들을 잇대가면서, 우울하고 자조적인 시인의 내면을 형상화한다. 패러디를 통해 주체의 파토스적 내면과 서정성을 구현할 수 있다는 21세기 패러디의 가능성을 시사하는 대목이기도 하다.

특히 시 제목에서 '단편'은 여러 의미의 '단편(短篇, 斷片, 斷編/斷篇)'을 환기함으로써 짧음, 조각, 단절, 모음 따위를 떠올리게 한다. 시인 스스로가 다른 시에서 언급한 바 있는 '취생몽사'적 글쓰기 혹은 '자동기술법'적 글쓰기 또한 단편들의 내면적 융합과 화합에 한몫을 담당한다. 시 공간의 모호함, 착각 혹은 중첩, 불명료한 지시 대상들로 이루어진 텍스트의 몽환적 직조는, 사실 초현실적이라기보다는 일상적인 내면의 정서를 표출하기 위함이다. 몽롱함과 혼란스러움을 가장한 허구적 플롯으로 삶에 대한 허무와 환멸과 애증이 배어나는 시인 특유의 단편화 방식인 셈이다. 그 전략은 시와 대중문화, 사실과 허구, 꿈과 현실의 경계를 허무는 데 초점이 맞춰진다. 단편들의 융합과 화합이라는 퓨전적 패러디라 할 수 있다.

2) 주체의 자기 증식과 다시 쓰기

패러디는 규범화되고 고정관념화된 원텍스트를 재기능(refunction)화하는 자기 증식으로서의 '다시 쓰기'다. 김춘수는 이미 발표한 여러 편의 자기 시를 짜깁기하여 한 편의 시를 만드는 자기 반영적 혹은 자기 순환적 패러디를 선보인 바 있다.[10] 이후 그는 자신의 텍스트를 패러디한 데서 한 걸음 나아가, 도스토옙스키의 소설을 빌려 수많은 패러디 주체로

---

10) 정끝별, 같은 책, 337~342쪽 참조.

자기 증식을 거듭한다.

> 자넨 소냐를 만나
> 무릎 꿇고 땅에 입맞췄다.
> 그러나
> 나는 언제나 외돌토리다.
> 그때
> 우들우들 몸 떨리고
> 눈앞이 어둑어둑해지면서
> 나는 그만 거기 주저앉고 말았다.
> 내 머릿속에 있을 때는
> 그처럼이나 당당했던 그것이
> 스메르자코프 그 녀석
> 그 바보 천치에게로 가서 그 모양으로
> 걸레가 되고 누더기가 되고 끝내는 왜 녀석의
> 똥창이 됐는가,
> 견딜 수가 없다.
> 어디를 바라고 나는 내 풀죽은
> 돌을 던져야 하나,
>
> 페테르부르크 우거에서
> 이반.
> ─김춘수, 「라스코리니코프에게」 전문

김춘수의 시집 『들림, 도스토예프스키』는 시집 한 권이 패러디 시집이

288

다. 『카라마조프가의 형제들』『악령』『백치』『죄와 벌』『지하생활자의 수기』『가난한 사람들』 등의 도스토옙스키 소설 속 주인공이, 또다른 소설 속 주인공에게 말을 건네는 편지글 형식을 취하고 있다. 따라서 대부분의 시 제목이 '~에게'라는 형식으로 또다른 소설 속 주인공을 수신자로 하는데, 발신자인 화자 역시 소설 속 주인공인 일인칭의 '나'다. 시의 끝부분에 발신자의 이름과 장소(시간)를 밝히고 있는데 그때야 '나'가 누구인지 드러난다.

인용 시에서는 『카라마조프가의 형제들』의 '이반'이, 『죄와 벌』의 '라스코리니코프'에게 편지를 보내는 상황으로 설정되어 있다. 이반과 라스코리니코프는, 신이 없다면 인간이 부도덕한 인간을 심판할 수 있다는 무신론적 이성주의자라는 점, 살인과 연루되었다는 점, 여자를 사랑했다는 점에서 비슷한 인물들이다. 그러나 이반은 ('즈메르자코프'에게) 살인을 교사했지만, 라스코리니코프는 스스로가 살인을 실천한다. 이반이 형의 약혼녀 카테리나를 일방적으로 짝사랑했다면, 라스코리니코프는 소냐의 사랑으로 구원까지 받는다. 이러한 원텍스트의 맥락을 전제로 해석해보자면 시적 상황과 그 의미가 어느 정도는 짐작된다. 그러나 원텍스트들의 서사적 맥락에 무지하다면 시의 상황과 의미는 불분명해진다. 이렇듯 전혀 다른 시 읽기는 패러디스트 김춘수의 의도이기도 하다. 그때, 거기, 그처럼, 그것, 그 녀석, 그 바보 천치, 그 모양으로 등 의도적으로 불분명한 지시어를 남발하고 있는 데서도 그 의도는 두드러진다. 원텍스트에 대한 독자의 이해 정도에 맞게 자의적으로 자발적으로 자유롭게 그 지시어를 채워넣어 읽으라는 주문이기도 하다. 결과적으로 패러디텍스트의 의미를 미확정적으로 개방해놓는 효과를 자아낸다.

게다가 시집 제목으로 전경화된 '들림'이라는 시어와 시집 전편에 동일하게 적용된 '대화'(편지) 형식은 그의 패러디를 이해하는 단서를 제공한다. '들림'이라는 술어는 소리가 들리다, 듦을 당하다, 병이나 귀신 따위가 옮거나 덮치다, 뒤가 끊어지다(바닥이 나다) 등의 다의적 의미를 내포한다. 김춘수는 도스토옙스키의 소설 속에 '들린' 것이다. 따라서 소설 속 인물들에 대해 말하는 것이 아니라 소설 속 인물들끼리 말하게 함으로써, 즉 작중인물들끼리 주고받는 편지 형식을 통해 소설 속 주인공의 심리를 체험하고 그 내면을 육화한다. 시 형식 자체가 대화성과 상호텍스트성을 보여주는데, 이때 패러디스트이자 발화자로서의 '나'는, 여러 소설 속 주인공들로 분열되고 복수화되면서 시집 전체의 시편들을 통해 무한히 증식된다. 이렇듯 사이와 관계를 만들어내는 텍스트들의 무한한 빈틈, 규정되거나 완결되지 않은 채 쉼없이 자기증식을 하는 패러디텍스트의 다중 주체야말로 21세기 패러디의 특징이기도 하다.

　이성복의 『달의 이마에는 물결무늬 자국』도 한 권 전체가 패러디 시집이다. 외국 시인들의 짤막한 시구절을 제사 혹은 프롤로그 형식으로 인용한 후 시의 본문에서 이성복 자신이 하고 싶은 말, 그러니까 엉뚱해 보이는 우리 삶의 풍경과 시인의 육성을 풀어놓는 독특한 산문시 형식을 취한다. 되풀이로서의 반복구조가 삶의 다양한 풍경들 속에 구현되고 있음을 감지한 시인은, 그 되풀이를 가장 노골적인 되풀이 형식의 패러디를 통해 표출한다.

　　　　　우리 숨쉴 때마다, 안 보이는 강물처럼 죽음은
　　　　　희미한 탄식 소리 지르며 허파 속으로 내려간다.
　　　　　　　　　　　　　　　—샤를르 보들레르, 「독자에게」

　수레바퀴가 돌아도 중심은 돌지 않는다. 테두리가 돌면 중심 축은 나아간다. 중요한 건 이뿐, 테두리가 중심 축 폼을 잡아서는 안 된다.

테두리가 돌기에 중심 축이 나아가는 게 아니라, 중심 축이 나아가기에 테두리는 도는 것. 우리는 모른다, 누가 이 수레를 어디로, 언제까지 끌고 가는지. 영원한 수레는 나아가고 헛되이 바퀴는 돌고 도는 것. 아 미치겠다 보들레르야, 보채지 좀 마라. 네 헛소리가 자갈밭 구르는 수레바퀴 소리보다 크구나. 어째 그리 넌 말귀를 못 알아듣냐.

―이성복, 「45 보채지 좀 마라」 전문

시인에게 인상적이었던 원텍스트에 의지해 시인 자신의 말을 발화하는데, 제사로 인용한 원텍스트와 시인의 말에 해당하는 본문과의 관련성이 시해석의 열쇠가 된다. 인용된 보들레르의 "우리 숨쉴 때마다, 안 보이는 강물처럼 죽음은/희미한 탄식 소리 지르며 허파 속으로 내려간다"라는 죽음에 대한 감각적이면서 형이상학적인 시구절은, 시 본문 속에서 "아 미치겠다 보들레르야, 보채지 좀 마라. 네 헛소리가 자갈밭 구르는 수레바퀴 소리보다 크구나. 어째 그리 넌 말귀를 못 알아듣냐"라는 위악적인 하대의 어조와 대조를 이룬다. 시적 의미나 이미지가 선명하고 강렬한 원텍스트의 문어체 문장은 패러디텍스트의 산문적이고 거침없는 구어체 문장과 대조를 이룬다. 이 유머러스한 부조화 속에서 패러디 효과는 극대화된다. 시인이 원텍스트에서 포착한 것은 일상(적 호흡)에 깃든 "희미한 탄식 소리"다. 이 청각 이미지가 패러디텍스트에서는, 수레바퀴(축과 테두리의 회전)에 깃든 "수레바퀴 소리"라는 비유로 재구축된다.

수레바퀴는 테두리와 중심축으로 이루어져 있다. 우리는 수레바퀴가 돌아야 중심축이 나아가고 누군가 수레를 끌어야 수레바퀴가 돌아간다고 생각한다. 그러나 시인은 뒤집어서 바라본다. 중심축이 나아가야 테두리가 도는 것이고, 수레가 나아가야 수레바퀴가 돌고, 수레를 끄는 사람이 수레를 끌어야 수레가 나아간다는 것이다. 수레바퀴의 운동 원리를 뒤집어 삶이 죽음을 추동하는 게 아니라 죽음이 삶을 추동한다는 사실을 보여주고, 나아가 삶과 죽음을 추동하는 이가 누구인가를 묻고 있다. 그러니까 보들레르가 삶의 호흡에 깃든 죽음의 탄식 소리를 들었다면, 이성복은 삶의 동력은 물론, 삶과 죽음을 끌고 가는 그 절대적 주체를 알고 싶어한다. 원텍스트에 내포된 원저자의 욕망에, 이성복이 포착한 시적 통찰을 잇대놓음으로써 패러디스트의 욕망을 구현하고 있다.

3) 게임-가상-유희의 테크노 패러디

디지털과 테크놀로지, 컴퓨터와 인터넷은 이미 21세기 사회문화의 기반이 되었다. 대중들은 남녀노소를 막론하고 시간과 장소에 구애받지 않은 채 엄청난 속도로 정보를 교환하고 서로의 의견을 공유하며 가상의 공간을 살아간다. 그들은 자신들을 일방적이고 수동적이었던 수용자에서, 현실에 영향을 미쳐 현실을 변화시키는 쌍방향적이고 능동적인 생산자로 탈바꿈시켰다.

성기완은 후기 자본주의 체제가 만들어내는 '테크노 형식'의 시적 형상화, 즉 컴퓨터를 매개로 하는 전자 언어의 형식과 내용을 패러디함으로써 시쓰기의 테크놀로지화를 실험한다.

1. 모니터. 혹은 이중(二重) 자아(自我)

한참 동안 어둡다가 무대가 서서히 밝아진다. 무대 가운데에 소파 하나, 그리고 양편으로 모니터가 두 개, 소파는 비어 있다. 모니터에는 계속해서 사람들의 얼굴이 지나간다. 무대 뒤의 벽면에는 큰 비디오 스크린. 소파와 모니터 두 개가 놓인 무대가 다시 거기 비추인다. 무대가 밝아진 후에도 계속하여 정적. 그리고 무대의 좌, 우측 끝에는 위로부터 길게 내리쳐진 휘장, 사람이 지치게 되어 있다.

거기 각각 한 사람씩 배치, 두 사람의 실루엣이 다음의 대화를 한다.

(……)

—카드를 뽑아보세요

—탄환은 머리에 박힐 수도 있습니다

—하지만 목숨이 두 장이라서

—증식하는 이마주 쪽이라서

—당신은 어느 쪽이지요?

—공장은 이마주를 증식시킵니다

—그쪽입니까?

—그쪽입니다

—파편들 하나하나가 다 나타났다가 사라집니다

—파편들 하나하나가 다 나타났다가요?

—사라집니다. 매번 왔다가는 작별을 고하지요.

—매번 왔다가요? 죽음입니까?

—당신도?

—당신도?

　　　　　　　　—성기완, 「환생(幻生), 혹은 죽음에 이르는 병」 부분

　인용 시는 원래 열세 쪽에 해당하는 긴 시다. 음악적 구성 과정, 연극
및 영화 양식, 지미 헨드릭스와의 가상 인터뷰 형식 등을 "자르고 섞어
(cut&mix)" 쓴 시다. "삭히지도 않고"(체화시키거나 내면화시키지도 않
고), "토막낸 익명의 살점들"(의미를 제거한 단속적인 파편들)처럼 "튕겨
다니"(혼성화된 목소리)는 '테크노로 가는 모양'(운동성은 있고 방향과 의

식이 없는 형상들)을, 테크노 패러디 형식으로 재현해내고 있는 듯하다. 제사로 인용한 니체의 "……그러니 타락하라,/목숨은 목숨을 낳을 뿐," 이라는 구절과, 시 본문의 "일러두기: 이것은 타락의 한 형식이다"라는 구절에서 알 수 있듯, 성기완은 '복제를 눈앞에 둔 주형틀'에서 생산되는 자신의 시 형식을 '타락의 한 형식'이라고 일컫는다. 테크노와 인간, 가상과 현실, 환(幻)과 죽음과 삶이 혼종 교배되는 세계의 형식이라 할 수 있다. 특히 '모니터, 혹은 이중 자아'라는 소제목을 통해, 그리고 '모니터'로 상징되는 잡종(hybrid)적 혼합 혹은 가상의 형식을 통해, 패러디 주체의 다중적 증식성을 강조한다. 그리하여 (테크놀로지화된 모니터의) "공장이 이마주를 증식시키"듯, 패러디는 텍스트를 증식시키고 이미지를 증식시킨다. "파편들 하나하나가 나타났다가 사라질" 때마다 '죽음과 환생(幻生)'이 되풀이되듯, 텍스트의 파편들이 나타났다 사라질 때마다 텍스트의 욕망은 다시 생성되고 다시 부정되기를 반복한다. 테크놀로지화된 복수(複數)적 패러디의 복수(復讐)이기도 하다.

서정학 시의 모태 또한 테크놀로지화된 삶이다. 비디오와 전자오락, 텔레비전과 공상과학, 판타지와 만화 등의 테크놀로지화된 대중문화의 여러 요소는 서정학 시의 소재뿐 아니라 시 형식까지 결정짓고 있다.

POPULOUS*

프로그램에서 : 나의 역할은 신이다
신의 종족 곧 나의 인간들을 번성시켜야 한다
악마의 종족 인간들 적을 물리쳐야만 한다
많은 성과 마을들을 지어야만 한다
바닷물은 위험하다 나의 종족들에게 그것은 치명적이다

나는 땅을

산을 깎아내려 평지를 만든다 종족들은 그곳에 집을 짓는다

그리고 번영을 누린다 그들은 꿈꾼다 난 느낄 수 있다

모니터 가득 그들의 존재 흰 점을 늘리는 꿈

그것, 많은 점수를 받을 수 있다

(……)

VILLAGE : 56

CASTLE : 38

KNIGHT : 5

SCORE : 10300

또 다른 세계 방식은 같다 (세계의 존재 방식의 비밀)

—서정학, 「컴퓨터, 꿈, 키보드」 부분

　*표의 각주를 참조해보면 'populous'(인구밀도가 높은, 군중이 붐비는)는 컴퓨터 게임과 관련된 고유명사인 듯하다. 게임 이름이나 게임 종류, 혹은 게임 제조회사일 수도 있겠다. 어찌됐든 이 게임의 주체는 신(神)이다. 신은 자신의 종족을 위해 마을과 성과 기사를 늘려야 하고, 악마의 종족과 기사들을 무찔러야 한다. 이러한 신들의 전쟁은 모니터 속에서 흰 점(신의 종족 수)을 늘려야 하는 과정에 불과하다. 모니터 속 '신의 세계'는 철저히 레벨화, 점수화되어 있다. 그리고 일정 점수 이상을

획득하면 '다른 세계'로 넘어간다. 게임의 법칙이다. '다른 세계'(다른 레벨)의 존재 방식(게임 규칙) 또한 다르지 않다. 인용 시에서 현실은 존재하지 않는다. 게임의 세계 그 이면에 숨겨져 있다. 장엄한 신들의 전쟁속에서 인간의 현실은 왜소하기 그지없을 뿐 아니라 심지어 존재감조차 없다. 인간의 세계는 신들의 세계로, 현실세계는 철저히 프로그램화된 게임의 세계로 대체되고 있기 때문이다. 이 같은 패러디 주체는 원텍스트의 게임 속 가상현실에 의해 사물화되고 메커니즘화된, 내면까지도 테크놀로지화된 주체다.

컴퓨터 게임의 세계를 모방하는 이러한 패러디 형식은 후기 자본주의의 테크놀로지화된 구조를 반영한다. 여기에는 역설적으로 테크놀로지를 근간으로 하는 대량 복제의 소비사회에서 서정시를 쓴다는 것이 불가능함을 보여주려는 패러디 동기가 담겨 있다. 앞서 성기완이 언급했듯, 시인에게 있어서 테크놀로지화된 패러디란 시의 타락한 형식이자 시의죽은 형식이기 때문이다. 일찍이 루카치가 소설을 일컬어 자본주의 사회의 물신성으로 인한 '타락한 사회의 타락한 형식'이라고 명명했던 구절이 떠오르는 대목이다.

10장
환상과 그로테스크의 연금술

환상을 어떻게 정의할까

    타자성과 하위 장르의 전복적 부상, 비이성과 광기에 대한 새로운 조명, 불확실한 리얼리티의 확산 등에 힘입어 환상문학은 21세기 문학의 중심으로 들어왔다. 단순하고 개연성 없는 공상 오락물로 폄하되었던 변신과 환생, 마법과 주술, 좀비와 귀신과 인공지능 로봇 모티브 등은 문학뿐 아니라 영화나 대중음악, 광고, 패션 등 모든 문화영역에서 쉽게 발견된다. 사실과 환상과 현실과 가상이 뒤섞인 세상을 이제는 20세기적 개념의 '있는 그대로', 즉 '리얼하게' 묘사하는 것이 불가능해진 것이다. '있는'이나 '리얼'의 조건 안에 환상(가상)의 일정 지분을 인정해야 한다.

    '환상(fantasy)'이라는 말은 '나타나 보이게 하다' '착각을 주다' '기이한 현상이 나타나다'라는 의미의 라틴어 '판타스티쿠스(phantasticus)'에서 유래했다. 어원에서부터 시각적 현상, 착시, 환영과 관련된 모호성을 내포한다. 일반적인 의미의 환상은 인간의 생리에 속하고 문학에서

문학적 속성 중 일부의 역할을 담당했다. 그러나 독립된 장르로서의 본격적인 환상문학은 19세기 초에 등장한다. 시민혁명과 산업혁명을 이끌었던 당시의 합리적인 사고를 혼란에 빠뜨리고 불합리한 존재를 인정하게 하는 역할을 환상문학이 담당했다. 지그문트 프로이트 이후 백일몽, 환각, 망상 등과 동의어로 사용되어온 환상은 인간 무의식의 반사실적·비합리적 본질을 나타내는 것으로 새롭게 인식되었다. 이 개념은 주체의 문제뿐만 아니라 사회적 욕망, 사회병리학적 증상, 이데올로기적 환상을 설명하는 틀로도 유효하다. 특히 환상문학을 향유하는 주체는 그들만의 고유한 사유와 정서를 현실이 사라진 기호의 유희로 표출하면서 환상을 일상적으로 누리기를 즐긴다. 그들 언어의 특징은 무의식을 겨냥한다는 점에서 욕망 표출적이고, 정전화된 것들의 권위를 거부한다는 점에서 저항 담론적이다. 진정한 환상이 '그럴듯한' 현실세계의 견고함을 견제하면서 그 견고함을 파괴한다는 사실을 입증이라도 하듯, 사회적 모순과 갈등의 본질을 드러내는 복합적이고 비판적인 문학 형태로 자리매김하게 된 것이다.

문학에서 환상은 크게 환상적인 것(the fantastic)으로서의 '환상문학'과, 환상 장르(Fantasy)로서의 '판타지'로 구별되었다. 츠베탄 토도로프에 따르면, '환상문학'은 플롯상의 사건이 자연에서 유래한다는 관점과 초자연에서 유래한다는 관점, 그 '사이에' 독자를 잡아두는 유형의 이야기다. 즉 현실적으로 이해하는 자연법칙이 존재하는데 여기에 초자연적인 어떤 요소가 등장하여 이질적인 분위기를 형성할 때 혼란을 느낀다면 이는 환상문학에 속한다. 이에 비해 '판타지'는 그 '사이에'서 초자연으로 넘어가서 작중 사건이 터무니없는 가공의 세계에서 일어나거나, 초자연적인 성질을 띠거나, 아니면 일어날 수 있거나 없는 예상을 무시하는, 일종의 장르문학을 지칭한다. 이를테면 왕(족)과 평민 등의 계급이 있는 고대 또는 중세가 재창조된 마법이나 이종족(異種族)의 등장, 목적을 가진 여행(quest) 구조, 무협소설적 상상력, 다기 다종의 외부 세계와의 접선, 귀신이나 유령 이야기, 연작 혹은 시리즈 구성 등을 특징으로 한다. 이러한 판타지는 마법이나 괴물, 기이한 사물(기계)이나 공간, 다른 세계 등을 바탕으로 삼는다. 21세기에 들어서는 환상으로 지각되는 환상의 역치점이 점점 더 높아지면서 환상의 경계가 불분명해지고 있다. 따라서 환상문학과 판타지의 구별도 의미를 상실해가고 있다. 게다가 현대시의 경우 환상시가 따로 장르화되지 않은데다 환상과 초현실과 판타지 등이 겹쳐지는 지점이 있으며, 최근 시에서는 판타지적 요소가 유희적 환상을 유발하는 주요 요인이 되고 있다.

그럼에도 불구하고 원래 환상'문학'은 미지의 것에 대한 공포보다는, 상상 세계와 현실세계 사이의 소통과 몽상적인 것에 중요성을 둔다. 시에서의 환상은 더욱 그러하다. 20세기 신비평가들이 지적한 환상은 비합리적인 연상작용을 자극하는 심상, 단어, 리듬의 배열, 병치 등에 의해 외부적 사실이 인간 무의식의 요구에 따라 변형 혹은 굴절되는 구체적인 표현 방법이었다. 이 외에도 환상에 대한 정의는 환상에 관심은 가진 이론가들의 수만큼이나 다양하다. 그중 주목할 만한 정의들을 소개하면 다음과 같다.

① 현실세계에서는 견디기 힘든 어떤 기묘하고 돌발적인 것, 분열, 소요(로제 카이유아)

② 현실적인 삶의 범주 속으로 침입하는 갑작스러운 신비(피에르-조르주 카스텍스)

③ 초자연적인 외양을 띤 어떤 사건 앞에서, 자연적인 법칙들만을 알고 있는 한 존재가 느끼는 망설임(츠베탄 토도로프)

④ 인간 이성의 한계에 대한 상상적 체험(이렌느 브시에르)

⑤ 명백하게 비논리적인 모든 현상들을 우리의 인식 체계로 환원시키는, 어떤 설명에 의해 해소되는 논리적 신비들(자크 피네)[1]

위와 같은 환상의 정의들에서 공통점은 '일반적으로 인정하고 있는 합의된 리얼리티로부터 벗어나고자 하는 충동'이다. 그러나 '합의된 리얼리티로부터 벗어난다' 해도 여전히 한 발을 걸쳐둔 현실적 맥락은 생생하고 유기적으로 전개되어야 한다. 반대로 비현실 속의 논리와 질서는 많은 부분 인간 무의식의 발현이라는 점에서 사상이나 철학적 주제와 함께 뚜렷이 서 있어야 한다. 이 지점에서 단순한 상상의 결과는 물론 공상이나 망상의 결과와도 구별된다. 따라서 환상을 '또하나의 현실'로 받아들여, 현실과 환상이 별개의 것이 아닌 인간의 삶을 이루는 동등한 두 요소라는 사실을 인정할 때 환상의 참모습을 발휘할 수 있는 것이다. '합의된 리얼리티' 혹은 '또하나의 현실'을 전제로 하지 않는 무분별한 시적 수용은 진정한 의미의 환상을 왜곡시키고 환상의 기능을 축소하는 결과를 초래할 수 있다는 점에서 경계할 필요가 있다.

'있는'이나 '리얼'의 개념에 대한 재정의 요청에서도 알 수 있듯 환상의 약진은 '리얼리티의 위기'와 연동되어 있다. 그동안 우리는 사실적인 것을 경험적인 것으로 간주하면서, 사실적이고 경험적인 리얼리티를 고정되어 있고 불변하는 것으로 믿어왔다. 그러나 21세기에 들어 이러한 리얼리티가 결코 확고하거나 분명하지 않다는 인식이 사회문화 전반에 급속도로 확산하였다. '사실적인 것'이라고 믿어온 것들이 '비사실적인

---

1) 프랑수아 레이몽·다니엘 콩페르, 『환상문학의 거장들』, 고봉만 옮김, 자음과모음, 2001, 9~11쪽 참조.

것'으로, '비사실적인 것'이라고 믿어 온 것들이 '사실적인 것'으로 경험
되고 있기 때문이다. 성(性)과 성역할, 종교, 과학 등의 분야에서 그 예들
은 쉽게 찾을 수 있다. 그 결과 비사실적이고 환상적인 것들이 이제 '또
하나의 유효한 리얼리티'로 자리잡게 되었다. 시에서는 더욱 환상과 리
얼리티는 서로 반대되는 개념이 아니라 서로 교류 가능한 보충적 개념이
다. 그러한 의미에서 환상은 리얼리티로부터의 도피가 아니라 리얼리티
의 탐색과 재현을 위한 하나의 수단이 되고 있다.

환상의 문법과 탈문법

■ 쓰려는 의지를 버리고, 편안한 자세를 취하고 몽상한다. 몽상의 주된 느낌
을 잡아 몽상에서 기억되는 바를 언어로 표현한다.

■ 낙서하듯 그저 뭔가를 쓰기 시작한다. 생각이 자연스레 떠오르는 것을 되는
대로, 자연스레 멈추게 될 때까지, 나열한다.

■ 머리에 떠오르는 첫 단어를 쓴다. 자유로운 연상을 따라 그다음 낱말들을
기록한다. 잠시 후 써놓은 단어들 하나하나가 암시하는 것을 기초로 그 관련성을
생각하며 몇 줄씩 쓴다.

■ 사전을 뒤적이다가 특정 단어에 주의가 쏠리면 그 단어와 연관되어 떠오르
는 모든 단어를 나열한다. 그 단어들을 문장화시켜 새로운 정의를 한다.

■ 좋아하는 시의 중심 서술어를 선택해 그것들을 서사로 연결한다. 그리고는
중심 서술어를 바꾸거나 생략한다.

위에 나열된 문장들은 초현실주의 자동기술법을 응용해 환상적 글쓰
기를 유도하는 문장들인데, 환상시의 시작점을 짐작해볼 수 있게 한다.

환상시가 무의식, 기억, 몽상, 자유로운 연상, 재정의, 비약적 연결을 특징으로 하는 초현실주의 시와 연동되어 있기 때문이다. 위의 인용문이 환상에 접근하는 자세와 태도에 관한 것이라면, 다음의 인용문은 환상을 불러일으키는 구체적인 방법에 해당한다.

① 모자: 머리를 덮는 것
  접시: 음식을 먹는 그릇
  여명: 그날의 시작
  거울: 우리의 모습을 보여주는 것
  경찰: 질서의 지팡이
  라디에이터: 더운물을 가득 채운 통

② 모자란, 음식을 먹는 그릇
  접시란, 머리를 덮는 것
  여명이란, 더운물을 가득 채운 통
  거울이란, 그날의 시작
  경찰이란, 우리의 모습을 보여주는 것
  라디에이터란, 질서의 지팡이

①에서 제시한 정상적인 피정의항과 정의항을 뒤섞어놓으면 ②와 같은 비정상적인 재정의가 되는데, 이런 혼란 때문에 피정의항의 대상들은 다른 세계로 진입하게 된다. 정의란 어떤 단어나 사물의 뜻을 명백히 규정하거나 그것들의 본질적인 속성을 제시하여 한정하는 일이다. 환상시는 기존의 규정이나 한정을 교란하는 것으로부터 시작된다. 'A는 B'라는 은유의 기본 형식에서 서로 무관한 A와 B를 연결하는 난폭한 병치 은유의 결합 방식과 유사한데, 병치 은유를 바탕으로 하는 시들이 초현실적 환상시가 되는 이유다. 그런 의미에서 불교의 선사들이 주고받았던 선문답도 환상과 일맥상통하는 부분이 있다. 다음의 선문답은, 위에서 본 초현실주의적인 재정의와 형이상학적 근본은 다르지만 드러난 표면적 구조는 유사한 점이 많다.

부처란 무엇입니까? (연교대사) 오늘 내일

(조주대사) 뜰 앞의 잣나무

(향촌선사) 오래 앉아 있으니 피곤하구나

(동산선사) 마삼근(麻三斤)

(광인선사) 장안은 동쪽, 낙양은 서쪽

　　이처럼 환상을 부르는 표현법이 좋은 환상시를 쓰게 한다면 환상에도 문법이 있을 것이다. "좋은 환상소설을 만드는 비결을 알고 있다. 그것은 가능한 한 기묘한 인물들을 선택해, 그들에 대해 아주 선명한 묘사를 하는 것으로 시작하라. 그들의 행위에 가장 섬세한 사실성을 부여하라는 것이다. 기묘함에서 불가사의로의 이행은 거의 느껴지지 않을 정도라서, 독자는 세계가 자기 뒤로 멀어졌다는 것을 미처 깨닫기도 전에 어느 틈엔가 환상의 한복판에 자리잡게 되는 것이다"(프로스페르 메리메, 「고골리에 대하여」)라는 문장에 동의한다면 더더욱 그렇다. 그러나 '환상'과 '문법'이라는 말은 모순적이다. 환상은 그 문법이 들키거나 예상이 될 때 신비, 공포, 착란, 열광, 착오, 불가사의와 같은 환상성을 상실하기 때문이다. 그럼에도 환상시에 드러나는 일반화된 문법을 추출해볼 수 있다.

　　(1) 환상시는 경계성에서 발생한다. 환상을 정의하는 '합의된 리얼리티로부터의 이탈'이나 '또하나의 현실'이라는 주제어는 이미, 경계와 경계 침범의 의미를 동시에 함의하고 있다. 실제로 환상문학에는 통상적인 범주들, 이를테면 삶과 죽음, 생물과 무생물, 과거와 미래, 인간과 동식물, 자연적인 것과 초자연적인 것 사이의 경계를 넘나드는 존재들이 필수적으로 등장한다. 따라서 현실세계에서는 일어날 수 없는 일을 행하는 유령·흡혈귀·좀비·괴물과 같은 외부적 매개물이나, 분신·변신·환영·잠재의식과 같은 내부적 매개물의 형상화가 중요하다. 이런 매개물들이 전생이나 사후와 같은 현실과 다른 차원의 세계로 넘어가 환상의

세계로 진입하는 예기치 않은 출구를 열어주거나, 자아의 이중화 또는 분신과의 만남을 구현해준다. 이처럼 현실과 환상, 그 경계서 구축되는 환상시는, 현실 모방이라는 재현 미학이 부과하는 강제로부터 자유로운, 허구 혹은 가상의 세계를 보여준다. 특히 환상시에서는 "모든 환상적 시각은 그것을 믿는 사람에 의해 현실이 된다"라는 믿음을 전제로, 환상을 통해 자신만의 심연을 드러내 보일 수 있어야 한다.

(2) 환상시는 다른 세계에 속하면서 현실에 개입할 수 있는 특별한 힘을 전제로 한다. 따라서 환상이 펼쳐지는 현실과 다른 시공간을 창조해야 하며, 그 시공간으로 안내하는 매개적 장치를 마련해야 한다. 이를테면 착란·열광·착오는 물론 신물·마법·변신·주문 등은 불가사의한 시적 서사에 이바지하는 동시에, 초현실적 이미지나 환상적 시 형식의 발견을 동반한다. 특별한 힘을 가진 매개적 장치를 통해 공포와 기괴함과 비극적 정조를 자아낼 수 있으며, 혼란과 모호함과 유머를 자아낼 수도 있다. 굳이 논리적인 설명이나 이성적인 해석이 필요하지는 않지만, '가장 진실되고, 놀랍고, 들을 수 없는 것을 받아들이게 하기 위해 위장된 그럴듯함'을 연출할 수 있도록, 독자에게 상상 속의 무한한 자유와 즐거움을 제공해줄 수 있어야 한다. 유희 지향적인 인간 본성에 강력한 호소력을 갖는 환상 공간과 매개적 장치의 창조 여부가 환상문학의 성패를 좌우한다 해도 과언이 아니기 때문이다. 이때 시인은 환상의 공간이 현실을 바라보는 더 유연하고 포괄적이고 복합적인 시각을 제공해줄 뿐만 아니라 인간의 무의식적 욕망이 발현되는 장(場)임을 잊지 않아야 한다.

(3) 환상시에서는 감각의 풍요로운 활용이 중요하다. 감각적 반사와 굴절과 왜곡을 통해 낯익은 것들을 낯설게 해주며, 낯선 세계에서 자아의 다른 모습들과 대면하게 해서 또다른 모습을 발견하게 해주는 역할을 한다. 환상의 매개물로 거울, 화상(畵像), 유리, 렌즈와 같은 반영이나 굴

절 같은 시각적 장치가 자주 활용되는 것은, 환상에서 '보는 것'으로서의 시각 이미지의 중요성을 방증한다. 눈에 보이는 세계와 눈에 보이지 않는 세계를 통해 계산된 유희의 시공간성을 확보하기도 하고, 숨겨진 자아를 가시적으로 발현하는 계기로 삼기도 한다. '듣는 소리'로서의 청각적 이미지도 환상적 효과를 자아낸다. 소리로서의 운율이나 리듬감도 마치 주문(呪文)처럼 다른 세계로 넘어가게 하는 간접효과를 발휘한다. 감각의 교란은 현실의 '또다른 리얼리티'를 전달하는 효과적인 무기가 될 수 있는 것이다. 이는 우리 시대가 감각의 시대이고 환상적 감각의 실제성이 극대화되어 리얼리티 자체가 모호해진 현실을, 그리하여 현실과 환상의 경계가 점차 무너지는 현실을 반영한다. 이처럼 확장된 현실감각에 의해 환상은 이제, 리얼리티의 반대가 아니라 리얼리티와 비리얼리티 사이에 존재하는 불확실한 어떤 것이 되고 있다.

(4) 환상시는 텍스트 내적 요구로 환상적 서사, 나아가 환상적 픽션의 성격이 부여된다. 이러한 환상적 서사는 경험세계의 간섭을 거의 받지 않는, 허구의 완벽함이 가져다주는 희열이 언어의 힘으로 성취된 완벽한 질서를 추구한다. 이는 사회적 현실과 독립된 세계를 말한다. 특히 '개방된 서술의 플롯'을 통해 시적 여백으로서의 비약적 틈을 허용하는데, 이를 위해 허위적인 속성 부여, 자리바꿈, 드러나거나 감추어진 인용구, 패러디, 철학적 명제를 과장하여 개진하기, 발명과 지식의 혼합, 그리고 거짓 지식 등이 활용된다. 결과적으로 사실과 허구의 경계를 허물면서, 서사적 단편들에 시적인 가능성과 형이상학적인 무제한의 힘을 부여한다. 강렬하고 파편화된 뒤틀림으로 미학적 위계질서를 거부하거나, 강박적으로 완성되고 불안정한 균형을 제시하기도 한다. 이 개방된 플롯 사이의 틈은 독자들이 능동적으로 채워넣어야 한다.

(5) 이러한 서사 전략에 더해 환상시는 자주 (탈)환유적 상상력과 연

동된다(6장, '초감각적 인접성에 의한 환상 – 내면적 환유' 참조). 데이비드 로지는 '환상시'가 서사적·산문적 특징을 갖는다는 것은 '환상시'가 탈환유의 방법을 지향하기 때문이라고 지적한 바 있다. 시공간적인 인접성에 의해 유지되는 환유적 관계를 파괴하는 탈환유의 방법으로 현실세계에서는 성립 불가능한 초현실적 서사를 창출할 수 있다"는 것이다. 이 같은 탈환유의 방법은 다른 어떤 의미나 관념으로 환원되지 않는, 즉 이미지 간의 환유적인 관계를 파기하는 방법, 혹은 탈맥락화 방법으로 수렴된다. 공간적으로 인접한 이미지들을 떨어뜨려놓거나 비현실적 공간과 연결함으로써 일상적인 관계를 파기하는 방법이 가장 일반적이다. 또한 시간을 도치시키거나 아예 시간성을 탈각시키면서 탈현실화할 수 있고, 논리에 의한 인과성 또한 그러한 논리의 맥락을 끊어버리거나 왜곡시켜 사건을 재현하면서도 비현실성을 유지하는 이중 효과를 창출할 수도 있다. 환상시의 서사성은 인접성을 무너뜨리기 위한, 그리하여 초현실을 마련하기 위한 전략이기 때문에 인접성을 토대로 유도하던 환유적 서사성과는 결이 다르다. 이처럼 환상과 서사가 결합할 때 알레고리적 환상이 구축되기도 하는데 이로써 표층적 의미와 그에 대한 알레고리적 의미가 이중 관계를 맺는다.

(6) 환상시는 언어적 환상을 기반으로 한다. 정상적인 시어를 일탈의 방법으로 구조화할 때, 혹은 관습적으로는 잘 쓰이지 않는 방법으로 통사구조를 결합할 때, 그 시어가 지시하는 사물·관념들이 원래의 맥락에서 벗어나 전혀 다른 맥락으로 자리잡게 된다. 그리하여 환상적인 풍경이 생성된다. 언어적 환상이 언어 파괴적인 용법의 결과로 나타나는 것이다. 이를테면, 구체적인 대상을 지시하는 이미지들이 리얼리티를 위반하는 방식, 즉 구체적인 '이름'을 의도적으로 치환하고 폭력적으로 결합하는 것으로부터 출발한다. 이를테면 "(아빠)는 (포물선)을 그리며 (술

병) 속으로 똑 떨어진다/(……)/(술병) 속으로 (석탄)을 실은 (화물열차)
가 연달아 들어가고/만취한 (아빠)는 비틀비틀 어두운 (술병)을 걸어나
온다"(함기석, 「축구소년」)를 보자면 ( ) 부분에서 이미 현실적 맥락을 벗
어난 시어들로 치환되면서 환상적 의미가 발생한다. ( ) 속을 거리가 더
먼 시어들로 치환하면 우연에 의한 유희적 환상은 더욱 강화된다. 이렇듯
순수 환상은 합리화가 불가능하거나, 의미를 도출할 수 없는 비현실적이
고 비일상적인 이미지의 나열로 이루어진다. 의도적으로 언어의 관습적
인 용법을 파괴하거나 언어를 유희의 도구로 사용하는 것이야말로 환상
창조를 위한 기본 전략이라 할 수 있다.

환상은 어떻게 실현되는가

　실제 시작품에서 환상과 상상(몽상)을 구분하기란 쉽지 않다. 시는 비
약적인 이미지나 비유, 감각 등에 의해 시공간을 자유롭게 오갈 수 있을
뿐만 아니라 그 역동성에 의해 시적 상상이나 시적 몽상에도 초자연적인
힘들의 개입이 자연스럽게 이루어지기 때문이다. 시적 특질에는 현실계
와 비현실계 사이의 비정상적인 소통은 물론, 표현의 특수성과 무의식적
욕망의 실현이 내포되어 있기 마련이다. 앞서 언급했듯, 환상시 역시 언
어적 환상을 기반으로 시인의 불안정한 내면을 환상적 표현으로 구현해
내곤 하는데, 그 시적 의미는 단일한 의미로 규정되지 않으며 실재적이
지도 않다. 때문에 환상시라는 이름에 걸맞게 환상적 요소가 시에 전면
화될 뿐만 아니라 핵심적인 시적 원리로 작동하는 21세기 시들을 중심으
로 환상시의 특징적 양상을 살펴보고자 한다. 물론 이전의 이상, 김춘수,
김종삼, 김혜순 등의 작품들에서도 환상시의 징후를 찾아볼 수 있다.

테크놀로지와 대중문화의 세례를 받은 21세기 시인들은 허구적인 유희로 환상을 시에 끌어들이곤 한다. 외부 세계와 단절된 자폐의 시적공간에 현실의 흔적은 없다. 텍스트 안에서 발화되는 모든 행위가 비실재적이다. 지극히 자아도취적이고 유아적이고 허구적이다. 분열하는 주체의 틈이자 균열이며, 은유와 환유의 현장이라 할 수 있다. 구체적인 시를 보자.

우울한 날 거울도 보아요 그럼 나는 보이지 않고 백색의 피로 뒤덮인 놀이터만 보여요 담장 가득 죽은 뱀과 인간의 창자가 널려 있는 정오의 놀이터가 보여요 하늘 한복판에서 태양은 피를 토하며 비명하고 흰구름 하나 외눈박이 소년과 시소를 타요 구름은 자꾸만 장송곡을 부르고 소년은 무서워하며 울어요 그럼 나는 얼른 거울 속으로 뛰어들어가요 소년을 안고 장난감 가게로 달려가요 아름다운 눈알을 선물해요 숨쉬는 상자를 선물해요 사과를 넣고 주문을 외면 염소가 걸어나오는 착한 상자를 선물해요 벽돌을 집어넣으면 비행기가 날아오르는 한 줌의 모래를 집어넣으면 수천 마리 잠자리떼가 날아오르는

—함기석, 「우울이 환상을 낳아요」 부분

인용 시는 '거울' 속에서 자행되는 진지한 자학의 놀이이자 우울한 환상의 놀이를 보여준다. 자신의 욕망을 무대화할 환상적 공간을 찾아 비사실적인 이야기를 꾸며내고, 끊임없이 상상하며, 온갖 사소한 수다와 입담으로 자신의 말들을 쏟아낸다. 그 거울 속은 "백색의 피로 뒤덮"이고 "담장 가득 죽은 뱀과 인간의 창자가 널려 있"고, "태양은 피를 토하며 비명하고" "구름은 자꾸만 장송곡을 부르"는 잔인하고 공포스러운 놀이터다. 무서워하며 울고 있는 '외눈박이 소년'이 사는 이 놀이터에 '나'는 뛰어들어가 소년과 함께 "수천 마리 잠자리떼가 날아오르는" 환상적

인 놀이를 한다. 거울이라는 '놀이터'를 매개로 시인은, 거울 밖의 나/거울 속의 소년, 보다/울다, 우울·환상/죽음·공포, 그 사이를 넘나들며 그 경계를 없애고 있다.

비약적 상상력과 전복적인 에너지에 힘입어 자신의 구체적인 경험을 낯선 언어로 창조하고 픽션화하고 있다. 이때 '거울'은 자아분열에서 비롯되는 유희적 요소를 증폭시키는 장치로 기능한다. 현실에 편입하지 못한 채 '우울한 환상'으로 상징되는 무의식 세계에 침잠해 그 속에서 기호들의 유희가 펼쳐질 수 있는 마당을 제공한다. 물론 '거울 속의 그'는 분열된 시적자아의 분신이다. '그'와 '나' 간의 분열, 혹은 그 불화의 극점에서 시인은 '잠' 속으로 빠져들어 유희의 공간을 확보하는 것이다. 이러한 환상적 유희의 공간은 자리바꿈의 치환에 의한 언어적 환상으로 증폭되는데, 현대인의 병리학적 징후와 결합할 때 정신분석적 백일몽이나 망상, 분열의 양상을 띠게 된다. 시인에게 '거울'이나 '잠'은 하나의 의미를 진술하는 동시에 그 의미를 은폐시키기 위한 의도적 장치인 셈이다. 불가해한 긴장과 고의적인 난해함은 이 같은 환상적 장치들을 통해서 강화된다.

환상에 지대한 영향을 주는 것이 신화와 전설이다. 신화는 사실이 아니지만 사람들이 사실로 믿는 환상적인 이야기고, 전설은 민담이나 민속을 통해 전해지는 이야기다. 둘 다 구성원들의 집단적 관습과 윤리와 상상력을 구성하는 정신적 근간이 된다. 그래서 신화와 전설의 흔적은 파편화된 알레고리의 형태로 환상과 쉽게 결합되곤 한다.

깊은 숲에 이르면 볼 수 있다 했다 은백양 뿌리에 감겨 잠든 돌고래, 나는 눈먼 사람이 되어 수풀을 헤쳤고 웅덩이 고인 물에 발목을 적셨고, 입술을 모아 휘파람 불면 살아 있는 자 죽어서도 떠나지 못하는 자,

숲은 제 몸을 떨며 천천히 차오르고 있었다 이마 깨끗한 돌고래 다가와 나를 부르고 흘러가는 방향에 홀린 채 검푸른 물속으로, 막힌 핏줄이 터지듯 빠져나가는 태생의 기억, 멀리 폐쇄된 소금창고의 문이 열리고 있었다 지상의 보행을 끝낸 것들이 떠나고 있었다

　　다시 돌아올 수 없는 땅 다시 돌아올 수 없는 땅.
　　　　　　　　　　　　　　　—박상수, 「돌고래 숲」 전문

　신화적 환상성이 극대화된 인용 시에서 현실적 맥락을 찾기란 쉽지 않다. 백양나무가 하얗게 늘어선 숲, 하얀 백양나무의 뿌리 아래에는 하얀 돌고래가 잠들어 있다. 그리하여 숲은 바다가 되고 그 바다는 무척 깊을 것만 같다. 숲에서 배어나는 흰빛에 눈이 멀어 웅덩이에 발목이 빠지고, 비명인 듯 "(돌고래 소리 같은) 휘파람을 불면 살아 있는 자, 죽어서도 떠나지 못한 자"들이 숲에 넘쳐나기도 한다. 은백양나무 숲을 통과하는 밤 바람소리든, 은백양 뿌리에서 새어나는 돌고래의 울음소리든, 수풀을 헤치는 눈먼 사람의 비명이든, 모두 이 숲 너머의 먼 것들을 부르는 휘파람 소리로 수렴된다. 목숨이 빠져나가고 기억이 빠져나가면 영혼처럼 하얗게 내려 쌓이는 소금의 결정체들, 그것은 바다가 된 흰 숲의 결정체이기도 하겠지만, 숲에 깃든 밤의 달빛일지도 모른다. 지상의 보행을 끝낸 것들답게 모두 하얗다. 은백양에서 돌고래로, 돌고래에서 눈먼 인간에게로, 눈먼 인간에서 휘파람으로, 휘파람에서 소금으로 하얗게 이월하고 있다. 삶에서 죽음에로의 보행을 거듭하면서. 신비로운 은백양나무와 돌고래를 품고 있는 숲, 다시 돌아올 수 없는 시간의 숲, 기억의 숲, 영혼의 숲, 죽음의 숲. 그런 돌고래 숲은 이 세상에 존재하지 않는다는 점에서 신화적 환상을 불러일으킨다. 그뿐 아니라 선지자 혹은 순례자를 떠올리

는 눈먼 사람, 다시 돌아올 수 없는 땅과 그 지상에의 보행, 소금 창고의
문 등도 신화적 상징을 환기하면서 환상적인 알레고리를 구축한다.

　다음 시는 매혹적인 비유와 마술적 이미지를 중심으로 동화적 환상을
펼쳐 보인다. 그러나 이 동화적 환상에는 첨예한 정치사회적 현안과 섬
세한 인간 내면에 대한 통찰이 결합해 있다.

　　　녹색 오렌지로 태양을 그리는 아이들은 어디 있나
　　　바다를 술로 만드는 마술은 어디에 있나
　　　망루에서 죽은 자에게
　　　빌딩처럼 멋진 묘비를 세워주는 도시는
　　　어디 있나

　　　어디에 있나…… 코르크 마개처럼 가볍게
　　　제가 빠져나올 술병 속에서만 떠도는 영혼은
　　　어디에 있나
　　　핏자국 얼룩진 제 모포로만 상대의 누런 얼룩을 덮어주는
　　　다정한 의사당은 어디에 있나……
　　　가던 사람들이 죽은 정어리처럼 꼼짝 않고 서서 바다를 찾는 도시는
　　　자기만의 무지개로
　　　소녀들이 목을 매는 하얀 철탑은

　　　어디에 있나

　　　무덤에 뿌려진 꽃송이를 씨앗으로 바꾸는 마술사는
　　　신문이 시처럼 읽히는 둥근 십자로에서

못 박히는 시간들은

　　　　　　　　　　　　—진은영,「지도를 찾아서」전문

　인용 시의 틀을 구성하는 것은 "녹색 오렌지로 태양을 그리는 아이들" "바다를 술로 만드는 마술" "무덤에 뿌려진 꽃송이를 씨앗으로 바꾸는 마술사"와 같은 동화적 모티브다. 아이들과 마술(사) 모티브를 통해 '합의된 리얼리티'의 현실세계를 경쾌하게 이탈한다. 이러한 동화적 세계는 "망루에서 죽은 자에게/빌딩처럼 멋진 묘비를 세워주는 도시" "핏자국 얼룩진 제 모포로만 상대의 누런 얼룩을 덮어주는 다정한 의사당" "가던 사람들이 죽은 정어리처럼 꼼짝 않고 서서 바다를 찾는 도시" "자기만의 무지개로/소년들이 목을 매는 하얀 철탑"과 같은 구절이 함의하는 사회적 메시지의 직접성을 희석하는 역할을 한다. 망루, 빌딩, 핏자국, 의사당, 철탑의 시어 등은 각각 용산 참사, 국회(단식) 투쟁, 세월호, 쌍용차 해고 노동자 철탑 투쟁이나 밀양 송전 철탑 반대 투쟁과 같은 당대의 사회적 현안들을 환기한다. 또한 여기에 "제가 빠져나올 술병 속에서만 떠도는 영혼" "신문이 시처럼 읽히는 둥근 십자로에서/못 박히는 시간들"과 같은 멜랑콜리의 정서를 더하고 있다.

　이 시의 환상은 동화적 상상력을 근간으로 첨예한 사회 · 정치적 성찰과 형이상학적 내면적 성찰을 동반한다. 환상과 리얼리티가 반대의 개념이 아니라 동전의 양면처럼 상호보완적인 요소임을 보여준다. 환상과 정치와 철학 역시 상호 보충적으로 시에서 어떻게 만날 수 있는지를 보여준다. 이 외에도 원관념과 보조관념, 보조관념과 보조관념 사이의 거리가 먼 낯선 비유와 이미지들을 적극적으로 활용해 환상성을 증폭시키면서, "어디(에) 있나(……)"를 반복적으로 변주해 마치 주문(呪文)처럼 시인이 꿈꾸는 '또하나의 현실'을 향한 절박함을 강조한다. 그처럼 우리가 잃어버린 것에 대한, 또는 잊고 사는 것에 대한 지향점을 '지도를 찾아서'라는 제목으로 드러낸다. 그 '지도'가 어디서나 쉽게 구할 수 있는 현실의 실제 지도가 아닌 이 세상에 존재하지 않는 환상적 상관물로서의 지도라는 점에서, 유토피아적 환상성을 함의한다.

그로테스크를 어떻게 정의할까

환상과 마찬가지로 그로테스크 역시 주변부로 밀려났던 하위 장르의 부상과 더불어 21세기에 더욱 주목받게 되었다. 영화와 비디오와 텔레비전과 컴퓨터에게 독자를 빼앗기게 된 문학은 이제 그것들과의 경쟁에서 살아남기 위해 새로운 창작 양식과 새로운 상상력을 필요로 하게 되었고, 그 모색 과정에서 환상과 그로테스크가 시적 가능성으로 다가왔던 것이다. 컴퓨터와 인공지능이 만들어내는 가상현실과 사이버 현실이 리얼리티의 고정성과 불변성을 위협하는 시대라는 것도 한몫을 담당했다. 우리는 사실과 허구, 현실과 환상뿐 아니라 정상과 비정상, 선과 악, 미와 추가 서로 뒤섞이는 혼합의 시대, 그것들의 이분법적 구별이 모호한 시대를 살고 있다. 그리하여 환상과 그로테스크, 나아가 환상적 그로테스크가 그 어느 때보다 더 현실적이고 친숙하게 느껴지게 되었다.

15세기 말에 고대 로마의 폐허에서, 특히 '동굴'에서 '발굴'된 장식들은 이전에 볼 수 없던 독특한 형상이었다. 식물과 인간 머리가, 동물의 몸과 물고기 꼬리가 결합해 있는가 하면 온갖 신화적 형상이 합쳐져 있었다. 이 낯선 형상은 보는 이들에게 놀라움과 매혹, 공포가 뒤섞인 감정을 가져다주었다. '그로테스크'란 동굴이라는 뜻이자 발굴이라는 뜻의 이탈리아어 '그로테(grotte)'에서 유래했으며 애초에는 황당무계한 모티브들에서 유래한 장식적인 소용돌이무늬를 지칭하는 미술용어였다. 이후 그 의미가 확대되어 17세기 문학에서는 우스꽝스러운, 희극적인, 익살스러운 의미로, 18세기의 문학에서는 비자연적인, 괴물적인, 기형적인 의미로 사용되었다. 특히 18세기 후반부터는 회화적 개념과 거의 동일하게 취급되면서 긍정적인 의미로 언급되기 시작했다. 그리고 19세기 사실주의 리얼리즘 속에서 그로테스크는 '당대 사회의 객관적 묘사'로, 인간 사회에서 자행되는 부조리와 추(醜)와 악(惡)의 단면들에 대한 극사실적 묘사와 결합하기 시작했다. 세계의 모순을 정확하게 묘사하고 고발하여 독자의 경각심을 불러일으키는 기법이자 미학으로 자리잡게 되었다. 현대에 이르러서는 문학의 다른 개념들과 혼용되어 기형적인 것, 이상야릇한 것, 부조리한 것, 초현실주의적인 것, 무섭고 악하고 추한 것 등의 복합적인 개념으로 주목을 받았으며, 미학적인 개념을 넘어 현실의 어떤 특정한 상태를 표현하는 개념이 되었다.

지금까지 정의되었던 그로테스크의 주요 개념을 정리하면 다음과 같다.

① 자연법칙과 비례 원칙을 벗어난 우스꽝스럽고 괴상한 것(익살스러운 것)의 지나친 강조

② 양립할 수 없는 이질적인 요소들이 한데 섞인 비정상의 상태를 강조

③ 놀이(유희)적인 요소, 예를 들면 모순적인 것, 역설적인 것, 공상적인 것들이 빚어내는 풍부한 상상력과 유쾌한 장난기를 강조

④ 고통스럽고 두려운 악마성, 무시무시한 공포, 추(醜)한 것들이 갖는 무한한 다양성을 강조[2]

---

2) 필립 톰슨, 『그로테스크』, 김영무 옮김, 서울대학교 출판부, 1986.

문학에서 그로테스크는 매우 우스꽝스럽고 특이한 익살의 형태로 표현되는데, 부분적으로는 유머러스하고 부분적으로는 아이러니한 대립과 모순으로 표출된다. 자연스러운 것을 왜곡하고 과장하거나, 공상적이고 초자연적이며 기괴한 느낌을 주는 범위를 표현하는 방편으로 쓰이고 있다. 그리하여 오늘날 그로테스크는 식물적인 것-동물적인 것-인간적인 것-기계적인 것, 그리고 기교적인 것-이상야릇한 것-우스꽝스러운 것-기형적이고 추한 것-무섭고 두려운 것-괴기스럽고 섬뜩한 것-부조리하고 초현실적인 것-악마적인 것이 서로 혼합되거나 융합된 개념으로 활용된다.

이러한 개념을 활용해 그로테스크적 글쓰기는 다음과 같이 시작해볼 수 있다.

■ 주변의 인물이나 사물을 선택해 부조화, 비정상, 지나친 강조 등의 방법을 활용하면서 희극적이거나 비극적인, 혹은 희비극적인 생김새나 행위를 묘사한다.

■ 오감각을 적극적으로 활용해 더러움, 역겨움, 혐오스러움, 악마다움을 불러일으키는 비도덕적인 이야기를 만든다.

■ 환각과 각성의 교차 기법을 통해 소외, 고독, 단절, 일탈의 극단적인 상황을 서술한다.

이처럼 혼합되고 융합된 개념으로서의 그로테스크는 기묘한 것, 희화화, 패러디 그리고 부조리 등과 쉽게 혼동되어왔다. 첫째, 그로테스크와 '기묘한 것'은 정도의 차이에서 구별되는데 그로테스크가 더욱 과격하고 공격적이다. 둘째, 그로테스크와 '희화화'는 특정한 면모를 익살스럽게 과장한 점에서는 유사하지만, 희화화 과정이 극단화되거나 과장을 위한 과장으로 발전하는 경우 그로테스크와의 변별이 어렵다. 셋째, 그로테스크와 '패러디'의 경우, 패러디가 극단적으로 행해져 마침내는 패러디와 원텍스트, 또는 원텍스트의 내용과 형태 사이의 갈등이 지탱될 수 없을 정도로 뒤섞일 때 그로테스크 패러디가 된다. 이때 잔혹하게 공격적인 풍자적 동기에 주목해야 한다. 넷째, 그로테스크와 '부조리'는 여러 측면에서 대비된다. 부조리가 형이상학적인 무의미를 지향한다면, 그로테스크는 현세적인(현실적인) 의미를 지향한다. 또한, 전자는 의미 없는 현실에 대한 절망적인 동의를 자체 내에 포함하고 있다면, 후자는 자체 내에 일정한 현실에 대항하는 이의를 내포하고 있다. 그러나 결정적인 차이는 그로테스크는 어떤 형식적 틀로 환원시킬 수 있지만, 부조리에는 특유의 형식적 틀이나 구조적 특징이 없다는 점이다.[3]

또한 그로테스크는, 독일어 운하임리히(unheimlich)의 영어 번역어 언캐니(uncanny)로 지칭되기도 한다. 지그문트 프로이트는 이 언캐니를 "환상과 현실의 경계가 사라진다거나, 이제까지 공상적인 것으로 여겨졌던 것이 눈앞에 나타난다거나, 어떤 한 상징이 상징하고 있던 사물의 의미와 기능을 그대로 갖추고 나타날 때" 발생하는 친숙한 섬뜩함, 낯익은 낯섦(두려움, 불쾌)이라고 말한다. 이상한, 기이한 등으로도 번역되는 이러한 언캐니는 억압된 것의 회귀와 관련이 있다. 어둠 속에 비밀로 남아 있어야 하는 것과 어둠에서 나온 모든 것을 가리키며, 아주 오래전부터 친근하게 느껴지던 감정이 억압 과정을 거치면서 두려움이라는 감정으로 변형된 특이한 상황에 해당한다. 따라서 언캐니를 유발하는 대표적인 오브제는 시체, 죽은 자의 생환이나 귀신과 유령과 좀비, 그리고 절단된 신체들의 자율적인 움직임 등이다. 그것들의 현현은 현실과 환상(가상), 삶과 죽음(귀신, 유령)의 경계를 무너뜨리기 때문에 섬뜩함, 두려움 같은

---

3) 같은 책 참조.

공포 감정을 들게 한다. 이런 점에서 언캐니는 그로테스크와 유사하다. 단지 그로테스크에 비해 언캐니는 불확실한 상황 전개나 무의식이 작용하여 불안과 공포를 자아내는 심리적 기제가 강조된다.

현대에 와서 그로테스크에 관한 논의가 진지하게 이루어진 것은, 그로테스크가 20세기 이후의 사회적, 지적 변화를 파악하고 표현하는 데 유효한 시학적 장치이기 때문이다. 현대시에서도 그로테스크는 현실을 엉뚱하게 조합하고 흉하게 일그러뜨림으로써 독자로 하여금 불안과 충격을 느끼게 해, 현실에 동화되기보다 비판적 거리를 확보하도록 하는 소격효과(alienation effect)를 자아낸다. 따라서 그로테스크의 가장 보편적인 기능은 독서 행위를 일단 멈추게 하는 브레이크 작용에서 찾을 수 있다. 멈춤 혹은 단절 작용을 하는 그로테스크적 충격은 의미적 효과만큼이나 강력한 감정 효과를 수반한다. 이 충격 효과는 독자에게 익숙했던 세계를 낯설게 하고 전통에 익숙해 있던 독자들의 가치 기준을 흔들어놓는다. 그리하여 이미 알려졌거나 이미 인정된 규범들을 무효화시키고 전도시켜서 의식적인 기대 전환을 하도록 한다. 즉 정상적인 사고로 이루어진 '기대 지평'을 뒤엎음으로써 충격 효과를 유발한다. 기존의 고정관념을 숙고하거나 공격하는 무기로 사용되는 그로테스크의 이러한 공격성은 풍자나 아이러니에 봉사하기도 한다. 현실과의 과장된 괴리로부터 생성되는 그로테스크가, 현실을 참되게 인식할 수 있는 토대를 제공할 뿐만 아니라 현실을 뛰어넘는 시적 가능성을 시사하는 지점이다.

그러나 충격의 미학은 더욱 강렬한 충격의 목록을 끝없이 만들어내야 한다. 이렇게 만들어진 충격들은 다시 제도화 혹은 관습화에 빠지고 충격은 단지 충격의 관성을 지닌 채 새로운 상품으로 전락하기 십상이다. 때문에 실제의 삶에 아무런 영향을 미치지 못하는 하나의 구경거리나 위악에 그칠 수 있다는 그로테스크의 역기능 또한 간과하지 않아야 한다.

그로테스크와 환(幻)과 추(醜)와 악(惡)

그로테스크가 공상적이고 초자연적이라는 점을 공유할 때 환상과 그 경계를 넘나든다. 로지 잭슨은 환상성의 가치를 현실에 대한 전복적 상상력으로 보았다. 환상이 한 개인의 환상만이 아닌 사회, 문화와의 관계 속에서 형성되는 것이기 때문이다.[4] 환상의 중요한 속성 중 하나가 사회적 금기와 억압에 대한 위반과 전복성인데, 그러한 속성은 그로테스크에서도 찾을 수 있다. 그로테스크는 현실 이면의 무의식을 적나라하게 드러낸다는 점에서 사실주의 문학보다 더 개혁적이고 전복적이라 할 수 있다. 그로테스크가 현실과 밀접하게 연결되어 있다는 근거다. 볼프강 카이저가 "그로테스크는 소외된 세계이다"라고 정의했을 때, 프리드리히 뒤렌마트가 "그로테스크는 정확하게 묘사하는 진기한 기법 중 중요한 하나이다. 이 기법에 객관성의 잔인함이 내포되어 있음은 부인할 수 없으나 그것은 허무주의자의 기법이 아니라 도덕가의 기법이다. 부패의 기법은 더더구나 아니며, 오히려 소금의 기법이다"라고 지적했을 때,[5] 그들은 그로테스크가 현실의 특정한 상태에 관하여 말하는 비판적 혹은 풍자적 인식에 대한 개념임을 통찰했던 것이다. 현실의 범주를 벗어나지 않는 그로테스크는, 현실의 환상과 추와 악을 직접 보여줄 뿐만 아니라 그것들을 극단적으로 일그러뜨려 표현한다. 부패한 현실에 소금을 뿌리듯이 말이다.

그럼에도 불구하고 환상과 그로테스크를 구별해보자면 첫째, 환상과 비교해 그로테스크는 더 현실적인 맥락 안에서 소통되며, 쾌보다 불쾌에, 미보다 추에, 조화보다 파괴에, 긍정보다 부정에 더 무게감을 둔다.

---

4) 로지 잭슨, 『환상성 – 전복의 문학』, 문학동네, 2001, 14~16쪽 참조.

5) 박종소, 「G. 켈러와 그로테스크: 소설 「의로운 세빗바치들」을 중심으로」, 숭실대학교 석사학위 논문, 1988, 7~17쪽에서 재인용.

그러기에 그로테스크는 '현실적이고 육체적인 구체성(실제성)'을 비정상적으로 조합하거나 잔혹하게 왜곡하곤 한다. 둘째, 희극적인 것과 끔찍한 것(섬뜩한 것), 즉 웃음과 공포의 충돌, 미와 추의 충돌처럼, 양립할 수 없는 이질적인 요소들의 충돌이 환상보다 더욱 강조된다는 점도 그로테스크의 특징이다. 그런 의미에서 환상이나 그로테스크는 모두 모순적 특성을 지닌다. 셋째, 환상에 비해 그로테스크는 독자로부터 미(美)의 부담을 덜어주고, 그 파괴적인 요소들로 미의 단조로움을 제거할 뿐만 아니라 인간의 고귀한 본성 이면에 존재하는 동물적인 본성과의 불협화음을 조명한다. 넷째, 환상이 비현실적인 것을 미학적 가치로 전환할 때 생성되는 개념이라면, 그로테스크는 미학적인 개념을 넘어서 현실의 특정 상태를 표현하는 인식의 개념이라는 데 그 차이가 있다. 그렇다고 환상이 현실을 배제하고 있다는 것은 아니다.

또한 그로테스크는 추의 미학, 악의 충동과도 경계를 넘나든다. 그로테스크는 19세기 사실주의의 흐름 속에서 추의 미학과 만나면서 현대성이 확보되었다 해도 과언이 아니다. 음습한 도시 뒷골목, 돈의 추악함, 기형적인 인공 조형물과 빌딩, 온갖 범죄와 일탈, 소외와 비참, 쾌락과 비탄으로 얼룩진 대도시의 형상들은 그로테스크와 추의 미학이 발생한 근원지였다. 그로테스크에서는 현실세계와 인간 신체를 왜곡하여 잔혹하게 비트는 방식을 통해 추의 이미지를 강화하여 독자에게 당혹감과 불쾌, 공포를 체험하게 한다. 이를테면 불협화음, 인격의 이중화, 비정상적 의식 상태, 광기와 계시적 꿈들, 대도시의 범속성이라는 죄악, 죄의식의 육화, 죽음의 기술들, 환각과 유령들…… 이 모든 현상은 일상적인 동시에 초자연적인 차원에서 무서운 힘으로 묘사된다. 일그러지고 추악한 것들이 죄와 악, 추와 죽음과 결합하면 그로테스크 효과는 공포에 가까워지는 것이다. 추악한 현실과 그러한 현실이 초래하는 두려움 혹은 공포 효과를 자아내는 그로테스크는 익숙해진 현실을 낯설게 만들고 관습적인 규범이나 가치에 대해 질문을 던지면서, 부정과 유희의 패러다임으로, 몰락과 조작의 미학적 코드로 주목받고 있다. 이처럼 환과 추와 악과 연동된 그로테스크는 표현법인 동시에 시학이고, 미학인 동시에 인식이고, 형이상학인 동시에 생물학이다.

그로테스크는 어떻게 실현되는가

그로테스크의 목적은 현실에 대한 인식과 각성, 그리고 유희에 있다. 인식의 지평을 넓혀주고 지적인 각성과 미적인 유희를 허용하여 궁극적으로는 현실에 대한 또다른 시각을 제시하고 이를 다각도로 점검하게 한다. 그로테스크는 결국 현실에 대한 거울로 작용해 리얼리티에 대한 성찰로 귀결된다. 황량한 도시의 뒷골목과 매춘은, 사실주의와 결합한 19세기 이후 그로테스크의 주된 소재였다. 빈곤과 소외와 착취에 대한 현실 인식과, 퇴폐와 중독과 도취의 환상 감각이 결합하고 있는 1930년대 도시 풍경을 보자.

전당포에 고물상이 지저분하게 늘어슨 골목에는 가로등도 켜지는 않았다. 죄금 높드란 포도(鋪道)도 깔리우지는 않았다. 죄금 말쑥한 집과 죄금 허름한 집은 모조리 층층하여서 바짝바짝 친밀하게는 늘어서 있다. 구멍 뚫린 속내의를 팔러 온 사람, 구멍 뚫린 속내의를 사러 온 사람. 층층한 길목으로는 검은 망또를 두른 쥐정꾼이 비틀거리고, 인력거 위에선 차(車)와 함께 이미 하반신이 썩어가는 기녀들이 비단 내음새를 풍기어가며 가느른 어깨를 흔들거렸다.

— 오장환, 「고전」 전문

인용 시는 욕망과 추악함이 가득한 근대화 초기 어느 도시의 골목 풍경을 사실적으로 묘사하고 있다. 가로등도 켜지지 않고 포장된 도로도 깔리지 않은 골목엔 이질적인 세계가 무질서하게 공존한다. 자신의 물건을 담보로 돈을 빌리는 '전당포'와 쓰다 버리거나 쓰던 물건들을 사고파는 '고물상'이 "지저분하게 늘어"서 있고, 부유한 '말쑥한 집'과 가난한 '허름한 집'이 "바짝바짝 친밀하게는 늘어서 있다." "구멍 뚫린 속내의를 팔러 온 사람"과 "구멍 뚫린 속내의를 사러 온 사람"이 있고, 비틀거리는 "검은 망또를 두른 쥐정꾼(주정꾼)"과 인력거를 타고 가는 "하반신이 썩어가는 기녀들"이 오간다. 그러한 골목은 사고팔 게 없는 사람들이 술과 성(性)을 사고파는, 사고팔 수 없는 것을 사고파는 거래의 현장이다. 이질적인 것들이 질서 없이 뒤섞인 타락한 골목 풍경을 그로테스크하게 묘사하는데, 짧은 시임에도 두 번이나 반복한 '충충한'(흐리고 우중충한)은 이를 집약하고 있다.

특히 마지막 구절 "비단 내음새를 풍기어가며 가느른 어깨를 흔들거"리는 기녀는 그로테스크의 정점을 이룬다. 낯섦과 섬뜩함의 감각이 극대화되는데, 인력거 위 '하반신이 썩어가는 기녀'가 풍기는 썩은 내와 그 기녀가 풍기는 '비단 내음새'라는 이질적인 감각은 부조화의 극치를 이루기 때문이다. 쉽사리 형용할 수 없는 이 낯선 조합은, 익숙했던 현실에서 한 발 물러나 뒷골목, 기녀, 사고파는 행위와 같은 도시의 불협화음에 비판적인 거리를 확보하게 한다. 게다가 부조화의 정점에 위치한 기녀가 이 부조화의 세계를 인식조차 못하고 있다는 점에서 인간다움의 상실에 대해 냉소적인 물음을 던진다. 돈에 의해 지배되는 섬뜩한 사회의 진실을, 근대와 전근대가 공존하는 시대상을 그 어떤 사회과학 서적보다 압축적이면서 명징하게 그려내고 있다. 그런데 왜 제목을 '고전'이라 했을까? 돈과 관련된 모든 문제는 고전적인 문제들이다. 거래와 매매, 여성 비하와 여성 상품화, 무엇보다 생존을 위해 매매할 수 없는 것들을 매매하는 것이야말로 어느 시대, 어느 사회를 막론하고 반복되는 고전적인 적폐라는 메시지를 담고 있다.

무의식의 병리학적 징후를 드러내는 시들 중 실재 없는 그로테스크한 이미지들의 놀이를 무기로 삼는 비재현적인 시들이 있다.

기차가 지나갔다
그들은 피묻은 내 반바지를 갈아입혔다
기차가 지나갔다
그들은 나를 다락으로 옮겨 놓았고
기차가 지나갔다

첫번째 기차가 아버지의 머리를 깨고 지나갔다
두번째 기차가 어머니의 배를 가르고 지나갔다
세번째 기차가 내 눈동자 속에서 덜컹거렸고
할머니의 피묻은 손가락들이 내 반바지 위에
둑둑 떨어지고 있었다

—박상순, 「빵공장으로 통하는 철도」 부분

인용 시가 실린 시집 『6은 나무 7은 돌고래』에는 죽음과 주검들이 벌이는 기이한 환(幻)의 축제와도 같은 시편들이 많다. 인용 시도 절단된 가족이나 절단된 육체 이미지들이 악몽처럼 섬뜩하다. 막무가내로 달리는 기차는 그것이 무엇이든 자신 앞에 놓인 것들을 뭉개고 지나간다. 가장 먼저 '나'를 지나간다. 피 흘리는 '나'는 그들(가족)에 의해 다락에 옮겨진다. 기차가 아버지 머리와 어머니 배를 지나가고 할머니의 피 묻은 손가락이 "둑둑 떨어"진 후 '나'는 어둠 속에서 등이 뒤집힌 채 사지를 버둥거리는 벌레가 된다. 사회 구성의 기본단위인 가족을, 가족의 기본단위인 육체를 파괴하는 이 기차가 '빵공장'으로 통한다는 점에 주목할 필요가 있다. '빵'이 제유하는 욕망과 '공장'이 제유하는 기계문명이, 가족을 해치고 가정을 파괴한다. 이는 자본주의와 산업화가 가져다준 병폐를 암시한다. 또한 시의 배경으로 깔린 부모 살해 충동은 상징계의 권위와 권력에 대한 극렬한 부정이자 그로부터의 해방과 자유를 갈구하는 욕망의 반영이기도 하다.

일상적 자아 이면에 숨겨진 자폐적이고 폭력적인 감수성을 병리학적 징후로 표출함으로써 악몽의 파편을 전시하는 듯한 인용 시의 그로테스크는 현실을 기표화한 데서, 즉 기의의 의미 확정 또한 거부함으로써 현실을 배제한 데서 증폭된다. 첫번째 기차, 두번째 기차, 세번째 기차, 반바지, 다락, 할머니, 아버지, 어머니, 머리, 배, 눈동자, 손가락 등은 시니피에로서의 현실적 대상을 지시한다기보다는 시니피에가 탈락한 텅 빈 시니피앙에 불과하다. 현실을 뭉개버리는 기표화된 세계를 통해 인용 시는 그로테스크한 동화적 환상을 불러일으킨다. 시니피앙으로 구조화되는 이러한 유희적 언어 운용은 아이러니하게도 시의 심층에 암울한 공포와 불안과 상처가 자리잡게 한다.

21세기 여성시에는 여성의 내면과 본질을 심하게 일그러뜨리는 잔혹한 이미지나 묘사들이 반복적으로 등장한다. 억압된 목소리, 숨어 있던 분노와 불안, 소외, 광기, 질병, 공포, 그리고 분열된 외침으로 점철된 그로테스크한 여성서사의 파편들이다. 폭력에 노출된 여성 현실과 내면을 그로테스크한 재현 방식으로 구현해내는 파괴적인 시를 보자.

말라죽은 앵두나무 아래 잠자는 저 여자는 아직도 죽지 않았다 양한 마리가 무릎을 꿇은 채 여자의 잠속을 절룩절룩 걸어다닌다 도끼에 찍힌 자국들이 헐벗은 사타구니처럼 드러나 있는 앵두나무 저 여자는 언제 죽을까 죽은 앵두나무 아래 죽을 줄 모르는 저 여자 미친 사내가 도끼를 들고 다시 등뒤에 선다 미래의 상처가 여자의 두개골 속에서 시커멓게 벌어진다 앵두나무 죽은 앵두나무 말라죽은 앵두나무 도랑을 가득 채우고 흐르는 것은 검은 머리카락이다.

　　　——김언희, 「말라죽은 앵두나무 아래 잠자는 저 여자」 부분

　김언희의 시들은 여성 육체를 도구화시켜 파괴함으로써 여성 육체를 둘러싼 폭력적인 현실을 보여주고자 한다. 그에게 '여자'는 억압된 여성성을 표출하는 강력한 주제이자 상관물이다. 예를 들면 출산, 수유, 월경, 강간, 성폭행 같은 강박적이고 폭력적인 재현에 초점이 맞춰져 있다. 인용 시에서도 물성(物性)화된 여성의 성기와 섹스와 생리에 대해 잔혹하게 발화함으로써 여성적인 것에 대한 혐오를 부추긴다(오장환의 「고전」 참조). 여성에 가해지는 남성 중심적 폭력과 혐오에 대한 아이러니한 미러링에 해당한다. "도끼에 찍힌 자국들이 헐벗은 사타구니처럼 드러나 있"는 여자의 등뒤에 "미친 사내가 도끼를 들고" 서 있다는 구절이 이를 대변한다. 특히 "미래의 상처가 여자의 두개골 속에서 시커멓게 벌어지"는 시의 마무리에는 여성 육체, 특히 여성 성기를 중심으로 구축된 여성의 삶을 해체해버리려는 욕망이 내재해 있다.

　이 그로테스크한 언어는 남성들에 의해 금기시되었던 여성의 정체성을 노출하는 한편, 폭발적으로 방출되는 여성 무의식의 힘을 표출한다. 극단적인 부정과 파괴의 화법으로 여성에게 가해진 남성들의 극단적 폭

력과 남성들에 의해 규범화된 모든 것들을 전복하려 하는 것으로 읽힌다. 그런데도 양날의 칼처럼, 여성 스스로에 의해 '사물화'되는 여성성은, 남성적 시선에 담긴 폭력성을 드러내고 공격하는 반사-거울의 역할을 하고는 있으나, 반대로 남성들의 폭력적 시선을 정당화해주는 역할을 할 수도 있다. 때문에 의도하지 않게 여성혐오적이고 폭력적인 남성 중심적 시선을 정당화하거나 재생산하고 있다는 혐의로부터 완전히 자유로울 수는 없을 것이다. 또한 그로테스크 관점에서도 그로테스크 미학의 역기능, 즉 위악적이고 극단적인 파괴의 유희에 중독되거나 압도됨으로써 시적자아가 소외될 뿐만 아니라 독자 또한 강요된 두려움이나 의미의 왜곡에 노출될 수도 있다.

현실과 초현실, 사실과 허구, 정상과 비정상, 진선미(眞善美)와 환악추(幻惡醜)의 경계가 모호해진 시대에서 이분법적 인식으로 현실을 해석하는 일은 불가능해졌다. 환상과 그로테스크는 이러한 이분법으로 구획된 영역들을 자유롭게 넘나들며, 전복적 상상력에 의지해 파편화된 현실 그 자체를 재현하면서 관념화된 현실까지 담아낸다. 문학의 가능성과 범위를 확장한다는 점에서 현실을 넘어 현실을 반영하려는 21세기적 미메시스의 전략이라 할 수 있다.

11장
상징 · 도상 · 형태의 시적 가능성

언어주의와 형태주의 시의 유희 정신

언어는 원래 현실 그대로의 재현일 수는 없다. 구체적인 현실을 의미하도록 사회적으로 약속한 추상적 기호에 불과하기 때문이다. 추상적 기호로서의 언어는 시각적인 글자와 청각적인 음성으로 이루어진 물적 존재로서, 그 질료적 변별성에 바탕해 현실을 소환한다. 이러한 언어의 질료성을 재료 삼아 시를 쓰는 일군의 시인들이 있다. 그들은 의미 전달이라는 언어의 기능을 약화시키고, 언어 자체를 시의 대상으로 삼으려 한다. 이들의 시작(詩作) 행위는, 언어가 지닌 문자적 · 시각적 · 음성적 특질을 최대한 활용해 언어가 가진 원초적인 힘을 언어 자체에 되돌려주려는 언어주의의 소산이다. 그리하여 언어에 눌어붙은 고정관념의 껍질을 찢고 언어가 지닌 의미, 음향, 내밀한 상징에 주목함으로써 시적 새로움과 모호성을 환기하고자 한다. 이를테면 글자의 뜻과 소리를 시각화하는 것, 글자의 형태나 배열 순서를 바꾸는 것, 글자의 조합으로 특정한 형상을 만드는 것, 넓은 의미로 특정한 아이콘(그림)을 삽입하거나 언어 이외의 시각 이미지를 빌리는 것 등을 말한다. 이는 정형화된 시의 형태를 파괴하려는 형태주의적 소산이기도 하다.

사실 의미하는 바를 시각적으로 표현하는 시쓰기 방식은 시가 쓰이면서부터 시작되었다고 해도 과언이 아니다. 시를 게시할 때 시각적 형태를 부여했던 고대 그리스의 형태시는 물론, 르네상스 시대와 17세기의 도형시 또는 징표시에까지 거슬러올라간다. 이런 시들은 쓰거나 인쇄한 시행의 형태가 그 시의 주제를 간접적으로 드러내도록 다양하게 배열되고 구성되었다. 우리에게도 19세기 김삿갓(김병연)의 파자시(破字詩)가 남아 있다. 이 같은 시 형식은 때로 특별한 방식으로 해독되어야 할 암호로 변하기도 하지만 순수한 이미지만으로 자신의 언어를 사유화(私有化)하고 있다는 점에서 주목할 필요가 있다.

C. S. 퍼스는 기호를 도상(icon), 지표(index), 상징(symbol)으로 구분한다. 도상이란 사진이나 그림이나 지도처럼 실제에 근거한 기호다. 지표란 온도계 눈금이나 연기처럼 지시 대상과 필연적 인과관계(인접성)가 존재하는 기호다. 특히 사물을 간접적으로 참조하며, 그다음에 일어날 사건의 계속성을 기초로 한다. 반면 상징은 로고나 십자가나 국기처럼 일반화된 규범적 규약, 즉 관습(문화)이나 특정한 약속을 통해 지시 작용을 하는 관습적 기호다. 지시 대상과 어떤 유사성이나 연관성이 없어서 기호와 의미의 관계가 임의적이고 자의적이다. 이러한 상징은 집단의 약속이 개입된 제도적 상징과, 언어를 통해 이루어지는 언어적 상징으로 구분된다.

일군의 시인들은 언어를 벗어나 시각적인 도상적·지표적 상징을 시에 끌어들이기도 한다. 물론 시에서의 모든 도상이나 지표는 비유적 차원의 상징적 의미를 함의한다. 기표가 함의하는 의미의 기능을 극대화해 추상성과 다의성을 갖게 하는 전략이다. 이와 반대로 언어를 도상이나 지표적 차원으로 물질화시켜 상징적 의미를 부여하기도 한다. 즉 언어의 도상성과 음성적 형상성은 일종의 기호로서 다른 대상을 '대신하는' 상징적 기능을 수행하게 된다. 언어의 도상적·음성적 상징성은 물론 시의 형태적 상징성이 시적 오브제(대상)가 되는 것이다. 최근에는 이미지와 말(언어), 즉 도상(이미지, 그림, 혹은 그것과 유사한 시각화된 대상들)과 로고스(말, 관념, 언설, 혹은 학문)에 이데올로기까지 추가된 아이코놀로지(iconology, 도상 해석학)라는 용어도 등장하였다. 시에 도상적 상징성과 언어적 형상성과 이데올로기가 결합된 지점을 상징시, 형상(상형)시, 형태시, 구체시 등을 통해 살펴볼 수 있다. 여기에 다른 시각매체, 즉 낙서, 회화, 사진, 디지털 매체 등을 활용한 낙서시, 회화시, 사진시, 디카시 등을 추가하고자 한다.

상징시와 도상적 상징시

시에서 상징은 가시적인 보조관념으로 나타나지만, 원관념이 감추어져 있으므로 암시적이고 다의적인 해석이 가능하다. 이러한 상징은 '조립하다' '짜맞추다'의 뜻을 가진 그리스어 'symballein'에서 유래했으며, 그 명사형 'symbolon'은 표시, 징표, 기호를 의미한다. 시에서 상징은 원관념(기의)과 보조관념(기표)이 多:1의 관계로 결합하는 넓은 의미의 비유 작용이다. 이렇듯 비유로서의 상징은 흔히 은유나 알레고리와 비교된다. 먼저 은유가 원관념과 보조관념의 유사성(차이성)에 근거한 '비교·유추 작용'이라면, 상징은 개인적·사회적·종교적 맥락에 근거한 '연상작용'이다. 따라서 상징은 원관념이 넓게 확산되며 그 의미가 넓게 사용되는 만큼 원관념을 암시할 수밖에 없고 다의적으로 읽힌다. 흔히 원관념이 생략되어 있다고 하는 이유다. 또한 은유의 원관념과 보조관념이 각각 사물이나 관념이 다 가능한 반면, 상징의 경우 원관념은 관념에 해당하고 보조관념은 사물(기호)에 해당한다. 따라서 상징은 가시적인 이미지가 비가시적인 추상적 의미를 넓고 깊게 느껴지도록 지시하는 비유 양식이다(5장의 '은유와 그 유사 비유들', 7장의 '상징과 알레고리와 풍자의 경계' 참조).

다음 시는 상징의 기능을 과장되게 극대화함으로써 상징을 유희적으로 활용해 '지팡이'라는 개인적 상징을 구축하고 있다.

> 그의 지팡이(①)는 물렁물렁하였다
> 질긴 동물 내장으로 만든 것처럼,
> 힘겹게 그는 그 지팡이(②)를 삼켰다
> 벌어진 입 속으로
> 어두운 우물 같은,
> 그 지팡이(③)가 보였다
>
> 그의 지팡이(④)는 짧았다
> 그는 그 지팡이(⑤)처럼 짧은
> 몇 개의 질문을 갖고 살았으니,
> 어느 해 큰 홍수에
> 제물로
> 그 지팡이(⑥)를 던져보았으리라
> 그것으로 마른 땅을 두드려
> 땅 밑 항아리 같은 샘물을 찾았으리라

그의 지팡이(⑦)는 술잔을 닮아 보였다

그가 그토록 그 지팡이(⑧)를 마시고 싶어했으니

나는 나직이 소리질렀다

이 지팡이(⑨)는 아직 따뜻해,

냄새도 훌륭하고

아직 먹을 만해!

나는 멈칫하였다, 만지면

그 지팡이(⑩) 금방 늙어버릴 것 같았다

삶이란 아주 짧은 것이다

저 쓸쓸한 침상 위

싸늘히 식어버린 지팡이(⑪),

나도 어느새 그 지팡이(⑫) 모두 먹어버린 것 아닌가

　　　　　　　—송찬호,「지팡이」전문(밑줄과 번호는 필자)

　인용 시에서 '지팡이'라는 시어는, 제목까지 포함해 열세 번이나 반복된다. 지팡이의 본래적 기능은 노쇠하거나 병든 인간 혹은 눈멀거나 불완전한 인간이 나아가는 길을 안내하며 인간의 무게를 지탱해주는 것이다. 그러한 지팡이가 반복될 때마다 지팡이가 환기하는 의미, 즉 원관념들이 매번 달라져 반복의 지루함에서 벗어나 시적인 유희성과 상징성을 획득한다.

　밑줄 친 ①의 '지팡이'부터 보자. 지팡이를 '물렁물렁하다'라고 서술함으로써 시인은 지팡이의 속성을 완전히 뒤집고 있다. 때문에 이 지팡이의 원관념이 실제 지팡이가 아닌 '물렁물렁한' 그 무엇이 될 수 있음을 암시하며, 그 무엇에 대한 의문과 흥미는 동시적으로 일어난다. ②, ③에서 첨

330

가된 지팡이의 속성, 즉 "질긴 동물 내장"으로 만들어지고, "삼킬" 수 있고, "어두운 우물 같"은 이 지팡이는, 길다는 지팡이의 형태적 유사성을 매개로 입에서 항문까지 이르는 인간의 내장을 떠올리도록 한다. 게다가 "어두운 우물 같은"이라는 직유에 의해 길이뿐 아니라 깊이와 넓이로서의 공간성도 획득하게 되는데, 이쯤에서 독자는 지팡이를 '삼켜진' 심연 같은 것이라고 이해하게 된다. 그리하여 ④, ⑤의 지팡이를 특징짓는 '짧다'라는 술어는 내장이 짧다, 키가 작다, 먹는 것이 적다 등의 의미를 떠올리게 한다. 이는 지팡이처럼 "짧은 몇 개의 질문을 가지고 살다"라는 의미와 결합해 그것이 단순한 소화기관으로서의 내장을 지시하는 것이 아니라 한 인간의 삶의 과정, 즉 짧은 한평생임을 깨닫게 한다.

인간의 내장, 육체, 삶으로 원관념이 확대된 지팡이는, "제물로" "던져보다"의 목적어가 되는 ⑥에 의해 신화적 차원으로 확대된다. '큰 홍수'는 신이 인간에게 가하는 형벌 중 하나로 노아의 홍수가 대표적인데, 질서에서 혼돈으로, 혼돈에서 새로운 안정으로 근본적인 변화를 계시하는 이 격변의 재해야말로 가장 신화적인 순간임에 틀림없다. '제물'이나 '대홍수'와 같은 시어들은 인간의 역사를 둘러싼 대혼란에 대한 예언을 암시한다. "지팡이를 던"지다라는 의미도 마찬가지다. 출애굽의 기적을 행하도록 하나님이 모세에게 건네준 지팡이는 '던져져', 광야의 "마른 땅을 두드려" "땅 밑 항아리 같은 샘물"을 찾아내는 기적을 보여주기도 했다. 이 모세의 지팡이에 이르면, '모세가 뱀을 집자 지팡이가 되었다'라는 성경 구절이 떠오르면서 ①의 '물렁물렁한' 지팡이가 뱀일 수도 있다는 걸 알게 된다. 어쨌든 그러한 지팡이는 ⑦에서 "술잔을 닮아 보"인다와, ⑧에서 "지팡이를 마시고 싶어"하다라는 구절에 의해 용기화(容器化)되고 액체화된다. 비약적인 상상력의 변성이다.

이처럼 용기화되고 액체화된 지팡이를 냉큼 마셔버리면 그 지팡이는

②, ③의 내장화된 지팡이에 쏟아져 순식간에 사라질 것이다. 비어버림으로써 지팡이의 용도가 폐기될 수 있는 것이다. 또한 술이 환기하는 이질적인 속성에도 주목해볼 필요가 있다. 신화적 맥락에서 술은, 예수의 피라든가 신을 즐겁게 하기 위해 바치는 신성한 제물로서의 의미가 있다. 그러나 인간을 동물 차원으로 격하하고 파토스적 삶으로 유도하는 광기의 물이기도 하다. 그렇다면 이 시의 화자인 '나'가 마시고 싶어했던 것은 신성한 술일까, 광기의 술일까. 이 대목에서 '술'은 상호텍스트적 문맥에 의해 다르게 해석할 수 있다. 「술, 매혹될 수밖에 없는」이라는 시에서 시인은, 항아리에 말(언어)을 가득 부어 그 말들이 적절히 발효된 형태를 술에 비유한 바 있다. 이때 술은 말(언어)로서, "닿으면 부패하는/감옥이 되는/그러나 매혹될 수밖에 없"(「술, 매혹될 수밖에 없는」)는 속성을 가진다. 이로써 '지팡이'는, '인간의 내장'이나 '모세의 지팡이'와는 다른, '말 혹은 말씀'으로 읽힐 가능성을 시사한다. 이 외에도 '따뜻하다' '냄새도 훌륭하고' '먹을 만'하다는 서술어로 인해 ⑨의 지팡이는, 술의 알코올기는 물론 인간의 온기 같은 것을 느끼게 한다. 그러나 ④, ⑤의 지팡이와 연장선상에서 그리고 '늙다'에 의해 ⑩의 지팡이는 인간의 육체성이라는 원관념을, '침상'과 '싸늘히 식다'에 의해 ⑪의 지팡이는 흐르는 시간 앞에 무기력할 수밖에 없는 인간의 유한성이라는 원관념을, '먹다'에 의해 ⑫의 지팡이는 죽음 앞으로 인도하는 세월 혹은 나이와 같은 시간성이라는 원관념을 부여받는다.

한 인간의 삶의 과정을 입과 항문에 이르는 하나의 길로 비유하는 것은 그다지 새로울 것이 없다. 그러나 그 삶을 '지팡이'로 비유하면서 그 '지팡이'의 원관념을 연금술사처럼 자유자재로 변성시켜 다의적으로 확장시켜가는 과정은 인용 시의 탁월함이다. 특히 시가 전개되면서 지팡이의 의미가 여러 개의 확장된 은유로 축적되면서 시인 특유의 개인 상징을 구축해가는 과정이 흥미롭다.

기호와 의미 간의 형태적 유사성에 의한 '도상'과 관습(문화) 혹은 규약에 의한 '상징'이 결합한 도상적 상징을 활용한 시들도 있다. 아래의 시는 널리 받아들이고 있거나 쉽게 인지 가능한 상징적 도상을 차용해 시각적 이미지의 상징성을 강조하고 있다.

天上天下 唯我獨尊!

—민용태, 「바람개비」 전문

卐(만)은 卍의 변형이다. 卍자는 불교를 포함해 인도 계통 종교의 대표적인 상징 중 하나로, 卍(좌만자, 반시계 방향으로 꺾인 십자 모양)과 卐(우만자, 시계 방향으로 꺾인 십자 모양)은 방향만 다를 뿐, 같은 만자다. 卍자의 기원과 상징에 대해서는 의견이 다양하다. 빛나는 태양이나 흐르는 물의 상징으로 보기도 하고, 둥글게 선회하는 모발이나 신령한 빛의 상징이라고도 한다. 특히 卍자는 중국과 우리의 대승불교권에서 불교의 상징 표지인 반면, 卐은 고대 게르만족의 문자에서 기호화된 것으로 아돌프 히틀러가 당기와 국기로 사용해 나치의 상징이 되었다. 이 두 기호는 시대와 집단의 필요에 따라 다양한 의미와 형태로 변용해 사용됐다.

인용 시는 卐을 인용하고 있으나 오히려 卍의 의미를 내포한다. 부처가 태어나자마자 사방으로 일곱 걸음을 걸은 뒤 오른손은 하늘을, 왼손은 땅을 가리키면서 읊었다는 "天上天下 唯我獨尊(하늘 위, 하늘 아래 오직 나 홀로 존귀하다)"을 인용하고 있기 때문이다. 십자의 끝이 꺾인 사방에 '나'를 위치시킴으로써 천지사방이 '나'를 중심으로 돌고 있음을 도상화하고 있다. 그 '나'가, 하나의 '나'가 아니라 복수의 '나'라는 것에서도 의미를 찾을 수 있는데, '나'는 고정된 주체가 아니라 방향에 따라 변화하면서 생성중인 주체임을 암시한다. 동서양을 아우르려는 의도에서 서양의 卐을 가져와 동양의 '세상이 나이고 내가 세상이다'라는 물아일체적 일갈을 결합했을 수도 있다. 이러한 우주를 의미하는 도상적 상징과 불교적 공안(公案)에 시인은 장난스럽게 '바람개비'라는 제목을 부여한다. 이 상징적 도상에서 상징성을 제거하면 실제로 바람개비의 도상이다. 바람이 불어야 돌아가는 바람개비에게 바람의 흐름은 필요조건이다. 애초 卍이라는 도상이 태양의 빛이나 물의 흐름에서 왔음을 환기시킨다. 인용 시는 마치 卐과 같은 바람개비를 들고서 우주 혹은 세계와도 같은 바람을 타는, 시인의 '유아독존'의 실존을 도상적 상징으로 그려내고 있다.

.

형태시들의 변주: 해사시, 구체시, 상형시, 형상시

시의 형태성 연구에 본격적인 관심을 가졌던 김춘수는 이상의 시를 '해사적(解辭的)'이라고 명명한 바 있다.[1] 전통적인 서정시의 문체를 난폭하게 해체한, 그러니까 정상적인 통사구조를 파기하고, 문자를 활자로 해체

---

1) "이상의 시의 문장은 통사적이 아니고 해사적이다. 띄어쓰기와 구독점 무시, 문자 대신 숫자를 쓰고, 문장 대신 수식을 나열하고 있는 것 등이 그 예다." 김춘수,『김춘수시론전집 1』, 현대문학, 2004, 96~101쪽 참조.

하고, 문자 대신 숫자·수식·도형을 쓰고, 의미를 내포하는 대신 배제하는 비시적(非詩的)인 형식을 특징으로 한다.

이러한 해사적 형태성은 정지용, 김기림, 임화와 같은 1930년대 모더니스트들에 의해 활자의 크기와 배치를 달리하면서 단편적으로 시도되다가, 1950년대 모더니즘을 이끌었던 '후반기' 동인의 시에서는 단어로 문장을 대신하는 '단어문'의 시 형태가 추가되기도 했다. 그리고 1980년대 황지우, 박남철, 장정일, 오규원, 유하 등에 의해 기존의 시적 관습에 대한 부정과 변혁의 의지로 무장한 실험시의 모색으로 이어졌다. 그들은 전통적인 시 양식을 해체하면서 현대인의 일상성을 시각적 구체성으로 확보하는 동시에 시적 발견으로서의 새로운 시 형식을 모색하는 데 선구적 역할을 했다. 이들이 사용한 해체의 원리는 모든 것이 시의 대상과 매체가 될 수 있다는 생각을 기반으로, 시각적 효과를 배가시키는 자료들 추가하기, 짜깁기 또는 몽타주 기법을 사용하기, 형태화된 시각 이미지를 극대화하는 만큼 시인의 주관적 개입을 억제한 보여주기 등으로 요약된다. 이 시기의 시를 '해체시' 혹은 '형태시'라 부르기도 했다.

먼저 해사시를 보자. 글자 모양과 소리, 지면의 크기나 여백, 구두점 등을 활용해 새로운 의미를 만들어낸다. 또한 언어가 가진 고유한 물질성에 유희적으로 접근함으로써 설명과 진술을 거부한다. 아래의 ①의 시는 음절의 시각적 해사에, ②의 시는 숫자와 부호를 비일상적으로 두드러져 보이게 하여, 언어가 가진 설명적인 기능을 축소하고 언어 자체의 물질성을 강화하고 있다.

① 자기가 아닌
　자기

남이 아닌
남

자기를 잃고서야
자기를 찾는

자기 · 남
남 · 자기

ㅁㅏㄴ남
　　— 박상배, 「희시(戲詩) · 14 —「밤바다 여행」을 읽고」 전문

② 1. 2. 3. 4. 5. 6...
　......3. 2. 1.

모기, 독나방의 풀숲으로
점점이 분홍 꽃등 꺼질 때

내 유방
물린 자욱 가득하다
　　　　　　—백미혜, 「들꽃 소묘 2 —금낭화」 전문

　①은 '자기'와 '남'의 관계를 'ㅁㅏㄴ남'이라는 형상 언어로 표현한다.
일상적인 '만남'의 의미와 인용 시의 'ㅁㅏㄴ남'의 의미는 다르다. 'ㅁㅏ
ㄴ남'은 그 차이를 부각하기 위해 음운 단위 즉 자음과 모음으로 해사한

336

후 시각화하고 있는데, 그 언어적 가치는 곧 "자기가 아닌/자기"와 "남이 아닌/남"이 "자기를 잃고서야" "자기를 찾는", 새로운 형태의 "자기-남" "남-자기"의 만남을 생성하려는 데서 찾을 수 있다. 각각 기존의 자아를 잃고서야 진정한 만남이 가능하다는 의미를 기존의 문자형태를 해체해 'ㅁㅏㄴ남'으로 시각화한 것이다. '자기(自己, 自棄, 自起)'라는 단어가 가진 다의성으로 인해 더욱 그렇다. 숫자와 마침표에 의해 암호화되고 있는 ②의 1연은 부제로 호명한 '금낭화'를 시각화한다. 기다란 줄기에, '꽃등'으로 불리는 분홍 꽃봉오리가 주렁주렁 매달려 늘어진 꽃의 형상을 모방한다. 그리고 그 형상은 마지막 연에서, 여자의 유방에 남겨진 모기 물린 자국으로 변용된다. 모기와 금낭화가 양과 음, 남과 여를 상징하고, 금낭화를 여성 유방에 비유해 에로티시즘을 부각시킨다.

아—, 아—, 아—,
풀이 입을 벌리고
빗방울보다 작은 입을 벌리고
빗물을 마시고 있다.
아—, 아—, 아—,
(죽은 풀들도 입을 벌리고)

(……)

밀짚모자가 입을 벌리고
하이힐이 입을 벌리고
돗자리가 입을 벌리고
『미디어 오늘』이 입을 벌리고

아—, 아—, 아—,

아—, 아—, 아—,

(죽은 이들도 입을 벌리고)

　　　　　　　—황인숙, 「죽은 풀들도 입을 벌리고」 부분

　한글의 모음 '아'는 하늘의 소리, '어'는 땅의 소리에서 연유하였다고 전한다. 인용 시에서도 하늘을 향해 입을 벌리고 소리를 낼 때 나오는 자연의 소리가 바로 '아'다. 1연의 "아—, 아—, 아—,"는 빗방울을 받아 마시기 위해 '풀'이 입을 벌리고 있는 모양과 소리를 표상한다. 그러나 "입을 벌리고" 있는 것은 '풀'만이 아니다. 생략된 2연에서는 '나무', 3연에서는 '흙', 마지막 연에서는 "밀짚모자, 하이힐, 돗자리, 『미디어 오늘』"과 같은 일상 소품들까지 빗방울을 받아 마시기 위해 "입을 벌리고" 있다. 각 연 끝에서는 괄호를 사용해 '죽은' 것들까지 소환한다. 비오는 날 세상 모든 것들이 빗물에 젖는 정황을 의성어 "아—, 아—, 아—,"의 반복으로 구체화하고 있는 셈이다. 이 "아—, 아—, 아—,"는 분명 해갈과 생명수의 충전을 갈망하는 소리일 것이다. 그리고 이 소리에는 결핍과 충만이 동시에 담겨 있다. 놀라거나 경탄스러울 때 자연스럽게 '아'가 터져나온다는 사실을 염두에 둔다면, 이 짧고 단순한 의성어에는 열망과 기다림, 희열과 천진스러움, 생명과 죽음, 감격과 포용 따위의 숱한 감정이 복합적으로 어우러져 있다. '아'라는 음절 하나에서 얼마나 많은 물질성과 의미를 끌어낼 수 있는가를 예시하는 시다.

　이러한 언어주의적 해사성과 시각화된 형상성이 강화될 때 구체시가 된다. 시각적 형상성이 강조된다는 점에서 구체시는 상징과도 연관성이 있다. 불가시적인 것을 가시적인 것으로 드러내는 상징처럼 구체시 또한 문자의 형태 배열을 통해 원관념을 가시적 형태로 그려내기 때문이다.

다음의 형상적인 시는 기욤 아폴리네르의 상형시나 에른스트 얀들의 구체시를 연상시킨다. 이런 시의 아름다움은 언어적 질감과 시 형식 그 자체에서 우러나는데, 언어의 물질성을 십분 활용하여 시각적 청각적 효과를 극대화하고 있다.

홀

쭉홀쭉

삐삐삐쩍삐쩍빠쩍

울긋불긋불긋불긋붉으락

푸르락불그레불그레불그스름

불그스름

푸르스름거무스름검붉은노르스름

노르끼끼누르스름알록달록푸룻푸룻파룻파룻포룻포룻

구불구불고불고불꾸불구불꼬불꼬불구부렁꼬부랑꾸불텅꼬불탕

매끈매끈

미끌미끌

매끌매끌

울퉁불퉁

투둘투둘

탈탈털털

톨톨툴툴

팔랑팔랑

펄렁펄렁

폴랑폴랑

풀렁풀렁

나풀나풀

너풀너풀

풀풀풀풀

—오선홍, 「소리그림」 전문

구체시라는 개념은 1953년 오이겐 곰링거가 구체 예술(피터르 몬드리안, 바실리 칸딘스키)이라는 미술 사조에서 빌려와 '구체시를 위한 선언'을 하면서 유래되었다. 그에 따르면 구체시란 "단어와 문자들의 수열을 통해, 그리고 새로운 구조적 방법을 통해 만들어지는 하나의 질서 단위체"이며, "구체적으로 시를 쓴다는 것은 의식적으로 언어를 재료로 삼아 시를 쓴다는 것을 의미한다." 이러한 구체시는 실제로는 매우 다양하게 펼쳐진다. 전통적인 시가 고도로 추상화된 상징이나 은유 등을 통해 그 의미를 간접화하는 데 반해, 구체시는 직접적으로 단어, 글자, 음소, 숫자, 구두점 등을 특별한 형태로 변형하거나 배열하거나 축조한다. 시의 외양을 구조적 방법으로 변형시켜 전통적인 시 형식을 파괴함으로써 시어에 새로운 기능을 부여하는 것이다. 이러한 시도는 의미 전달이라는 언어의 도구적 기능을 해체하고 언어 자체를 시의 대상으로 삼으려는 일련의 해사적, 형태적 의도와 맞닿아 있다. 시대와 지역에 따라, 학자들의 분류에 따라 조금씩 차이를 보이면서 형상시(그림시), 상형시(캘리그램시), 구상시, 그리고 넓게는 형태시 등으로 통용된다.

인용 시는 '소리그림'이라는 제목으로 표명하고 있듯, 언어의 논리성이나 의미성을 거부한 채 발화되는 음성적 청각성과 형태적 시각성에 초점이 맞춰져 있다. 시어 배열을 활용해 '그 무엇'에 대한 '소리' 이미지와 '그림' 이미지를 형상화하고 있는데, 그 이미지를 "들을 수 있는 것"과 "볼 수 있는 것"으로 '물질화'하여 관습적인 언어의 지시기능을 해체한다. '그 무엇'의 형상은 나무 같기도 하고 화살표 같기도 하다. 의성·의태어로 이루어진 시 전체는 "홀쭉홀쭉삐삐삐쩍삐쩍삐짝"으로 시작해서 "나풀나풀너풀너풀풀풀풀풀"로 끝이 난다. 언어의 물질성에서 비롯되는 감각과 느낌으로 애써 그 의미를 추론한다면 나무의 삶에 빗댄 인간의 삶에 대한 상징으로, 화살표의 형상에 초점을 맞춘다면 길과 삶에 대한 상징으로 읽힌다. '그 무엇'의 형상과 소리에 초점을 맞춰 선택된 일련의 부사는 시인의 언어 감각을 돋보이게 한다.

이처럼 언어주의, 형태주의에 입각한 시들은 다의성을 특징으로 한다.

'그 무엇'을 다의적으로 의미화할 수 있다는 점에서 상징시로도 읽을 수 있다. 이러한 다의성은 종종 모호성과 연결된다. 따라서 독자는 자신의 해석적 공간을 확대할 수 있는데, 모호성과 유희성이 극대화된 시의 경우는 자유연상적 독법도 가능하다. 이러한 시의 언어는 작품의 형식이자 내용이며 그 자체가 시적 대상이다. 그리하여 시적 대상에 대해서든 그 대상을 언어화하는 과정에서든, 일체의 해석이나 설명을 거부한다. 언어 자체가 가진 소리나 형태, 리듬, 이미지 등을 자유롭게 조합하거나 분해하는 방식으로 구축한 '소리 형상'이자 '형상 의미'인 셈이다. 이와 같은 유희는 언어가 가진 근원적이고 생명력 있는 감각적인 힘에 대한 신뢰를 전제하지 않고는 불가능하다.

어구나 문장 단위의 의미 전달에 비중을 두는 보통의 시들과 달리, 음소나 음절 차원에서 시의 의미를 전개, 이동, 발전시켜 언어의 조형성을 극대화한 구체시의 다른 예를 보자.

나는 둘이다 또는 나는 아니다 그리고 이곳은 안이다

—고원, 「나는 둘이다 또는 나는 아니다 그리고 이곳은 안이다」[2] 전문

한글의 음소 하나 음절 하나만으로도 얼마나 많은 시적 가능성을 끌

---

2) 그의 시에는 제목이 없다. 맨 마지막 구절을 제목으로 대신한다.

어낼 수 있는가를 예시하는 시다. 자모음이 바둑판처럼 가로세로로 각각 다섯 칸씩 행렬화된 인용 시의 형상은, 이 세계의 단면을 기호화한다. 이 정방형의 프레임을 전체적으로 조망해 '보는' 과정이 '읽기'에 해당한다. 다의적 의미를 함축하는 이 사각의 사방 형상은 우주 혹은 세계, 주체 혹은 자아, 내면 혹은 마음을 상징하는 것으로 보인다. 그 안에서 자모음은 독립된 음소로 해체되고 조합됨으로써 특정 음절들, 즉 새로운 의미를 형성한다. 세계란 세계 구성원들이 조합되는 경우의 수에 따라 각기 다른 작은 세계가 형성되듯이, 사각의 형태 안에서 음소의 배열과 조합에 따른 의미 창출의 가능성을 예시한다.

인용 시를 사방의 방향으로 음소들을 조합해서 읽으면 '나' '나……ㄴ' '난'이 되거나 '아' '아……ㄴ' '안'이 된다. 가운데 빈 지점을 중심으로 사방으로 대칭을 이룬다. 'ㄴ'/'ㄴ' 'ㅏ'/'ㅏ'를 네 꼭짓점으로 삼아 사방으로 음소들을 결합하면 '나'/'아' '난'/'안'으로 조합된다. 이러한 형태성을 시인은 맨 마지막에 문자로 "나는 둘이다" "나는 아니다" "이곳은 안이다" 라고 의미화한다. 특히 정중앙을 비워둠으로써 '안'의 공간성을 시각적으로 형태화하는데, 이 내부로서의 안은 자기의 또다른 자아, 어쩌면 타자를 위해 비워놓은 여백과도 같은 공간을 의미하는지도 모른다. '아니다'라는 자기부정과 '안(內)'이라는 자기긍정이 동시에 이루어진다. '나'가 부정된 그 '안'에, 또다른 '나'가 '아닌' '나'가 들어올 수 있는데 이때 '난'과 '안' 이 만들어내는 정중앙의 비어 있는 내부공간은 '나'와 또다른 '나'가, 나와 타자가 함께 꿈을 꿀 수 있는 공간이 된다. 또한 'ㄴ'와 'ㄴ' 사이의 무수한 'ㅏ'는, 앞서 살펴본 황인숙의 「죽은 풀들도 입을 벌리고」에서 보여준 다 의적인 "아―, 아―, 아―,"와 같은 기능을 한다. 음소, 글자, 부호, 단어 등을 형태화한 배열을 통해 시의 의미를 열어놓음으로써 독자의 상상력 을 자극할 뿐 아니라 '보는 시'로서 독자의 감각 지평을 극대화한다.

342

낙서시와 디카시, 사진시와 회화시

언어의 물질성과 시청각적 형태성을 극대화하는 구체시 혹은 형태시는 당대의 사회문화적 흐름과 관련이 깊다. 당대의 주류 매체와 그 문법이 시에 영향을 미치기도 하고, 시대에 따라 유행하는 시어나 시 형식도 조금씩 변하기 마련이다. 이를 방증하듯 일군의 시인들은 다른 매체의 물질성에 대한 감각과 시대적 미의식을 바탕으로 당대의 주류 시각매체(회화 → 사진 → 만화·낙서 → 영상 스틸 → 웹툰 등)를 활용한다. 이런 시들은 다른 두 매체의 텍스트 간의 이종교배에서 빚어지는 도발적인 긴장감과 대체 불가능한 조합에서 비롯되는 역동성, 유희성, 상보성 등을 드러낸다. 이 역시 넓은 개념의 구체시·형태시에 포함해 논의할 수도 있으나, 다른 시각매체로 재현된 텍스트를 시작품에 삽입해 재-재현하고 재의미화하고 있다는 점에서 다른 갈래로 설정하였다.

먼저 '낙서시(그림시)'와 '디카시'가 있다. 전자는 시인이 그린 낙서(도형이나 그림)를 삽입하는 시고, 후자는 디지털 카메라로 시인이 직접 찍은 사진을 덧붙이는 시다. 낙서든 사진이든 시인이 직접 생산한다는 공통점이 있다. 따라서 다른 시각매체에 대한 시인의 역량이 시적 성취를 좌우한다. 반면 기존의 회화나 사진 작품을 빌려와 시에 삽입하는 '회화시'와 '사진시(포토포엠)'도 있다. 이 경우는, 타인이 제작한 기성품을 자기화해 재활용하는 것이므로 패러디 효과처럼 원텍스트가 지닌 창작 배경이나 의미가 큰 영향을 미친다.

다음 시는 시인이 직접 그린 그림 낙서를 삽입한 '낙서시(그림시)'에 해당한다.[3]

---

3) 시인이 직접 그린 유아적인 그림 낙서를 본격적으로 시에 삽입한 것은 박상순의 『6은 나

불멸이 나를 녹슬게 한다

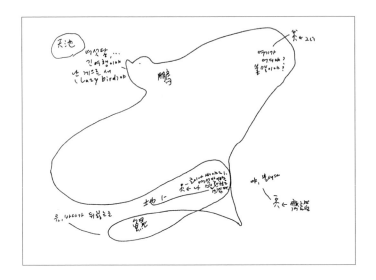

*제해: 북극 바다에 고기가 있어서 이름을 곤이라 하는데 그 키는 몇천 리인지 헤아릴 수 없다. 그런데 이 고기가 탈바꿈하여 새가 되는 수가 있는 바 그 이름을 붕이라 하며 붕의 크기 또한 몇천 리나 되는지 아무도 짐작하는 이가 없다. 이 붕새가 한번 마음먹고 날 것 같으면 그 날개 벌린 모습은 마치 하늘에 드리운 구름과도 같다. 이 새는 바다가 뒤끓고 큰 바람이 부는 것을 보면 바다로 옮아가려 든다. 남극 바다란 흔히 말하는 천지다. 제해라는 사람이 있다. 그는 신기한 이야기를 많이 알고 있는데 그가 이렇게 하는 말을 들었다. '붕새가 남극 바다로 옮아갈 때에는 날개를 벌려 삼천리나 되는 수면을 치고, 거기서 일어나는 엄청난 선풍을 타고 날개를 흔들면서 구만리 상공에 올라간다. 그리하여 여섯 달이나 걸려서야 남녘 바다에 이르러 쉬게 된다'고. ─『장자』,「소요유」중에서.

─박정대, 「레이지 버드에서 ─ 제해*에게」 전문

무 7은 돌고래』에서부터다. 「빵공장으로 통하는 철도로부터 3년 뒤」「가짜 데미안」「녹색의 소년」 등이 대표적이다. 물론 시인이 직접 그리지는 않았지만 기존의 만화, 사진, 신문기사, 화장실 낙서, 광고 등을 시에 삽입한 경우는 1980년대의 황지우, 박남철, 유하, 오규원 시에서 살펴볼 수 있다.

인용 시의 장난스런 그림 낙서와 긴 각주와의 만남은 당시로서는 새로웠다. 특히 그림 낙서가 가진 동시적 재현성(공간성)은, 언어가 가진 순차성(시간성)을 파기함으로써 개방적인 독서 효과를 유도한다. 먼저 1연을 보자. 시인의 염세적 세계 인식을 드러내는 "불멸이 나를 녹슬게 한다"라는 아포리즘은 강렬하다. 불멸/녹슮이라는 대립적 의미를 역설적으로 통합함으로써 불멸에 대한 시인의 열망과 냉소를 동시에 드러낸다. 시의 의미를 응집시켜주는 이 한 구절만으로도 시로서의 품격을 유지할 수 있지만 진정한 재미는 장난스럽고 유머러스하고 수수께끼 같은 그림 낙서에 있다. 그림 낙서와 짝을 이루는 각주의 활용 또한 재미있다. 『장자』의 「소요유」편을 인용한 각주는 시 본문을 압도하고 있을 뿐만 아니라 그림 해석에 결정적인 단서를 제공한다. '제해'의 말에 따르면, 곤(鯤, 물고기)에서 탈바꿈한 붕(鵬, 새)은 "삼천리나 되는 수면을 치고" "구만리 상공에 올라" "여섯 달이나 걸려" 북극에서 남극으로 날아가는 상상의 새다. "몇천 리"나 되는 이 거대한 붕새가 하늘에 올라가서 땅 위를 내려다보니 세상의 모든 차별은 없어지고 그저 푸르게만 보이더라는 메시지를 전하는 붕새 우화는, 장자의 웅대하고 유유자적하는 우주관을 보여준다.

각주를 읽고 난 후에야 1연과 그림은 다시 해석된다. 그림의 왼쪽 상단에는 '천지', 그 천지의 백배쯤은 되는 '붕'새가 중앙에 있고 붕새의 꼬리에 이어져 중앙 하단에 물고기 '곤'이 위치한다. 그리고 붕새의 오른쪽 날개 밖에 '그녀', 붕과 곤이 이어진 꼬리 즈음의 지상에 '나', 오른쪽 하단에 '제해'가 있다. 만화의 말풍선처럼 그들은 각자의 제 말을 하고 있다. '제해'와 '나'는 서로 다른 차원에서 살고 있다. '지상(地上)'에 붙들려 있는 '나'에게 붕새란, 게으른 새에 불과하다. '나'에게 『장자』의 메시지는 '구라' 혹은 '뻥'에 지나지 않고, 여섯 달 동안 '천지(天池)'를 향해 날아가는 붕새의 이동 시간은, 소설 한 권을 너끈히 써내고도 남을 길고 지루한 시간이다. 그러므로 '불멸'과 동의어인 '붕새'가 '나'를 녹슬게 한다. 붕새의 시간인 불멸, 그 불멸의 메시지가 시인에게는 허구일 뿐이다. 어쩌면 시인은 이 세계 자체를 붕새, 불멸, 허구로 파악하는 듯하다. 붕새를 향해 "여기가 어디야? 불멸이야?"라고 '그녀'는 말하고 있고, 제목 '레이지 버드에서'에 굳이 '에서'라는 장소를 나타내는 조사를 사용해 공간화하고 있기 때문이다.

따라서 인용 시는 제목, 시의 본문, 그림, 각주라는 네 가지의 요소를 능동적으로 잘 조합시켰을 때라야 해석의 틀이 마련된다. 낙서와 각주, '나'와 '제해(齊諧)' 그리고 '레이지 버드(Lazy bird)'와 '붕과 곤'은 한자리에 나란히 놓아두기에는 서로 버성기는 조합들이다. 그것들 간의 부조화에서 빚어지는 다중적 아이러니에 이 시의 울림이 있다. 시에서 압도적인 그림 낙서는 붕/곤, 나, 그녀, 제해가 각각의 대사를 가진 채 만화적 장면으로 처리되어 있어서 시각적이고 극적인 흥미로움을 더한다. 이에 비해 붕/곤에 대한 장황하고 현학적인 각주는 지적이고 서사적인 흥미를 준다. 또한 제목을 '게으른 새'라 하지 않고 굳이 '레이지 버드'라 한 것도, 이국적인 느낌을 주면서 『장자』의 「소요유」와 맞먹는 현학성을 과장적으로 드러내는 동시에 조롱하려는 의도로 읽힌다. 경전화된 고전을 각주로, 가볍기 그지없는 '나'의 그림 낙서를 본문으로 배치해 두 텍스트의 무게감을 역전시킨다. 그림 낙서로 인해 고전은 물론 언어 자체의 의미 기능을 축소시키고 있다.

디카시(dica-poem) 역시 시인이 직접 찍은 사진을 활용하며, 시가 언어예술의 한계를 뛰어넘고자 했던 일련의 구체시·형태시의 실험적 시도와 맥을 같이한다. 디지털 시대에 부합해 '디카'(디지털 카메라, 스마트 휴대전화 카메라)가 또다른 펜의 역할을 하는 것이다. 디카시는 일상에 깃든 시적인 풍경을 포착한 디카 사진에 문자를 더해 사진과 문자시, 즉 이미지와 텍스트로 이중적으로 재현해낸다. 사진과 문자가 특히 스마트폰 화면에 한 프레임으로 담겨야 하므로 문자시의 분량이 3~6행 정도로 짧다. '1인 1폰'의 시대에 누구나 쉽게 접근할 수 있고 핸드폰이나 인터넷 웹사이트 등을 통해 실시간으로 발표 및 소통이 가능하다는 점에서 오늘날의 디지털 환경에 최적화된 시 형식이라 할 수 있다. 순간포착, 동시 소통. 즉각적이고 생생한 감흥으로 요약되는 디카시의 가능성에 주목한 이상옥은 디카시만의 고유한 속성을 '날시성(feature of raw poem)'[4]이라 명명한다. 날시성이란 일상이 품고 있는 그대로의 시적인 형상을 말하는데, 그 날시성을 카메라의 프레임으로 담아내고 그 사진에 문자시를 덧붙이는 것은 오롯이 시인의 몫이다.

그러므로 디카시는 사진과 문자시가 일정한 수준에 도달해야 한다는 이중의 조건을 요구한다. 시각적 이미지가 강렬한 사진을 문자언어와 어떻게 결합할 것인가가 디카시의 문학성을 결정짓는 중요한 문제인 것이다. "언어로 못다 드러낸 여백(사물)"이나 '언어화되지 않은 풍경의 여백'의 순간을 포착하는 것은 물론 그것을 디카에 고스란히 담아내는 것 모두 사진작가에 버금가는 능력이 필요하다. 최소의 문장으로 최대의 의미를 구축해야 하는 문자시 또한 시인으로서 역량을 필요로 하는 것은 기본이다.

---

4) "시인이 직접 감흥한 시적 형상을 찍고 시를 쓰는 방식으로 창작"하는데, "일반 문자시에 비하여 날시성"이 두드러지는 장르라고 규정했다. 이상옥, 『디카詩를 말한다』, 시와에세이, 2007, 40쪽.

한 발 뒤에서 다시 보면
온몸으로 봄을 싣고 날아가는
새 한 마리

　　　　　　　　　　　—리호, 「투영」 전문

　인용 시는 디카시의 가능성을 한눈에 보여준다. 화면 대부분을 차지하
는 바위는, 왼쪽 위에서 오른쪽 아래로 이어지는 대각선을 경계로 검은
빛과 잿빛으로 분할되어 있다. 전면화된 잿빛 바위에는 바위의 질감이,
후면의 검정 바위에는 바위의 깊이가 드러난다. 바위의 음영과 질감의
차이를 포착함으로써 시간의 속성과 그 영속성을 보여주고 있다. 또한
'루빈의 술잔과 얼굴'[5]처럼, 벌어진 틈을 두고 오른쪽과 왼쪽으로 분할된
검은 선들은 보는 시선에 따라 도형과 배경의 형상이 다르다. 먼저 바위
밖의 풍경을 도형으로 보자면, 두 날개를 펼치고 동쪽을 향해 날아가는
한 마리 새의 형상으로 보인다. 어둡고 깜깜한 바위와 대조적으로 그 새
의 몸에는 하늘과 연초록의 들판이 새겨져 있다. 바위 속에 새가 갇힌 것

---

　5)　돋보이는 도형과 후퇴한 배경이 보는 사람에 따라 달라져 돋보이는 술잔이 되기도
　　　하고 돋보이는 두 사람의 얼굴이 되기도 한다.

같기도 하고, 바위를 뚫고 새가 날아가는 것 같기도 하고, 밤하늘을 새가 날아가는 것 같기도 하다. 이와 반대로, 바위를 도형으로 보자면, 바위의 검은 선은 두 사람으로 상징되면서 관계 혹은 사랑의 속성을 암시한다.

이러한 사물성에 생기를 불어넣는 것이 문자시다. '투영'이라는 제목을 부여함으로써 독자로 하여금 투영된 대상 혹은 투영의 형상을 찾도록 유도한다. 문자시는 새가 비상하는 형상에 초점을 맞춘 후 아포리즘화된 한 문장으로 시적 통찰을 담아낸다. 즉 모든 것은 "한 발 뒤에서" "다시 보면" 다르게 보인다는 깨달음이다. 사진 또한 프레임의 구도나 색의 대비, 순간포착 등에서 손색이 없을 뿐더러, 어떤 어둠이나 어떤 고통도 다른 관점에서 '투영'하면 빛과 희망을 담고 있다는 문자시의 통찰을 절묘하게 시각화하고 있다. 그리하여 바위에 갇힌 채 온몸에 봄을 싣고 비상하는 새의 이미지는, 계절의 심연과도 같이 우리 삶이 지닌 양면성을 절묘하게 형상화한다. 이처럼 영상 기호와 문자 기호를 하나의 텍스트로, 하나의 완결체로 빚어내는 시가 디카시다.

여기에 더해 다른 시각매체를 시에 삽입하는 형태시로 사진시(포토포엠)나 회화시를 들 수 있다. 둘 다 문자시에 타인의 사진작품이나 회화작품을 활용하는데, 시각 이미지가 문자시의 앞에 오느냐 뒤에 오느냐에 따라 시의 의미에 영향을 미친다. 시각 이미지가 먼저 제시될 경우, 특히 유명 작품인 경우, 시각 이미지의 권위에 압도되어 문자시가 그 작품에 대한 이차적 해석에 머물 수 있다는 점에 유의해야 한다. 이 역시 사진·회화와 문자시의 화학작용에 시적 성패가 좌우되며, 타인의 사진이나 회화 대신 영화(스틸)나 만화나 웹툰 등을 활용할 수 있다.

다음 시는 기존의 사진 작품을 문자시보다 먼저 제시하여, 사진(각주로 덧붙인 설명까지)을 문자시가 어떻게 이어받고 비트는지 주목하도록 한다.

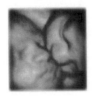

한 개의 입으로는 태어날 수 없나니
우린 뱃속에서 옹알이 대신 입 맞추는 연습을 했네.
지퍼처럼. 복화술처럼,
서로 다른 얼굴로는 태어날 수 없나니
우린 뱃속에서 걸음마 대신 변장술을 익혔네,
처음 거울을 마주하고 텁수룩한 입술을 면도하던 날
차가운 혀를 몰래 나누고 우린 스쳐갔네.
음악처럼. 스캔들처럼.

* 사진은 4차원 초음파로 촬영된 여자쌍둥이 태아의 얼굴을 엇댄 모습. 영국
Daily Mirror 보도(2007. 1. 16).

—이민하, 「첫 키스」 전문

앞세운 사진은 독자의 흥미를 유발한다. 각주에 밝힌 사진의 출처 영
국 데일리 미러(Daily Mirror)는 주로 선정적이고 흥미로운 사건들을 기
사화하는 타블로이드 신문이다. 그러한 신문에 실린 사진답게, 초음파
사진치고는 그 윤곽이 선명하다는 점, 두 태아의 얼굴(입술)이 엇대진 특
이한 모습이라는 점에서 독자의 시선을 유인한다. 먼저 '첫 키스'라는 제
목에서부터 사랑 혹은 욕망의 시작을 암시한다. 1·2행의 "한 개의 입으
로는 태어날 수 없"어서 "뱃속에서 옹알이 대신 입 맞추는 연습을 했네"
에서는 그 사랑 혹은 욕망의 필연성을 고백한다. 사랑을 갈구하는 인간
존재에 대한 비유적 표현이다. 사랑의 비극적 불화는 4·5행에서 심화된

다. "서로 다른 얼굴로 태어날 수 없"어서, 서로 다른 얼굴로 살기 위해 "뱃속에서 걸음마 대신 변장술을 익"히며 살아가기 때문이다. 같은 존재 인데 사회화된 사랑의 과정에서 서로 다른 모습과 역할을 부여받고 살아 야 하는 숙명을 암시한다. 이런 변장술로 두 존재는, 7·8행에서처럼 "면 도하"는 성인이 되어 "차가운 혀를 몰래 나누고" 스쳐간다. 변장술로 비 유되는 사회화된 사랑의 역할 때문에, "처음 거울을 마주하고 텁수룩한 입술을 면도한"다는 표현은 섬뜩하다. 변장술을 버리고 거울을 마주할 때, 복화술의 입술을 면도해버릴 때, 두 존재는 비로소 "차가운 혀를 몰 래 나눈"다. 그러나 두 존재는 다시 복화술과 변장술의 세계를 향해 서로 를 "스쳐"간다.

이 문자시의 핵심은, '처럼'이라는 직유를 반복하는 3행과 9행에 있다. 3행에서 '지퍼'와 '복화술'에 비유된 '첫 키스'는, 열고 닫는 기능이 자유 롭지만 닫혀서야 제 기능을 하는 지퍼처럼 비밀에 속하고, 입술을 벌리 지 않은 채 다른 데서 들리듯 목소리를 내는 복화술처럼 위장 혹은 숨김 에 속한다는 것을 암시한다. 그 '첫 키스'는 사랑의 스쳐감 혹은 어긋남 으로 끝이 나는데, 그 끝을 9행에서 '음악'과 '스캔들'에 비유한다. 음악 이나 스캔들은, 떠다니는 형체(실체)가 없는 것이고 순식간에 사라지지 만 인간의 마음을 뒤흔드는 강력한 힘을 가진 것이라는 공통점이 있다. 그러나 음악이 인간의 감정을 고무시키거나 정화해준다면, 스캔들은 인 간에게 씻을 수 없는 상처와 수치심을 준다는 데 차이가 있다. 따라서 '첫 키스'로 비유된 사랑은 두 속성을 동시에 지닌다.

인용 시에서 문자시는 사진으로부터 출발한 것으로 보이지만, 문자시 를 다 쓴 후 사진을 덧붙였을 수도 있다. 중요한 것은 이 두 텍스트의 긴 밀한 화학작용이다. 이 화학작용 속에서 전혀 예상치 못한 독법이 시작 되는데, 사진의 두 대상이 '여자 쌍둥이'라는 점에 초점이 맞춰지면서

'첫 키스'의 사랑이 동성애 코드로 읽힌다. 이렇게 읽었을 때 "지퍼처럼. 복화술처럼" "음악처럼. 스캔들처럼"의 의미가 금지된 비밀의 사랑으로 구체화된다. 태아의 초음파 사진에서 두 얼굴이 '엇대'져서인지 뒤쪽의 얼굴이 몹시 일그러져 있고 두 입술이 붙어 보인다는 점, 그래서 두 태아가 기형적으로 붙어 있는 '샴쌍둥이'처럼 보인다는 점에서 그 '첫 키스'가 서로에게 고통을 주는 운명적인 사랑임을 시각적으로 느끼도록 해준다. 사진과 문자시, 두 텍스트를 나란히 병치함으로써 얻게 되는 제3의 화학적 해석이다.

　시의 시청각적 효과를 극대화하려는 이러한 언어주의 혹은 형태주의 시들은 시 언어의 노화 혹은 타락이 낳은 필연적 소산이다. 시청각 매체의 발달과 맞물린 활자매체의 퇴조, 장황한 수사와 공허하고 상투적인 미사여구의 남발, 개념되고 관념화된 언어 조작 등이 시의 언어를 쉽게 노화시키고 타락시키곤 한다. 이러한 징후들에 맞서 새로운 언어를 창출하고 언어의 물질성을 회복하려는 것은 모든 시인의 공통된 욕망일 것이다. 언어 자체의 물질성(본래의 리듬·음향·이미지·상징성 등)과 그 것의 형상성에서 주목하는 시인들은 청각매체, 시각매체 사이의 경계를 가로질러 늘 새로운 시 형식을 발견하고자 한다. 특히 최근 시에서는 디지털 매체의 일상화라는 조건에서 멀티미디어를 십분 활용하려는 시도들이 이어지고 있다. 이미 '멀티포엠'이라는 이름으로 멀티미디어 동영상과 시가 만나고, '포에트리 슬램'이라는 이름으로 랩과 시가 만나고 있다. 웹툰과 시가 만나는 '웹툰시'도 가능할 것이고, 블로그, SNS, 포털 사이트 등 뉴미디어의 재매개화(remediation)를 통해 더욱 다양한 양식의 시들이 생산될 것이다. 시각·소리·언어로 빚어내는 새로운 시 형식은 늘 새롭게 탄생중이고, 이러한 혼종성에서 비롯되는 독자의 능동적 해석을 자극하는 열린 독서의 가능성도 진화중이다.

12장
표절과 영향 · 모방의 위태로운 경계

표절을 어떻게 정의할까

패러디, 패스티시(혼성모방), 키치, 콜라주 · 몽타주 · 오마주(짜깁기), 상호텍스트성, 영향, 모방, 인용, 차용, 인유, 번역, 의역, 번안, 패러프레이즈, 다이제스트(요약), 발췌, 재해석, 위작, 개작, 모작, 표절 등은 원텍스트에 대한 다양한 모방 인용 방식을 일컫는 용어들이다. 오늘날 생산자(작가)와 소비자(독자), 전문인과 교양인의 구분이 모호해지고 모방 인용과 대량 복제가 일반화되면서 비윤리적인 모방 인용, 즉 표절에 대한 관심이 높아졌다. 인터넷 생태계의 진화로, 표절은 저지르기도 쉽고 추적하기도 쉬워진데다 표절의 기준 또한 엄격해지고 있어 심심찮게 표절 논쟁이 일어나고 있다.

창작할 때 타인의 작품 일부나 전부를 허락이나 출처 표시 없이 가져다 씀으로써, 타인의 작품에 귀속되는 독창성을 자신의 것인 양 속이는 행위를 표절(plagiarism)이라 한다.[1] 남의 작품 일부를 몰래 가져다 쓰는 '지적 사기(intellectual fraud)'에 해당한다. 그리스어 'plagios(음흉한)'나 라틴어 'plagiarius(사람을 훔쳐가는 사람, 즉 노예 도둑)'에서 유래한 'plagiaris'는 사상이나 문체를 도둑질한 사람을 일컫는다. 표절(剽竊)이라는 한자 또한 '훔치다'라는 뜻을 가진 '표(剽)'와, '좀도둑'이라는 뜻을 가진 '절(竊)'의 합성어다. 동서양을 막론하고 타인이 소유한 사상이나 문체를 은밀하게 도용하는 일은 부도덕하고 비윤리적인 행위였음을 알려주는 용어들이다. 이러한 표절은 문학뿐 아니라 음악, 미술, 디자인, 대중문화 전반에 걸친 문제라서 해당 분야마다 실제적인 기준과 양상은 다르다. 시대에 따라, 매체에 따라, 장르에 따라 표절의 기준이나 범주가 다르게 적용되어온 것이다. 또한 베끼는 것이 모두 표절인 것도 아니며, 새롭다고 통용되는 창작 아이디어도 실은 과거 아이디어를 변형시키거나 발전시킨 경우도 많다. 원텍스트가 잘 알려지지 않은 경우나 절묘한 변형을 통해 흔적을 많이 지워버렸을 때는 발견하기도 쉽지 않다. 현실적인 표절의 개념을 도출하기 어려운 이유다.

이러한 표절을 현대시 안으로 끌어들였을 때 문제는 훨씬 복잡해진다. 시에서 표절을 판단하기가 쉽지 않기 때문이다. 같은 언어를 사용하는 언중(言衆)들은 공통된 기억의 조합물과 공통된 사회문화적 생산물을 공유하는데, 이런 조건 속에서는 감정 또한 공유하는 경우가 많다. 특히 모든 시는 앞선 시들과의 영향 관계 속에서 창작되는데, 앞선 시들이 뒤를 잇는 시들을 억압하는 데서도 그 원인을 찾을 수 있다. 시 창작 행위가 선행 시에 대한 독서 없이 불가능하다는 점에서, 모든 시는 잠재적인 표절 텍스트이고 모든 시는 이미 쓰여졌다고도 할 수 있다. 창작이란 발명

---

1) 저작권심의조정위원회에서는 "어느 저작물이 다른 사람의 저작물의 내용을 새로운 형태의 문학 또는 예술적 표현으로 개작하여 공중에 제공하면서 자신의 독창적인 것처럼 하는 행위"로 규정하고 있다(저작권심의조정위원회, 『저작권 표준용어집』, 1993, 89쪽).

이 아닌 발견이라는 말은 여기서 비롯한다.

또한 시의 장르적 특성상 표절을 논하기 어려운데, 시의 주된 제재인 기억이나 감정(정서)이 추상적인데다 압축적이고 비유적인 언어를 사용하기 때문이다. 따라서 기억이나 감정을 표절했다고 할 수 없으며, 원관념이 달라질 경우 동일한 시어나 비유적 표현을 표절이라 하기도 어렵다. 게다가 시는 이미지나 비유, 리듬이나 아이러니(역설), 정서나 뉘앙스 등의 차이에 의해 전혀 다른 시가 될 수 있다. 조사·어미·단어·구절 하나만 바꾸어도 의미가 달라질 뿐 아니라 시인·시대·사조와 관련되어 문맥이 전혀 달라질 수 있다. 그러므로 단순하게 주제나 의미의 유사성만으로는 표절의 명확한 기준을 세우기 어렵다. 시에서 원텍스트의 모방 인용을 정량적 기준2)으로 판단할 수 없는 이유이기도 하다. 이런 특성이 역설적으로 시에서 복제나 표절이 다른 장르보다 상대적으로 쉬운 요인으로 작용한다. 따라서 시의 구성요소들을 비롯해 시의 창작 상황이나 배경, 시인의 특성, 시 경향의 변화, 그리고 시가 생산·유통되는 과정 등이 고려된 종합적 기준에 의해 표절을 검증해야 한다. 우리 현대시사에서 공식적으로 제기한 표절 의혹이 많지 않고 표절 판정 또한 드문 이유다.

그럼에도 불구하고 현대시에서 표절이 발생하는 층위는 크게 두 부분으로 나눌 수 있다. 이미지·비유 차원의 개성적인 시어나 어구, 어조·목소리 차원의 구문 및 행이나 연 등에서 이루어지는 외재적(형식적) 유사성과, 주제·발상·아이디어 차원에서 이루어지는 내재적(내용적) 유사성이 그것이다. 편의상의 구분일 뿐 이 두 유사성은 긴밀히 연결되어 있

---

2) 교육인적자원부의 '인문·사회과학 분야 표절 방지를 위한 지침'에 따른 표절 기준, 예컨대 여섯 단어 이상의 연쇄 표현이 일치한 경우, 생각의 단위가 되는 명제 또는 데이터가 같거나 유사한 경우(「여섯 단어 이상 무단 인용 땐 표절」, 동아일보, 2008. 2. 22.) 등이 현대시에서 표절을 판단하는 기준이 될 수는 없다.

다. 표절의 방법 또한 다양한데 일반적으로 인용, 인유, 모방, 합성, 짜깁기 등을 활용한 은폐된 반복과 변형을 통해 이루어진다. 구체적으로 세분해보자면, 반복은 질료적 반복(시어나 구절을 그대로 가져오는 것), 형식적 반복(문체나 통사적 특징이나 통사구조를 반복하는 것), 복합적 반복(시어나 구절, 문체 및 통사구조 등의 반복이 혼합된 것)으로 나눌 수 있다. 변형으로는 확장(원텍스트를 해설하거나 의역하는 것), 압축(원텍스트를 요약하거나 발췌하는 것), 치환(원텍스트의 일부를 바꿔치기하는 것) 등을 꼽을 수 있다.[3] 특화된 용어로는 바꿔 쓰기(paraphrasing, 패러프레이즈), 모자이크 표절(patchwriting, 패치라이팅), 자기표절(self-plagiarism) 등이 있다. 바꿔 쓰기는 치환에 의한 변형의 방법과 유사한데, 원텍스트의 일부분을 부연하거나 치환해 다른 척 해석하거나 설명한다. 모자이크 표절은 원텍스트의 일부를 조합하거나 단어를 추가 또는 삽입 또는 대체하여 합성하거나 짜깁기한다. 자기표절은 저자가 자신의 이전 글이나 자료를 새로 쓰는 글에 다시 활용하면서 그 글이나 자료가 이전에 발표나 출판, 혹은 사용된 적이 있다는 사실을 밝히지 않는다. 물론 실제 표절 텍스트에서는 이러한 방법들이 섞여 있다.

표절에는 반드시 원텍스트(표절의 대상이 된 텍스트), 표절 텍스트(표절한 텍스트)가 존재한다. 각각을 주(主) 텍스트, 부(副) 텍스트라 명명하기도 하는데, 표절이 확정적이지 않을 때는 이 용어가 더 유효하다. 또한 원텍스트를 드러내고 알리는 경우를 방법적(전략적) 표절이라 하고, 원텍스트가 알려지는 것을 두려워하고 숨기는 경우를 표절 혹은 명백한 표절이라 한다. 방법적 표절은 원텍스트의 부분이나 전체를 활용하여 새로

---

3) 안정오, 「상호텍스트성의 관점에서 본 표절 텍스트」, 『텍스트언어학』, 한국텍스트언어학회, 2007, 124~126쪽 참조.

운 저작물을 만드는 것으로, 원텍스트와 표절 텍스트가 서로 긴밀하게 상호작용하면서 새로운 의미와 해석을 생성한다. 표절을 '방법적'으로 활용하는 것이기에 표절은 아니다. 창작의 또다른 방법이다. 이에 반해 표절은 타인의 성과물을 자기 것으로 삼으려는 속임수이자 사기이기 때문에 표절 텍스트는 무가치한 것이 되고 부도덕한 것으로 취급된다. 특히 저급한 표절 텍스트 경우, 자세히 들여다보면 작품 전체가 기계적으로 조합되어 있을 뿐만 아니라 유기적인 조화나 생명력이 부족하기 마련이다.

그러므로 현대시에서 표절 여부를 판정하기 위해서는 다음과 같은 최소 조건이 필요하다. 첫째, 원텍스트와 표절 텍스트 간의 분명한 유사성이 있어야 한다. 단순히 원텍스트로부터 영감 혹은 영향을 받는 것에 그치지 않고 내용, 주제, 수사 기법 전체 등에서 '중대한 유사성'이 발견되어야 한다. 둘째, 원텍스트를 모방 인용한 사실이 은폐되어야 한다. 앞서 언급했지만 방법적 표절, 즉 공개적이고 전략적인 표절은 직접적이거나 암시적인 방법으로 원텍스트를 전경화시킨다. 그러므로 표절은 엄밀한 형태로 그 '은폐성'이 검증되어야 한다. 셋째, 시간적 선후나 공간적 인접성에 의해 표절 텍스트의 저자가 원텍스트를 보았을 가능성, 즉 두 텍스트 간의 '근접성'을 유추할 수 있거나 설명할 수 있어야 한다. 넷째, 표절 텍스트 내의 '부조화' 또한 중요한 요소다. 이 기준은 상당히 주관적이고 전문적이어서 정확도가 떨어지는 점이 있으나 표절된 구절들은 대체로 덧대고 짜깁기한 느낌 혹은 의미상 서로 겉도는 느낌이 든다. 다섯째, 표절은 발견되고 증명되었을 때 표절이 된다. 우리가 표절이라 할 수 있는 것은 오직 확인된 표절뿐이다. 역설적이긴 하지만 표절의 본성상 들키지 않은 것이 가장 성공한 표절인 것도 사실이다. 하나의 작품을 표절로 판정하기 위해서는 이상과 같은 기준들에 의해 복합적으로 검토되어야 한다.

이와 같은 정의에도 불구하고 표절은, 텍스트 간의 유사성을 공통점으로 하는 영향과 모방, 방법적 모방 인용, 그리고 방법적 표절 등과 경계를 넘나든다(9장, '패러디와 그 유사 형식들' 참조). 그 유사성이 무의식적인 것이냐 의식적인 것이냐에 따라 크게 영향과 모방 인용으로 나뉜다. 모든 모방 인용은 (원텍스트에 대해 긍정적일 수도 있고 부정적일 수도 있는) 영향과 모방의 결과일 것이다. 의식적인 모방 인용은 의도적으로 숨기느냐에 따라 방법적 모방 인용(오마주, 패러디, 패스티시, 키치, 표절유희)과 표절로 나뉜다. 표절은 다시 방법적 표절과 표절로 나뉘는데, 이 방법적 표절은 앞서 언급한 방법적 모방 인용과 겹쳐진다.

그러므로 실제로 표절 여부를 판정하는 데는 다음과 같은 어려움이 있다. 첫째, 창작자의 명백한 언급이나 암시 없이는 그 창작 행위가 의식적이었는지 무의식적이었는지 쉽사리 증명할 수 없을 뿐만 아니라, 심지어 창작자조차도 그 영향 관계를 의식하지 못하는 경우도 있다. 무의식적 영향의 개념도 점차 확대되고 있어 혼란이 가중되고 있다. 해럴드 블룸에 따르면 영향이란 문학의 존재 방식 중 하나가 되며, 후배 시인들이 의지하는 선배 시인의 언어는 곧 문학의 전통이자 관습을 구성하게 된다. 그러므로 선배 작품의 영향을 받아 수정·보완을 통해 텍스트의 의미가 새롭게 완성된다는 그의 이론은, 앞선 작품에 의지해서 그것을 수정하거나 다르게 쓴다는 점에서 '모방 인용'과 상통하는 부분이 있다. 그러나 영향이 모든 텍스트에 내재하는 특성인 반면, 모방 인용은 특수한 관계 속에만 제한된다는 점에서 변별된다.

둘째, 의식적 모방 인용이라 하더라도 텍스트가 놓인 다른 문맥으로 인해 원텍스트와 완전히 같을 수는 없다. 모방 인용하는 순간 모방 인용한 주체의 의도와 동기가 개입되기 마련이라서, 극단적으로 말하자면 의도나 동기가 없는 모방 인용이란 없는 것이며 단순한 모방 인용이라는 말도 실제로 모순된 용어인 셈이다. 창작자의 주관적인 의도가 강조되는 '인용(quotation)이나 인유'가 방법적 모방 인용과 밀접히 연관되는 이유다. 따라서 모든 모방 인용은 방법적 모방 인용이다. 셋째, 방법적 모방 인용이나 방법적 표절은 용어만 다를 뿐 겹쳐지는 부분이 있다. 문제는 그것들이 표절과 구분이 모호하다는 데 있다. 실제로 원텍스트에 대한 전경화 장치가 애매한 경우의 오마주나 패스티시는 종종 표절시비를 불러일으킨다. 원텍스트가 선명치 않은 특정한 유행, 분위기, 패턴, 취향 등을 모방 인용하는 키치의 경우나, 표절을 노골적으로 드러내면서 창조성에 노골적인 회의를 제기하는 표절유희도 마찬가지다.

이러한 난립에도 불구하고 표절과 그 유사 형식들을 구별하려는 작업은 필요하다. 자신의 텍스트가 다른 텍스트를 차용하고 있다는 사실과 그 차용 동기를 어떻게 드러내느냐에 대한 고민은 창작과정 및 결과에 중대한 영향을 미치기 때문이다. 감상이나 해석의 수용과정 및 결과에서도 마찬가지다. 그리하여 영향과 모방의 경우는 앞선 텍스트를 넘어서려는 독창성이 문제가 되고, 의식적 모방을 일부러 드러낸 방법적 모방 인용의 경우는 미학적 성취 여부가 문제가 된다. 그러나 의식적 모방 인용임에도 불구하고 이를 일부러 감추는 경우는 법적으로, 윤리적으로, 예술적으로, 용납될 수 없는 표절이 된다.

창조적 모방으로서의 표절

흉내내기, 베끼기, 모방하기라는 말들은 부정적 뉘앙스를 담고 있다. 그러나 이러한 모방 인용은 양날의 칼과 같아서 잘 쓰면 약이고 잘못 쓰면 독이 된다. 해럴드 오그던 화이트는 "모방의 대상을 신중하게 고르고 그것을 자기 식으로 재해석하고 나아가 그것을 뛰어넘어 훌륭하게 되고자 노력하는 것을 통해 진정한 독창성이 획득된다"[4]라는 독창성의 고전적 원리를 지적했다. 이러한 독창성을 확보한 '창조적 모방'은 표절과 구별된다. 한 걸음 나아가 리처드 앨런 포스너는, 우리가 일반적으로 혼용해 쓰고 있는 '독창성(originality)'과 '창의성(creativity)'을 구별한다.[5] 독창성이란 기존의 혹은 다른 작품들과 변별할 수 있는 특별하거나 색다른 요소를 말하는데, '창조적 모방'을 성취한 작품의 경우 독창성은 부족하지만 창의성은 풍부할 수 있다. 반대로 독창성을 확보한 작품이 심미적인 측면에서는 창작의 가치, 즉 창의력이 없을 수도 있다. 독창적인 것이 창의적이지 않을 수 있듯이, 독창적이지 않은 것이 창의적일 수도 있는 것이다.

다음 시는 독창성은 부족하지만 모방을 통해 새로운 가치를 만들어낸 작품이다.

> 신음소리 통곡소리 탄식소리 그 속에 내 가슴팍 속에
> 깊이깊이 새겨지는 네 이름 위에
> 네 이름의 외로운 눈부심 위에
> 살아오는 삶의 아픔
> 살아오는 저 푸르른 자유의 추억
> 되살아오는 끌려가던 벗들의 피묻은 얼굴
> 떨리는 손 떨리는 가슴

---

4) 리처드 앨런 포스너, 『표절의 문화와 글쓰기의 윤리』, 정해룡 옮김, 산지니, 2009, 80쪽에서 재인용.
5) 같은 책, 80쪽, 124쪽.

떨리는 치떨리는 노여움으로 <u>나무판자에</u>
백묵으로 서툰 솜씨로
<u>쓴다</u>.

숨죽여 흐느끼며
네 이름을 남 몰래 <u>쓴다</u>.
타는 목마름으로
타는 목마름으로
<u>민주주의여 만세</u>

— 김지하, 「타는 목마름<u>으로</u>」 부분(밑줄은 필자)

    인용 시는 1970년대를 대표하는 저항시로 '~에 쓴다'라는 반복적 변
주와 "민주주의여 만세"라는 강렬한 마무리가 인상적이다. 당시 이 시
가 실린, 같은 제목의 시집은 금서가 되기도 했었다(6장, '시간적 인접성
에 의한 서술–서사적 환유' 참조). 시는 신새벽 뒷골목에서 들려오는 다
급한 소리들의 나열, 즉 쫓고 쫓기고, 맞고 때리고, 신음하고 울고 탄신
하고 통곡하는 소리들의 중첩을 통해 독재정권에 저항하는 사람들의 모
습을 현장감 있게 묘사한다. 그리하여 저항과 투쟁의 의지를 서정적으로
승화시켜 사회적 효용성과 문학성이라는 두 마리 토끼를 잡는 데 성공한
작품으로 평가되었으며, 운동권 가요로 작곡되어 금지곡이 되기도 하는
등 그 시적 파급효과는 현대시사에서 독보적인 것이었다. 문제는 이 시
가 나치 정권에 저항했던 프랑스 시인 폴 엘뤼아르의 「자유」라는 시와 유
사하다는 것이었다.[6]

---

6) 두 작품의 유사성은 필자가 『패러디 시학』(문학세계사, 1997) 서문에서 지적한 바 있다.

국민학교 학생 때 나의 노트 <u>위에</u>

나의 책상과 나무 <u>위에</u>

모래 위에 눈 <u>위에</u>

나는 너의 이름을 <u>쓴다.</u>

내가 읽은 모든 페이지 <u>위에</u>

모든 백지 <u>위에</u>

돌과 피와 종이와 재 <u>위에</u>

나는 너의 이름을 <u>쓴다.</u>

(……)

그 한 마디 말의 <u>힘으로</u>

나는 내 삶을 다시 시작한다.

나는 태어났다 너를 알기 위해서

너의 이름을 부르기 위해서

<u>자유여.</u>

　　　　　　　　　—폴 엘뤼아르, 「자유」 부분(밑줄은 필자)

　엘뤼아르의 「자유」 역시 제2차세계대전 당시 프랑스가 나치 독일에 점령되었을 때 쓰였던 시로 자유와 희망, 해방과 저항을 상징하는 명작이다. 끊이지 않을 듯 계속되는 '~에 쓴다'라는 구문에 '자유'를 상징하는 대상들을 나열하면서 한 자유인의 삶을 서사적으로 엮어가다. '자유여'

라는 짧은 부름을 끝으로 시의 의미를 응집시키고 있다. 창작 동기나 메시지, 무엇보다 '~에 쓴다' '~여'라는 같은 구문의 반복과 호격의 마무리 구조 등의 유사성으로 인해 김지하의 「타는 목마름으로」가 엘뤼아르의 「자유」를 표절했다고 주장할 수 있다.

그러나 표절이라고 단정하기엔 몇 가지 문제점이 있다. 첫째, '중대한 유사성'이 시의 구조와 구문 형태에 한정되어 있고 구체적인 시적 대상이나 문장 표현이 일치하지는 않는다. 또한 주 텍스트가 19연에 달하는 똑같은 구문·구조를 바탕으로 유년에서부터 장년에 이르는 일대기를 파노라마처럼 반복적으로 변주하고 있는 데 반해, 부 텍스트는 새벽의 골목이라는 특정한 시공간을 생생하게 묘사하면서 자유로운 행과 연의 배열로 변주시키고 있다. 둘째, 지금이라면 반드시 명기해야 할 사항이긴 하지만, 제목(부제)이나 각주 등을 통해 주 텍스트를 직접·간접으로 명시하지 않은 것은 '인정의 어색함(awkwardness of acknowledgement)'[7]으로 파악할 수도 있다. 인용 사실을 밝히게 되면 그 때문에 작가가 만들어내고자 하는 분위기가 훼손될 때, 혹은 인용된 (바꿔 쓴) 부분이 원텍스트의 사용 목적과 다를 뿐만 아니라 이미 독창적이어서 원전을 밝히는 것이 오히려 더 어색하거나 불필요할 때를 '인정의 어색함'이라 한다. 실제로 「타는 목마름으로」에서 독자들이 집중해야 할 부분은 주 텍스트와 부 텍스트 간의 대화나 차이가 아니다. '타는 목마름으로' 민주주의를 열망하는 시적 행위이자 의미다. 폭력적인 시대 상황에 대한 고발 의지와 그에 대항하는 불굴의 저항 의식의 표출이 이 시의 창작 동기이자 목적이기 때문이다. 부제로 '폴 엘뤼아르에게'를 쓴다거나, 각주로 '폴 엘뤼아르의 「자유」의 형식을 빌려왔음'이라고 명기

---

7) 리처드 앨런 포스너, 같은 책, 91~94쪽 참조.

했을 경우를 가정해보자. 이렇게 명기하는 순간, 1970년대 당시의 독자들에게 서구 지향적 지식인의 느낌을 줄 수 있으며 그럴 때 민중·노동·학생 운동을 바탕으로 하는 이 시의 저항적 에너지와 절박함이 삭감되고 만다. 그런 의미에서 셋째, 고의적인 은폐 의도가 있었다고 판단키도 어렵다. 김지하 시인이 폴 엘뤼아르의 「자유」를 읽었는가 하는 실제적인 근접성 또한 증명하기 쉽지 않다. 넷째, 무엇보다 부 텍스트 자체가 1970년대 한국의 시대사적 맥락은 물론 텍스트 내적으로도 유기적인 조화를 이루고 있다. 「타는 목마름으로」가 당대의 시대 의식과 시인의 삶과 어우러져 표절의 경계를 넘어선 작품으로 평가받는 이유다.

또한 「타는 목마름으로」는 시대와 문화에 따른 표절에 대한 인식의 차이를 분명하게 보여주는 대표적인 사례에 속한다. 이 시가 창작되었던 1970년대만 하더라도, 표절에 대한 잣대는 지금처럼 엄격하지 않았다. 문학작품이 소수의 잡지와 책을 중심으로 제한적으로 유통되었던 때이고 엘뤼아르의 단독 번역 시집이 나오기 전이라, 소수의 프랑스 문학 전공자들을 제외하고는 엘뤼아르는 물론 그의 「자유」라는 시를 아는 사람이 많지도 않았다. 게다가 김지하의 문학적 토대였던 리얼리즘 계열이나 민중문학 계열에서는 표절에 대해 상대적으로 관대할 뿐만 아니라, 오히려 민중들과 소통하기 위해 방법적 모방 인용과 방법적 표절을 적극적으로 활용하곤 했다. 자본주의의 소유 개념과 맞물린 엘리트적 독창성, 개인적 창의성, 작가의 명성과 같은 개념들을 부정하는 입장이었다. 김지하가 지향하는 현실 비판과 현실 고발, 풍자문학과 민중문학의 관점에서 작품의 독창성이나 소유권은 중요한 개념이 아니었던 것이다. 실제로도 그는 문학의 풍자성, 계몽성, 공격성, 선동성을 위해서 방법적 표절로서의 모방 인용을 적극적으로 활용했다. 군색한 말이지만, 이 작품이 표절이라고 한다면 우리 현대시는 표절 텍스트로 넘쳐나게 될 것이다. 번안

시에 가까웠던 현대시의 출발과, 외국문학 수용사라 할 만한 '~에의 영
향/수용 연구' '~와의 비교 연구'라는 제목으로 이루어졌던 수많은 현대
시 연구들을 떠올려볼 필요가 있다. 표절에 대한 시대적 위상이나 독자
들의 지식 정보력의 수준에 따라 그 당시에는 '창조적 모방'으로 간주되
었던 것이 지금의 기준으로는 '표절'로 평가받을 수 있는 것이다. 독창성
이나 표절에 대한 가치평가 역시 시대에 따라 다를 수 있다.

표절유희와 표절

창조적 모방 인용의 시대일수록, 그리고 방법적 모방 인용으로 창조
적 가치가 만들어지는 시대일수록 표절에 관한 판단은 조심스럽다. 타인
의 저작물을 개작하거나 변형하는 것이 손쉬울 뿐만 아니라 텍스트의 무
한 복제와 무한 증식이 가능해진 시대에는 더욱 그러하다. 창조적 모방
과 표절의 중간 지대에 '표절유희'가 있는데, 이 표절유희는 21세기 텍스
트의 소통·유통 구조 속에서 매혹적인 조건을 갖추고 태어났다.

{時人이 되어 버린 詩人을} 아시오? 나는 유쾌하오. 나는 PC에 모방
과 가증할 상식을 늘어놓았소

제9의 時人과 8인의 詩人이 도로를 질주하오.
(길은 적당히 合理와 野合으로 뚫려져 있는 곳이 적당하오.)

제1의 詩人이 징후와 전망을 노래하오.
제2의 詩人이 갈망과 변태를 노래하오.

제3의詩人이 기만과 이기를 노래하오.

제4의詩人이 이즘과 영혼을 노래하오.

제5의詩人이 부정과 피안을 노래하오.

제6의詩人이 절망과 이상을 노래하오.

제7의詩人은 어찌하여 침묵하오.

제8의詩人은 형식과 기만을 노래하오.

제9의時人은 그들의 노래가 무섭다 그리오.

제9인의 時人과 8인의 詩人은 공리와 타산을 추종하는 분류와 침묵
하는 자, 그리고 그들의 집단에서도 흡수되지 못하는 時人 그렇게 뿐이
었소.(평범한 질타와 공격은 차라리 없는 것이 나았소.)

— 사애녹, 「오감도 패스티시 2003 — 시제1999호」 부분

인용 시는 한 네티즌이 이상의 시 「오감도—시제1호」(원문은 3장, '병
렬에 의한 반복 유형' 참조)를 표절유희한 작품이다. 표절이 자신의 도용
행위를 감추려는 비윤리적인 욕망에 기인하는 반면, 표절유희는 기존 텍
스트에 대한 모방 인용을 의도적으로 드러낸다. 모방 인용된 원텍스트
「오감도—시제1호」가 정전화된 작품인데다, '오감도 패스티시 2003'이
라는 제목에서부터 이를 드러내놓고 전경화하고 있다. 스스로 '패스티
시'라고 명명하고 있는 데서도 알 수 있듯 짜깁기적 모방 인용을 방법적
이고 유희적으로 활용한다.

표절의 조건인 주 텍스트에 대한 은폐 '의도' 여부는 객관화시키기 어
려운 지점이 있다. 표절시비란 이미 주 텍스트가 밝혀지고 저자의 은폐
의도를 확신하면서 시작되기 때문에, 표절 논쟁이 시작되었을 때 저자의

은폐 의도를 따지는 것은 적절치 않다. 저자가 주 텍스트를 부정하거나 본 적이 없다고 해도 그 말을 신뢰하기 어렵고, 주 텍스트를 밝혔다 해도 알아채기 어렵도록 암호화했다면 그 의도를 의심할 수밖에 없다. 은폐 의도의 진실은 오롯이 저자의 몫인데 저자의 발언을 전적으로 신뢰할 수만은 없기 때문에, 결국은 일반화된 독자의 인지능력에 의존할 수밖에 없다. 인용 시의 경우는 어떠한가. 제목에서 '오감도'나 '패스티시'라는 시어로 전경화시키지 않았다하더라도, 인용 시는 방법적 표절임을 쉽게 인지할 수 있다. 이상의「오감도」정도는 고등교육을 받은 독자라면 누구나 쉽게 인지할 수 있기 때문이다. 그러나 '패스티시'라는 용어도, 이상의「오감도」를 접해보지 않은 독자도 있을 수 있다. 그들은 표절도, 방법적 표절도 인지할 수 없다. 주 텍스트에 대한 저자, 독자, 학자나 비평가의 인지능력을 평균적으로 객관화하기 어려운 지점이 있는 것이다. 그렇다고 모방 인용한 걸작을 각주나 제목, 부제 등에 전경화시키면 표절시비로부터는 자유롭겠으나 '인정의 어색함'이 발생하기 십상이다. 반대로 대중적인 인지도도 낮고 평단에서 그 가치를 인정받기 전의 작품을 '인정의 어색함'을 이유로 인용부호나 각주 표시도 없이 모방 인용한다면 표절로 전락할 위험성이 클 수밖에 없다.

어쨌든 인용 시는「오감도―시제1호」를 바꿔 쓰기 하면서, 시작과 끝부분에서는 이상의 소설「날개」를 모자이크 표절한다.「날개」는 "〈박제가 되어 버린 천재〉를 아시오? 나는 유쾌하오."로 시작해 소설 곳곳에서 '굳빠이'를 반복하고 있다. '13인의아해'가 '제9의시인'으로, '막다른골목'이 '적당히 合理와 野合'으로, '무섭다고그리오'가 '징후와 전망을 노래하오'/'어찌하여 침묵하오' 등으로 바꿔 쓰이고 있다. 징후와 전망에서부터, 갈망과 변태, 기만과 이기, 이즘과 영혼, 부정과 피안, 절망과 이상 등 제각기 다른 것들을 노래하는 8인의 '詩人'들을, 마지막 한 명의 '時人'이 무서워하고 있다. 동음이의어 '詩人'과 '時人'의 대비를 통해 시 혹은 시인의 관념성을 비꼬는 듯도 하다. 변혁과 실리, 환상과 이상, 합리와 야합 등으로 상징되는 '詩人'들의 노래(혹은 침묵)는 바벨탑에 갇힌 시인 내지는 현대인을 표상한다. 단어를 바꿔치기하고 그것들을 이어붙여 끼워맞추려다보니, 시 전체가 논리적으로 정교하지 않고 문맥에 맞지 않는 부분들이 많다. 표절유희 자체에 목적을 두다보니 시적 완성도는 물론 창의성이 떨어지는 것도 사실이다. 또한 이와 유사한 표절유희 방법은 다른 시인들에 의해 창작되었다는 점에서 독창성 또한 미흡하다.

　방법적으로 끌어들인 원텍스트가 얼마나 새로운 맥락과 의미를 창조하는지가 표절유희의 성패를 좌우한다는 건 잘 알려진 사실이다. 새로운 의미 창출이나 시적 성취에 이바지하지 못하는 방법적 표절이란, 자신이 알고 있는 걸작을 과시적으로 즐기기 위한 일회적이고 소비적인 글쓰기에 불과하다. 이를테면 중광의 그림과 아이의 그림은 천진한 낙서 형식이라는 점에서는 같지만, 전자는 예술 창작품이 되고 후자는 낙서에 머문다. 그 차이가 바로 창작 동기 혹은 예술 정신에 있다. 중광의 낙서는 아이의 낙서 형식을 미(未)충족의 전략으로 채택함으로써 기존의 화법이나 화풍에 대한 부정의 정신을 드러내고 새로운 예술형식을 발견했다는 의미를 지닌다. 반면 아이의 낙서는 그 자체로 자연이다. 결국 부 텍스트가 얼마나 독창적인가, 부 텍스트의 형식 속에 내포된 창의적인 시정신이 무엇인가 등이 표절유희의 주요한 미학적 판단 기준이 되는 것이다. 문제는 독창성이나 창의성 여부는 괄호에 묶어놓은 방법적 표절이 남용되는 경우다. 독창적 양식이나 창의적 정신의 발견이 더이상 가능하지 않다는 절망조차 생략된 채 표피적 유희만이 남을 때, 작품으로서의 의미와 가치는 사라지고 모작이나 위작에 그칠 뿐이다.

표절 의혹과 예상 표절

한 시인이 표절시비에 휘말리게 된다는 것은 사실 여부를 떠나 그 자체만으로 불명예스러운 일이 아닐 수 없다. 선배 시인이 후배 시인에게 표절 의혹을 제기했는데, 발단은 '현대시동인상'[8) 수상작인 이대흠의 「봄은」이 오세영의 「서울은 불바다 · 2」를 표절했다고 주장하면서 시작되었다. 이 장에서는 시간상으로 앞선 주 텍스트를 가)로, 뒤이은 부 텍스트를 나)로 제시한 후, 유사 구절의 대응 관계(①에 대응되는 구절은 ①′)를 밑줄과 원 문자로 표시하고자 한다.

> 가) 적 일개 군단,
> 　　　남쪽 해안선에 상륙,
> 　　　전령이 떨어지자 갑자기 소란스러워지는
> 　　　戰線,
> 　　　참호에서, 지하 벙커에서
> 　　　<u>녹색 군복의 병정들은 일제히 하늘을 향해</u>
> 　　　<u>총구를 곧추세운다(①).</u>
> 　　　<u>발사!(②)</u>
> 　　　<u>소총, 기관총, 곡사포 각종 총신과 포신에</u>
> 　　　<u>붙는 불,(③)</u>
> 　　　<u>지상의 나무들은 다투어 꽃들을 쏘아올린다.(④)</u>
> 　　　개나리, 진달래, 동백
> 　　　<u>그 현란한 꽃들의 전쟁(⑤).</u>

---

8) 『현대시학』 1997년 6월호에 수상자와 수상 작품이 발표됨.

적기다!

서울 영공에 돌연 내습하는 한 무리의

벌 떼.

요격하는 미사일,

그 하얀 연기 속에서

구름처럼 피어오르는 벚꽃,

봄은 전쟁인가(⑥),

서울을 불바다로 만든

이 봄의 핵투하.

　　　　　　　　　　　　　—오세영, 「서울은 불바다·2」 전문[9]

나) 조용한 오후다 무슨 큰 일이 닥칠 것 같다 나무의 가지들 세상 곳
곳을 향해 총구를 겨누고 있다(①´) 숨쉬지 말라 그대 언 영혼을 향해
언제 방아쇠가 당겨질지(②´) 알 수 없다 마침내 곳곳에서 탕, 탕, 탕,
탕(③´) 세상을 향해 쏘아대는(④´) 저 꽃들(⑤´) 피할 새도 없이
　하늘과 땅에 저 꽃들 전쟁은 시작되었다 전쟁이다(⑥´)

　　　　　　　　　　　　　　　—이대흠, 「봄은」 전문[10]

주 텍스트 가)가 서울을 전쟁터에, 지상의 나무들이 꽃을 피우는 것을
각종 총신과 포신의 발사에 비유하면서 봄의 에너지를 역동적으로 형상
화한다면, 부 텍스트 나) 역시 나뭇가지들을 총신에 비유해 개화와 발사

---

9) 『현대시사상』 1994년 여름호에 발표. 2004년에 출간한 시집 『봄은 전쟁처럼』(세계사)에
수록된 시에는 행·연 갈이가 개작되어 있다.

10) 『현대문학』 1996년 7월호에 발표. 1997년 2월에 출간한 시집 『눈물 속에는 고래가 산
다』(창비)에 수록된 시에는 띄어쓰기 및 연 갈이가 개작되어 있다.

의 순간에 초점을 맞춰 응집력 있고 강렬하게 형상화한다. 주 텍스트는 꽃들의 공격 때문에 서울이 불바다[11]가 되었다며 북한 핵도발의 시사적 상황을 암시하면서, 실제 지명과 꽃 이름을 통해 구체성을 확보하는 것은 물론 시각 이미지와 격정적 어조를 살려 전쟁의 극적인 현장성을 강조한다. 반면 부 텍스트는 일반화된 봄과 개화의 보편성에 기대 "언 그대 영혼"을 향한 사랑의 관계성에 초점을 맞춰 청각 이미지와 서술적인 산문화된 어조를 부각시키고 있다. 두 시 모두 봄, 나무, 꽃, 하늘, 전쟁, 총구 등의 시어들과, 봄을 전쟁에 비유하고 개화를 총신의 발사에 비유하는 시적 발상이 일치하는 것은 사실이다.

그러나 이를 근거로 표절을 주장할 때 주의가 필요한데, 시어나 시적 발상은 시적 관습으로 공유 가능한 지점이 있어서 그 소유권을 증명하기 어려운 부분이 있다. 봄, 나무, 꽃, 하늘 등은 서정시에 흔히 등장하는 시어들이며, 땅에서 꽃이 솟아오르는 것을 총의 발사에 비유하는 표현 역시 서구 시의 익숙한 발상법이다. 서구 시의 출처는 차치하고라도 보편적 발상에 의한 우연의 일치일 가능성 또한 존재한다. 특히 표절 의혹을 받는 시인이 주 텍스트를 본 적조차 없다고 주장하는 상황(물론 그 주장을 전적으로 신뢰할 수 없는 것도 사실이다)에서 은폐 의도는 물론 주 텍스트에 대한 근접성을 의심해볼 수는 있으나 근접성 여부를 증명하기는 쉽지 않다. 수상작으로 선정될 정도로, 부 텍스트의 부조화나 식별의 관점에서도 문제적이지 않다. 이런 관점에서 볼 때 부 텍스트를 표절 시라 판정하기엔 무리가 따른다. 강력한 문제제기에도 불구하고 수상이 취소되지 않았던 걸 보면 심사위원들 또한 표절로 판정하지 않았다고 볼 수 있다.

---

11) 1994년 북한의 핵확산금지조약(NPT) 탈퇴를 앞두고 열린 남북 실무 대표회담에서 처음 나왔던 '서울 불바다'설(說)은 북한이 대남 도발시 위협할 때면 꺼내는 말이기도 하다.

일반적으로 모든 창작자에게는 자신의 작품이 표절당함으로써 그 독자성을 잃고 자신의 창작의 가치가 폄하되는 것에 대한 두려움이 있다. 특히 표절 텍스트가 문학적 인정을 받을 경우, 도리어 자신의 작품이 표절한 것으로 오해받을 수도 있다는 피해의식도 포함한다. 실제로 들키지 않고 처벌 없이 넘어간 표절 작품도 많고, 심지어 그 작품이 문학적 성과나 대중적 사랑을 받는 경우도 허다하기 때문이다. 위의 사례에서도 부 텍스트가 문학상 수상으로 조명을 받게 되면서 먼저 발표된 주 텍스트의 독창성이 훼손될 수 있다는 주 텍스트 저자의 우려가 표절 의혹을 제기하는 데 영향을 미쳤을 것이다.

이러한 난감한 문제들을 피에르 바야르는 '예상 표절(le plagiat par anticipation)'[12]이라는 개념으로 유쾌하게 치고 나간다. 근접성이 희박한 두 텍스트 사이에서 확인되는 유사성을, 단순한 우연에 내맡길 수도 없고 고전적 표절로 설명할 수도 없는 난감함에 주목한 그는, 과거의 작가가 미래의 작가를 표절할 수 있다는 유쾌한 전복을 주장한다. 즉 일반적인 표절과는 반대 방향으로 진행되는 표절인 셈이다. 시간의 불가역성이 뒤집히지 않는 한 현실적으로 불가능한 이 예상 표절을 통해 그가 주장하고자 했던 것은, 설명할 수 없는 텍스트들 사이의 닮음을 설명하면서 표절이라는 말에 대한 부정적 의미와 거부감을 피해가려는 묘책이다. 또한, 표절을 둘러싼 쉽사리 증명되지 않는 소모적인 논쟁을 벗어나기 위한 묘책일 것이다. 두 시의 경우도 "표절이다"/"원텍스트를 본 적도 없다"라는 엇갈리는 두 주장을 액면 그대로 인정하면서, 분명하게 존

---

12) 피에르 바야르에 따르면 한 텍스트가 후대 텍스트에 미치는 고전적 의미의 영향과 달리 한 텍스트가 이전 텍스트에 미치는 영향에 초점을 맞춰, 이전 작가들이 후대 작가의 작품들에서 영감을 받고 밝히지 않는 행위를 예상 표절이라 한다. 상호적인 영향일 경우 쌍방 표절이라고도 한다. 피에르 바야르, 『예상 표절』, 백선희 옮김, 여름언덕, 2010.

재하는 두 텍스트 간의 유사성을 예상 표절이나 쌍방 표절로 해석하는 것도 또하나의 묘책일 것이다. 바야르의 관점에서 보자면, (봄)꽃의 개화를 (전쟁중의) 총의 발사로 비유하는 비슷한 시적 발상을, 아직 밝혀지지 않은 과거의 누군가는 오세영을 표절했고, 오세영은 이대흠을, 이대흠은 아직 도래하지 않은 미래의 시인을 표절한 셈이 된다. 시적인 반전이다.

일반화된 몇몇 시어나 시적 발상 정도가 유사하지만 뒤이은 부 텍스트가 주 텍스트보다 월등한 시적 성취를 이루고 있거나 개성적인 시적 의미를 확보한 경우라면 표절로 판정하기에 머뭇거려지는 게 인지상정이다. 그러나 이와 반대로 부 텍스트가 시적 성취나 개성을 확보하지 못할 경우 독창성이나 창의성 부족으로 아류에 머물거나 세상에서 저절로 묻히게 마련이다. 심지어 한 시인의 작품들에서도 유사한 발상과 표현을 반복할 때 뒤이은 작품은 자기표절에 불과하고 독창성은 떨어질 수밖에 없는 것인데, 하물며 한 시인에게서 앞선 다른 시인의 흔적이 반복된다면 뒤에 발표된 작품의 문학적 가치는 저평가될 수밖에 없다. 창작을 위한 제일의 조건으로 '다독(多讀)'을 꼽는 이유는 앞선 작품들을 익히고 자기 것으로 삼으라는 뜻도 포함됐겠지만, 더 근본적으로는 앞선 것들과 차별화시킴으로써 그것들을 어떻게 뛰어넘을까를 고민하라는 뜻이 포함되어 있다. 그런 의미에서 선배 시인이란 후배 시인에게 안내자인 동시에 억압자인 것이다.

표절에 근접한 유사성과 독창성의 결여

○○○사 주최 신인문학상 당선작이 당선 취소되는 사태가 발생했다. 당선작 발표 후 익명의 제보자로부터 표절 의혹이 제기되었는데, 당선작이 기존의 여러 시를 표절했다는 것이다. 가)에서 표절 대상이 된 세 편의

주 텍스트를, 나)에서 한 편의 부 텍스트를 소개하면 다음과 같다.

　가) 저녁의 노을이 모여드는 한 그루 단풍나무 새장//새들이 단풍나무에 가득 들어 있는 저녁 무렵/공중의 거처가 소란스럽다(①)./후렴은 땅에 버리는 불안한 노래가 빵빵하게 들어 있는(②)/한 그루 새장이 걸려 있다/먼 곳을 날아와 제 무게를 버리는 새들/촘촘한 나뭇가지가 잡고 있는 직선의 평수 안(③)/바람이라도 불라치면 후드득, 떨어지는 새들의 발자국들//모든 소리를 다 비운 새들이 날아가는//열려 있으면서 또한 무성하게 닫혀 있는 새장/허공의 바람자물통이 달려 있는 저 집의/왁자한 방들(④)/잎의 계절이 다 지고 먼 곳에서 도착한 바람이/그늘마저 둘둘 말아 가면/새들이 앉았던 자리마다 새의 혀들만(⑤) 남아 있을 것이다//그늘이 사라진 자리에는 새의 혓바닥들만(⑤) 부스럭거릴 것이다//모두 그늘을 접는 계절/간혹, 지붕 없는 새의 빈 집과 (⑥)/느슨한 바람들만 붙어 흔들리다 간다/한 그루 단풍나무가 제 가슴팍에 부리를 묻고 있는(⑦) 저녁/후드득, 바닥에 떨어지는 나무의 귀/누군가 새들의 신발을 주워 책갈피에 넣는다
　　　　　　　　　　　　　　　　　　　　—강○○, 「새장」 부분

　가)′ 몇 층의 구름이(⑧) 바람을 몰고간다/그 몇 층 사이의(⑧) 긴 장마와/연기가 접혀 있을 것 같다/바람의 층 사이에(⑧) 머무르는 種들이 많다/發芽라는 말 옆에 온갖 씨앗을 묻어 둔다/여름, 후드득 소리 나는 것들을 씨앗이라고 말해본다//나는 조용히 입 열고/씨앗을 뱉어낸 최초의 울음이었다//오래 된 떡갈나무 창고 옆에/나뭇가지 같은 방 하나 (⑨) 들였다/나무에 걸린 바람을 들여놓고 싶었다/지붕이 비었을 때엔 (⑩) 빗소리가 크다/빈 아궁이에 솔가지 불을 밀어 넣으면/물이 날아

올랐다(⑪)/물기를 머금고 사는 것들이/방안을 채울 줄 알았다/아궁이 앞에서 뜨거운 울음의(⑫) 족보를 본다//실어 온 씨앗으로 바람은 키 작은 뽕나무를 키웠다/초여름, 초록이 타고 푸른 연기가 날아오르고(⑬)/까만 오디가 달렸다//문을 세웠더니 바깥이 들어와/빈 방이 되었다/바람의 어느 층이 키운 나무들은 흰 연기를 품고 있다/어제는 나무의 안쪽이 자라고 오늘/나무의 바깥이 자랐다//나무는 어디가 문일까(⑭)//문을 열어 놓은 나무들마다/초록의 연기가/다 빠져 나가고 있다(⑮)

　　　　　　　　　　　　　　　　　　　— 김○○, 「나무의 문」 부분

　가)"몸밖에 없는 것들에게 왜/문을 열어주었던 것이냐(⑯)//아무리 흔들려도 저 木家의(⑰) 밖은

　　　　　　　　— 박○○, 「독설」 부분(이상의 /, // 표시는 필자)

　나) 흔들리는 집을(⑰) 짓는 것들은 날개들뿐이다. 새들의 건축법에는 면적을 재는 기준이 직선에 있다고 나와 있다. 직선은 흔들리는 골재를 갖고 있다. 문 없는 집(⑭ ⑯), 계단 없는 집, 지붕이 없는 집(⑥ ⑩), 없는 게 너무 많아 그 집을 탐하는 것들도 별로 없다.

　미루나무에 빈집 몇 채 얹혀 있다. 층층을 골라 다세대 주택 같다.(⑧) 포란의 계절에만 공중의 집에(①) 전세를 드는 새들, 알들이 아랫목처럼 따뜻할 것 같다. 아궁이에선 초록의 연기가 피어 오르고(⑪ ⑬ ⑮) 어둠을 끌어다 덮으면 아랫목에서 날개가 파닥일 것 같다.

　공중 집을 보면 새들의 작고 뾰죽한 부리가(⑤ ⑦) 생각난다. 날

개에 붙어 있는 공중의 주소, 셀 수 없는 바람의 잔가지들이 엉켜 있어 수시로 드나드는 바람엔 개의치 않는다. 양 날개에 바람을 차고 나뭇가지를 나르던 가설의 건축.

쌀쌀한 날씨에 군불처럼(⑪') 둥지에 앉아 있는 새들.
불안한 울음이 가득한(② ⑫') 포란의 집. 쩍쩍거리는 소리가 나뭇가지를 옮겨 다닌다. 직선의 면적에 둥근 방(③' ⑨'). 고리가 없다(⑭' ⑯').

이제 소란한 공중은(①' ④') 새들의 소유다.
　　　　　　　　　　　　　　　　　—김○○, 「포란의 계절」 전문

한 편의 시에서 기존 시편들과 유사한 시어나 구절을 찾아 나열해놓고 표절했다고 주장한다면 많은 시가 표절 의혹으로부터 자유롭지 못할 수도 있다. 같은 언어권에서, 같은 시적 관습을 배우고 익히는 과정에서 몇몇의 시어나 구절이 일치할 수 있다. 그러나, 그 우연의 일치는 분명 제한적이다. 표절 의혹이 제기된 부 텍스트 나)의 경우는, 그리 길지 않은 시임에도 불구하고 십여 군데 이상이 주 텍스트 가), 가)', 가)"들과 유사하다. 우연의 일치라고 하기엔 유사성의 정도가 심하다. 관대하게 보자면 '나무(가지)에 둥지를 튼 새집'이라는 소재상의 공통점으로 인해 나무(의 문), 공중(의 집/거처), 바람, 흔들리는 (집), 지붕이 없는 집, (새)울음과 같은 몇몇 시어나 비유가 유사해질 수는 있겠다. 하지만 나무나 둥지와 관계가 먼 층층이, 아궁이(군불)를 비롯해 '초록의 연기'나 '직선의 면적(방)'과 같은 개성적인 시어들까지 유사한 것은 의혹을 사기에 충분하다. 게다가 주 텍스트 및 부 텍스트의 저자들이 동일한 집단에서 창작활동을 한 점, 주 텍스트들 사이에도 상당한 유사성이 발견된다는 점, 설상가상으로 가)′와 가)″가 모두 표절 판정으로 당선 취소된 작품들이라는 점들도 의혹의 불씨가 되었다. 주 텍스트들과 부 텍스트 간의 근접성이 근친성에 가까워 대필 의혹까지 제기되기도 했다.

그러나 표절이라고 판정하기에 망설여지는 지점들이 있는 것도 사실이다. 거듭 말하거니와 몇몇 시어나 구절, 나아가 시적인 분위기가 유사하다고 해서 표절이라고 단정할 수는 없는 일이다. 게다가 동일한 집단에서 창작활동을 하다보니 서로 무의식적 영향을 받았을 뿐이고 우연히 시적 소재가 일치하다보니 발상이나 표현이 유사해졌다고 할 수도 있다. 실제로 춥고 앙상한 겨울나무에 둥지를 틀고 있는 시간을, 부화를 위해 알을 품는 '포란의 계절'로 구체화한 것도 주 텍스트와 구별되는 부분이다. 또한 부 텍스트의 "새들의 건축법에는 면적을 재는 기준이 직선에 있다고 나와 있다. 직선은 흔들리는 골재를 갖고 있다" "양 날개에 바람을 차고 나뭇가지를 나르던 가설의 건축"과 같은 구절에서는, 새들이 둥지를 만드는 과정을 건축 과정에 비유하면서 깊이 있게 천착한 부분도 돋보인다. 가설건축에 다세대 주택이나 전세의 의미를 덧붙임으로써, 겨울새들의 둥지를 가난한 사람들의 주거 문제로 환원시키는 현실적 맥락도 단단한 편이다.

위의 부 텍스트에 대한 주최측과 심사위원들의 심의 결과는 당선 취소였다. '명백한 표절'로 볼 수는 없지만 '표절에 근접한 유사성'으로 인해 시인 등단작으로서 갖춰야 할 '독창성이 현저하게 부족하다'라는 것이 그 사유였다.[13] 표절 판정에는 신중했으나, 표절 의혹에 대한 조처는 단

---

13) 심사위원들의 당선 취소의 변은 다음과 같았다. "「포란의 계절」이 다른 시를 명백하게 표절한 것으로는 볼 수 없다는 판단을 내렸습니다. 하지만 결코 우연의 일치라고는 볼 수 없을 만큼 어휘와 소재, 발상 등 여러 층위에서 '포란의 계절'과 관련 작품들 사이에 표절에

호했다. 표절의 잣대를 지나치게 관대하게 적용할 경우 표절 불감증으로 인해 표절 텍스트들이 난무하게 될 것이고, 표절의 잣대를 지나치게 인색하게 적용할 경우 많은 텍스트가 표절시비에 휘말리게 될 것이라는 우려가 담긴 해결책임에 틀림없다. 표절에 근접한 유사성을 옹호하거나 변호할 때 쓰는 말이 '잠복 기억(cryptomnesia)'[14]이다. 다른 사람의 글을 읽고 난 뒤, 읽은 사실은 기억 못하고 읽은 내용만 기억할 때 이뤄지는 무의식적 표절을 지칭하는 말이다. 그러나 심리학에서는, 읽었던 행위만 잊어버린 채 '복제하듯' 읽은 내용을 기억할 수는 없고 따라서 잠복 기억에 의한 '무의식적' 표절은 불가능하다고 본다. 이 견해에 따르면 무의식에 자리한 잠복 기억을 자신의 고유한 생각으로 착각하고 표절했다는 저자들의 변명은 설자리를 잃게 된다. 모든 표절은 의식적인 결과일 뿐, 무의식적 표절이라는 말은 성립 불가능하다는 것이다. 따라서 무의식적 표절이라는 말은, '표절에 근접한 유사성'을 인정한다는 말이자 '독창성이 결여'되었다는 말과 다르지 않다.

의도적 표절과 표절 판정

표절에의 욕망은 모든 작가의 잠재적 욕망이기도 하다. 좋다, 감동적이다, 아름답다라는 말 대신 "훔치고 싶다"라는 말을 쓰는 데서도 그러한 욕망의 단면은 드러난다. 두 텍스트 간의 근접성이 큰데다 원텍스트

근접한 유사성이 있다는 사실에 주목했습니다. 이에 따라 '포란의 계절'이 등단작으로서 갖춰야 할 독창성이 현저하게 부족하기 때문에 당선을 취소할 수밖에 없다는 결론에 도달했습니다."

14) 리처드 앨런 포스너, 같은 책, 15쪽.

가 잘 알려진 걸작이라면 오마주나 패스티시 같은 방법적 표절이 될 확률이 높지만, 원텍스트가 지명도나 노출 빈도가 낮은 상대적으로 덜 알려진 작품이라면 표절로 전락하기 십상이다. '신인상' '신춘문예' '백일장'의 수상작들이 자주 표절 의혹에 휩싸이거나 표절 판정을 받는데, 상대적으로 기성의 작품에 대한 의존도가 높거나 영향 모방에 취약한 시기의 작품들이기 때문이다. 특히 덜 알려지거나 공적으로 발표되지 않은 작품들이 쉽게 표절되곤 한다. 습작 과정에서 쓴 시들이 의도적인 표절, 명백한 표절로 판정이 난 예를 보자.

> 가) 낯익은 집들이 서 있던 자리에
> 새로운 길이 뚫리고, 누군가 가꾸어 둔
> 열무밭의 어린 풋것들만
> 까치발을 들고 봄볕을 쬐고 있다(①)
> 지붕은 두터운 먼지를 눌러 쓰고
> 지붕아래 사는 사람들은
> 이제 서로의 안부조차 묻지 않았다(②)
> 떠난 자들이 다시는 돌아오지 않는(③)
> 이유를 알고 있는
> 오래된 우물만 스스로 제 수위를 줄여 나갔다
> 붉은 페인트로 철거 날짜가 적힌
> 금간 담벼락으로 메마른 슬픔이 타고 오르면
> 기억의 일부가 빠져 나가버린 이 골목에는
> 먼지 앉은 저녁 햇살이(④) 낮게 지나간다
> 넓혀진 길의 폭만큼
> 삶의 자리를 양보해 주었지만(⑤)

포크레인은(⑥) 무르익기 시작한 봄을

몇 시간만에 잘게 부수어 버렸다

지붕 위에 혼자 남아 있던 검은 얼굴의 폐타이어가

돌아오지 못할 시간들을 공연히 헛 돌리고(⑦)

타워 크레인에 걸려 있던 햇살이

누구의 집이었던

쓸쓸한 마당 한 귀퉁이에 툭 떨어지면

윗채가 뜯긴 자리에

무성한 푸성귀처럼 어둠이 자라나고

등뒤에서는 해가 지는지

신도시에(⑧) 서 있는

건물 유리창의 눈시울이 붉어지고 있었다

　　　　　　　——이영옥,「마지막 봄날에 대한 변명」전문

나) 마을버스 종점 낯익은 집들이 서 있던 자리에

새로운 길이 뚫리고

누군가 가꾸어 둔

열무밭의 어린 푸성귀들만

까치발을 들고서 마른 가을볕을 쬐고 있다(①´)

달동네 허름한 집들이 헐리고

포크레인의(⑥´) 삽날이 두더쥐처럼 땅을 파기 시작하면서

신도시가(⑧´) 들어서면서 비로소 마을버스가 다니기 시작했다.

아침마다 검은 연기를 내뿜으며 사람을 실어나르느라 바쁜

낡은 의자에 앉아 있으면

울렁거리는 삶들이 지난 밤의 기억들을 토해내고

두터운 먼지를 눌러쓴 버스지붕

그 지붕 아래, 말없이 앉아 있는 사람들은

이제 서로의 안부조차 묻지 않았다(②)

떠난 자들은 지하 땅 속으로 내려가서 순환선 지하철 속에서

다시 새 싹을 키우며 떠났던 곳으로 다시 되돌아오고 있다(③)

마치 연어처럼

물줄기를 거슬러 올라가는 빛바랜 꿈의 여행객들

그 이유를 알고 있는 오래된 버스만이 젖은 기침을 토해낸다

(……)

붉은 페인트로 철거 날짜가 적힌

담벼락으로 메마른 슬픔이 타고 오르면

기억의 일부가 빠져 나가버린 이 골목에서는

먼지 앉은 저녁햇살이(④) 버스 소리에 놀라

황급히 일어서고

내 삶의 한 모퉁이를 양보해 주었지만(⑤)

그 사람은 나에게 고맙다는 인사조차 하지 않는다

저녁 햇살을 안고 돌아오는 버스 안에서는

젖은 온기가 낮게 퍼지고 있다

누군가 앉아 있던 이 자리

아직도 체온이 그대로 남아 내 몸에

바퀴벌레처럼 달라붙는다

<u>돌아오지 못할 시간들이</u> 갸르릉거리며 떠나가고

마을버스는 옛 <u>시간을 찾아 헛손질을 하며</u>(⑦')

잃어버린 주소를 찾아 정거장에 잠시 멈춰 서 있다

그동안

사람들은 깜빡 졸고 있는 중이다

　　　　　　　　　　　— 이○○,「버스 종점」부분

　원텍스트 가)는 신춘문예 당선작이고, 표절 텍스트 나)는 ○○고등
학교 2학년 학생이 쓴 ○○대학교 주최 고교 백일장 수상작이다. 밑줄
과 번호로 표시한 부분만을 봐도 한눈에 알 수 있듯이 표절 텍스트 ①'
②' ④'에서는 인쇄상의 단위 그대로를 끌어다 쓴 '덩어리 표절(block
plagiarism)'을, ①' ③' ⑤' ⑦'에서는 끌어들인 구절들을 자신의 작품 속
에서 부연하고 바꾸어서 감추는 '끼워 넣기 표절(imbedded plagiarism)'
을, ⑥' ⑧'에서는 배경·인물·줄거리나 아이디어들을 산발적으로 훔친
'흩어진 표절(diffuse plagiarism)'[15]을 활용하고 있다. 전체적으로는 몇
개의 단어를 삭제하거나 늘이고, 문법구조를 바꾸고, 다른 동의어로 바
꿔 쓴 구절들을 모자이크 표절하고 있다.

　표절 텍스트 나)는 재개발과 철거에 떠밀려 허물어져가는 '버스 종점'
을 중심으로 상실과 소외에 익숙해진 사람들의 일상을 묘사한다. 그러나
작품의 주제는 상투적이고 상투적인 만큼 추상적이고, 시구절들 또한 서
로 상충하면서 부조화를 이룬다. "마을버스 종점 낯익은 집들이 서 있던
자리에/새로운 길이 뚫리고"와 "신도시가 들어서면서 비로소 마을버스

---

15) 린다 허천,『패로디 이론』, 김상구·윤여복 옮김, 1992, 문예출판사, 67쪽 참조.

382

가 다니기 시작했다"라는 구절이 그 대표적인 예에 해당한다. (구도시의) 종점 마을버스는 신도시가 들어서면서 시내버스가 되어야 할 것 같은데, 신도시가 들어서면서 비로소 마을버스가 다니기 시작했다고 한다. 또한 열무밭의 어린 푸성귀와 가을볕은 어쩐지 버성긴다. 굳이 가을열무여야 한다면 그에 대한 의미 부여가 있어야 하지 않을까. 신도시로 재건되면서 오래된 마을과 집들이 무너지는 변화를 포착한 주 텍스트에 버스 종점, 달동네, 마을버스 등을 끼워 넣으면서 발생한 혼선이 아닐까 짐작된다. 주 텍스트에서 유사한 구절과 문장들을 모아 엮어서 그럴듯한 시적 분위기를 연출한 결과다.

자본주의의 소유 개념에 근거해 독창성이 저작권으로 이어지고, 저작권에 근거해 독창성이 상품으로서의 시장가치를 뒷받침해주는 시대를 우리는 살고 있다. 이에 비해 대중문화예술의 소통 및 유통 구조는 창작의 대중화와 기능화, 복제의 일상화를 근간으로 표절(논쟁)을 부추기거나 양산하고 있다. 이러한 모순 구조는, 비평가나 연구자뿐 아니라 다수의 독자와 네티즌에게도 표절에 대한 정확한 이해를 요구한다. 창작에서부터 영향과 모방, 방법적 모방 인용, 방법적 표절 등 표절의 단계적 차이와 다양한 표절의 스펙트럼이 존재하고, 표절에 대한 태도 또한 입장에 따라 편차가 존재한다. 대체로 창작자는 표절의 잣대에 관대하고 연구자, 비평가, 독자들은 혹독하다. 창작자 중에서도 표절한(혹은 했다고 오해받는) 작가들은 표절의 잣대가 관대하고, 표절을 당한(혹은 당했다고 생각하는) 작가들은 엄혹하다. 표절에 관한 의혹 제기나 판정에 있어 고려해야 할 부분들이다. 작품의 유사성·은폐성·근접성·부조화·식별 등에 대한 검토가 없는 표절 의혹 제기는 신중할 필요가 있다. 독창성이나 창의성이 결여된 작품들은 시간의 자정능력과 집단적 지성에 의해 자연스레 소멸될 것이기 때문이다.

후기

잃어버린 황금종을 찾아 헤매다 종이 있다는 섬에 도달했을 때, 거기서 발견한 것은 그 '섬 전체가 종'이라는 사실이었다. 이성복 시인의 산문에서 읽었던 비유담이다. 시도 그렇다. 시란 결국, 시 자체이면서 현실 전체일 것이다. 그러나 우리는 정작 현실 전체를 볼 수 없고, 전체를 볼 수 없으니 모든 걸 다 담아낼 수도 없다. 그러니 다르게 보고 다르게 표현해야 한다. 발견으로서의 시, 시의 알레프, 한 편의 시(책)의 비유담들이 탄생하는 지점이다. 잃어버린 황금종의 비유담이 매혹적인 것은, 그 것이 불가능의 가능성으로 존재하기 때문이다. 하여 이 시론서는 시인으로서의 자기 시론서, 그러니까 '내 시의 알레프'를 찾기 위해 거칠게 그린 내 시의 지도였던 셈이다.

시의 알레프를 향한 계단을 열두 개로 쌓았다. 성찰과 고백, 화자와 목소리, 반복과 병렬, 이미지의 운동성과 영상성, 은유의 맥락성과 구조, 환유와 인접성, 상징과 풍자와 알레고리, 아이러니의 이원화와 다원적 지평, 패러디와 패스티시와 키치, 환상과 그로테스크, 상징과 도상과 형태, 영향과 모방과 표절 등이 그것이다. 시에 이르는 열두 개의 단층이자, 시를 바라보는 열두 개의 시선에 해당한다. 각 장마다 기존 시론에 대한 이론적 검토를 바탕으로 시에 작동하는 원리와 실제 시 분석을 보여주고자 노력했다. 그리하여 정의, 기능 및 실현의 실제, 유형 분류, 실현 및 전개 양상 등을 살폈다.

21세기에도 시는 여전히 고백할 수 없는 것을 '고백'하는 것이어야 한다는 믿음으로 첫 장을 시작했다. 시인의 내적경험에 천착한 고백의 윤리는 시의 뿌리를 이루는 핵심이다. 왜, 무엇을, 어디까지, 어떻게 고백하는가라는 질문에서 시인은 각자의 답을 찾아야 한다. 이에 대한 끊임없는 탐색과 모색을 통해 시는 새롭게 거듭날 수 있을 것이다. 정직해서 아름다운 고백, 발견에서 성찰에 이르는 고백, 고백할 수 없는 것을 고백하는 고백, 지금껏 고백하지 않은 형식으로 고백하는 고백이야말로 모든 시인이 꿈꾸는 로망일 것이다.

그러한 고백이 반드시 시인의 실제 경험에 한정될 이유가 없고 시인의 실제 현실에 국한될 이유도 없다. 이때 '화자'는 고백의 서두, 즉 시의 말문을 여는 필수의 필터이자 창조적 장치다. 시인은 변검술사처럼 자신의 페르소나가 투사된 다양한 화자들을 통해 다양한 목소리로 고백할 수 있다. 20세기 시에서 이 화자의 발견은 '일인칭 고백에 의한 회감(懷感)'이라는 전통 서정시의 음역을 무한대로 확장시킬 수 있는 계기를 마련해주었다. 시의 비유화, 허구화에 기여하는 일등공신의 역할을 이 화자가 담당한 것이다. 화자의 역할과 기능을 구체화하기 위해 똑같은 시제(詩題)로 화자와 목소리를 달리했을 때 시가 어떻게 달라지는지를 살폈다. 또한 화자에 시점과 위치를 도입해 일인칭/비인칭, 전지적/관찰적, 말하기/보여주기가 조합되는 경우의 수에 따라 화자의 열린 유형화를 시도하였으며, 무엇보다 그 화자를 그 화자이게끔 하는 형용사 형태로 발현되는 개성적인 목소리들의 변주에 주목했다.

그리고 시는 '리듬'에서 호흡과 생명을 얻는다. '시가(詩歌)'에서 노래의 기능이 탈락한 채 '읽는 시'로 출발했던 현대시는 최근 들어 '듣는 시'의 시적 가능성이 다채롭게 시도되고 있다. 문화 전반에서 오디오 기능이 강조되는 흐름과도 맞닿아 있다. 시에서 리듬 디자인, 즉 소리 이미지가 주목받게 된 이유다. 이 리듬을 생성하는 기본 요소로 '반복과 병렬'에 주목했다. 음소에서부터 행·연에 이르기까지 무엇을, 어떻게, 반복하고 병렬하는지에 따라 리듬의 가능성은 무한해지는 것이다. 그 양상을 단순 병렬적 반복, 확산 병렬적 반복, 해체 병렬적 반복으로 유형화했으며, 생략이나 행·연 갈이, 음운 배치, 불연속성과 불협화음의 형식화, 라임과 애너그램에 이르는 모국어의 시적 가능성을 극대화하는 리듬 혁신의 측면을 조명했다. 한글이 지닌 리듬의 가능성은 이제 시작이라고 믿는다.

'이미지'가 시에서 가장 화려한 얼굴임에도 지금까지 이미지 시론은 기대에 미치지 못했다. 문학 이외의 다른 장르나 분야에서 개진된 이미지 이론과 견주어보면 더욱 그러하다. 시에서 이미지는 더이상 정지된 형태가 아니고 단선적이거나 단편적이지도 않다. 운동적이고 관계적일 뿐만 아니라 서사적이고 극적(劇的)이고 영상적이고 감정적이고 사유적으로 작동한다. 달라진 시 이미지 작동 방식에 대한 새로운 패러다임과 지형도가 필요하다는 문제의식은 오래되었으나 실제로는 가장 늦게 집필되었다. 다른 분야나 매체에 최적화된 이미지 이론을 시의 이미지로 전유하는 과정에서 해결해야 할 문제들이 많았기 때문이다. 결과적으로 지각-이미지, 운동-이미지, 정감-이미지, 크리스탈-이미지로 재유형화했다.

20세기는 분명 '은유'의 시대였다. 유사성(차이성)에 의해 원관념을 보조관념으로 전이하는 은유는, 비유의 왕좌를 차지했으며 특히 시에서 그 꽃을 피웠다. 오늘날에도 여전히 은유는 시를 시답게 하는 핵심 장치다. 은유가 단어나 어구 차원을 넘어서 언술이나 구조, 인식의 차원에서 작동하기 때문이다. 그리하여 단어 중심의 명명에서부터 시 전체로 구조화되는 은유의 확장 양상을 살폈다. 또한 이렇게 구조화된 은유는 구조를 어떻게 파악하느냐에 따라 맥락적이고 유동적인 특징을 갖기에 환유, 제유, 알레고리, 상징과 같은 다른 비유들과 혼재하는 존재 양상에 주목했다. 하나의 비유는 해석적 맥락에 따라 은유는 물론 제유나 환유, 알레고리나 상징 등으로 해석 가능하며 시 전체의 구조 속에서 유동적으로 작동한다. 유사 비유들과의 관계 속에서 은유의 원리를 설명하는 데 공을 들였던 이유다.

반면 21세기를 '환유'의 시대라 한다. 여기저기서 환유, 환유, 하지만 실제로 강의실에서 환유를 가르치기란 쉽지 않다. 은유의 '유사성'과 비교되곤 하는 환유의 '인접성'이 갖는 포괄성 때문이다. 원관념과 보조관념 사이에서 발생하는 이 인접성의 개념을 더 쉽게 보여주고자 시간(인과적 서사), 공간(현상적 묘사), 초감각(초현실적 연상), 언어 음성(기표적 증식)이라는 범주로 나누어 그에 부합하는 환유의 양상을 유형화했다.

비유라는 연장선상에서 은유와 환유에 이어 '알레고리와 상징'을 살폈다. 알레고리와 상징의 시적 위상이 약해진 것은 사실이다. 알레고리는 그 자체보다는 패러디나 환상과의 관계 속에서, 상징은 도상적 형태성과의 관계 속에서 시적 가능성이 더 조명받고 있다. 그러함에도 우리의 현대시가 종교, 이데올로기, 물질문명과 밀접한 연관 속에서 발전해왔다는 점은 부인할 수 없는 사실이고 이런 관점에서 알레고리는 현대시에서 중요한 몫을 담당해왔다. 알레고리를 통해 시가 지닌 역사성, 시대성, 사회성의 단면을 단적으로 엿볼 수 있다는 점에서 우리 현대시의 알레고리 양상을 살펴보았다. 이때 알레고리는 풍자와 자주 겹친다. 우화나 비유 담부터 독서의 알레고리까지 알레고리의 변화 과정을 다루었으며, 특히 파편화되고 유희화되고 패러디화되고 환상화된 최근 시의 알레고리 가 능성에 주목하였다.

이미지 못지않게 선행연구가 미흡했던 것이 '아이러니'였다. 21세기야 말로 아이러니가 편재하는 시대이자 최근의 시들이야말로 아이러니 그 자체라는 심증은 분명했지만 그러한 아이러니를 이론화하고 실제 시에 적용하기가 쉽지 않았다. 기존의 시론에서 혼선을 일으켰던 아이러니의 개념과 유형을 재검토한 후 포스트모더니즘 아이러니의 특징과 양상을 간추렸다. 미끄러지기를 거듭하는 비재현적 아이러니, 유머를 불러일으 키는 언어유희적 아이러니, 파편화된 알레고리로서의 아이러니, 타자화 된 수행성에 의한 아이러니 등이 그것이다.

우리 시대의 일상이 된 '패러디, 패스티시, 키치'에 대한 개념 정립과 그것들이 시에서 실현되는 다채로운 양상을 검토하였다. 유사 형식들과 의 변별을 통해 패러디를 정의하고 소통구조와 유형을 통해 패러디의 작 동 원리를 설명하였으며, 계보학적 접근으로 패러디 실현의 구체적 단면 을 살폈다. 또한 서정적 파토스와 퓨전, 주체의 자기 증식과 다시 쓰기, 게임-가상-유희의 테크노 패러디 등과 같이 패스티시나 키치, 혼종성, 하위문화, B급 문화와 혼재된 오늘날의 패러디 양상을 살폈다.

여기에 더해 시적 태도나 정서, 미학에 가까운 '환상과 그로테스크'를 살폈다. 판타지, 가상, 사이버, 인공지능 등은 이제 환상이 아닌 현실에 가까워졌다. 현실과 환상의 경계가 무너진 것이다. 미와 추, 선과 악, 상 상과 과학의 경계 또한 불분명해져 그로테스크의 개념 또한 모호해졌다. 어디부터 어디까지가 환상이고 그로테스크인지 이론화하기 어려워졌으나 그 개념과 특징적 양상은 인지하고 있어야 한다는 당위감이 앞섰다. 그리하여 표현법과 시정신을 중심으로 환(幻)과 추(醜)와 악(惡)과 관련해 고찰하였다.

언어의 물질성과 언어 이외의 매체성을 활용해 시각적 극대화를 도모함으로써 시의 음역대를 넓혀왔던 '언어주의 혹은 형태주의 시'들도 짚고 넘어가야 했다. 먼저 언어적 상징에 의한 상징시와 도상적 상징에 의한 형태시를 구분하면서 형태시의 원리를 설명했다. 언어를 매개로 하는 시 안에서 도상성과 형태성의 최대치를 실험하는 시들의 명칭은 다양하다. 형상시, 상형시, 구체시, 해사시, 해체시, 그림시, 낙서시, 회화시, 사진시, 디카시 등이 그러하다. 그러한 명칭의 기원과 변별적 차이를 염두에 두면서 다양한 시적 가능성을 보여주고자 했다.

마지막 장에서는 시에서의 '표절' 기준과 그 양상을 살펴보는 것으로 마무리했다. 첫 장의 고백과 마찬가지로, 표절 역시 시론이라고 할 수는 없으나 시를 시이게 하는 기본적인 시적 자세 혹은 태도라는 점에서 덧붙였다. 시를 쓰기도 쉽고 시를 발표하기도 쉬운 시대에 표절에 대한 경각심을 환기하고자 하는 의도였다. 무의식적인 영향과 의식적인 모방이 창작의 어머니일 수는 있지만, 의식적인 모방을 감추고 남의 것을 자기 것인 양 취하는 표절은 공공의 적이다. 시대나 사조에 따라 표절의 기준이나 평가에 다소간의 차이가 있음을 짚어두고 싶었다. 표절의 인과관계를 유쾌하게 뒤집어버리는 예상 표절이 있고, 방법적으로 인정받은 패스티시와 표절유희도 있다. 그렇다고 그것이 표절을 옹호하거나 표절 사실에 면죄부를 주는 것은 아니다. 모방과 표절이 다른 지점, 모방이 방법적 창작이 되는 지점에 대한 성찰이 더욱 요청되는 시대다.

이 시론서를 계획했던 것은 1996년으로 거슬러올라간다. 새로운 시론

에 대한 어렴풋한 갈망은 '패러디'로 박사논문을 쓰려고 결심했던 1992
년에서부터였을 것이다. 처음 시를 쓰기 시작한 1983년 무렵의 내게 시
의 스승이자 교과서는 김준오 『시론』과 이승훈 『시론』이었다. 이 두 권의
시론을 지도 삼아 시를 쓰고 공부했다. 이후 오규원 『현대시작법』을 비롯
해 몇 권이 더해졌으나, 지금-여기의 시를 해명하지 못하는 아쉬움은 여
전했다. 현장에서 시를 창작하고 평론을 병행하면서 느꼈던 필요성도 더
해져 지금-여기의 시에 찰싹 붙어 있는 시론, 지금-여기의 시를 쓰고 읽
는 데 도움이 되는 시론이 나왔으면 좋겠다고 생각했고, 그걸 내가 쓴다
면 더 좋겠다고 생각했다. 그 과정의 하나로 「한국 현대시의 패러디 구조
연구」(1996)로 박사논문을 썼고 『패러디 시학』(1997)을 출간했다. 이어
고려대학교 민족문화연구소에 신청한 박사 후 과정의 주제가 '21세기 시
론(시학) 연구'(2000)였다. 연구 결과물은 「21세기 시문학의 미학적 특
성과 시교육 방법론(1)-패러디와 알레고리를 중심으로」(2002), 「21세기
시문학의 미학적 특성과 시교육 방법론(2)-환상과 그로테스크를 중심으
로」(2002)로 발표되었다. 이때 쓴 논문의 도입부는 이랬다.

최근 젊은 시인들의 시들이 보여주는 새로움은 인공적이고 인위적
인 언어 마술에서 연유한다. (……) 이질적인 것들의 치환과 병치, 병
렬적 반복, 파편화된 알레고리, 주체의 소멸과 중성적인 자아, 유희적
상상력 등에서 비롯되는 언어의 인위성 혹은 공작성(工作性)이 바로
그들의 언어를 지탱시켜주는 기둥이다. 인위적인 새로움 자체가 새로
운 현실이 되는 오늘날, (……) 최근 시인들의 언어 행위는 새로운 주
체와 새로운 의미를 생산해낼 뿐만 아니라 우리 시의 새로운 틀로 여
겨지게 하기 때문이다. 따라서 그들의 언어형식과 정서 구조를 추적해
보는 일은 21세기를 향한 우리 시단의 특징적 양상을 예측하는 작업의

일부가 될 것이다. 그 구체적인 잣대가 바로 패러디, 패스티시, 키치, 알레고리, 환상 및 판타지, 그로테스크와 같은 포스트모던한 장치 혹은 시학이다.

세부 목차들 또한 박사학위를 마친 그즈음 국어국문학과와 문예창작학과의 전공 교과목 '(현대)시론'을 가르치면서 설계되었다. 그때의 강의계획서가 이 책의 목차가 되었는데, 1장(고백)과 12장(표절)만 제외하면 크게 다르지 않다. 강의 내용은 이십오 년 동안 시행착오를 겪으며 수정·보완되었다. 시를 쓰면서 실제로 도움이 되었던 것과 도움이 되지 않았던 것, 시를 가르치면서 헷갈렸던 것과 미진했던 것, 시이기 때문에 꼭 필요한 것과 지금-여기의 시라서 또 필요한 것이, 덜어지고 더해졌다. 그러므로 이 책은, 모르면서 아는 척 가르쳤던, 모르는 것은 빼고 아는 것만 가르쳤던, 안다고 가르쳤는데 잘못 알고 있었던, 내 '시론' 수업을 들어준 학생들에게 빚을 지고 있다.

2002년에 패러디, 알레고리, 환상, 그로테스크를 썼으니 그때의 속도라면 오 년쯤 후면 21세기 시에 최적화된 새로운 패러다임의 시론서가 완성될 수 있으리라 믿었다. 그러나, 발등에 떨어진 불똥은 쉴 새가 없었고 늘 뜨거웠다. 시간도 기다려주지 않았다. 상대적으로 쓰기가 더 쉬웠던 리듬, 화자, 은유, 환유 순으로 가뭄에 콩 나듯 논문을 썼고, 가장 쓰기 어려웠던 이미지 논문을 끝마치기까지 강산이 세 번이나 바뀌는 중이다. 그리고 이제야, 오랜 시차를 두고 개진했던 이십여 편의 논문들을 다시 정리할 수 있었다. 그사이 박사논문 심사위원이었던 김준오, 이승훈 선생님이 떠나셨고, 평론 등단작의 대상 시인이었던 오규원 선생님도 떠나셨다. 이 책은 이 세 분의 시론(시작법)서로부터 시작되었으며, 논문으로 발표할 때 선행연구로 밝혔던 숱한 각주와 참고문헌들의 든든한 기둥이 되어주었다. 물론 그 모든 뿌리는 모교인 이화여자대학교 국어국문학과와 지도교수인 김현자 선생님께 닿아 있을 것이다.

정리하는 과정에서 가독성을 해치는 학술적인 논의, 세부적인 각주, 용어 설명, 참고문헌 등은 덜어냈다. 그러나 혹시나 하는 마음에, 글의 원문이 발표되었던 논문 목록과 출처를 밝혀둔다. 도움이 될지는 알 수 없으나, 더 자세한 논의나 발표 당시의 결을 보고자 하는 독자들은 참고하시기 바란다. 미처 헤아리지 못했거나 놓친 부분이 많을 것이다. 지속적인 수정과 보완을 통해 어엿한 시론으로 거듭나길 희망한다.

『시론』을 위해 쓴 논문 목록

- 「현상시·형태시·상형시, 그 언어주의 시들의 전략」, 『현대시』 1996년 11월호.
- 「'신시론' 동인의 모더니티와 은유」, 『어문연구』 25권 3호, 한국어문교육연구회, 1997.
- 「21세기 시학의 미학적 특성과 시교육 방법론(1)-패러디와 알레고리를 중심으로」, 『문학교육학』 9호, 한국문학교육학회, 2002.
- 「21세기 시문학의 미학적 특성과 시교육 방법론(2)-환상과 그로테스크를 중심으로」, 『한국문학이론과 비평』 15호, 한국문학이론과 비평학회, 2002.
- 「현대시에 나타난 시적 구조로서의 병렬법」, 『한국시학연구』 9호, 한국시학회, 2003.
- 「현대시에 나타난 알레고리의 특징과 유형」, 『한국문학이론과 비평』 21집, 한국문학이론과 비평학회, 2003.
- 「21세기 패러디 시학의 향방-90년대 이후 한국 현대시를 중심으로」, 『한국언어문화』 27권, 한국언어문화학회, 2005.
- 「현대시 리듬 교육에 관한 시학적 연구-병렬parallelism과 반복repetition을 중심으로」, 『한국근대문학연구』 15호, 2006.
- 「자기성찰로서의 고백」, 『현대시론』, 서정시학사, 2010.
- 「현대시 화자(persona) 교육에 관한 시학적 연구」, 『한국문예비평연구』 35권, 한국현대문예비평학회, 2011.

- 「현대시 표절 양상에 대한 분석적 고찰」, 『현대문학이론연구』 48권, 현대문학이론 학회, 2012.
- 「21세기 현대시의 화자 유형에 관한 사례 분석 연구」, 『현대문학의 연구』 46권, 한 국문학연구학회, 2012.
- 「현대시의 은유교육에 관한 시학적 연구」, 『어문연구』 43권 3호, 한국어문교육연 구회, 2015.
- 「21세기 한국 현대시 환유교육에 관한 시학적 연구」, 『한국문예창작』 39호, 한국문 예창작학회, 2017.
- 「현대시 아이러니 교육에 관한 시학적 검토」, 『한국문학이론과 비평』 79집, 한국문 학이론과 비평학회, 2018.
- 「한국 현대시의 포스트모더니즘 아이러니 양상」, 『한국시학연구』 55호, 한국시학 회, 2018.
- 「21세기 이미지 시론을 위한 시 교육 방법론 연구」, 『동아시아문화연구』 79권, 동 아시아문화연구소, 2019.
- 「21세기 이미지 시론 연구」, 『구보학보』 26집, 구보학회, 2020.

시론
ⓒ 정끝별 2021

1판 1쇄 2021년 7월 20일
1판 3쇄 2024년 1월 26일

지은이 정끝별
책임편집 김봉곤 | 편집 이경록 김영옥
디자인 엄자영 유현아 | 저작권 박지영 형소진 최은진 서연주 오서영
마케팅 정민호 서지화 한민아 이민경 안남영 왕지경 황승현 김혜원 김하연 김예진
브랜딩 함유지 함근아 고보미 박민재 김희숙 박다솔 조다현 정승민 배진성
제작 강신은 김동욱 이순호 | 제작처 천광인쇄사(인쇄) 경일제책사(제본)

펴낸곳 (주)문학동네 | 펴낸이 김소영
출판등록 1993년 10월 22일 제2003-000045호
주소 10881 경기도 파주시 회동길 210
전자우편 editor@munhak.com | 대표전화 031) 955-8888 | 팩스 031) 955-8855
문의전화 031) 955-3576(마케팅) 031) 955-2660(편집)
문학동네카페 http://cafe.naver.com/mhdn
인스타그램 @munhakdongne 트위터 @munhakdongne
북클럽문학동네 http://bookclubmunhak.com

ISBN 978-89-546-8084-4 03810

www.munhak.com